Peter Grosche

Trilogie:
Im Netz der Schatten – Olsen ermittelt

Band 2

Pakt mit dem Teufel
· Die falsche Allianz ·

Peter Grosche

Pakt mit dem Teufel
· Die falsche Allianz ·

Hamburg wird zum Schauplatz eines tödlichen Machtkampfes:
Das Cartel de la Muerte breitet seine Fänge über Europa aus und
Bernd Olsen, Ermittler beim LKA Hamburg, steht an vorderster
Front. Brutale Morde und korrupte Beamte lassen die Stadt in ein
Chaos versinken, während das Kartell seine skrupellosen Ge-
schäfte in den Straßen und im Hafen ausweitet. Olsen und sein
Team kämpfen gegen eine unsichtbare Bedrohung, die bis tief in
den kolumbianischen Dschungel reicht – dorthin, wo der brutale
Drogenboss El Fantasma den globalen Schwarzmarkt kontrolliert.

Doch das Kartell ist nicht der einzige Feind. Am Ende kristallisiert
sich heraus: Ein russischer Oligarch zieht die Fäden im Hintergrund und bringt das gesamte Netz der Kriminalität in Europa
und darüber hinaus ins Wanken.

Wird Olsen den globalen Machtkampf überleben? Oder wird Europa im Griff des Kartells untergehen?

Hinweis:

Impressum

Text/Story:	© 2024 by: Peter Grosche
Umschlaggestaltung:	© 2024 by: Peter Grosche
Verlag:	BoD · Books on Demand GmbH In de Tarpen 42, 22848 Norderstedt
Druck:	Libri Plureos GmbH Friedensallee 273, 22763 Hamburg
ISBN:	978-3-7693-0122-9

Die Deutsche Nationalbibliothek verzeichnet diese Publikation in der Deutschen Nationalbibliografie; detaillierte bibliografische Daten sind im Internet über http://dnb.dnb.de abrufbar.

Die automatisierte Analyse des Werkes, um daraus Informationen insbesondere über Muster, Trends und Korrelationen gemäß §44b UrhG ("Text und Data Mining") zu gewinnen, ist untersagt.

ACHTUNG:

Inhaltsverzeichnis

Prolog   7

Rückkehr ins Chaos   11

Erster Kontakt   24

Mordserie in Hamburg   42

Milojevic und das Kartell   57

Ein riskanter Plan   72

Der Verrat   88

Die Macht des Kartells   108

Holsts Entdeckung   134

Verbindungen zur Polizei   152

Der entscheidende Hinweis   169

Gegen die Uhr   184

Lokaler Krieg   202

Spur nach Kolumbien   220

Der neue Feind   236

Der erste Angriff   253

Letzte Warnung   269

Showdown in Kolumbien   289

Der Rückschlag   303

Neue Verbindungen   314

Der Preis des Sieges   324

Epilog   328

Prolog

Das dumpfe Brummen der SUVs durchbrach die Stille des kolumbianischen Dschungels. Die Sterne über den Baumwipfeln wirkten wie stumme Zeugen, gefangen im Netz der Dunkelheit, die über dem kleinen Dorf lag. Kein Tier regte sich, kein Blatt raschelte. Es war das Schweigen, das die Dorfbewohner fürchteten. Ein Schweigen, das den Tod ankündigte.

In einer schäbigen Hütte am Rand des Dorfes saß Carlos Herrera auf einem wackeligen Holzstuhl. Seine Hände zitterten, als er den Zigarettenstummel in den Aschenbecher drückte, der längst überfüllt war. Schweißperlen glitzerten auf seiner Stirn, während seine Augen immer wieder zum Fenster huschten.

Er wusste, dass sie kamen. Und er wusste, dass es keine Gnade geben würde.

Die Männer des Cartel de la Muerte ließen keine Verräter am Leben.

Carlos hatte geglaubt, er könne das Spiel gewinnen. Die Informationen, die er an die DEA und andere Interessenten verkauft hatte, hatten ihm genug Geld eingebracht, um sich aus dem Dreck zu kaufen. Aber das Kartell wusste alles. Es wusste immer alles.

Das Brummen der Motoren verstummte, und Carlos spürte die Kälte der Angst, die sich wie eine eiserne Faust um sein Herz legte. Die Schritte draußen waren schwer und entschlossen. Sein Magen zog sich zusammen. Es war vorbei.

Die Tür öffnete sich lautlos, als wäre sie schon lange auf ihr Schicksal vorbereitet gewesen. In der Tür standen drei Männer, ihre Gesichter im Schatten der Kapuzen verborgen.

Doch Carlos erkannte sie. Sie waren die Handlanger von El Fantasma, dem Mann, der das Kartell mit eiserner Faust führte.

Über ihn kursierten Legenden – manche behaupteten, er sei unsterblich, andere sagten, er sei nie wirklich ein Mensch gewesen.

In der Welt des Verbrechens war sein Name Synonym für unausweichliches Verderben.

„Carlos," sagte der Mann in der Mitte, seine Stimme ein tiefes, unheilvolles Flüstern. „Wir haben lange gesucht."

Carlos öffnete den Mund, aber die Worte blieben in seiner Kehle stecken. Er konnte nur nicken, seine Lippen zitterten.

„Du hast Fehler gemacht," fuhr der Mann fort und trat einen Schritt vor. „Schwere Fehler. Du hast Informationen verkauft, die nicht dir gehörten."

„Bitte... bitte," stammelte Carlos, seine Augen weit vor Angst. „Ich... ich hatte keine Wahl. Sie haben mich gezwungen. Ich..."

„Schweig." Die Stimme schnitt durch den Raum wie eine Klinge. Die anderen Männer traten zur Seite, und eine hochgewachsene Gestalt schritt durch die Tür. Ein langer, schwarzer Mantel umhüllte ihn wie ein Schatten, und sein Gesicht war verborgen unter einer Maske – einer grotesken Darstellung eines Totenschädels.

El Fantasma war selbst zu einem Symbol des Todes geworden.

„Du hast immer eine Wahl, Carlos," sagte El Fantasma leise. „Du hast dich für Verrat entschieden. Und du weißt, was das bedeutet."

Carlos' Herz hämmerte in seiner Brust. Er fiel auf die Knie, seine Hände flehten um Gnade, während Tränen seine Wangen hinabliefen. „Bitte... ich... ich kann es wiedergutmachen. Ich schwöre, ich kann..."

El Fantasma hob eine Hand, und sofort verstummte Carlos. Im Dschungel war es wieder still, und nur der Atem des Todgeweihten war zu hören.

„Du hast es bereits verspielt," sagte El Fantasma kalt. „Verräter werden bestraft. Das ist das Gesetz. Das einzige Gesetz, das zählt."

Ein leises Schnappen war zu hören, als einer der Männer eine Machete aus der Lederscheide zog.

Das scharfe Metall blitzte im Schein des Mondlichts auf, das durch die kleinen Fenster der Hütte fiel.

Carlos schluchzte. „Bitte... meine Familie... sie..."

„Deine Familie wird dasselbe Schicksal erleiden, wenn sie uns verrät. Aber du, Carlos... du wirst ein Beispiel sein." El Fantasma drehte sich leicht zur Seite. „Erledigt es."

Die Machete zischte durch die Luft, und ein einziger, erstickter Laut entwich Carlos' Kehle, bevor sein Körper zu Boden fiel. Blut breitete sich wie eine dunkle Blume über den Boden der Hütte aus. Die Männer standen still, als wäre der Akt nichts weiter als Routine.

El Fantasma trat über den leblosen Körper und blickte auf die Männer hinter ihm. „Schickt eine Nachricht. Europa wird erfahren, dass wir kommen."

Einer der Männer zog ein Handy aus der Tasche und machte ein Foto von Carlos' verstümmeltem Körper. Sekunden später wurde die Datei verschickt, direkt an die Kontakte in Hamburg.

„Wir übernehmen den Hafen," sagte El Fantasma leise, seine Augen durch die Maske auf den Dschungel gerichtet. „Europa gehört uns. Und niemand wird uns aufhalten."

Hamburg – zwei Wochen später

Erik Olsen stand am Fenster seines Büros, der Blick auf den tristen Hafen gerichtet. Die feuchten, grauen Wolken hingen tief über der Stadt und spiegelten die Stimmung wider, die ihn seit Wochen verfolgte.

Der Milojevic-Fall hatte ihn an den Rand seiner Kräfte gebracht, doch ein unruhiges Gefühl sagte ihm, dass dies erst der Anfang war.

Sein Handy vibrierte auf dem Schreibtisch. Mit einem Stirnrunzeln griff er danach und sah die Benachrichtigung. Eine Bilddatei, anonym zugeschickt.

Als er das Foto öffnete, stockte ihm der Atem. Es zeigte einen blutüberströmten Leichnam, den Kopf sauber abgetrennt.

Doch was ihm wirklich das Herz in die Magengegend sinken ließ, war das Symbol neben der Leiche: Ein schwarzer Totenkopf, umrahmt von Schlangen.

Das Zeichen des Cartel de la Muerte.

Unter dem Bild prangte eine kurze Nachricht: „Wir kommen. Bereite dich vor."

Rückkehr ins Chaos

Die Morgendämmerung kroch über die Stadt, doch an diesem Tag brachte sie keine Erlösung. Der Himmel über Hamburg war ein undurchdringliches Grau, das den Hafen unter sich begrub und die hohen Kräne wie Schattenrisse am Horizont stehen ließ. Der Regen strömte unaufhörlich gegen die Fensterscheiben und verwandelte die Stadt draußen in eine verschwommene Silhouette. Bernd Olsen saß in seinem Büro, starrte hinaus, ohne den Blick wirklich auf etwas zu fokussieren. Sein Schreibtisch war eine chaotische Ansammlung von Akten, die er schon zu lange vernachlässigt hatte, und ein überquellender Aschenbecher, obwohl er sich geschworen hatte, das Rauchen aufzugeben. Die Zigarette aber, die jetzt zwischen seinen Fingern klemmte, bewies das Gegenteil.

Es waren Wochen vergangen, seit die Nachricht des Cartel de la Muerte eingetroffen war – die Warnung, die ihm und seinen Kollegen den Magen umgedreht hatte. Das Bild eines enthaupteten Mannes, das grausame Markenzeichen des Kartells direkt daneben. Das war keine Drohung gewesen. Das war ein Versprechen. Seitdem war die Unruhe, die tief in ihm gärte, zu einem beständigen Begleiter geworden, wie ein Schmerz, der nie nachließ.

Er zog einen tiefen Zug von seiner Zigarette, während er den Rauch langsam ausatmete. Der bittere Geschmack füllte seinen Mund, aber er spürte kaum noch etwas. Schlafmangel, endlose Gedanken, die sich im Kreis drehten, und die ständige Anspannung hatten ihn taub gemacht für alles, was nicht unmittelbar mit dem Fall zu tun hatte.

Sein Handy vibrierte. Olsen sah es zunächst nicht an. Er ließ es für einen Moment summen, hoffte, es würde aufhören, so wie die vielen anderen Anrufe, die er in den letzten Tagen ignoriert hatte. Doch das Summen verstummte nicht. Schließlich griff er nach dem Gerät und warf einen Blick auf den Bildschirm. Unbekannte Nummer.

Ein leises Seufzen entwich ihm. Unbekannte Nummern bedeuteten in letzter Zeit nur eins: schlechte Nachrichten. Mit einem tiefen Atemzug hob er das Handy ans Ohr.

„Olsen," sagte er kurz angebunden.

„Bernd, hier ist Steinmann." Die Stimme am anderen Ende der Leitung war scharf und direkt, ohne Vorwarnung oder Begrüßung. Klaus Steinmann, leitender Ermittler des Bundeskriminalamts. Ein Mann, der es sich zur Aufgabe gemacht hatte, selbst aus seinen Untergebenen die letzte Unze Effizienz herauszuholen. Smalltalk war ihm fremd, und so war er auch bei Olsen nie ein Freund großer Vorreden gewesen.

Olsen lehnte sich in seinem Stuhl zurück, seine Hand immer noch um die Zigarette geklammert. „Steinmann," murmelte er und rieb sich die Stirn. „Was gibt's?"

„Es geht um Milojevic." Der Name des Kriminellen schnitt durch die Stille im Raum wie ein scharfes Messer. Olsen spürte, wie sich sein Kiefer anspannte. Seit Milojevic aus Hamburg verschwunden war, hatte er gehofft, nie wieder etwas von ihm zu hören – zumindest nicht so bald. Doch irgendetwas in Steinmanns Tonfall sagte ihm, dass dies nur der Anfang war.

„Milojevic?" fragte er, obwohl er die Antwort schon ahnte. „Was ist passiert?"

„Das Cartel de la Muerte," antwortete Steinmann kühl. „Wir haben Hinweise, dass er enger mit ihnen zusammenarbeitet, als wir dachten. Die Operation in Hamburg ist doch größer als wir befürchtet hatten. Es ist nicht nur Milojevic. Er bereitet den Weg für das Kartell."

Olsen schloss die Augen. Das Wort „Kartell" hing schwer im Raum, als hätte es seine eigene Schwerkraft.

Das Cartel de la Muerte war eine Legende im globalen Drogenhandel. Berüchtigt für seine grausame Effizienz, war es mehr als nur ein kriminelles Netzwerk. Es war ein Syndikat, das die Fäden des gesamten Schwarzmarktes in Lateinamerika in der Hand hielt und seine Tentakel nun bis nach Europa ausstreckte.

„Verdammt," flüsterte Olsen, mehr zu sich selbst als zu Steinmann. „Ich dachte, wir hätten Milojevic aus der Stadt getrieben."

„Das dachten wir alle," entgegnete Steinmann knapp. „Aber es stellt sich heraus, dass wir nur einen Teil des Bildes gesehen haben. Das Kartell plant, Europa als neuen Markt für kolumbianisches Kokain zu erobern, und Hamburg ist ihr Tor."

„Hamburg." Olsens Magen verkrampfte sich. Natürlich war es Hamburg. Der Hafen, die Verbindungen, die Infrastruktur – das alles war perfekt für den Schmuggel. Der Hafen war das Tor zu Nordeuropa, ein Ort, an dem jeder Container verschwinden konnte, wenn man die richtigen Leute bestach.

„Und du weißt, was das bedeutet," fuhr Steinmann fort. „Wenn das Kartell hier Fuß fasst, wird es nicht nur den Drogenhandel kontrollieren. Sie übernehmen alles – Waffen, Menschen, Geldwäsche. Sie wollen Hamburg zur Drehscheibe ihres Netzwerks machen."

Olsen atmete schwer durch, setzte sich aufrecht hin und drückte die Zigarette im Aschenbecher aus. „Wie weit sind sie?"

„Zu weit," kam die knappe Antwort. „Wir haben Informationen, dass die ersten Lieferungen bereits unterwegs sind. Milojevic hat die Kontakte in Hamburg aufgebaut, und das Kartell nutzt diese Verbindungen, um den Markt zu durchdringen."

„Welche Verbindungen?" fragte Olsen, sein Ton wurde schärfer. „Wie lange wissen wir davon?"

Steinmann zögerte. „Bernd, wir haben erst kürzlich die vollständigen Details erhalten. Du weißt, wie gut das Kartell darin ist, seine Spuren zu verwischen. Sie arbeiten in Zellen. Jeder kennt nur einen kleinen Teil des Puzzles. Aber wir haben Beweise, dass Milojevic mit einigen der größten Spieler in der Stadt zusammenarbeitet."

Olsen spürte, wie Wut in ihm aufstieg. „Beweise? Also seit wann wisst ihr das? Und warum sitze ich hier und erfahre das erst jetzt?"

„Das war nicht einfach zu entschlüsseln," antwortete Steinmann, seine Stimme ruhig, aber fest. „Aber die Situation ist jetzt klar. Und wir brauchen dich, Bernd. Du hast Milojevic verfolgt, du kennst seine Methoden. Du weißt, wie er denkt."

„Was soll ich tun?" fragte Olsen, obwohl er die Antwort schon erahnte.

„Wir wollen mit dem LKA eine Zusammenarbeit," erklärte Steinmann. „Eine verdeckte Operation. Wir brauchen jemanden, der in Milojevics Netz eindringen kann. Jemanden, der bereit ist, alles zu riskieren, um das Kartell zu zerschlagen, bevor es sich hier festsetzt."

Olsen lehnte sich wieder in seinen Stuhl zurück, das Gewicht der Worte drückte ihn nieder. „Verdeckte Operation?" fragte er leise. „Das ist nicht mein Stil, Steinmann. Ich arbeite immer im Tageslicht."

„Ich weiß," antwortete Steinmann, „aber das hier ist anders. Es gibt keine andere Wahl. Du kennst die Strukturen, du kennst die Spieler. Wenn wir hier erfolgreich sein wollen, müssen wir darauf vertrauen können, dass du die Lage im Griff hast."

Olsen starrte auf die verregnete Stadt vor ihm. Hamburg, seine Wahlheimat, wurde zum Schlachtfeld eines Krieges, den er nie hatte kommen sehen. Den Regen nahm er nicht wahr, nur das Rauschen in seinen Ohren und das erdrückende Gewicht der

Verantwortung, die auf ihm lastete. Das Cartel de la Muerte kam, und sie würden alles mit sich reißen, wenn er nicht handelte.

„Ich habe keine Wahl, oder?" fragte Olsen schließlich.

„Es ist nicht nur eine Wahl, Bernd," sagte Steinmann mit leiser, ernster Stimme. „Es ist deine Pflicht."

Olsen schloss die Augen. Pflichten. Sie schienen ihn zu erdrücken. Er dachte an seine Tochter, die er in Sicherheit gebracht hatte, an die vielen schlaflosen Nächte, in denen er versuchte, Antworten zu finden. Und jetzt war es wieder soweit. Wieder würde er sich in die Dunkelheit begeben, um gegen eine Macht zu kämpfen, die größer war als alles, was er je zuvor erlebt hatte.

„Wann geht es los?" fragte er schließlich.

„Sofort," antwortete Steinmann. „Wir sind hier bereit, aber wir brauchen euch an Bord. Sie werden uns keine zweite Chance geben."

Olsen nickte langsam. „Ich kläre das ab."

„Gut," sagte Steinmann und schien zu zögern, bevor er hinzufügte: „Und Bernd... pass auf dich auf. Das hier ist kein gewöhnlicher Fall. Das ist Krieg."

Das Telefonat endete mit einem leisen Klicken, und Olsen ließ den Hörer sinken. Der Regen draußen hatte nichts von seiner Intensität verloren, und die Dunkelheit schien noch dichter geworden zu sein.

Er stand auf, trat ans Fenster und starrte hinaus auf die verwischte Silhouette des Hafens. In diesem Moment wusste er, dass er keine andere Wahl hatte. Das Cartel de la Muerte war auf dem Vormarsch, und Hamburg war ihre erste Festung.

Bernd Olsen saß an seinem Schreibtisch im LKA, während draußen der Regen nicht abnahm.

Der Nebel, der sich über die Stadt gelegt hatte, schien dichter zu werden, als hätte er die Absicht, Hamburg zu ersticken. Olsen hatte den Blick starr auf den Bildschirm seines Laptops gerichtet, aber seine Gedanken waren woanders. Das Cartel de la Muerte – Steinmanns Worte hallten immer noch in seinem Kopf nach.

Das Kartell war keine lokale Bande oder eine einfache kriminelle Gruppe, mit der man es zu tun hatte. Es war eine internationale Maschine, die den gesamten Schwarzmarkt Lateinamerikas beherrschte. Olsen hatte schon von ihnen gehört, immer wieder tauchte ihr Name in Berichten auf, doch was er bisher wusste, war nur die Spitze des Eisbergs. Steinmann hatte recht: Was auf sie zukam, war anders. Größer. Brutaler. Die Zahlen und Fakten, die er jetzt vor sich auf dem Bildschirm sah, bestätigten das.

Er öffnete die Datei des BKA, die vor einigen Tagen eingetroffen war, und begann erneut zu lesen.

Es war eine detaillierte Analyse, zusammengestellt aus jahrelangen Ermittlungen. Sie umfasste Hunderte von Seiten – Berichte, Fotografien, Organigramme, welche die Strukturen des Kartells darstellten. Das erste Bild, das auftauchte, war eine schematische Darstellung des Kartells, ein verzweigtes Netz, das bis in die entlegensten Ecken der Welt reichte.

Olsen lehnte sich in seinem Stuhl zurück, nahm einen tiefen Atemzug und ließ die Informationen auf sich wirken.

Das Cartel de la Muerte – wörtlich übersetzt das Kartell des Todes – war nicht nur ein Drogenkartell. Es war ein imperiales Verbrechersyndikat, das den gesamten Schwarzmarkt von Lateinamerika aus dominierte.

Ursprünglich entstanden durch eine Allianz zwischen kolumbianischen Kokainbaronen und mexikanischen Drogenhändlern, hatten sie sich schnell als die brutalste und effizienteste Organisation etabliert.

Ihr Operationsgebiet umfasste alles: den Kokainhandel aus Kolumbien, Waffenhandel, Menschenhandel, Erpressung und Auftragsmorde.

Die Zahlen, die er las, waren erschreckend. Olsen wusste, dass das Kartell in Lateinamerika eine Machtposition innehatte, aber die Details machten ihm klar, dass sie weitaus mächtiger waren, als er gedacht hatte. Es war kein Zufall, dass sie es nach Europa abgesehen hatten. Die Expansion nach Europa war strategisch – der nächste Schritt, um ihren globalen Einfluss zu festigen.

Der Kokainfluss begann tief in den Wäldern Kolumbiens, in den von Guerillagruppen kontrollierten Regionen, die für die Regierung unzugänglich waren. Die FARC-Rebellen, ehemalige Guerillakämpfer, hatten sich mit dem Cartel de la Muerte verbündet, um ihre Verbindungen zum Drogenschmuggel zu nutzen. Was früher politische Revolutionäre gewesen waren, waren jetzt skrupellose Söldner, die für das Kartell kämpften, wenn es notwendig war. Olsen las über die brutalen Säuberungen, die das Kartell durchgeführt hatte, um die Macht in diesen Gebieten zu sichern. Tausende waren gefallen, ohne dass die Welt es jemals bemerkt hatte.

Das Kokain wurde in Kolumbien hergestellt, in versteckten Laboren tief im Dschungel. Dort, fernab von jeglicher Zivilisation, arbeiteten die Menschen für einen Hungerlohn, während das Kartell Milliarden verdiente. Das Produkt war reines Kokain – die beste Qualität, die man auf dem Weltmarkt finden konnte. Von dort aus begann der Weg des weißen Pulvers in alle Ecken der Welt. Es wurde zunächst über Venezuela und Mexiko geschmuggelt, wobei die mexikanischen Kartelle die Verbindungen zum US-amerikanischen Schwarzmarkt herstellten.

Doch Europa, so wurde es in dem Bericht klar, war das neue Ziel des Kartells. Der alte Kontinent bot nicht nur einen riesigen Markt für Drogen – hier waren die Preise für Kokain höher, der Markt weniger gesättigt als in den USA.

Das Cartel de la Muerte hatte erkannt, dass es hier mehr verdienen konnte, mit weniger Risiko, und sie hatten bereits die ersten Schritte gemacht, um diesen Markt zu kontrollieren.

Olsen blätterte durch die Seiten des Berichts und blieb an einer Karte von Hamburg hängen. Der Hamburger Hafen – der größte in Deutschland, einer der bedeutendsten in Europa. Millionen von Containern passierten jedes Jahr diese Schleusen, und das Kartell wusste, dass es ein perfekter Knotenpunkt für den Drogenschmuggel war. Sie hatten bereits damit begonnen, ihre Netzwerke zu installieren, indem sie korrupten Hafenarbeitern, Zollbeamten und Politikern das nötige Bestechungsgeld zusteckten. Hamburg war auf dem besten Weg, zu einem neuen Zentrum für den internationalen Drogenhandel zu werden.

Olsen erinnerte sich an eine Unterredung, die er vor Monaten mit einem Kollegen geführt hatte. Es ging um die steigenden Zahlen von Kokainfunden in Europa. Damals hatte er nicht geglaubt, dass dies mehr als ein Zufall war. Doch jetzt, wo er die Verbindungen zu Milojevic und dem Cartel de la Muerte verstand, war ihm klar, dass es Teil eines viel größeren Plans war. Der Hamburger Hafen war der Schlüssel, und Milojevic war der Mann, der das Tor aufgestoßen hatte.

Sein Blick glitt über das Organigramm des Kartells, das die Hierarchie abbildete. An der Spitze stand eine Figur, deren Name ihm schon seit Langem ein Begriff war: El Fantasma – der Geist. Der Name tauchte in fast allen Berichten über das Kartell auf, aber niemand schien genau zu wissen, wer er war.

El Fantasma war mehr Mythos als Mensch, eine unsichtbare Präsenz, die das Kartell lenkte. Es hieß, er tauche nie persönlich auf, kommuniziere nur über Mittelsmänner. Manche Berichte gingen so weit, zu behaupten, er wechsle regelmäßig seine Identität oder habe sein Gesicht operieren lassen, um unerkannt zu bleiben.

Ein Mann ohne Gesicht, ohne Identität, aber mit unermesslicher Macht. Das machte ihn so gefährlich. Er führte das Kartell wie ein unsichtbarer General, der Befehle aus den Schatten erteilte. Unter ihm standen Dutzende von regionalen Bossen – Männer, die für ihn die Drecksarbeit erledigten und das Geschäft am Laufen hielten.

Olsen wusste, dass Milojevic einer dieser Mittelsmänner war. Er war der europäische Arm des Kartells, verantwortlich dafür, die Verbindungen zwischen dem Kartell und den europäischen Syndikaten herzustellen. Durch ihn hatten sie begonnen, Europa zu infiltrieren. Und durch ihn hatten sie Hamburg als ihren wichtigsten Stützpunkt auserkoren.

Olsen lehnte sich zurück und massierte sich die Schläfen. Es war ein nahezu undurchdringliches Netz, das sich über den Kontinent legte, und er fühlte das Gewicht dieses Wissens auf seinen Schultern. Das Kartell war kein gewöhnlicher Feind. Es war eine Hydra, die, selbst wenn man einen Kopf abschlug, sofort zwei neue nachwachsen ließ.

Am nächsten Morgen saß Olsen wieder einmal am Rand seines Schreibtisches und starrte auf die Karte von Hamburg, die an der Wand hing. Dicke rote Linien zogen sich durch die Stadt, markierten wichtige Punkte wie den Hafen und mehrere Verstecke, von denen sie vermuteten, dass sie zum Cartel de la Muerte gehörten.

Der Regen prasselte unaufhörlich gegen die Fenster, während er an einem Gedanken festhing, der sich wie ein Nebel in seinem Kopf ausbreitete: Milojevic und das Kartell. Es war kein Zufall. Es konnte kein Zufall sein.

Er stand auf und ging zu dem Whiteboard, das voll mit Notizen und Fotos war – die meisten aus früheren Ermittlungen gegen Milojevic. Olsen hatte ihn über Jahre verfolgt, hatte seine Schritte durch die europäische Unterwelt nachgezeichnet, von München bis nach Hamburg.

Doch jetzt, wo er die Puzzleteile mit den Informationen über das Kartell kombinierte, fügte sich alles zu einem düsteren, komplexen Bild zusammen.

Das Telefon auf seinem Schreibtisch klingelte, und er griff instinktiv danach, als wäre es der Anruf, auf den er unbewusst gewartet hatte.

„Olsen," sagte er knapp.

„Bernd, ich bin's – Maren," kam die vertraute Stimme seiner Kollegin und Vertrauten, Maren Starke, durch den Hörer. „Ich habe etwas gefunden. Du solltest dir das ansehen."

„Was hast du?"

„Komm in den Konferenzraum. Ich habe alte Fallakten durchgesehen, und ich glaube, wir haben eine Verbindung, die wir damals übersehen haben." Sie klang aufgeregt, aber auch besorgt – ein Ton, den er bei ihr nur selten hörte.

„Bin unterwegs," antwortete Olsen und legte auf. Er schnappte sich seine Jacke, warf einen letzten Blick auf die Karte und verließ sein Büro, während seine Gedanken rasten. Maren war eine der besten im Team. Wenn sie etwas gefunden hatte, war es wichtig.

Der Konferenzraum lag am Ende des langen, kargen Flurs. Als Olsen die Tür öffnete, sah er Maren bereits über einen Stapel alter Fallakten gebeugt. Auf dem Tisch lagen Dokumente, Fotos und Berichte verstreut, die alle aus der Zeit stammten, als Olsen in München gegen Milojevic ermittelt hatte.

„Was hast du?" fragte er, während er sich setzte und die ausgebreiteten Papiere betrachtete.

Maren warf ihm einen flüchtigen Blick zu und schob ein Foto zu ihm hinüber. „Erinnerst du dich an diesen Mann?"

Olsen nahm das Foto und betrachtete es eingehend. Es zeigte einen Mann in den Vierzigern, kräftig gebaut, mit einer Narbe über der linken Augenbraue. Es dauerte einen Moment, bis die Erinnerung in ihm aufblitzte.

„Das ist Ivan Kovac," sagte Olsen leise. „Er war einer von Milojevics Handlangern. Ich habe ihn vor Jahren in München verhört."

„Richtig," bestätigte Maren und zog eine Akte zu sich. „Damals hast du ihn im Zusammenhang mit einem Waffenhandel vernommen, der schiefgegangen ist. Aber hier wird es interessant – ich habe die Ermittlungsakten von damals mit den neuen Informationen verglichen, die wir vom BKA über das Cartel de la Muerte bekommen haben."

Sie blätterte durch die Seiten, bevor sie auf eine bestimmte Passage deutete. „Siehst du das hier?"

Olsen beugte sich vor und las die Notizen. Kovac war in München in eine Schießerei verwickelt gewesen, bei der mehrere Männer eines anderen kriminellen Syndikats getötet wurden. Damals hatte man vermutet, es handele sich um einen Bandenkrieg. Aber das neue Dossier des BKA warf ein anderes Licht auf die Ereignisse.

„Das waren keine Zufallsopfer," sagte Maren. „Die Männer, die getötet wurden, hatten Verbindungen zu einem Drogenschmuggelring, der mit dem Kartell in Verbindung stand. Und Kovac war derjenige, der den Auftrag ausführte."

Olsen spürte, wie sich seine Nackenhaare aufstellten. „Du meinst, Milojevic hat schon damals für das Kartell gearbeitet?"

Maren nickte langsam. „Ich denke, ja. Es war nicht nur ein Zufall. Die Allianz zwischen Milojevic und dem Kartell war viel älter, als wir dachten. Was, wenn das ganze Netzwerk, das er in Europa aufgebaut hat, von Anfang an darauf ausgelegt war, den Weg für das Kartell zu ebnen?"

Olsen legte das Foto auf den Tisch und starrte auf die Akten. Die Idee machte Sinn. Milojevic war nie nur ein einfacher

Verbrecher gewesen, der sich nach Macht und Geld sehnte. Er war klug, berechnend, und er hatte eine Vision gehabt – eine, die viel größer war als die lokale Kontrolle über den Drogenhandel.

„Er hat die Infrastruktur in Europa für sie geschaffen," sagte Olsen, während er die Fakten in seinem Kopf zusammensetzte. „Er hat Verbindungen aufgebaut, Schmuggler, korrupte Beamte und Hafenarbeiter bestochen. Alles, um den Weg für das Kartell zu ebnen, damit dieses den europäischen Markt übernehmen kann."

Maren lehnte sich zurück und verschränkte die Arme. „Das erklärt, warum er so schwer zu fassen war. Jedes Mal, wenn wir dachten, wir hätten ihn, ist er entkommen. Er hatte die Ressourcen des Kartells hinter sich."

Olsen nickte und spürte, wie die Frustration in ihm wuchs. Sie hatten Milojevic immer nur als europäischen Drahtzieher gesehen, der seine eigenen Ziele verfolgte.

Sie hatten die internationale Dimension unterschätzt. Milojevic war der Türöffner gewesen, der Europa dem Kartell auf einem Silbertablett präsentiert hatte.

„Hast du noch mehr?" fragte er.

Maren schob ihm eine weitere Akte zu. „Das hier könnte interessant sein. Erinnerst du dich an einen Vorfall in Rotterdam vor zwei Jahren? Der Fall mit dem verschwundenen Container?"

Olsen zog die Akte zu sich und blätterte durch die Seiten. Rotterdam – der Hafen, in dem ein Container spurlos verschwunden war, angeblich voll beladen mit legaler Ware. Die Ermittlungen waren damals ins Leere gelaufen, da die Frachtpapiere gefälscht worden waren und niemand die Verantwortlichen finden konnte.

„Es stellt sich heraus, dass dieser Container Teil einer größeren Lieferung des Kartells war," sagte Maren und deutete auf einen Vermerk. „Der Container enthielt Kokain. Und Milojevic hatte dafür gesorgt, dass er durch den Zoll kam."

Olsen starrte auf den Bericht und fühlte, wie die Wut in ihm aufstieg. Milojevic hatte sie alle getäuscht. Während sie glaubten, es mit einem skrupellosen Einzelgänger zu tun zu haben, kristallisiere sich heraus, dass er ausschließlich im Auftrag des Kartells handelte.

„Das war sein Spiel von Anfang an," sagte Olsen schließlich. „Er hat sich nie nur um Hamburg gekümmert. Er hat ganz Europa für das Kartell vorbereitet. Sie wollten den Markt übernehmen, und Milojevic hat dafür gesorgt, dass sie es können."

Maren nickte langsam. „Aber jetzt wissen wir es. Und jetzt können wir handeln."

Olsen lehnte sich zurück, starrte auf die verstreuten Papiere vor sich und spürte das Gewicht der neuen Erkenntnisse auf seinen Schultern. Es war, als würde sich ein dunkler Schleier über den Kontinent legen, mit Hamburg als Zentrum des Netzwerks.

Das Cartel de la Muerte hatte Europa nicht zufällig als Ziel gewählt. Milojevic war nicht nur ein Verbündeter – er war der Architekt ihres Plans gewesen. Und jetzt, wo Olsen die ganze Wahrheit kannte, wusste er, dass es nur eine Frage der Zeit war, bis das Kartell ihre Macht über den gesamten Kontinent ausweitete. Doch dieses Mal war er bereit, den Kampf aufzunehmen.

„Wir haben viel Arbeit vor uns," sagte er schließlich und stand auf. „Aber wir werden das Kartell stoppen."

Erster Kontakt

Die Sonne stand endlich mal wieder hoch am Himmel und spiegelte sich im leichten Wellengang der Elbe. Es war einer der seltenen Tage in Hamburg, an dem sich die Wolken zurückgezogen hatten und der blaue Himmel das Stadtbild prägte. Die Landungsbrücken waren mit Touristen und Einheimischen gefüllt, die die unerwartete Wärme genossen. Ein seltener Moment, in dem die Hektik der Großstadt durch eine Art sommerlicher Gelassenheit ersetzt wurde.

Bernd Olsen spürte den Sonnenschein auf seinem Gesicht, während er auf die Uhr sah. Trotz der Ruhe um ihn herum war seine innere Anspannung deutlich spürbar. Der Wind trug den Geruch von Salz und Algen zu ihm herüber, während die vorbeifahrenden Schiffe eine Art träge Ruhe ausstrahlten, die in starkem Kontrast zu dem stand, was er erwartete.

Er stand nahe der Köhlbrandbrücke, einem weniger frequentierten Ort, wo er sich mit einem alten Kontaktmann treffen sollte. Ein CIA-Informant aus dem Balkan, der in den Wirren des Drogenkriegs in Kolumbien operiert hatte. Es war einer derjenigen, die sich zwischen den Fronten bewegt hatten – offiziell ein Schatten, der nie wirklich existierte.

Olsens Herzschlag beschleunigte sich, als er sich daran erinnerte, was auf dem Spiel stand. Dieser Mann hatte den Drogenkrieg in Kolumbien hautnah erlebt, und er wusste Dinge, die nicht einmal in den besten Geheimdienstberichten zu finden waren.

Er zog sein Handy aus der Tasche und überprüfte die Nachricht noch einmal. „Treffpunkt: 15:00 Uhr. Sei diskret." Typisch für solche Informanten – keine Details, keine Namen. Nur Zeit und Ort.

Plötzlich tauchte eine Gestalt aus der Menschenmenge auf. Ein Mann Mitte fünfzig, mit schütterem grauem Haar und einem wettergegerbten Gesicht, das so viele Geschichten erzählen konnte, wie es Falten trug. Sein Blick war kühl und aufmerksam, während er sich auf Olsen zubewegte.

Seine Hände steckten tief in den Taschen seines Mantels, und er trug eine alte, abgenutzte Ledertasche bei sich. Olsen wusste sofort, dass dies sein Kontakt war.

„Bist du Olsen?" fragte der Mann, ohne jegliche Begrüßung. Seine Stimme war rau, als hätte er in den letzten zwanzig Jahren zu viele Zigaretten geraucht und zu viele Geheimnisse bewahrt.

„Das bin ich," antwortete Olsen ruhig, während er den Mann musterte. „Und du musst Nikola sein."

Der Informant zuckte nur mit den Schultern. „Nikola, Carlos, oder wie immer du mich nennen willst. Namen sind unwichtig."

Olsen nickte, seine Aufmerksamkeit auf die Umgebung gerichtet. Obwohl die Sonne schien und die Stadt für einen Moment friedlich wirkte, war der Schatten der Gefahr nie weit entfernt. Er wusste, dass das Cartel de la Muerte überall lauern konnte. Dies war keine sichere Stadt mehr.

„Lass uns ein wenig spazieren gehen," sagte Nikola leise, bevor er sich umdrehte und langsam am Ufer entlangging, weit weg von den neugierigen Blicken der Touristen. Olsen folgte ihm, den Blick wachsam auf die Menschen um sie herum gerichtet.

„Du hast Informationen für mich," begann Olsen, als sie weit genug von der Menge entfernt waren.

Nikola warf ihm einen schnellen Seitenblick zu. „Informationen haben ihren Preis, Olsen. Und meiner ist nicht billig."

„Du weißt, dass ich nicht hier bin, um zu verhandeln. Du hilfst uns, oder wir müssen die Sache auf unsere Weise regeln." Olsens Stimme war ruhig, aber die Schärfe war unverkennbar. Er hatte keine Geduld für Spielchen, nicht in einem Fall wie diesem.

Nikola hielt inne und drehte sich zu ihm um. Seine Augen funkelten kurz im Sonnenlicht, bevor sie wieder hart wurden. „Du denkst, das hier ist ein Spiel? Ich bin nicht hier, weil ich es will, Olsen. Ich bin hier, weil ich das Kartell überleben will. Sie haben Augen und Ohren überall. Wenn sie herausfinden, dass ich mit dir rede, bin ich tot. Und das schneller, als du dir vorstellen kannst."

Olsen blieb ruhig, auch wenn er das Zittern in der Stimme des Informanten spürte. Die Angst war echt, und das Kartell war berüchtigt für seine gnadenlose Rache an Verrätern.

„Erzähl mir von Milojevic," sagte Olsen. „Was ist seine Verbindung zum Cartel de la Muerte?"

Nikola holte tief Luft und begann zu sprechen, während sie wieder in Bewegung kamen. „Milojevic ist nicht nur irgendein Krimineller. Er ist viel tiefer mit ihnen verbunden, als ihr dachtet. Er war schon lange der europäische Kontakt des Kartells, bevor er in Hamburg richtig aktiv wurde. Sie haben ihn benutzt, um Verbindungen in Europa aufzubauen, besonders hier in Hamburg. Der Hafen ist der perfekte Ort für ihre Operationen."

Olsen hörte aufmerksam zu. „Was genau bedeutet das? Wie lange arbeitet er schon mit ihnen zusammen?"

Nikola blieb stehen und schaute hinaus auf den Fluss, als wollte er seine Gedanken ordnen. „Seit mindestens zehn Jahren. Es begann mit Waffen. Milojevic war zuerst ein Zwischenhändler. Er hat die Deals zwischen Europa und Lateinamerika koordiniert. Sie haben Waffen geliefert, um den Bürgerkrieg in Kolumbien zu befeuern, und im Gegenzug haben sie Kokain durch die mexikanischen Kartelle in die USA und später nach Europa geschmuggelt. Milojevic hat diese Lieferungen organisiert. Er war derjenige, der dafür sorgte, dass die Ware durch die Häfen kam, ohne dass jemand Fragen stellte."

Olsen spürte, wie sein Herzschlag schneller wurde. „Und jetzt? Was ist seine Rolle jetzt?"

Nikola drehte sich zu ihm um und sah ihn mit scharfem Blick an. „Er ist derjenige, der die nächste Phase organisiert. Das Kartell will eine neue Route durch den Hamburger Hafen aufbauen. Sie haben genug von den kleinen Deals. Es geht jetzt um Großlieferungen. Das Kartell plant, tonnenweise Kokain und Waffen durch Hamburg zu schleusen. Und Milojevic ist der Kopf, der das Ganze leitet."

Olsen schüttelte den Kopf, während die Worte des Informanten in seinem Verstand widerhallten. Eine neue Lieferroute durch Hamburg? Sie planten also, ihre Operationen weiter auszubauen, den Hafen vollständig zu kontrollieren.

„Was willst du von mir?" fragte Nikola leise, als sie wieder in die Bewegung kamen.

„Ich will Details. Zeitpläne. Welche Routen werden sie nutzen? Wann kommt die nächste Lieferung?"

Nikola zögerte. „Das ist gefährlich, Olsen. Ich kann dir nur das geben, was ich weiß, und selbst das bringt mich schon in Schwierigkeiten."

Olsen blieb stehen und trat nah an ihn heran, bis nur noch wenige Zentimeter zwischen ihnen lagen. „Du bist schon in Schwierigkeiten, Nikola. Du weißt, dass das Kartell dich erledigt, wenn sie nur den Verdacht haben, dass du plauderst. Der einzige Weg, wie du hier lebend rauskommst, ist, mit mir zusammenzuarbeiten. Also, wie sieht es aus?"

Der Informant seufzte, sah sich um und schien die Situation abzuwägen.

Schließlich nickte er. „Ich werde dir alles geben, was ich weiß. Aber ich brauche Schutz. Wenn das Kartell herausfindet, dass ich mit dir geredet habe, bin ich so gut wie tot."

Olsen nickte langsam. „Das lässt sich arrangieren. Aber du musst dich an deine Seite des Deals halten."

Nikola warf einen letzten Blick auf die Stadt, bevor er die Ledertasche öffnete und ein paar alte, abgenutzte Dokumente herausholte. „Das ist nur der Anfang. Aber es reicht, um zu beweisen, dass das Kartell bereits Schritte unternommen hat, den Hafen zu infiltrieren. Die nächste Lieferung kommt bald, und sie planen, sie unbemerkt durch den Zoll zu schmuggeln."

Olsen nahm die Dokumente entgegen und steckte sie in seine Jacke. „Wir sehen uns bald wieder, Nikola. Du weißt, was auf dem Spiel steht."

Nikola nickte knapp, seine Augen schienen rastlos, immer auf der Suche nach einer Gefahr, die jederzeit aus den Schatten hervortreten konnte. „Vergiss nicht, was ich dir gesagt habe, Olsen. Das Kartell spielt keine Spiele. Wenn du sie nicht aufhältst, wird Hamburg fallen."

Mit diesen Worten drehte sich Nikola um und verschwand in der Menge, die immer noch an den Landungsbrücken flanierte. Olsen blieb einen Moment lang stehen, die Sonne wärmte sein Gesicht, aber die Schwere der bevorstehenden Gefahr legte sich wie ein dunkler Schleier über ihn.

Hamburg war mehr als nur ein Zwischenstopp für das Kartell. Es war der Schlüssel zu ihrer Macht in Europa.

Olsen ging langsam zurück, seine Gedanken rotierten, während die Hektik des Hafens um ihn herum keine Beachtung fand.

Die Sonne strahlte noch immer über die Stadt, aber in seinem Inneren wusste er, dass die Schatten des Kartells bereits alles verdunkelten.

Während Olsen sich langsam vom Ufer entfernte, spürte er die Schwere jeder Entscheidung, die auf ihm lastete. Die Sonne war trügerisch, eine Illusion, die nichts von der Dunkelheit erahnen ließ, die sich unter der Oberfläche zusammenbraute. Jeder Schritt fühlte sich an, als würde er ihn tiefer in den Abgrund ziehen – eine Welt, die von Gewalt, Korruption und unendlicher Gier beherrscht wurde.

In den letzten Jahren hatte er viel gesehen. Zerschlagene Familien, die durch den Drogenschmuggel des Kartells ruiniert wurden. Junge Leben, die durch das verlockende Versprechen schnellen Reichtums im Drogenschmuggel zerstört wurden – ein Versprechen, das nie gehalten wurde. All das war zu einer Art unsichtbarem Begleiter geworden, der ihn verfolgte. Aber es war nicht nur der Tod und die Zerstörung, die ihn quälten – es war die Ahnung, dass der Kampf vielleicht vergebens war. Das Cartel de la Muerte war kein gewöhnlicher Gegner. Es war ein Monstrum, das überall seine Köpfe hatte.

Olsen dachte an Milojevic, diesen kaltblütigen Kriminellen, der sich jahrelang durch die Schatten Europas bewegt hatte. Er hatte ihn immer für einen Einzelgänger gehalten, einen gerissenen, aber letztlich sterblichen Verbrecher. Doch jetzt aber erkannte er die Wahrheit: Milojevic war nicht nur eine lokale Bedrohung. Er war das Tor für das Kartell nach Europa, der Schlüssel zu einer neuen Dimension des internationalen Verbrechens. Ein Werkzeug in den Händen eines viel größeren Feindes.

Und dann war da noch seine Familie. Immer wieder dachte er an seine Tochter, die er in Sicherheit gebracht hatte, als die ersten Drohungen des Kartells laut wurden. In der Theorie war sie weit weg von der Gefahr, aber er wusste nur zu gut, dass das Kartell keine geografischen Grenzen kannte. Es gab keinen Ort, der wirklich sicher war. Ein Fehler, eine falsche Bewegung, und sie könnten sie finden.

Das Kartell verstand es, Druck auszuüben – nicht nur auf den Gegner, sondern auch auf dessen Familie, Freunde und alles, was ihm wichtig war. Sie waren nicht nur darauf aus, ihre Ziele zu eliminieren. Sie wollten alles zerstören, was einem Menschen lieb war. Und das wusste Olsen besser als jeder andere.

Er blieb kurz stehen und blickte noch einmal zurück in Richtung des Hafens, dessen Weite nun im blendenden Sonnenlicht fast friedlich wirkte. Die hektische Betriebsamkeit der Stadt, die Schiffe, die kamen und gingen, die Container, die gestapelt wurden – es war, als wäre Hamburg das Zentrum des Lebens. Doch in den Containern, unter den Decks, in den versteckten Ecken des Hafens lauerte das Verbrechen. Das Cartel de la Muerte arbeitete unsichtbar, aber es hinterließ überall Spuren des Todes.

Es war absurd, dass die Menschen um ihn herum ihre normalen Leben lebten, ohne zu ahnen, welche Bedrohung sich ihnen näherte. Aber das war die Natur dieser Art von Krieg. Es war ein Kampf im Verborgenen, abseits der Schlagzeilen und des Rampenlichts. Diejenigen, die darin gefangen waren, hatten keine Wahl – sie mussten kämpfen oder untergehen. Und Olsen hatte beschlossen zu kämpfen, selbst wenn er wusste, dass es ihn alles kosten könnte.

Doch eine Frage nagte in ihm: Wie lange konnte er diesen Kampf noch führen, ohne selbst daran zu zerbrechen?

Er wusste, dass er keine Wahl hatte. Es war seine Pflicht. Und in diesem Moment, während die Sonne die Stadt erleuchtete, spürte er die unvermeidbare Dunkelheit, die kommen würde – der Sturm, der Hamburg mit aller Gewalt treffen würde. Und er war einer der wenigen, die bereit waren, ihn aufzuhalten. Aber die Frage blieb: Würde er stark genug sein, um es zu überleben?

Mit schweren Schritten setzte Olsen seinen Weg fort, die Dokumente in seiner Tasche, die ihm das nächste Kapitel dieses

Krieges eröffneten. Der Weg vor ihm war lang, steinig und von Ungewissheit geprägt. Aber eines war sicher: Der Schatten des Kartells hatte ihn längst eingeholt.

Bernd Olsen stand wieder an seinem Fenster im Büro und blickte hinaus auf die Hafenkräne, die sich im goldenen Licht der späten Nachmittagssonne wie stumme Wächter über den Containerterminals erhoben. Der sonnige Tag hatte die Stadt in einen seltenen Zustand der Ruhe versetzt, doch in Olsens Gedanken tobte ein Sturm. Nikolas Informationen über Milojevic hatten sich als mehr als nur besorgniserregend herausgestellt. Sie waren eine klare Warnung, dass das Kartell bereits viel tiefer in Europa verwurzelt war, als sie ursprünglich gedacht hatten.

Als er in sein Büro zurückkehrte, rief er sofort seine Kontaktpersonen in Kolumbien ein, um mehr über die Verbindungen zwischen Milojevic und dem Kartell herauszufinden. Einige Stunden später, als die ersten Unterlagen aus Kolumbien per E-Mail eintrafen und er sie ausdruckte, wurde die Situation für ihn klarer – und in seinen Gedanken zugleich gefährlicher.

Milojevic war nicht einfach nur ein europäischer Krimineller, der sich mit den falschen Leuten eingelassen hatte. Er war der Knotenpunkt, der entscheidende Verbindungsmann zwischen dem Kartell und den europäischen Schwarzmärkten. Seine Rolle ging tiefer, als irgendjemand vermutet hatte.

Olsen ließ sich schwer in seinen Stuhl fallen und rieb sich die Schläfen. Es war klar, dass Milojevic nicht nur ein Geschäftspartner des Kartells war. Er war über Jahre hinweg Teil ihres Netzwerks geworden, derjenige, der die Drogen- und Waffenlieferungen zwischen Kolumbien und Europa koordinierte. Und was er jetzt erfuhr, brachte eine völlig neue Dimension ins Spiel.

Kolumbien, das Zentrum der globalen Kokainproduktion, war das Herz des Kartells. Die weißen Pulverstraßen, die von dort aus in die Welt flossen, waren das Rückgrat ihrer Macht.

In den entlegenen Dschungeln Kolumbiens, wo die Regierung keine Kontrolle hatte und die FARC-Rebellen bis vor wenigen Jahren das Sagen hatten, produzierte das Kartell sein reines Kokain. Doch die Lieferung der Drogen nach Europa war nur die halbe Geschichte.

In einem alten CIA-Bericht, den Olsen nun durchlas, wurde detailliert beschrieben, wie die FARC-Guerillas und das Cartel de la Muerte einst eine brutale Allianz geschlossen hatten. Die Guerillas lieferten den bewaffneten Schutz, und das Kartell nutzte seine Ressourcen, um die Kokainproduktion zu maximieren. Doch was vielen nicht bewusst war: Das Kartell war nicht nur an Drogen interessiert – der Waffenhandel war eine gleichwertige Säule ihrer Macht.

Milojevic war in diese Struktur eingebunden worden, lange bevor er nach Europa kam. Es begann mit den Waffenlieferungen. Während der kolumbianische Drogenkrieg tobte, brauchten die Rebellen Waffen, um sich gegen die kolumbianische Armee und rivalisierende Kartelle zu behaupten. Milojevic, der zu dieser Zeit in den tiefsten Ecken des europäischen Schwarzmarktes agierte, war der perfekte Mittelsmann.

Olsen erinnerte sich an die Akten über Milojevic, die er in München studiert hatte. Damals war er ein aufstrebender Waffenhändler, der durch das Labyrinth des europäischen Untergrunds navigierte. Seine Deals waren präzise und gnadenlos. Er hatte Beziehungen zu alten Jugoslawischen Kriegsverbrechern, die Zugang zu riesigen Waffenbeständen hatten, die nach dem Zerfall des Landes übriggeblieben waren.

Diese Waffen wurden durch Milojevic in die Hände der FARC geliefert. AK-47, Panzerfäuste, Granaten – alles, was die Guerillas brauchten, um ihren Krieg zu führen, kam über die Verbindungen, die Milojevic zu den osteuropäischen Waffenhändlern aufgebaut hatte.

Doch das war erst der Anfang.

Olsen las weiter und entdeckte, dass Milojevic über die Jahre nicht nur Waffenlieferungen organisiert hatte. Er hatte die gesamte Logistik des Kartells in Europa aufgebaut. Die Waffen gingen nach Kolumbien, und im Gegenzug flossen die Drogen zurück nach Europa – alles unter Milojevics wachsamem Auge. Er hatte die Verbindungen in den wichtigsten Häfen Europas geknüpft – Rotterdam, Antwerpen, und natürlich Hamburg. Er wusste, wie man Beamte bestach, wie man Frachtschiffe unbemerkt durch die Zollkontrollen brachte. Und das alles, ohne dass er jemals wirklich ins Rampenlicht trat.

Olsen fühlte, wie sich sein Magen zusammenzog. Milojevic war viel gefährlicher, als er jemals gedacht hatte. Er war das strategische Bindeglied, das die Operationen des Cartel de la Muerte erst möglich machte.

Olsen stand auf, trat ans Fenster und blickte hinaus auf den Hafen. Hamburg, der Dreh- und Angelpunkt des Drogenhandels. Milojevic hatte dafür gesorgt, dass die Frachtströme nach Europa flossen, aber es ging nicht nur um Kokain. Olsen hatte Berichte erhalten, die darauf hindeuteten, dass das Kartell auch andere Güter transportierte – Menschen, Waffen, sogar seltene Tiere. Es gab nichts, womit sie nicht handelten, und Milojevic war der Mann, der diese Geschäfte am Laufen hielt.

Ein Klopfen an der Tür riss ihn aus seinen Gedanken. Es war Maren Starke, seine rechte Hand und eine der wenigen Personen, denen er wirklich vertraute.

„Ich habe mir die Berichte angeschaut, die du mir geschickt hast," sagte sie, als sie den Raum betrat. „Milojevic ist tiefer in dieses Netz verwickelt, als wir dachten, oder?"

Olsen nickte und deutete auf die Berichte auf seinem Schreibtisch. „Er war nicht nur der europäische Arm des Kartells, Maren. Er hat deren gesamte europäische Infrastruktur aufgebaut. Und seine Verbindungen nach Kolumbien – sie sind tiefer als wir vermutet haben. Die Waffen, die er den Rebellen dort geliefert hat, haben ihn zu einem unverzichtbaren Partner des Kartells gemacht."

Maren setzte sich und griff nach einem der Berichte. „Und jetzt nutzt er diese Verbindungen, um das Kartell in Europa zu etablieren. Drogen, Waffen, Menschen – das volle Programm."

„Exakt," sagte Olsen und ließ sich wieder in seinen Stuhl sinken. „Und Hamburg ist der Schlüssel. Wenn sie die Kontrolle über den Hafen übernehmen, dann haben sie Zugang zu ganz Europa. Milojevic wusste das. Deswegen hat er sich hier niedergelassen."

Maren lehnte sich nachdenklich zurück. „Also müssen wir ihn stoppen, bevor die nächste Lieferung durch den Hafen geht."

Olsen nickte, doch in seinem Inneren spürte er die Schwere der Aufgabe. Milojevic war kein kleiner Fisch mehr, den sie einfach aus dem Verkehr ziehen konnten.

„Es wird nicht einfach werden," sagte er leise. „Aber wir haben keine Wahl. Wenn wir das Kartell nicht stoppen, bevor sie sich hier festsetzen, wird Hamburg zu ihrer Drehscheibe für ganz Europa."

Maren blickte auf die Hafenkräne draußen, die immer noch im sanften Licht der untergehenden Sonne glänzten. „Dann sollten wir besser keine Zeit verlieren."

Die Dämmerung legte sich langsam über Hamburg, und die Hafenkräne zeichneten sich scharf gegen den Himmel ab, während die letzten Sonnenstrahlen die Elbe in ein glühendes Orange tauchten. Bernd Olsen stand an der offenen Balkontür seines Büros und spürte den leichten, kühlen Wind, der vom Wasser heraufzog. Der Tag war lang gewesen, und die Gedanken kreisten unaufhörlich um das, was er gerade erfahren hatte.

Milojevic.

Der Name, der sich wie Gift in seine Gedanken gefressen hatte, war zurück. Und diesmal war es anders. Diesmal war der Mann nicht nur der Verbrecher, den Olsen über Jahre gejagt hatte. Diesmal war er der Schlüssel zu etwas viel Größerem – zu einem internationalen Netz aus Drogen, Waffen und Gewalt.

Olsen seufzte, drehte sich um und ging zurück zu seinem Schreibtisch, als sein Handy vibrierte. Eine Nachricht. Der Bildschirm zeigte nur eine kurze, unscheinbare Zeile: „Treffpunkt in 30 Minuten. Allein." Keine Unterschrift. Aber Olsen wusste sofort, wer dahintersteckte.

Milojevic.

Es hatte Tage gedauert, die Spur zu ihm aufzunehmen. Die Straßen waren still geblieben, die Informanten verschwiegen. Das Kartell hatte sich zurückgezogen, abgetaucht in die dunklen Winkel der Stadt. Doch nun bot sich die Chance, Milojevic zu treffen – und das Risiko war enorm.

30 Minuten später stand Olsen in einer verlassenen Lagerhalle am Hafen, umgeben von Schatten und dem leisen Rauschen des nahen Wassers. Die Halle war ein Relikt der vergangenen Tage, rostige Stahlträger zogen sich durch den Raum, und der Boden war bedeckt mit Schutt und Glasscherben. Der Geruch von Öl und Salz lag in der Luft. Inmitten dieser Stille wartete er.

Plötzlich hörte er Schritte hinter sich. Langsam drehte er sich um und erkannte die schattenhafte Silhouette von Milojevic, der sich lässig in die Dunkelheit lehnte. Es war derselbe Mann, den er so oft verhaftet hatte, aber diesmal war die Situation anders. Es gab keine Handschellen, keinen Haftbefehl. Nur ein riskanter Handel, der alles verändern konnte.

„Bernd," begann Milojevic leise und trat näher. Seine Augen funkelten kalt, aber hinter dieser kühlen Fassade konnte Olsen die Nervosität erkennen. Der Druck, der auf ihm lastete. „Ich habe nicht viel Zeit."

„Das kannst du laut sagen," antwortete Olsen trocken und hielt den Blick auf Milojevic gerichtet. „Du wirst verfolgt, nicht wahr? Wie lange glaubst du, bevor das Kartell dich findet?"

Milojevic lachte leise, aber ohne Freude. „Sie werden mich finden. Früher oder später. Aber darum bin ich nicht hier." Er trat einen Schritt näher und hielt inne, um sicherzustellen, dass sie allein waren. „Ich habe Informationen, die du brauchst. Informationen, die euch helfen werden, das Cartel de la Muerte zu stoppen."

Olsen verschränkte die Arme und ließ Milojevic nicht aus den Augen. „Und warum sollte ich dir glauben? Was hast du davon?"

Milojevic zog die Schultern hoch und zuckte kaum merklich mit den Mundwinkeln. „Ich bin nicht hier, damit du mir Glauben schenkst, Bernd. Ich bin hier, weil ich keine andere Wahl habe. Du willst das Kartell stoppen, und ich will am Leben bleiben. Das hier ist mein Deal."

Olsen lehnte sich gegen eine der alten, rostigen Stahlträger und schüttelte den Kopf. „Du warst immer gut darin, dir deinen eigenen Arsch zu retten. Was also bietest du an, das uns wirklich hilft? Was kannst du über das Kartell wissen, was wir nicht schon wissen?"

Milojevic zog ein zerknittertes Blatt Papier aus der Tasche seines Mantels und reichte es Olsen. „Das ist der Schlüssel. Eine neue Route, die sie aufbauen. Kolumbien, über den Atlantik direkt nach Hamburg. Sie haben es lange geplant. Der Hafen wird zum Umschlagplatz für ihre größten Lieferungen. Es geht nicht mehr nur um kleine Deals. Es geht um Container voller Kokain. Tonnenweise."

Olsen starrte auf das Blatt, aber er ließ sich nichts anmerken. „Hamburg also. Und du wusstest das die ganze Zeit."

„Ich war derjenige, der sie dabei unterstützt hat, das System aufzubauen," antwortete Milojevic, seine Stimme ruhig, aber mit einem Hauch von Bitterkeit. „Es lief alles über mich. Ich habe die Leute bestochen, die Zöllner, die Hafenarbeiter, die Politiker. Sie alle haben ihre Hände im Spiel. Hamburg ist ihr europäisches Tor. Aber sie planen etwas noch Größeres."

Olsen hob den Blick von dem Papier und sah Milojevic scharf an. „Was meinst du mit ‚größer'?"

„Es geht nicht nur um Drogen," sagte Milojevic, und seine Stimme wurde leiser, fast verschwörerisch. „Sie wollen Hamburg als Basis für alles nutzen. Menschenhandel, Waffen, Geldwäsche – sie übernehmen die gesamte Unterwelt Europas von hier aus. Und ich war derjenige, der die Verbindungen dafür geschaffen hat."

Olsen fühlte, wie sich sein Magen zusammenzog. Die Vorstellung, dass Hamburg – seine Stadt – zur Drehscheibe für eines der gefährlichsten Kartelle der Welt werden könnte, war unerträglich. Doch er wusste, dass Milojevic nicht lügen würde, nicht in dieser Situation. Der Mann war ein Überlebenskünstler, und Überlebenskünstler lügen nur, wenn sie glauben, dass sie damit durchkommen. In diesem Moment wusste Milojevic, dass ihm die Zeit davonlief. Er hatte keinen Grund, sich hinter Lügen zu verstecken.

„Warum erzählst du mir das jetzt?" fragte Olsen leise, obwohl er die Antwort bereits kannte.

Milojevic lächelte dünn. „Weil ich weiß, dass ich tot bin, wenn das Kartell herausfindet, dass ich mit dir spreche. Das hier ist mein einziges Druckmittel. Du nimmst diese Informationen und stoppst sie – oder ich bin genauso erledigt wie du."

Olsen ging langsam um Milojevic herum, die Spannung im Raum war greifbar. Er wusste, dass der Mann nicht ohne Grund mit diesen Informationen zu ihm gekommen war. Es war ein verzweifelter Schachzug.

Und Milojevic war ein Mann, der keine Risiken einging, es sei denn, er sah keinen anderen Ausweg.

„Du willst also Immunität," stellte Olsen fest, ohne aufzuhören, ihn zu mustern. „Schutz vor dem Kartell und eine Freikarte aus der Hölle."

Milojevic nickte langsam. „Du gibst mir das, und ich gebe dir alles. Kontakte, Namen, Zeitpläne. Du kannst das Kartell zerschlagen, bevor es zu spät ist."

Olsen blieb stehen und verschränkte die Arme. Er wusste, dass er an einem Wendepunkt stand. Wenn er diesen Deal annahm, könnte er das Kartell wirklich schwächen – vielleicht sogar zerstören. Doch es bedeutete auch, dass er Milojevic schützen musste. Und der Gedanke, diesen Mann wieder laufen zu lassen, war fast unerträglich.

„Wenn ich dir Immunität gewähre, wirst du für uns arbeiten," sagte Olsen, seine Stimme kühl und bestimmt. „Du wirst jedes Detail preisgeben, was du kennst. Und wenn du auch nur einmal lügst, bist du genauso tot wie die anderen."

Milojevic nickte langsam. „Ich habe keine andere Wahl, Bernd."

Olsen zögerte einen Moment, bevor er ihm die Hand reichte. „Dann sind wir uns einig. Aber wenn du mich verrätst, bringe ich dich eigenhändig um."

Ein Schatten huschte über Milojevics Gesicht, aber er sagte nichts. Stattdessen schüttelte er Olsens Hand. „Ich werde dir alles geben, was du brauchst."

Olsen ließ die Hand los und trat einen Schritt zurück. Er spürte, dass sie beide an diesem Punkt angekommen waren, an dem es kein Zurück mehr gab. Ein riskanter Deal, den er nicht ablehnen konnte, obwohl ihm klar war, dass er sich damit auf ein gefährliches Spiel einließ.

„Wann kommt die erste Lieferung?" fragte Olsen und griff nach dem Papier, das Milojevic ihm gegeben hatte.

„In zwei Wochen," antwortete Milojevic. „Sie wird über den Hafen gehen, wie gewohnt. Aber diesmal mit einem neuen Sicherheitssystem. Das Kartell wird es schwerer machen, sie zu stoppen."

Olsen nickte. „Dann haben wir zwei Wochen, um das Netz zu durchbrechen."

Er verstaute das Papier in seiner Jackentasche und sah Milojevic noch einmal an. „Du wirst dich von jetzt an in meiner Nähe aufhalten. Kein Verstecken. Wenn du mich belügst, wirst du es bereuen."

Milojevic nickte nur, bevor er sich umdrehte und in der Dunkelheit der Lagerhalle verschwand. Olsen stand einen Moment lang still, lauschte den entfernten Geräuschen der Stadt, die sich im Schlaf wiegte. Der Deal war abgeschlossen.

Doch der Preis dafür war hoch – und Olsen wusste, dass die nächsten Wochen alles von ihm fordern würden. Der Kampf gegen das Cartel de la Muerte hatte gerade erst begonnen.

Er ließ die Stille der Lagerhalle auf sich wirken, das entfernte Rauschen der Wellen, das Knarzen der alten Balken. In seiner Brust spürte er den Druck, der sich aufbaute, schwer und unnachgiebig. Milojevic war kein einfacher Informant. Er war ein Überlebenskünstler, jemand, der in der Welt der Kriminalität nicht nur Fuß gefasst, sondern darin gedeihen konnte.

Der Gedanke, ihm jetzt zu vertrauen – zumindest für den Moment – brachte in Olsen einen tiefen Widerwillen hervor. Doch was blieb ihm anderes übrig?

Zwei Wochen. Zwei Wochen, um eine internationale Organisation zu Fall zu bringen, die keine Gnade kannte. Ein Kartell, das ganze Städte zerstört hatte, dessen Hände überall auf der Welt nach Macht griffen. Olsen dachte an die Unschuldigen, die Menschen, die sich dessen nicht bewusst waren, dass unter der scheinbaren Ruhe der Stadt ein Krieg tobte, der alles verändern konnte.

Seine Gedanken wanderten zu seiner Tochter. Jede Entscheidung, die er traf, war mit der ständigen Furcht verbunden, sie in Gefahr zu bringen. Die Drohungen des Kartells hatten sich bisher nicht direkt gegen sie gerichtet, doch er wusste, wie sie arbeiteten. Wenn sie erkannten, dass er näherkam, würden sie alles tun, um ihn zu brechen – und seine Familie war ihre beste Waffe.

Milojevic hatte recht. Das Kartell spielte keine Spiele. Sie waren erbarmungslos und kannten keine Grenzen. Und Hamburg war nur der Anfang. Wenn er versagte, würde das Kartell sich tiefer in die Stadt graben, seine Wurzeln ausbreiten und bald die gesamte Unterwelt Europas kontrollieren. Das konnte er nicht zulassen.

Aber konnte er sich wirklich auf Milojevic verlassen? Der Mann war ein Verräter. Ein Opportunist, der seine eigenen Interessen über alles stellte.

Und doch hatte Olsen keine andere Wahl. Er würde ihn im Auge behalten, jede Bewegung überwachen, jeden Atemzug hinterfragen.

Wenn Milojevic ihn anlog, wenn er auch nur einen falschen Schritt machte, würde Olsen ihn ohne zu zögern ausschalten. Aber bis dahin musste er sich auf diesen Deal einlassen.

Seine Gedanken schwenkten zurück auf die kommende Lieferung. Zwei Wochen. Zwei Wochen, um alles vorzubereiten, die Verbindungen zu kappen, das Netzwerk des Kartells zu zerstören.

Der Druck auf seine Schultern wog schwer, und er wusste, dass der Erfolg oder das Scheitern dieser Operation nicht nur das Schicksal von Hamburg, sondern auch das seiner eigenen Zukunft bestimmen würde.

Mit einem letzten tiefen Atemzug wandte er sich ab und trat aus der Lagerhalle hinaus. Die kalte Luft schlug ihm entgegen, und der Wind brachte den Geruch von Salz und Öl mit sich.

Die Lichter des Hafens glitzerten in der Ferne, als wäre alles wie immer – doch Olsen wusste, dass der Sturm bereits aufgezogen war.

Und er war bereit, sich ihm zu stellen - egal, was es kosten würde.

Mordserie in Hamburg

Die Sonne war längst untergegangen, und Hamburg lag in einem dichten Schleier aus Nebel und Dunkelheit. In den engen Gassen der Stadt, zwischen den alten Lagerhäusern des Hafens, regierte in dieser Nacht nicht der Lärm des geschäftigen Alltags, sondern die Stille des Todes.

Die Mordserie hatte begonnen.

Es war ein weiterer kalter Abend, doch dieses Mal ging die Kälte nicht nur von der feuchten Luft aus, sondern vom unheilvollen Gefühl, das sich wie eine Decke über die Stadt gelegt hatte. Das erste Opfer wurde in den frühen Morgenstunden gefunden.

Ein Obdachloser, der unweit der Reeperbahn, in einem schmutzigen Hinterhof lag, die Augen weit aufgerissen in einem Ausdruck purer Angst. Die Leiche war nicht einfach nur tot – sie war regelrecht hingerichtet worden. Ein sauberer Kopfschuss, die Art von Tötung, die für eine klare Nachricht stehen sollte.

Bernd Olsen stand über dem Toten, sein Blick wanderte über die kalten, blassen Züge des Mannes. Der Obdachlose war niemand Besonderes. Keiner, der sich mit der organisierten Kriminalität angelegt hatte. Und doch war er der erste in einer Kette von Toten, die die Stadt in den kommenden Tagen erschüttern sollte. Die Handschrift war klar: Das Cartel de la Muerte hatte Hamburg erreicht, und sie begannen, ihren blutigen Fußabdruck zu hinterlassen.

Neben Olsen stand Maren Starke, die Hände tief in den Taschen ihres schwarzen Mantels vergraben, während sie das Bild der Gewalt auf sich wirken ließ. Sie sprach nicht, aber Olsen konnte in ihrem Blick den gleichen Funken der Unruhe sehen, der in ihm brannte.

Dies war kein gewöhnlicher Mord. Es war eine Warnung – eine Warnung, welche die Straßen der Stadt in Blut tauchen würde, wenn sie sie ignorierten.

„Das ist der erste für uns – andere Kollegen hatten schon zwei", murmelte Maren schließlich, die Stimme so leise, dass sie fast im Nebel verschwand. „Aber es wird nicht der letzte bleiben."

Olsen nickte und kniete sich neben die Leiche. Die Art des Schusses, die Platzierung, die Kälte des Vorgehens – das war keine spontane Tat, kein Racheakt oder ein Streit, der außer Kontrolle geraten war. Das war pure Effizienz, die Art von Tötung, die das Kartell in Lateinamerika perfektioniert hatte. Kein Lärm, kein Chaos. Nur der Tod.

„Die Handschrift ist klar", sagte Olsen schließlich, als er wieder aufstand. „Sie sind hier. Das Cartel de la Muerte. Und sie wollen, dass wir das wissen."

Maren schüttelte den Kopf und seufzte. „Sie fangen an, die Kontrolle zu übernehmen. Stück für Stück. Hamburg ist ihre Bühne."

Einige Polizisten kamen näher, ihre Schritte hallten im leeren Hinterhof wider. Einer von ihnen, ein junger Ermittler mit blassem Gesicht, blieb kurz neben Olsen stehen und reichte ihm eine Mappe. „Wir haben etwas gefunden, das Sie interessieren könnte, Chef."

Olsen nahm die Mappe entgegen, während der Ermittler fortfuhr. „Das ist das dritte Opfer in den letzten zwei Tagen. Zwei andere Leichen wurden in der Nähe des Hafens gefunden. Beide wurden auf ähnliche Weise getötet. Es gibt keine offensichtliche Verbindung zwischen den Opfern, außer der Art, wie sie getötet wurden."

Olsen blätterte durch die Fotos. Kopfschüsse. Alle sauber, präzise, ohne jeden Zweifel an der Absicht. Es waren Hinrichtungen – das Werk von Profis.

„Und das hier", der junge Ermittler deutete auf einen Ausschnitt eines der Fotos, „haben wir am Tatort gefunden."

Olsen hob das Bild näher an seine Augen. Es war ein kleines, kaum sichtbares Tattoo, auf der Innenseite des Handgelenks des zweiten Opfers. Eine Rune – dieselbe, die er bereits kannte. Ein Symbol, das zu einem Clan gehörte, den er über Jahre verfolgt hatte. Doch jetzt war klar, dass dieses Symbol nicht nur für den Clan stand. Es war Teil des Kartells. Ein Markenzeichen ihrer Brutalität.

„Verdammt", murmelte Olsen. „Es ist wirklich wahr. Sie rekrutieren jetzt in Europa."

Maren trat näher und musterte das Bild. „Das ist das Symbol, oder? Dieselbe Rune, die Milojevic benutzt hat?"

Olsen nickte. „Ja, aber das ist mehr als nur ein Symbol. Das ist ihre Unterschrift. Diese Morde – sie sind nicht willkürlich. Sie sind Botschaften. Und sie wollen uns zeigen, dass sie keine Gnade kennen."

„Wie viele Opfer haben wir nun bisher?" fragte Maren, ihre Stirn in tiefen Falten.

„Drei bestätigte Tote", antwortete Olsen und ließ die Mappe sinken. „Aber das ist nur der Anfang. Wenn wir sie nicht aufhalten, werden es mehr."

Olsen konnte das Blutbad, das sich am Horizont abzeichnete, fast spüren. Das Kartell war bekannt für seine Taktik, eine Stadt zu destabilisieren, indem es Furcht säte. Sie wollten zeigen, dass sie die Kontrolle übernahmen, dass niemand vor ihnen sicher war. Diese Morde waren ein Instrument der Einschüchterung – und es funktionierte.

Zwei Tage später.

Der Regen war zurückgekehrt und prasselte hart gegen die Fensterscheiben von Olsens Büro. Die Stadt war mittlerweile in Aufruhr, und die Nachrichten über die Morde verbreiteten sich wie ein Lauffeuer. Die Presse hatte bereits begonnen, von einer „Mordserie" zu sprechen. Gerüchte über ein neues Kartell in der Stadt machten die Runde, und die Angst kroch langsam, aber sicher in die Herzen der Menschen. Es war klar, dass Hamburg nicht mehr die Stadt war, die es einmal war.

Olsen saß an seinem Schreibtisch, die Akten der Opfer vor sich ausgebreitet, als sein Handy plötzlich klingelte. Er griff nach dem Gerät und warf einen Blick auf das Display: Steinmann, der leitende Ermittler des BKA.

„Olsen", meldete er sich knapp.

„Wir haben ein Problem", begann Steinmann ohne Umschweife. „Die Morde in Hamburg. Sie haben alle dasselbe Muster, das wir in Kolumbien gesehen haben."

Olsen erstarrte. Kolumbien. Das Herz des Kartells. Dort, wo die Gewalt ihren Ursprung hatte.

„Was genau meinst du?" fragte Olsen, seine Stimme jetzt schärfer.

„Es gibt klare Hinweise, dass die Morde von einer Gruppe von Sicarios ausgeführt werden – Auftragsmörder, die für das Kartell arbeiten", fuhr Steinmann fort. „Es handelt sich um ehemalige FARC-Mitglieder, die nach dem Friedensabkommen in Kolumbien zur Kriminalität übergegangen sind. Das Kartell hat sie angeworben und nach Europa geschickt."

Olsen lehnte sich zurück und ließ die Worte auf sich wirken. Die FARC-Rebellen. Er hatte über sie gelesen, über ihre brutale Vorgehensweise und ihre Bereitschaft, für das Kartell die dreckige Arbeit zu erledigen. Doch dass sie jetzt in Hamburg operierten, machte die Situation noch schlimmer.

Es war kein einfacher Drogenkrieg mehr. Es war eine militärisch organisierte Operation, die Europa übernehmen sollte.

„Das bedeutet also, dass die Morde direkt aus Kolumbien gesteuert werden?" fragte Olsen schließlich.

„Ja", bestätigte Steinmann. „Das Kartell hat seine Leute hierhergeschickt, um die Kontrolle zu übernehmen. Und diese Morde sind nur der Anfang. Sie wollen Angst säen und die Macht in der Stadt an sich reißen."

Olsen schloss die Augen. Die Gefahr war größer, als er gedacht hatte. Wenn sie es nicht schafften, diese Leute zu stoppen, würde Hamburg zu einem weiteren Schlachtfeld in einem Krieg werden, der längst nicht mehr nur im Untergrund geführt wurde.

„Wir müssen schneller handeln", sagte Olsen leise. „Sonst werden wir bald nicht mehr die Kontrolle haben."

Steinmanns Stimme war hart und entschlossen. „Das Kartell hat seine Krallen ausgefahren, Olsen. Aber wir werden sie brechen. Es ist nur eine Frage der Zeit."

Doch tief in seinem Inneren wusste Olsen, dass die Zeit gegen sie arbeitete. Das Cartel de la Muerte hatte begonnen, Hamburg mit seiner Brutalität zu terrorisieren. Und sie würden nicht aufhören, bis die Stadt in ihrem Griff war.

Olsen saß in einem kleinen, spärlich beleuchteten Besprechungsraum des LKA Hamburg. Vor ihm lagen stapelweise Berichte, Fotos und Akten, die das Bild eines blutigen Netzwerks zeichneten, das sich von den Straßen Hamburgs bis tief in den kolumbianischen Dschungel erstreckte.

Neben ihm saß Maren, die ebenfalls in die Berichte vertieft war, während die Stille des Raums nur gelegentlich von dem Rascheln von Papier durchbrochen wurde. Der Monitor vor ihnen zeigte eine Landkarte von Kolumbien, auf der einzelne Städte und Regionen rot markiert waren – Zonen, die das

Kartell kontrollierte. Doch der eigentliche Fokus lag nicht nur auf den Drogenrouten, sondern auf den Personen, die diese Operationen leiteten.

„Hier", sagte Maren plötzlich und zeigte auf einen Namen, der auf einer Liste auftauchte: Emilio Vargas. Sie sprach den Namen langsam aus, als wollte sie ihn mit Bedacht in den Raum werfen, bevor er sich vollends entfalten konnte. „Das ist unser Mann. Ehemaliger Oberkommandeur der FARC. Er hat die Organisation nach dem Friedensabkommen verlassen, aber nie wirklich aufgehört, zu kämpfen."

Olsen lehnte sich zurück und verschränkte die Arme. Vargas – der Name war ihm schon in früheren Berichten begegnet, doch jetzt ergab alles einen klareren Sinn.

„Er hat also den Übergang vollzogen", sagte Olsen leise, „vom Guerillakämpfer zum Kartellschläger."

Maren nickte. „Genau. Nach dem Friedensabkommen wollte Vargas keine Friedensgespräche mehr führen. Stattdessen hat er sich mit dem Kartell zusammengetan. Jetzt leitet er die Sicarios – die Auftragsmörder des Kartells – und schickt sie in alle Ecken der Welt."

Olsen starrte auf das Foto von Vargas, das sie an die Pinnwand geheftet hatten. Ein grobes, unscharfes Bild aus den Tiefen eines alten Geheimdienstberichts. Vargas war ein Mann, dessen Augen kalt und leer wirkten, als hätte er jegliche Menschlichkeit längst hinter sich gelassen. Ein Kämpfer, der den Krieg nie verlassen hatte – er hatte lediglich die Schlachtfelder gewechselt.

„Und er ist der Drahtzieher der Morde hier in der Stadt", murmelte Olsen, während er den Bericht durchblätterte. Es war Vargas, der die Befehle erteilte, der die Taktiken entwickelte und die Operationspläne des Kartells umsetzte. „Was wissen wir sonst noch über ihn?"

Maren seufzte und schlug die Akte zu, bevor sie die Hände hinter dem Kopf verschränkte. „Nicht viel, was uns direkt weiterhelfen könnte. Er bewegt sich im Schatten. Unsere Quellen in Kolumbien haben Schwierigkeiten, ihm zu folgen. Die CIA hat über die Jahre versucht, ihn auszuschalten, aber ohne Erfolg. Er ist gut vernetzt, und das Kartell hat ihm Schutz geboten."

Olsen zog die Stirn kraus. Vargas war nicht einfach nur ein Killer. Er war ein erfahrener Taktiker, der wusste, wie man nicht nur mit Waffen, sondern auch mit Menschen umging. „Und jetzt arbeitet er für das Kartell", murmelte er. „Er baut hier in Europa etwas auf."

Maren warf ihm einen skeptischen Blick zu. „Nicht nur ‚etwas'. Er ist dabei, ein verdammtes Netzwerk zu installieren. Hamburg ist nur ein Teil seines Plans."

Olsen nickte. Das Kartell nutzte Hamburg als Schlüsselpunkt. Die Stadt war der Eintrittspunkt für ihre Waren – aber sie war auch das Schlachtfeld, auf dem sie die Kontrolle über Europa erringen wollten. Und Vargas war der Mann, der das Chaos orchestrierte.

„Wir haben Informationen erhalten, dass Vargas regelmäßig nach Europa reist", fuhr Maren fort. „Er trifft sich mit hochrangigen Mitgliedern des Kartells in Spanien und organisiert von dort aus die Operationen in Deutschland. Es scheint, dass Hamburg der zentrale Punkt ihrer neuen Lieferroute ist. Alles, was wir bisher gesehen haben, deutet darauf hin."

Olsen seufzte. „Also ist es bestätigt – die Morde hier tragen seine Handschrift. Und das bedeutet, dass die Kontrolle über den Hamburger Hafen jetzt oberste Priorität für das Kartell hat."

Maren nickte und lehnte sich vor, ihre Stimme sank zu einem Flüstern. „Aber wir wissen noch nicht, wer hier in der Stadt mit ihm zusammenarbeitet. Vargas ist kein Einzelgänger.

Jemand hier hält ihm den Rücken frei, sorgt dafür, dass die Morde reibungslos ablaufen."

Olsen dachte an die ermordeten Männer – die präzisen Schüsse, die Spuren der Auftragsmorde, die sauber und effizient durchgeführt worden waren. Es gab keinen Zweifel daran, dass die Tötungen nicht das Werk einer der lokalen Gangs oder einer zusammengewürfelten Truppe waren. Nein, sie hatten einen erfahrenen Killer in ihren Reihen. Jemanden, der wusste, wie man Furcht verbreitet, ohne Spuren zu hinterlassen. Die Morde waren eine Methode, die Kontrolle zu sichern, das Terrain abzustecken.

„Jemand hier hilft Vargas, seine Operationen zu koordinieren", sagte Olsen, während er den Blick von der Karte auf die Akten vor ihm richtete. „Aber wer?"

Maren schlug eine weitere Akte auf und zog einen weiteren Bericht hervor. „Es gibt Gerüchte, dass er Verbindungen zu denen hat, die die Schwarzmärkte in Hamburg kontrollieren. Die Spuren führen zu einem Mann namens Felix Richter, einem ehemaligen Zollbeamten, der nach seiner Entlassung ins kriminelle Milieu abgerutscht ist. Er hat Kontakte zum Hafen und zum organisierten Verbrechen in der Stadt.

„Felix Richter", wiederholte Olsen und ließ den Namen auf sich wirken. Er hatte schon von ihm gehört. Ein Mann, der nach außen hin unauffällig war, aber die Fäden in der Unterwelt zog. Wenn Richter mit Vargas zusammenarbeitete, war das ein gefährliches Bündnis.

„Richter kennt die Leute im Hafen, die Beamten, die bestochen werden können, und die Wege, wie man eine Fracht verschwinden lässt, bevor sie überhaupt den Zoll passiert", erklärte Maren weiter. „Er könnte derjenige sein, der Vargas Zugang zum Hafen verschafft hat."

Olsen legte den Bericht beiseite und erhob sich. „Wir müssen Richter finden. Er ist unser Verbindungsmann in die

Organisation. Wenn wir ihn bekommen, können wir das Netz aufbrechen."

Maren nickte zustimmend, während sie die Akten zusammenräumte. „Aber wir müssen vorsichtig sein. Vargas ist nicht dumm. Er wird Richter nicht ohne Absicherung arbeiten lassen."

Olsen griff nach seiner Jacke, sein Blick fest entschlossen. „Wir haben keine Wahl. Wenn wir die Morde stoppen wollen, müssen wir herausfinden, wer Vargas hier unterstützt. Und das fängt bei Richter an."

Die Spur führte nach Kolumbien, das war klar. Aber die Fäden, die sich durch Hamburg zogen, waren gefährlich verworren. Vargas war der Kopf der Operation, aber die Wurzeln reichten tief in die deutsche Unterwelt. Das Cartel de la Muerte operierte nicht im Dunkeln. Sie zogen die Fäden mitten in der Stadt, in aller Öffentlichkeit – ohne dass jemand es bemerkte. Aber jetzt hatten sie eine Spur, und es war an der Zeit, sie zu verfolgen, egal wie riskant der Weg war.

Olsen wusste, dass sie gegen die Zeit arbeiteten. Vargas war ein Profi, und wenn sie nicht schnell handelten, würden sie nicht nur den Mann verlieren, sondern auch die Stadt an das Kartell. Hamburg war der Schlüssel, und Vargas der Schlüsselmacher.

Mit entschlossenen Schritten verließ Olsen den Raum, während Maren ihm folgte.

Der Regen fiel in schweren Tropfen, als hätte der Himmel beschlossen, die Stadt mit seinem Zorn zu reinigen. Die Straßen glänzten nass und spiegelten die düsteren Schatten der Hafenkräne wider, die sich in der Ferne abzeichneten.

Bernd Olsen stand in der Einfahrt eines heruntergekommenen Wohnblocks am Rand der Stadt. Der Betonbau war grau und verwittert, ein Relikt aus vergangenen Zeiten, das wie ein

Mahnmal für gescheiterte Existenzen wirkte. Er konnte die Spannung in der Luft spüren, als er auf die Tür des Gebäudes starrte, hinter der ein Mann versteckt war, der mehr wusste, als er hätte wissen dürfen.

Joaquin Herrera war ein ehemaliger Drogenkurier, der vor einigen Jahren in Kolumbien für das Kartell gearbeitet hatte. Er hatte sich aus dem Geschäft zurückgezogen – zumindest dachte er das – und war nach Deutschland gekommen, um unterzutauchen. Doch niemand konnte wirklich vor dem Kartell fliehen. Nicht, wenn man so tief in ihren Machenschaften verstrickt gewesen war wie Herrera.

Und jetzt war er hier, bereit, auszusagen. Olsen und sein Team hatten hart daran gearbeitet, ihn aufzuspüren. Er war ihre wichtigste Verbindung zum Netzwerk des Kartells in Kolumbien, jemand, der Namen, Orte und Details kannte. Es war ihre Chance, einen entscheidenden Schlag gegen das Kartell zu führen.

Doch Olsen konnte nicht ignorieren, dass etwas nicht stimmte. Ein drückendes Gefühl in seinem Magen sagte ihm, dass sie zu spät kamen. Das Kartell hatte ein nahezu unheimliches Talent, jeden zu finden, der ihnen gefährlich werden konnte – und sie hinterließen keine Spuren.

„Wo ist er?" fragte Olsen, als Maren Starke neben ihm auftauchte, das Wasser tropfte von ihrer Kapuze, während sie einen düsteren Blick zum Wohnblock warf.

„Wohnung 3B, dritter Stock," antwortete sie knapp, während sie mit der Hand durch den Regen deutete. „Er ist allein. Hat keine Familie, keine Freunde. Zumindest nicht mehr."

Olsen nickte und zog die Schultern hoch, als die kalten Regentropfen über sein Gesicht liefen. „Lass uns schnell rein. Ich will keine Zeit verlieren."

Sie traten durch die schwere Eingangstür und fanden sich in einem muffigen Treppenhaus wieder, das nach abgestandenem Wasser und Schimmel roch. Der Lärm des Regens war hier gedämpft, als ob die Wände die Außenwelt verschluckt hätten. Doch das beklemmende Gefühl in Olsen wuchs mit jedem Schritt, den sie die Treppen hinaufstiegen.

Als sie den dritten Stock erreichten, standen sie vor der Tür zu Wohnung 3B. Olsen hob die Hand und klopfte energisch, während Maren hinter ihm in Position ging. Es war still. Zu still.

Er klopfte erneut, dieses Mal lauter. Keine Antwort. Olsen tauschte einen raschen Blick mit Maren aus, dann trat er einen Schritt zurück und nickte ihr zu. Mit einem festen Tritt brach Maren die Tür auf. Sie schwang auf und gab den Blick in die dunkle Wohnung frei.

Der Geruch von Blut schlug ihnen sofort entgegen.

Olsen spürte, wie sich sein Magen zusammenzog, als er die Tür aufstieß und in die Wohnung trat. Die Luft war dick und schwer, und das schwache Licht der Straßenlaternen, das durch das Fenster fiel, warf lange Schatten auf den Boden. Direkt vor ihnen, auf dem dreckigen Teppichboden, lag Joaquin Herrera.

Tot.

Sein Körper war in einer grotesken Haltung zusammengefallen, die Augen weit aufgerissen, als hätte er im letzten Moment die Gewalt des Todes voll erfasst. Der Blutfleck, der sich unter seinem Kopf ausgebreitet hatte, war dunkel und klebrig, und Olsen konnte den scharfen, metallischen Geruch kaum ertragen.

„Scheiße," flüsterte Maren hinter ihm. „Wir sind zu spät."

Olsen kniete sich neben die Leiche und betrachtete die Wunden. Zwei Schüsse, einer in die Brust, der andere direkt in den Kopf. Es war dieselbe saubere, präzise Methode, die sie bereits bei den anderen Morden gesehen hatten. Die Handschrift des

Cartel de la Muerte war klar: Effizienz, Brutalität, keine Fehler. Es war nicht nur ein Mord – es war eine klare Botschaft. Jeder, der sich gegen das Kartell stellte, würde so enden.

„Sie sind uns wieder einen Schritt voraus", murmelte Olsen, während er langsam aufstand und in die Finsternis des Raumes starrte. „Sie wussten, dass er mit uns reden wollte."

Maren knirschte mit den Zähnen. „Verdammt. Er hätte uns alles sagen können – die Netzwerke, die Verbindungen nach Kolumbien. Jetzt ist das alles weg."

Olsen trat einen Schritt zurück, seine Gedanken rasten. Er dachte an die Fäden, die er in den letzten Wochen zu greifen versucht hatte – die Verbindungen, die er in Kolumbien verfolgt hatte. Sie hatten gehofft, dass Herrera ihnen den letzten fehlenden Hinweis geben könnte. Doch jetzt war alles verloren.

„Sie waren schnell", sagte Olsen schließlich, als er die Szene weiter betrachtete. „Zu schnell. Jemand muss sie gewarnt haben."

Maren warf ihm einen scharfen Blick zu. „Du meinst, wir haben eine undichte Stelle?"

Olsen nickte langsam. Es gab keinen anderen Weg, wie das Kartell so schnell hätte reagieren können. Sie hatten die Informationen auf direktem Weg erhalten – und das bedeutete, dass jemand aus ihrem Umfeld Informationen weitergab.

„Verdammt", fluchte Olsen leise. „Wir müssen herausfinden, wer es ist. Und schnell."

Während sie weiter durch die Wohnung gingen, bemerkte Olsen ein kleines, kaum sichtbares Detail auf dem Fensterbrett. Es war ein Telefon, eines von denen, die normalerweise von Kriminellen verwendet wurden – billig, austauschbar, und ohne die Möglichkeit, es nachzuverfolgen. Er hob es auf, betrachtete es für einen Moment und schaltete es ein.

Ein einziger Anruf. Kurz vor dem Mord.

„Sie haben ihn angerufen", sagte Olsen und hielt das Telefon hoch. „Sie haben ihn gewarnt, dass wir kommen. Und dann haben sie ihn beseitigt."

Maren sah das Telefon mit einem finsteren Blick an. „Das war ihre Botschaft. Sie wollten uns zeigen, dass sie immer einen Schritt voraus sind."

Olsen ließ das Telefon sinken und starrte auf die Leiche von Herrera. Die Härte dieses Moments war überwältigend. Es war nicht nur der Verlust eines wichtigen Zeugen – es war die Erkenntnis, dass das Kartell tiefer in ihre Strukturen eingedrungen war, als er je geglaubt hatte.

„Sie eliminieren jeden, der uns helfen könnte. Jeder, der ihnen im Weg steht, ist ein toter Mann", sagte Olsen mit einer Stimme, die kälter klang als je zuvor.

Maren nickte, ihre Miene war hart, entschlossen. „Also müssen wir schneller sein als sie."

Olsen sah sie an und spürte, wie die Schwere dieser Erkenntnis ihn niederdrückte. Sie hatten keine Zeit mehr zu verlieren. Jeder Tag des Zögerns forderte weitere Opfer. Herrera war nur der Anfang. Wenn sie nicht bald handelten, würde Hamburg von einer Welle der Gewalt erfasst werden, die sie nicht aufhalten konnten.

„Lass uns verschwinden", sagte er schließlich und verstaute das Telefon in seiner Tasche. „Wir werden den Rest herausfinden. Aber nicht hier."

Während sie die Wohnung verließen und die Leiche von Herrera zurückließen, fühlte Olsen, wie sich die Kälte der Nacht tiefer in seine Knochen fraß. Das Kartell war gekommen, um Hamburg zu erobern. Und sie hinterließen eine Spur aus Blut, die niemand ignorieren konnte.

Die Dunkelheit der Nacht hüllte sie ein, und Olsen wusste, dass der Krieg gerade erst begonnen hatte.

Während er die Straße entlangging, die Hände tief in den Taschen vergraben, hämmerte ein Gedanke unaufhörlich in seinem Kopf: Sie waren schneller. Jeder Zug, den er gemacht hatte, schien in letzter Zeit nur zu bestätigen, dass das Kartell ihm immer einen Schritt voraus war. Herrera war ihre große Hoffnung gewesen – ein Mann, der die inneren Abläufe des Netzwerks kannte, jemand, der sie direkt zu den Drahtziehern in Kolumbien führen konnte. Und jetzt war er tot. Eiskalt ermordet. Eine einzige Entscheidung, eine einzige Warnung, und das Leben des Zeugen war ausgelöscht worden.

Olsen dachte an den Moment, als sie die Leiche gefunden hatten. Der Geruch von Blut war ihm noch immer in der Nase, und die starren, weit aufgerissenen Augen von Herrera brannten sich in sein Gedächtnis. Es war nicht nur der Tod, der ihn erschütterte, sondern die Art, wie er vollzogen wurde. Präzise. Unbarmherzig. Das Kartell hatte eine unmissverständliche Botschaft gesendet: „Wir sind hier. Und niemand entkommt."

Wie weit reichten ihre Arme? Wie tief waren sie bereits in die Stadt eingedrungen? In die Behörden? Jemand hatte sie gewarnt. Jemand wusste genau, was sie vorhatten, und hatte dafür gesorgt, dass Herreras Tod ihre Hoffnung auslöschte, den Krieg zu gewinnen. Der Verrat wog schwerer als jede Mordtat.

Ein Maulwurf. Es war der einzige logische Schluss. Doch wer? Olsen sah die Gesichter seiner Kollegen vor sich. Wem konnte er trauen? Die Leute, mit denen er seit Jahren arbeitete, erschienen ihm plötzlich in einem anderen Licht. Jeder Schritt, den sie machten, konnte beobachtet werden. Jede Information, die sie preisgaben, konnte in falsche Hände geraten. Sie wurden von innen heraus unterwandert. Wenn das Kartell einen Spion in ihren Reihen hatte, war nichts mehr sicher.

Aber das Schlimmste war das Gefühl der Ohnmacht, das tief in ihm nistete. Das Kartell war keine Bande lokaler Krimineller.

Sie waren eine gut geölte Maschine, angetrieben von Milliarden und einer Kälte, die keine Gnade kannte. Jeder, der sich ihnen in den Weg stellte, war so gut wie tot – das hatten sie bewiesen.

Herrera war nur der Anfang. Wie viele weitere würden folgen? Olsen dachte an seine Familie, an seine Tochter. Sie war in Sicherheit, so hoffte er. Aber war das wirklich so? Die langen Arme des Kartells konnten jede Mauer durchdringen, jede Stadt erreichen. Wenn sie wollten, konnten sie ihn jederzeit brechen, indem sie das taten, was sie am besten konnten: zuschlagen, wo es am meisten wehtat.

Er spürte die Last auf seinen Schultern schwerer werden. Die Uhr tickte. Sie hatten nicht mehr viel Zeit. Die Gefahr wuchs mit jeder Sekunde. Die Wut in ihm brannte. Er konnte sie nicht aufhalten, wenn er weiterhin blind in die Dunkelheit starrte. Er musste handeln – und das sofort.

Sein Atem ging schwer, während er durch die nassen Straßen lief. Die Stadt fühlte sich fremd an, als wäre sie nicht mehr die Stadt, die er seit Jahren verteidigte.

Aber eines wusste er sicher: Er würde nicht aufgeben. Die Kälte des Regens war nichts im Vergleich zur Kälte, die er im Herzen spürte. Dieser Kampf war persönlich geworden. Sie wollten ihm die Kontrolle nehmen. Aber das würde er nicht zulassen.

Er musste so schnell wie möglich zusammen mit Maren Starke und Jonas Holst Milojevic aufsuchen, um an tiefere Informationen zu gelangen. Milojevic verfügte mit Sicherheit über das nötige Wissen – und der Deal stand nach wie vor.

Derzeit hielt sich Milojevic in Montenegro versteckt.

Sie buchten drei Zugtickets, der nächste Zug würde in zwei Stunden abfahren.

Milojevic und das Kartell

Der schwere Rhythmus der Eisenbahnräder hämmerte gleichmäßig, während der Zug durch die düsteren Landschaften Südosteuropas schnitt. Bernd Olsen saß in einem abgenutzten Abteil des Nachtzugs, das leise Rauschen der Klimaanlage vermischte sich mit dem metallischen Kreischen der Gleise unter ihnen. Es war eine jener Fahrten, die sich endlos anfühlten, während die Welt draußen in völliger Dunkelheit verschwamm.

Die Fenster des Abteils waren von einer leichten Schicht aus Staub und Kondenswasser überzogen, was den Blick nach draußen noch undurchdringlicher machte. Die Lichter der Bahnstationen, die sie passierten, erschienen nur als ferne, schattenhafte Flecken in der Nacht.

Montenegro.

Ein Land voller zerklüfteter Berge und zerfallener Festungen, tief eingebettet in eine brutale Geschichte aus Krieg, Schmuggel und versteckten Banden.

Es war kein Zufall, dass Milojevic sich hierher zurückgezogen hatte. Die Region war ein Rückzugsort für Kriminelle, ein Ort, wo Geld und Macht mehr galten als Gesetze, und wo das Kartell mühelos Fuß fassen konnte.

Olsen sah aus dem Fenster, obwohl er wusste, dass er nichts erkennen konnte. Seine Gedanken waren bei der Mission, die vor ihnen lag. Sie hatten eine einzige, spärliche Spur zu Nikola Milojevic – der Mann, der jahrelang als Kontaktmann für das Kartell in Europa gearbeitet hatte und nun tiefer in die Geschäfte des Kartells verwickelt war, als sie zuvor geahnt hatten.

Olsen musste ihn aufspüren, bevor das Kartell die Gelegenheit erkannte und Milojevic für immer ausschaltete.

„Wie lange noch?" fragte Maren Starke, die schräg gegenüber von ihm saß, während sie mit einem kritischen Blick die Karten auf ihrem Laptop überprüfte.

„Noch zwei Stunden bis zur Grenze", antwortete Olsen ruhig. Die Spannung lag in der Luft. Sie wussten beide, dass der nächste Schritt kein einfacher sein würde. Milojevic zu finden, war eine Sache – ihn lebend aus Montenegro herauszubringen, eine ganz andere.

Neben ihnen saß Jonas Holst, der jüngste im Team, der nervös an seiner Jacke herumfummelte und immer wieder aus dem Fenster starrte, als könnte er dort eine Art von Antwort finden. Es war seine erste große Auslandseinsatz-Operation, und die Nervosität stand ihm ins Gesicht geschrieben.

„Ich kann es kaum glauben, dass wir das wirklich machen," sagte Jonas plötzlich, seine Stimme war ein Flüstern, als ob er fürchtete, die Dunkelheit draußen könnte ihn hören. „Montenegro... Milojevic... es fühlt sich an, als würden wir direkt ins Herz der Bestie marschieren."

Olsen warf ihm einen kurzen Blick zu. „Wir sind es. Und du solltest dir darüber im Klaren sein, dass es noch gefährlicher wird, sobald wir dort ankommen. Das ist kein Spiel, Jonas. Diesmal sind wir tief im Revier des Kartells."

Die Worte ließen Jonas noch blasser aussehen, aber er nickte entschlossen. Olsen wusste, dass er bereit war, doch die Realität würde sich bald vor ihnen entfalten – mit all ihrer Härte und Brutalität.

Der Zug fuhr weiter, und nach endlosen Kilometern durch die nächtliche Finsternis, in der das Licht der Stationen immer seltener wurde, erreichten sie schließlich den Grenzpunkt zu Montenegro.

Der Grenzbahnhof war kaum mehr als ein schmutziger Betonklotz, der im trüben Licht einer einzigen, flackernden Lampe stand. Der Bahnhof wirkte verlassen, als wäre er nur ein Relikt aus einer Zeit, in der Menschen hier noch häufiger Halt machten. Ein starker Kontrast zu den glitzernden Städten Europas.

Olsen und sein Team stiegen aus. Der Luftzug, der ihnen entgegenschlug, war kühl und brachte den Geruch von altem Diesel und feuchtem Beton mit sich. Sie hatten den Weg über die Bahn gewählt, weil sie wussten, dass das Kartell die großen Flughäfen kontrollierte oder zumindest beobachtete. Niemand würde in Montenegro unerkannt ankommen, es sei denn, er tat es wie sie – still, unscheinbar und über Land.

„Unser Kontakt wartet am Ausgang", sagte Maren leise, als sie sich die Kapuze über den Kopf zog und sich umsah. „Wir sollten ihn schnell finden, bevor wir hier auffallen."

Olsen nickte und ging mit den beiden durch die verlassene Halle des Bahnhofs. Der Boden war von Regen und Schlamm verdreckt, und nur das leise Tropfen von Wasser durch die undichte Decke unterbrach die Stille. Am Ende der Halle stand ein Mann im Schatten. Groß, breitschultrig, das Gesicht halb verdeckt von einem dunklen Schal. Sein Blick war wachsam, die Augen wanderten nervös durch die Umgebung.

„Das muss er sein", murmelte Olsen, während er auf ihn zuging.

Der Mann sah ihn an, ohne ein Wort zu sagen. Erst als Olsen fast vor ihm stand, nickte er knapp. „Ihr seid spät", sagte er auf Serbisch, seine Stimme war rau und klang nach Zigaretten.

„Es war ein langer Weg", antwortete Olsen kühl.

Der Mann zuckte mit den Schultern und bedeutete ihnen, ihm zu folgen. „Ich bringe euch zu Milojevic, aber ich hoffe, ihr wisst, worauf ihr euch einlasst. Das Kartell lässt niemanden lebend gehen, der sich ihnen in den Weg stellt. Und Milojevic... er ist nicht mehr der Mann, der er mal war."

Olsen spürte, wie sich sein Magen verkrampfte. Er hatte das schon geahnt. Milojevic war tief in das Netz des Kartells verstrickt, aber in welcher Rolle? War er immer noch der Drahtzieher? Oder nur ein weiterer Spieler in einem viel größeren Spiel?

Sie folgten dem Kontaktmann hinaus auf die Straße, wo ein alter Geländewagen auf sie wartete. Der Regen hatte aufgehört, aber der Himmel war schwer und drückend, als würde er die Gefahr ahnen, die in der Luft lag.

Sie stiegen ein, und der Wagen fuhr los, hinein in die dunklen Berge Montenegros. Die Straßen waren eng und kurvig, die Lichter des Geländewagens warfen lange Schatten auf die Felswände, die sich um sie herum auftürmten.

„Was erwartet uns dort?" fragte Maren leise, während sie aus dem Fenster sah, als ob sie in der Dunkelheit irgendein Zeichen suchen würde.

Der Kontaktmann zuckte mit den Schultern. „Milojevic hat sich in einer alten Festung zurückgezogen, hoch in den Bergen. Sie haben Wachen dort – Söldner. Einige sind ehemalige Militärs, andere arbeiten für das Kartell. Sie alle sind gut bewaffnet und bereit, jeden zu töten, der sich zu nahe heranwagt."

„Das klingt vielversprechend", murmelte Jonas mit einem bitteren Lächeln.

Olsen schwieg. Sein Blick wanderte hinaus in die Nacht, wo die Berge immer steiler wurden. Söldner. Es war klar, dass Milojevic sich nicht auf einen einfachen Empfang vorbereitete. Er würde sie testen. Er würde alles daransetzen, seine Macht zu bewahren, selbst wenn er dabei zu verzweifelten Maßnahmen greifen musste.

Nach einer halben Stunde Fahrt erreichten sie eine alte Straße, die sich serpentinenartig durch die Berge zog.

Die Festung, von der der Kontakt gesprochen hatte, tauchte am Horizont auf, ihre Silhouette warf unheilvolle Schatten in das Tal. Das Gemäuer war alt, zerklüftet, und nur spärlich beleuchtet. Doch es war nicht die Festung selbst, die Olsen nervös machte. Es war das, was sie erwartete, wenn sie dort ankamen.

Der Geländewagen stoppte vor einem schweren, rostigen Tor. Zwei Männer traten aus dem Schatten, bewaffnet mit automatischen Gewehren, die sie direkt auf den Wagen richteten. Ihre Augen blitzten kalt und misstrauisch im schwachen Licht der Außenlampen.

„Das sind die Söldner", flüsterte der Kontaktmann, während er den Wagen nicht verließ. „Von hier aus seid ihr auf euch allein gestellt. Viel Glück."

Olsen nickte und öffnete die Tür. Der Moment der Entscheidung war gekommen. Sie würden Milojevic konfrontieren müssen – aber er wusste, dass sie auf gefährlichem Terrain waren. Jeder Schritt, den sie machten, konnte ihr letzter sein.

Als er den Fuß auf den nassen Boden setzte, fühlte er, wie sich die feuchte Kälte der Nacht um ihn legte, doch es war nicht die Temperatur, die ihm durch Mark und Bein fuhr. Es war das Wissen, dass sie tief im Feindesland waren, umgeben von Männern, die für Geld und Macht lebten – und töteten. Die Söldner, die Milojevic beschützten, waren keine gewöhnlichen Kriminellen. Sie waren Profis. Ehemalige Soldaten, Männer, die sich in den Kriegsgebieten der Welt ihre Sporen verdient hatten und jetzt in den Schatten der Kriminalität operierten.

Olsen warf einen Blick auf die Festung, deren Wände wie schwarze Klauen aus dem Berg ragten. Jeder Stein schien eine Geschichte von Gewalt und Blut zu erzählen. Dies war kein Rückzugsort – es war eine Festung, ein Bollwerk, hinter dem sich Milojevic verschanzte. Die Männer, die ihn beschützten, waren darauf trainiert, Eindringlinge auszulöschen, ohne Fragen zu stellen.

Ein falscher Schritt, dachte Olsen, und sie könnten genauso gut tot sein, bevor sie auch nur den Namen Milojevic aussprechen konnten.

Seine Gedanken wanderten zu den letzten Wochen – die Morde in Hamburg, die Leiche von Joaquin Herrera, der Zeuge, der ihnen den entscheidenden Hinweis hätte geben können. Alles, woran er jetzt denken konnte, war die Kälte, die das Cartel de la Muerte in seine Stadt gebracht hatte. Milojevic hatte diese Gewalt in die Stadt getragen. Wenn sie hier versagten, würde diese Dunkelheit weiter nach Europa schwappen, gnadenlos und ohne Ende.

Wem konnte er hier wirklich trauen? Milojevic war ein Mann, der sich in jeder Situation aus der Schlinge gezogen hatte, der immer ein Ass im Ärmel gehabt hatte. Würde er diesmal wirklich kooperieren, oder spielte er erneut ein Spiel, das Olsen noch nicht durchschaut hatte? Er wusste, dass sie ihn brauchten – doch der Gedanke, Milojevic zu vertrauen, ließ ihn frösteln.

In seinem Kopf ratterten die Fragen: Wollte Milojevic wirklich seine Haut retten? Oder war das Ganze eine Falle, eine geschickte Inszenierung, um das Kartell zu schützen?

Olsen atmete tief durch, während die Söldner vor dem Tor sie mit stählernen Blicken musterten. Die Antwort darauf würden sie bald herausfinden – aber er wusste, dass der Preis dafür hoch sein könnte.

Die schwere Holztür der Festung schwang langsam auf, und der Geruch von Staub und kaltem Stein strömte ihnen entgegen. Bernd Olsen trat vorsichtig über die Schwelle, während das schwache Licht der alten Glühlampen Schatten auf die zerklüfteten Wände warf.

Der Raum vor ihnen war düster, eine Art verfallene Halle mit groben Steinwänden und kargen Möbeln. In der Mitte stand ein alter Tisch, an dem nur eine Figur saß – Nikola Milojevic.

Milojevic wirkte verändert. Sein einst gepflegtes, selbstbewusstes Auftreten war verschwunden. Stattdessen saß er da, die Schultern nach vorne gebeugt, die Augen hohl, als hätte der Mann, der einmal die Unterwelt Hamburgs kontrollierte, all seine Macht verloren.

Doch in seinen Augen lag etwas anderes – ein glimmender Funken. Der unerschütterliche Instinkt eines Mannes, der um jeden Preis überleben wollte.

Olsen blieb stehen, als die Söldner hinter ihm die Tür schlossen. Für einen Moment war es still, abgesehen von dem leisen Tropfen von Wasser, das irgendwo aus der Decke in eine Pfütze fiel.

„Setz dich, Bernd," sagte Milojevic mit rauer Stimme, die durch den Raum hallte. Es war keine Einladung – es war ein Befehl.

Olsen blieb stehen. „Ich stehe lieber."

Milojevic lächelte dünn und lehnte sich in seinem Stuhl zurück. „Du bist nicht hier, um mir Gesellschaft zu leisten, das ist klar. Aber ich weiß, warum du gekommen bist. Das Cartel de la Muerte, richtig?" Seine Augen funkelten, als er das Wort aussprach.

Olsen verschränkte die Arme vor der Brust. „Du hast Informationen. Ich will sie."

„Direkt zur Sache, hm?" Milojevic hob eine Augenbraue und klopfte mit den Fingern auf den Tisch. „Du solltest wissen, Bernd, ich bin nicht hier, um dir alles auf einem Silbertablett zu servieren. Nichts im Leben ist umsonst."

„Ich habe dir nichts anzubieten, Milojevic," antwortete Olsen kühl. „Das hier ist kein Handel. Du wirst mir sagen, was ich wissen will, oder du wirst herausfinden, wie lange das Kartell dich noch am Leben lässt, wenn sie erfahren, dass du mit uns gesprochen hast."

Milojevic lachte trocken, ein kehliges Geräusch, das durch den leeren Raum schallte. „Du glaubst also, du hast die Kontrolle? Lass mich dir eins klar machen: Das Kartell ist überall. Sie haben Augen und Ohren in jeder verdammten Stadt in Europa. Wenn sie wollen, könnten sie uns beide hier und jetzt töten, und niemand würde es je erfahren."

Olsen trat näher, bis er nur noch wenige Schritte von Milojevic entfernt war. Er beugte sich leicht vor, seine Augen schmalen zu Schlitzen. „Dann sag mir, warum du noch am Leben bist. Wenn sie so allmächtig sind, wie du sagst, warum atmest du noch?"

Milojevics Gesicht verhärtete sich, und für einen Moment war Stille. Dann atmete er tief ein und sprach leise: „Weil ich nützlich bin. Sie brauchen mich. Noch."

Er legte eine Pause ein, als ob er abwog, wie viel er preisgeben sollte. „Aber das ändert nichts daran, dass sie mich fallen lassen werden, sobald ich meinen Zweck erfüllt habe. Du weißt das genauso gut wie ich."

Olsen sagte nichts. Er wusste, dass Milojevic Recht hatte. Männer wie er waren nur so lange nützlich, wie sie liefern konnten. Und Milojevic spürte den Atem des Kartells bereits im Nacken.

„Also gut," sagte Milojevic schließlich, seine Stimme war nun kühler, berechnender. „Ich mache dir ein Angebot. Ich gebe dir, was du brauchst – Namen, Orte, Verbindungen. Alles, was du wissen willst über das Kartell und ihre Operationen in Europa. Im Gegenzug..." Er hielt inne und lehnte sich vor. „...sicherst du mir zu, dass ich verschwinden kann. Du hilfst mir, unterzutauchen. Schutzprogramm. Eine neue Identität."

Olsen ließ die Worte in der Luft hängen. Eine neue Identität. Es war immer dasselbe mit diesen Typen. Sie handelten ihre Freiheit aus, während andere ihr Leben riskierten. Doch Milojevic war anders. Er war der Schlüssel.

Der Mann hatte Verbindungen, von denen sie nur träumen konnten – Verbindungen, die das Kartell zerstören könnten, wenn sie richtig genutzt wurden.

„Und wie soll das aussehen?" fragte Olsen schließlich. „Du gibst mir ein paar Namen, ein paar kleine Fische, und dann verschwindest du, während das Kartell weiterhin operiert?"

Milojevic schüttelte den Kopf. „Das ist kein kleines Spiel mehr, Bernd. Was ich dir geben kann, sind die großen Fische. Ich spreche von den Drahtziehern – den Bossen in Kolumbien, den Lieferanten in Mexiko, den Mittelsmännern in Spanien. Ich kenne die Leute, die für den europäischen Markt verantwortlich sind."

„Und du willst mir weismachen, dass sie dich am Leben lassen, während du all das erzählst?" fragte Olsen scharf. „Was hindert sie daran, dich zu töten, bevor du auch nur ein Wort sagst?"

Milojevic zuckte mit den Schultern, ein fast beiläufiger Ausdruck, als hätte er sich längst mit der Gefahr abgefunden.

„Sie glauben, ich bin noch nützlich. Ich habe Informationen, die sie brauchen – und ich weiß, wie man sich in der Unterwelt bewegt. Aber das hält nicht ewig."

Er beugte sich vor, seine Stimme wurde leiser, eindringlicher. „Ich gebe dir die Möglichkeit, das Kartell zu zerschlagen. Sie haben vor, Hamburg zur Drehscheibe zu machen. Der Hafen ist ihr Ziel. Über Monate haben sie daran gearbeitet. Du hast die Morde gesehen, die Kontrolle, die sie sich nehmen. Wenn du sie stoppen willst, brauchst du mich."

Olsen hielt inne, seine Gedanken rasten. Es klang fast zu gut, um wahr zu sein. Milojevic war ein Überlebenskünstler. Sein ganzes Leben hatte er damit verbracht, Deals zu machen, Leute zu manipulieren, sich aus den gefährlichsten Situationen herauszuwinden. Aber er hatte etwas, das Olsen dringend brauchte: Informationen. Und Informationen waren die schärfste Waffe, die er gegen das Kartell einsetzen konnte.

„Du spielst ein gefährliches Spiel, Milojevic," sagte Olsen leise. „Wenn ich dir Immunität zusichere, garantiere ich dir, dass du untertauchen kannst. Aber wenn du mir nicht alles gibst – und ich meine alles – wirst du den Rest deines Lebens hinter Gittern verbringen."

Milojevic lehnte sich zurück und lächelte. „Ich habe nicht vor, etwas zurückzuhalten. Glaub mir, Bernd, ich habe genauso viel zu verlieren wie du. Vielleicht sogar mehr."

Olsen spürte die Schwere der Entscheidung auf seinen Schultern. Sollte er Milojevic wirklich trauen? Der Mann hatte sie in der Vergangenheit schon einmal in die Irre geführt, und seine Loyalität war so wechselhaft wie das Wetter. Doch die Informationen, die er anbot, könnten den entscheidenden Durchbruch bringen.

„Du gibst mir alles," wiederholte Olsen langsam, „und im Gegenzug bekommst du deinen Schutz."

Milojevic nickte. „Deal."

Olsen wusste, dass er keine andere Wahl hatte. Er streckte die Hand aus. Ein riskanter Deal – einer, der alles verändern konnte.

Doch als Milojevics Hand die seine traf, spürte er eine kalte Schwere in seiner Brust, als hätte er gerade einen Pakt mit dem Teufel geschlossen. Der Druck, der auf ihm lastete, wog plötzlich schwerer, als die Realität des Deals in ihm aufstieg. Milojevic war kein Mann, der sich freiwillig aufgibt. Er war ein Manipulator, ein Schachspieler, der seine Züge mit Präzision plante. Was, wenn er mich in die Irre führt? dachte Olsen. Was, wenn er ein doppeltes Spiel spielt?

Das Kartell war zu mächtig, zu brutal, um Fehler zu verzeihen. Milojevic hatte jahrelang in ihrer Welt überlebt, und niemand überlebt so lange ohne Tricks und Lügen. Konnte ich ihm wirklich vertrauen? In Olsens Kopf ratterten die Zweifel.

Was, wenn Milojevic nur Zeit gewinnen wollte? Was, wenn die Informationen, die er anbot, nichts anderes waren als Finten, die ihn und sein Team in eine Falle locken sollten?

Die Verlockung, das Kartell von innen heraus zu schlagen, war verführerisch. Aber zu welchem Preis? Wenn sie Milojevic Immunität gewährten und er sie betrog, würde das Kartell noch mächtiger zurückschlagen.

Die Männer, die sie in Hamburg bereits verloren hatten, blitzten vor Olsens Augen auf. Der Tod von Herrera, der ihnen beinahe den letzten Hoffnungsschimmer genommen hatte, lag wie ein schweres Gewicht in seinem Gedächtnis. Es gab keine zweite Chance, wenn sie hier versagten.

Milojevics Blick, kalt und kalkulierend, ließ keinen Raum für Zweifel. Er brauchte diesen Deal, um zu überleben – das wusste Olsen. Doch was war Milojevic wirklich wert, wenn die Situation brenzlig wurde? Würde er sie verraten, um seine eigene Haut zu retten, oder konnte er wirklich den Schlüssel zur Zerschlagung des Kartells liefern?

Olsen spürte, wie seine Hand zitterte, als er den Händedruck löste. Ein Teil von ihm wollte die Sache sofort abbrechen, wollte Milojevic direkt in Handschellen abführen und alles selbst in die Hand nehmen. Doch tief in seinem Inneren wusste er, dass sie jemanden wie Milojevic brauchten.

Das Kartell war zu tief verwurzelt, ihre Strukturen zu fest verankert. Ein Mann wie Milojevic, der sie aus der Mitte heraus schwächen konnte, war ihre einzige Chance, diesen Krieg zu gewinnen.

Aber zu welchem Preis? Diese Frage hallte weiter in seinem Kopf wider, als er sich von Milojevic abwandte.

Er wusste, dass die nächsten Schritte entscheidend waren. Jeder Fehler könnte alles zerstören.

Die Tür der Festung fiel schwer hinter Olsen und seinem Team ins Schloss. Der kalte Wind, der durch die Berge Montenegros zog, biss scharf in seine Haut, aber die eigentliche Kälte kam nicht von außen. Es war die Kälte, die sich in seinem Inneren ausbreitete – die unausweichliche Erkenntnis, dass sie sich auf gefährliches Terrain begeben hatten.

Sie waren jetzt Teil eines Spiels, dessen Regeln Milojevic und das Kartell bestimmten. Und in diesem Spiel gab es keinen Raum für Fehler.

„Das war es also", sagte Maren Starke, die neben ihm stand, die Kapuze ihres Mantels tief ins Gesicht gezogen. Ihre Augen waren wachsam, der Ausdruck in ihrem Gesicht eine Mischung aus Anspannung und Frustration. „Wir haben ihm Immunität versprochen. Jetzt liegt es an ihm, zu liefern."

Olsen nickte stumm, während sein Blick in die Ferne wanderte. Die Silhouette der zerklüfteten Berge zeichnete sich gegen den dunstigen Himmel ab, der von schweren Wolken bedeckt war. Er wusste, dass dies nicht das Ende war. Es war der Anfang eines Spiels, in dem jeder Zug von jetzt an tödlich sein könnte.

„Und wenn er uns betrügt?" fragte Jonas Holst leise, der etwas abseitsstand und nervös auf den Boden trat, als könnte er den Schnee unter seinen Füßen zermalmen. „Wenn er uns hinters Licht führt, sind wir erledigt. Das Kartell wird uns zermalmen, bevor wir auch nur einen Schritt weiterkommen."

Olsen drehte sich zu Jonas um und hielt seinem Blick stand. „Das ist ein Risiko, das wir eingehen müssen." Seine Stimme war ruhig, aber es lag eine Schwere darin, die alle spürten. „Wir haben keine andere Wahl. Milojevic hat uns Informationen versprochen, die wir nirgendwo anders herbekommen können. Er kennt die Strukturen des Kartells besser als jeder andere in Europa."

Maren hob eine Augenbraue, ihre Skepsis war nicht zu übersehen. „Und du glaubst wirklich, er wird uns die Wahrheit sagen? Dieser Mann hat sein ganzes Leben damit verbracht, Menschen zu manipulieren und Deals zu seinen Gunsten abzuschließen. Warum sollte er jetzt anders sein?"

Olsen seufzte und sah wieder in die Ferne. Er wusste, dass Maren recht hatte. Und doch hatte Olsen das Gefühl, dass er diesmal keine Wahl hatte. Milojevic war in der Klemme. Das Kartell würde ihn fallen lassen, sobald er keinen Nutzen mehr für sie hatte – und das wusste er.

„Weil er weiß, dass er nicht mehr lange Zeit hat", antwortete Olsen schließlich. „Er weiß, dass das Kartell ihn früher oder später eliminieren wird. Deshalb bietet er uns diesen Deal an. Wir sind seine letzte Chance."

Die Wahrheit war, dass sie alle sich auf dünnem Eis bewegten. Milojevic könnte ein doppeltes Spiel spielen, das war klar. Doch das Risiko war es wert. Das Kartell war zu groß, zu mächtig, um es frontal anzugreifen. Sie brauchten jemanden, der von innen heraus operierte. Und Milojevic war dieser Jemand.

„Aber was, wenn wir falsch liegen?" Jonas' Stimme war kaum mehr als ein Flüstern. „Was, wenn er uns hinters Licht führt, uns direkt in eine Falle laufen lässt? Das Kartell ist bekannt dafür, solche Spiele zu spielen. Sie sind gnadenlos."

Olsen drehte sich zu ihm um, sein Blick fest. „Deshalb müssen wir vorsichtig sein. Ab jetzt trauen wir niemandem – außer uns selbst. Jeder Schritt, den wir machen, muss gut überlegt sein. Wir dürfen Milojevic keinen Raum geben, uns zu verraten. Aber wir müssen auf dieses Angebot eingehen. Es ist unsere einzige Chance."

Eine Stille legte sich über die Gruppe. Das Kartell hatte seine Macht bereits in Hamburg gezeigt – mit den Morden, den Drohungen, der systematischen Infiltration der Stadt.

Sie hatten gesehen, wozu das Cartel de la Muerte fähig war. Und jetzt begannen sie, gegen diese unsichtbare Maschine zu kämpfen. Ein Fehler, und sie würden gnadenlos zerschmettert werden.

„Und was ist mit dem Kartell?" fragte Maren schließlich. „Wenn sie herausfinden, dass Milojevic mit uns arbeitet, wird es kein Entkommen geben. Weder für ihn noch für uns."

Olsen schloss für einen Moment die Augen und ließ die Worte wirken. Sie alle wussten, was das bedeutete.

Das Kartell war nicht wie andere kriminelle Organisationen. Sie waren bekannt für ihre unbarmherzige Brutalität. Verrat wurde mit einem schnellen, gnadenlosen Tod bestraft – oder schlimmer. Sie würden jeden in ihrer Nähe eliminieren, wenn sie den Verdacht hegten, dass jemand gegen sie arbeitete.

Milojevic würde nicht einfach getötet werden. Sie würden ein Exempel an ihm statuieren.

„Wir müssen so handeln, als ob sie bereits wissen, was wir tun", sagte Olsen schließlich, die Worte schwer wie Blei. „Das bedeutet, dass wir immer einen Schritt voraus sein müssen. Milojevic ist ein Risiko, das ist klar. Aber es ist ein Risiko, das wir in Kauf nehmen müssen, wenn wir das Kartell schwächen wollen."

Maren nickte langsam, während sie die Umgebung absuchte, als ob sie bereits die Männer des Kartells im Schatten der Berge lauern sehen konnte. „Wenn das schiefgeht, Bernd... dann verlieren wir alles. Nicht nur Hamburg."

„Ich weiß", sagte Olsen knapp, als er sich abwandte und den Weg zurück zur Straße antrat. „Aber wir sind schon mitten in diesem Spiel. Und jetzt gibt es kein Zurück mehr."

Sie gingen schweigend den Pfad entlang, das leise Knirschen des Schnees unter ihren Füßen war das einzige Geräusch. Doch in Olsens Kopf tobte ein Sturm. Er hatte die Entscheidung getroffen, auf Milojevics Angebot einzugehen – aber jeder Schritt, den er jetzt machte, musste mit äußerster Vorsicht erfolgen.

Ein falscher Zug, und das Kartell würde nicht nur Milojevic, sondern auch ihn und sein Team eliminieren.

Es war ein gefährliches Spiel.

Und das Kartell war bekannt dafür, die Regeln zu brechen.

Ein riskanter Plan

Es war spät, und die Nacht hatte das LKA Hamburg bereits vollständig umhüllt. Die Stadt draußen, durch die Fenster nur in vagen Umrissen zu erkennen, war wie ein schlafender Riese, unter dessen Oberfläche sich etwas Bedrohliches regte. Es war die Ruhe vor dem Sturm – eine Pause, die nur dazu diente, die kommenden Ereignisse noch gefährlicher erscheinen zu lassen.

Bernd Olsen saß an seinem Schreibtisch, vor ihm lagen Berichte, Fotos und Pläne, die wie ein chaotisches Puzzle ausgebreitet waren. Doch in seinem Kopf begann das Bild klarer zu werden. Das Kartell war nicht mehr nur eine ferne Bedrohung, die Hamburg infiltrierte – sie hatten sich in die Stadt hineingefressen, wie eine Krankheit, die unbemerkt wucherte.

Und nun war es Zeit, den Spieß umzudrehen. Sie mussten es von innen heraus zerschlagen, bevor es zu spät war.

Olsen rieb sich müde über die Augen und lehnte sich in seinem Stuhl zurück. Der Gedanke, einen verdeckten Ermittler ins Kartell einzuschleusen, hatte ihn seit Tagen nicht losgelassen. Es war riskant, vielleicht sogar wahnsinnig, aber es war der einzige Weg, um wirklich an die Köpfe des Netzwerks heranzukommen.

Milojevic konnte ihnen nur begrenzt weiterhelfen – er war ein Mittelsmann, jemand, der das System zwar kannte, aber nicht die Macht hatte, es entscheidend zu beeinflussen. Sie brauchten jemanden tief im Inneren.

Die Tür seines Büros öffnete sich leise, und Maren Starke trat ein. Sie warf ihm einen kurzen, nachdenklichen Blick zu, bevor sie wortlos einen Stapel Papiere auf den Tisch legte. Ihr Gesicht war angespannt, die Augen suchten nach einer Antwort auf die unausgesprochenen Fragen, die in der Luft lagen.

„Du hast es also ernst gemeint", sagte sie schließlich, während sie sich gegen den Schreibtisch lehnte. „Du willst wirklich jemanden ins Kartell einschleusen?"

Olsen nickte langsam, seine Gedanken noch immer bei den Details, die er im Kopf durchging. „Es ist die einzige Möglichkeit, Maren. Sie sind zu gut organisiert, zu gut vernetzt. Wir können nicht warten, bis Milojevic uns alles auf einem Silbertablett serviert. Wir müssen handeln. Und das schnell."

Maren seufzte und schüttelte den Kopf, ihre Stirn in Falten gelegt. „Weißt du, was du da verlangst? Wir reden hier nicht von irgendeinem örtlichen Drogenring. Das Cartel de la Muerte ist brutal, Bernd. Wenn sie auch nur den Hauch von Verdacht schöpfen, wird der Mann, den wir schicken, tot sein, bevor wir ihn überhaupt vermissen."

Olsen starrte auf die Pläne vor sich. „Ich weiß." Seine Stimme war leise, doch fest. „Aber wir haben keine Wahl. Wir sind am Ende unserer Möglichkeiten. Das Kartell kontrolliert bereits Teile des Hafens, und die Morde in der Stadt nehmen zu. Sie übernehmen Hamburg. Wenn wir nicht bald handeln, haben wir keine Chance mehr, sie aufzuhalten."

Die Schwere dieser Worte legte sich wie ein kalter Schleier über den Raum.

„Und wen hast du im Kopf?" fragte Maren, ihre Stimme einen Hauch sanfter, aber nicht weniger besorgt.

Olsen schwieg einen Moment. Dann griff er nach einer der Akten auf dem Tisch und legte sie vor Maren. „Stefan Kehl. Er hat Erfahrung im Drogenmilieu, er war schon mehrfach verdeckt unterwegs. Er ist unauffällig, spricht Spanisch und Serbisch fließend. Wenn jemand die Chance hat, ins Kartell zu kommen, dann er."

Maren nahm die Akte, ihre Augen wanderten über die Details. Sie kannte Kehl, er war gut. Sehr gut sogar. Aber das hier war etwas völlig anderes. Das Kartell war berüchtigt für seine Methoden. Sie vertrauten niemandem, und sie ließen niemanden lebend gehen, der sie verriet.

Jeder Mann, der für das Kartell arbeitete, war mehr als nur ein Krimineller – er war ein Soldat, bereit, sein Leben zu geben. Die Idee, einen ihrer Männer zu täuschen, war riskant. Tödlich riskant.

„Er weiß, worauf er sich einlässt?" fragte Maren, während sie die Akte zuklappte.

Olsen nickte. „Ich habe mit ihm gesprochen. Er weiß, dass es gefährlich ist. Aber er ist bereit. Er will das Kartell genauso stoppen wie wir."

Eine schwere Stille legte sich über den Raum. Maren wusste, dass Olsen nicht leichtfertig handelte. Aber diesmal fühlte sich der Einsatz noch höher an als je zuvor.

„Und wie soll das ablaufen?" fragte sie schließlich. „Wie wollen wir ihn in das Kartell einschleusen?"

Olsen beugte sich vor und öffnete eine der Akten auf dem Tisch. „Wir wissen, dass sie neue Männer rekrutieren – Söldner, Kurierfahrer, Hafenarbeiter. Das Kartell baut seine Netzwerke in der Stadt aus. Wenn Kehl sich als einer von ihnen ausgibt, könnte er sich als nützlich erweisen."

„Und Milojevic? Wird er ihm helfen?"

Olsen zögerte, bevor er antwortete. „Milojevic hat keinen direkten Zugang mehr zu den höheren Kreisen des Kartells. Aber er kann Kehl einige Kontakte nennen – Leute, die wir überprüfen können. Wenn Kehl genug Vertrauen gewinnt, könnte er an Informationen kommen, die uns das Kartell offenlegen."

Maren runzelte die Stirn. „Du weißt, dass das alles auf wackligen Beinen steht. Ein falscher Zug, und Kehl ist tot."

Olsen starrte sie an, seine Augen hart und entschlossen. „Ja. Ich weiß. Aber wir haben keine Wahl."

Sie sah ihn lange an, bevor sie leise seufzte. „Wenn es schiefgeht, Bernd... Wenn er stirbt..."

„Dann liegt es auf meinen Schultern", unterbrach er sie. „Das weiß ich. Aber wir können nicht länger zusehen, wie dieses Kartell unsere Stadt übernimmt."

Maren nickte langsam. Sie verstand. Es gab kein Zurück mehr. Die Zeit des Zögerns war vorbei. Es war ein Spiel auf Leben und Tod. Sie schwiegen eine Weile, während draußen die Stadt weiter in die Nacht eintauchte. Die Straßen, die sie so gut kannten, waren zu Schlachtfeldern geworden. Jeder Moment, den sie warteten, war ein Moment, in dem das Kartell stärker wurde.

„Wann geht es los?" fragte Maren schließlich.

Olsen sah sie an. „In zwei Tagen. Kehl wird sich unter einem falschen Namen als Hafenarbeiter bewerben. Er hat genug Vorstrafen, um glaubwürdig zu wirken. Ab dann ist er allein."

Maren seufzte erneut und legte die Hände in die Hüften. „Also gut. Aber wir müssen extrem vorsichtig sein. Ein Fehler, und das Kartell wird uns alle zerschlagen."

Olsen nickte. „Das weiß ich. Deshalb müssen wir jeden Schritt überwachen. Kehl wird unter Dauerbeobachtung stehen, aber das Kartell darf keinen Verdacht schöpfen."

Die Spannung im Raum war greifbar, als sie die letzten Details durchgingen.

Es war ein riskanter Plan, vielleicht der riskanteste, den sie je gefasst hatten. Aber es war auch ihre einzige Chance. Das Cartel de la Muerte würde nicht einfach so verschwinden.

Als Maren sich schließlich zum Gehen wandte, blieb Olsen noch einen Moment allein im Büro. Er lehnte sich zurück und starrte auf die Stadt draußen, die langsam in der Dunkelheit verschwand. Der Krieg hatte begonnen, und jetzt ging es darum, den richtigen Zug zu machen.

Olsen lehnte sich in seinem Stuhl zurück und starrte auf die schwachen Lichter der Stadt, die durch die verregnete Fensterscheibe schimmerten.

Der richtige Zug. Die Worte hallten in seinem Kopf wider, aber was war der richtige Zug? In diesem Moment fühlte es sich an, als würde er in einem Schachspiel gegen einen unsichtbaren Gegner antreten – einen Gegner, der jeden seiner Züge kannte und bereit war, ihn für jeden Fehler zu bestrafen.

Er legte die Hand auf die Tischkante und starrte auf die Karten und Akten vor ihm. Jedes Detail, jeder Name, jede Verbindung war wie ein kleines Puzzleteil, das darauf wartete, zusammengefügt zu werden. Doch in diesem Puzzle fehlten entscheidende Teile. Sie hatten Informationen, ja, aber es waren nur Fragmente. Ein falscher Zug, und das ganze Bild würde in sich zusammenbrechen – und mit ihm alles, wofür sie in den letzten Monaten gekämpft hatten.

„Scheiße", murmelte Olsen leise, als er aufstand und ein paar Schritte im Raum auf und ab ging. Sein Atem war schwerer geworden, seine Gedanken drehten sich im Kreis. Was, wenn sie das Kartell unterschätzten? Was, wenn Milojevic sie doch hinterging? Der Mann war ein Überlebenskünstler.

Würde er wirklich bereit sein, das Kartell zu verraten, oder spielte er erneut ein Spiel, das Olsen noch nicht vollständig durchschaut hatte?

Kehl... Stefan Kehl war ein hervorragender Ermittler, hartnäckig, erfahren, und doch... Olsen konnte den Kloß in seinem Magen nicht loswerden. Der Gedanke, einen seiner besten Leute direkt in den Rachen des Kartells zu schicken, ohne zu wissen, ob sie ihn jemals lebend zurückholen konnten, nagte an ihm.

War es das wert? Kehl wusste, worauf er sich einließ, das hatte er ihm versichert. Doch das änderte nichts daran, dass sie Kehl in eine höllische Gefahr schickten.

Olsen blieb stehen, legte die Hände auf den Rand seines Schreibtisches und senkte den Kopf. Es gibt keine perfekte Entscheidung, dachte er bei sich. „Jeder Zug hat Konsequenzen."

„Du weißt, dass es schiefgehen kann, Bernd", flüsterte er leise zu sich selbst. Er wusste es. Tief in seinem Inneren wusste er, dass dies ein Spiel mit dem Tod war. Kehl könnte sterben. Er könnte der nächste auf der langen Liste der Opfer des Kartells werden. Die Namen der Männer, die bereits in diesem Krieg gefallen waren, blitzten vor seinen Augen auf – Polizisten, unschuldige Zivilisten, Zeugen, die brutal zum Schweigen gebracht worden waren. Wie viele mehr würde es kosten?

„Verdammt", murmelte er erneut, und dieses Mal war es ein leises, wütendes Knurren. Er griff nach seiner Zigarettenpackung, nur um festzustellen, dass sie leer war. Natürlich. Es war wie ein Symbol für die Erschöpfung, die in ihm nagte – kein Ende in Sicht, kein Moment der Erleichterung.

Er blickte aus dem Fenster und sah, wie die Nacht sich wie ein schwerer Vorhang über Hamburg gelegt hatte. Die Stadt sah friedlich aus, aber er wusste es besser.

Stefan Kehl war die beste Option, die sie hatten. Wenn jemand dieses Himmelfahrtskommando überleben konnte, dann er. Aber das Wissen, dass er möglicherweise einen unschätzbaren Verlust riskierte, machte es nicht einfacher. Er konnte das Risiko nicht ausschließen – er konnte es nur in die Waagschale werfen und hoffen, dass der Einsatz sich lohnte.

„Es gibt keine Wahl", murmelte Olsen. Das war die Wahrheit. So riskant der Plan auch war, sie hatten keine Alternative. Das Kartell war zu mächtig, zu gut vernetzt. Die übliche Polizeiarbeit, die üblichen Verhöre und Observierungen – all das würde nicht ausreichen. Sie mussten das Kartell von innen heraus angreifen. Alles andere wäre zum Scheitern verurteilt.

„Aber bist du wirklich bereit, das Risiko einzugehen?" fragte er sich leise, die Stimme kaum mehr als ein Flüstern, das in dem leeren Raum verhallte. Bist du bereit, Kehl zu opfern? Bist du bereit, deinen Leuten in die Augen zu sehen, wenn alles schiefgeht?

Olsen schloss die Augen. Es gab keine perfekte Entscheidung. Nicht in diesem Krieg. Sie kämpften gegen einen unsichtbaren Feind, der brutaler und skrupelloser war, als sie es je erwartet hätten. Sie hatten keine Wahl. Aber es änderte nichts daran, dass das Gefühl der Schuld schon jetzt schwer auf seinen Schultern lastete.

Er öffnete die Augen und starrte auf die Akten, die vor ihm lagen. Es war ein gefährliches Spiel. Ein tödliches Spiel. Und egal, wie gut sie planten, es konnte jederzeit außer Kontrolle geraten.

Doch tief in seinem Inneren wusste er: Es war ein gefährliches Spiel. Und ein falscher Schritt konnte alles kosten.

Es war früher Abend, als Bernd Olsen das Verhörzimmer betrat. Der Raum war kalt, karg, die Wände grau gestrichen, und nur eine einzelne Neonlampe flackerte über dem Tisch, an dem Nikola Milojevic saß. Der Mann, der einst die Fäden in Hamburgs Unterwelt zog, wirkte jetzt zwar abgezehrt, doch er hatte immer noch den lauernden Blick eines Mannes, der das Spiel beherrschte. Ein Überlebenskünstler.

Olsen hielt einen Moment inne, ließ seinen Blick über den Raum gleiten, bevor er sich langsam setzte. Milojevic schien ruhig, aber Olsen wusste, dass in seinem Inneren ein ständiges Abwägen stattfand. Ein falsches Wort, ein zu großer Fehler, und Milojevic würde sie alle verraten, ohne zu zögern. Das war das Wesen solcher Männer. Sie waren nie wirklich auf einer Seite.

„Also," begann Olsen, als er sich setzte und die Akte vor sich auf den Tisch legte. „Du hast gesagt, du hast Informationen. Es wird Zeit, dass du sie uns lieferst."

Milojevic lehnte sich zurück, das schwache Lächeln eines Mannes, der wusste, dass er die Oberhand hatte, spielte um seine Lippen. „Du bist so ungeduldig, Bernd. Aber ich verstehe es. Du willst etwas Greifbares, nicht wahr? Einen wirklichen Beweis, dass ich dir helfen kann."

Olsen ignorierte die Provokation. „Du weißt, dass deine Zeit knapp wird. Das Kartell schläft nicht, und wenn sie auch nur den Hauch eines Verdachts haben, dass du mit uns sprichst, bist du tot. Also verschwendest du besser nicht meine Zeit."

Milojevic runzelte die Stirn, sein Blick wanderte für einen Moment zum Spiegel an der Wand, hinter dem er wusste, dass Maren Starke und Jonas Holst das Gespräch beobachteten. Dann legte er die Arme auf den Tisch und beugte sich vor.

„Eine Lieferung," sagte er leise, „eine Waffenlieferung, die sie über den Hamburger Hafen abwickeln wollen. Großkalibrige Waffen, Sprengstoff – alles, was du brauchst, um eine Stadt in Flammen zu setzen."

Olsen spürte, wie sich seine Nackenhaare aufstellten. Eine Waffenlieferung. Es war schlimmer, als er erwartet hatte. Das Kartell wollte nicht nur den Drogenmarkt kontrollieren, sie wollten auch ihre Macht mit Gewalt durchsetzen. Waffen bedeuteten Krieg – und Krieg bedeutete, dass die Kontrolle über die Stadt verloren gehen konnte.

„Wann?" fragte Olsen knapp, seine Stimme angespannt.

„In zwei Tagen", antwortete Milojevic ruhig. „Es ist alles bereits organisiert. Der Container wird an einem der abgelegeneren Docks ankommen, unauffällig, getarnt als normale Fracht. Niemand wird es bemerken – außer dir, natürlich."

Olsen lehnte sich vor, seine Augen verengten sich. „Wie groß ist die Lieferung?"

Milojevic hob eine Augenbraue. „Groß genug, um einen kleinen Krieg zu beginnen. Sie haben nicht nur Handfeuerwaffen. Es sind auch Granatwerfer, Panzerfäuste, Sprengsätze. Das Kartell bereitet sich darauf vor, seinen Einfluss auszuweiten. Nicht nur in Hamburg. Sie planen, diese Waffen in ganz Nordeuropa zu verteilen."

Olsen biss die Zähne zusammen, als er die Worte verarbeitete. Das war nicht mehr nur eine Drohung gegen Hamburg – das war der Aufbau einer bewaffneten Infrastruktur, die weit über die Stadt hinausreichen würde. Das Kartell bereitete sich auf einen bewaffneten Konflikt vor, um seinen Machtbereich zu sichern.

„Warum erzählst du mir das?" fragte Olsen leise. „Was hast du davon, dass wir diese Lieferung stoppen?"

Milojevic zuckte mit den Schultern. „Weil ich am Leben bleiben will. Je mehr du ihnen schadest, desto mehr Zeit habe ich, mich aus der Schusslinie zu bringen. Außerdem – je größer der Schaden für das Kartell, desto mehr Verhandlungsmasse habe ich bei dir."

„Das könnte eine Falle sein", sagte Olsen scharf. „Du weißt das."

Milojevic schüttelte den Kopf. „Wenn es eine Falle wäre, wäre ich längst tot. Glaub mir, Bernd, ich spiele hier keine Spielchen. Diese Waffenlieferung ist echt, und wenn du sie nicht stoppst, wirst du bald mehr zu tun haben, als du dir vorstellen kannst. Die Stadt wird in Flammen stehen."

Olsen starrte Milojevic für einen Moment an, seine Gedanken rasten. War das die Wahrheit? Konnte er ihm trauen? Oder war dies nur eine weitere Finte, eine inszenierte Falle, um sie in eine Falle zu locken? Aber er wusste, dass sie keine Zeit mehr hatten, um es herauszufinden. Zwei Tage – das war alles, was ihnen blieb.

Er stand auf, die Anspannung in seinem Körper war greifbar. „Wenn du mich anlügst, Milojevic, werde ich dafür sorgen, dass du nicht nur das Kartell, sondern auch uns als Feinde hast."

Milojevic zuckte mit den Schultern und lehnte sich entspannt zurück. „Ich bin vielleicht viele Dinge, Bernd. Aber dumm bin ich nicht. Du hast zwei Tage. Was du daraus machst, liegt bei dir."

Olsen sagte nichts mehr. Er drehte sich um und verließ den Raum, die Tür fiel hinter ihm ins Schloss. Als er den Flur entlangging, hörte er die Schritte von Maren und Jonas, die ihm folgten.

„Was denkst du?" fragte Maren, als sie neben ihm auftauchte. Ihre Augen waren schmal, voller Sorge und Anspannung.

Sie hatte das ganze Gespräch verfolgt, und Olsen wusste, dass auch sie Zweifel an Milojevic hegte.

„Wir haben keine Wahl", sagte Olsen knapp, als sie in Richtung des Besprechungsraums gingen. „Ob er die Wahrheit sagt oder nicht – wir können es uns nicht leisten, es zu ignorieren. Wenn diese Waffenlieferung echt ist, müssen wir handeln. Und zwar schnell."

Im Besprechungsraum angekommen, warf Jonas die Akte auf den Tisch und schaltete sofort den Laptop ein. Die Uhr tickte. Sie hatten kaum 48 Stunden Zeit, um diesen Container zu finden, die Lieferung zu stoppen und das Kartell zu zerschlagen, bevor die Waffen in den Untergrund verschwanden und eine neue Welle der Gewalt über Hamburg hereinbrach.

„Was ist unser Plan?" fragte Jonas, während er auf den Bildschirm starrte, wo eine schematische Darstellung des

Hamburger Hafens erschien. „Wir wissen nicht einmal, welches Dock. Milojevic hat keine Details genannt."

Olsen verschränkte die Arme und starrte auf die Karte. „Er hat genug gesagt. Wir wissen, dass es einer der abgelegenen Docks ist. Das gibt uns zumindest einen Anhaltspunkt."

„Wir sollten die Sicherheitskameras durchgehen", schlug Maren vor. „Wenn der Container schon unterwegs ist, können wir ihn vielleicht auf den Überwachungsbändern finden, bevor er ankommt. Das Kartell wird vorsichtig sein, aber irgendwas werden sie nicht verbergen können."

Olsen nickte. „Ja. Wir müssen den Container finden, bevor er vom Radar verschwindet. Sobald er am Dock ist, wird er in den Untergrund abtauchen, und dann haben wir keine Chance mehr, ihn zu stoppen."

Jonas tippte bereits auf seinem Laptop herum. „Ich kann die Kameradaten der letzten 24 Stunden durchsehen. Vielleicht gibt es ein Muster, das wir erkennen können. Irgendwas, das uns sagt, wo sie den Container hinbringen wollen."

Olsen ging zum Fenster und starrte hinaus auf die nächtliche Stadt. Das Kartell war ihnen voraus. Das wussten sie. Aber diesmal hatten sie eine Spur. Eine einzige Chance, den nächsten großen Schritt des Kartells zu verhindern. Wenn sie diese Lieferung stoppten, konnten sie das Kartell empfindlich treffen – nicht nur in Hamburg, sondern in ganz Europa.

Aber die Uhr tickte.

„Wir müssen sofort handeln", sagte Olsen und drehte sich um. „Keine Fehler. Keine Verzögerungen. Wir haben 48 Stunden, um diesen Container zu finden und die Stadt vor einem Blutbad zu bewahren."

Er sah die Entschlossenheit in den Augen seines Teams, aber auch die Sorgen, die unausgesprochen blieben. Dies war ihr gefährlichster Plan bisher – und das wussten sie alle.

Im Besprechungsraum des LKA Hamburg lag eine ungewöhnli-
che starke Spannung in der Luft. Bernd Olsen stand am Kopf
des Tisches, die Arme verschränkt, während er die Anwesenden musterte. Auf den Gesichtern seiner Kollegen spiegelten
sich verschiedene Emotionen wider: Unbehagen, Unsicherheit,
und in einigen Fällen – offener Widerstand.

Maren Starke und Jonas Holst saßen an seiner Seite, ihre Gesichter angespannt und wachsam. Doch es waren die anderen
im Raum, die Olsens Aufmerksamkeit fesselten: Klaus Steinmann, der leitende Ermittler des BKA, der neben Martin Jansen, dem lokalen Polizeichef, Platz genommen hatte. Beide
Männer hatten in den letzten Tagen immer wieder Zweifel an
Olsens Plänen geäußert – und jetzt war dieser Widerstand
deutlicher denn je.

„Du willst also behaupten, dass ein verdeckter Einsatz und die
Zusammenarbeit mit Milojevic unsere beste Option sind?"
fragte Steinmann kühl, seine Augen fixierten Olsen mit einem
Blick, der mehr als nur Skepsis ausdrückte. „Das Kartell ist
kein gewöhnlicher Gegner, Bernd. Sie sind organisiert, und sie
sind gefährlich. Wenn wir einen falschen Schritt machen,
könnten wir alles verlieren."

Olsen hielt dem Blick stand, sein Gesicht ausdruckslos, doch
innerlich brodelte es in ihm. Er wusste, dass dieser Widerstand nicht nur aus professionellen Bedenken kam. Etwas
stimmte nicht. Der interne Druck hatte in den letzten Tagen
deutlich zugenommen, und Olsen war sich sicher, dass es
nicht nur um die Risiken des Plans ging.

„Ja, Klaus, ich behaupte genau das", antwortete Olsen ruhig,
aber bestimmt. „Unsere Informationen sind eindeutig. Das
Kartell plant eine massive Waffenlieferung, und wenn wir diese
Lieferung nicht stoppen, wird Hamburg bald eine ganz neue
Art von Kriegsgebiet sein. Wir können es uns nicht leisten,
jetzt zu zögern."

Jansen, der Polizeichef, hob eine Hand, um Olsen zu unterbrechen. „Ich verstehe deine Dringlichkeit, Bernd, aber diese Art von verdecktem Einsatz birgt enorme Risiken. Was, wenn Milojevic uns hinters Licht führt? Was, wenn das Ganze nur eine Falle ist, um uns zu diskreditieren?"

Olsen spürte, wie seine Wut aufstieg, aber er zwang sich, ruhig zu bleiben. Es war nicht nur Misstrauen, das hier im Raum schwebte – es war etwas Tieferes. Er konnte es fühlen. „Ich verstehe die Risiken", sagte er langsam, „aber wir haben keine Wahl. Wir haben die Möglichkeit, das Kartell empfindlich zu treffen, und wir müssen diese Chance nutzen."

Steinmann lehnte sich zurück und verschränkte die Arme. „Und was, wenn es innerhalb unserer eigenen Reihen Saboteure gibt? Was, wenn Informationen an das Kartell durchgesickert sind? Kannst du garantieren, dass wir nicht von innen heraus untergraben werden?"

Diese Worte trafen ins Schwarze.

Olsen spürte, wie sich ein Knoten in seinem Magen bildete. Das war es. Der wahre Grund für den Widerstand, der sich zunehmend gegen ihn stellte. Es war mehr als nur Zweifel an seiner Vorgehensweise. Das Kartell hatte bereits begonnen, die Polizei zu infiltrieren. Es gab Gerüchte – leise Stimmen, die in den letzten Wochen immer lauter geworden waren. Bestechung, Druck, Sabotage. Hochrangige Beamte, die plötzlich Entscheidungen verzögerten, Ermittlungen ins Leere laufen ließen oder plötzlich „andere Prioritäten" hatten.

„Worauf willst du hinaus, Steinmann?" fragte Olsen, seine Stimme war scharf, aber die Anspannung in seiner Brust war kaum zu ignorieren.

Steinmann zögerte einen Moment, bevor er weitersprach. „Es gibt Gerüchte – keine handfesten Beweise, aber genug, um Zweifel zu säen. Das Kartell hat möglicherweise bereits Leute in den höheren Rängen. Beamte, die nicht so loyal sind, wie sie vorgeben zu sein. Wenn das stimmt, dann könnten deine Pläne von innen heraus sabotiert werden, bevor du überhaupt die Chance hast, die Operation durchzuführen."

Ein kalter Schauer lief Olsen über den Rücken. Er hatte diesen Gedanken schon lange befürchtet, aber jetzt, wo Steinmann es laut aussprach, wurde die Bedrohung real. Das Kartell war bereits hier, unter ihnen. Und sie spielten nach ihren eigenen Regeln.

„Wenn das der Fall ist", sagte Olsen langsam, „dann müssen wir noch vorsichtiger vorgehen. Aber das bedeutet nicht, dass wir den Einsatz stoppen. Es bedeutet, dass wir jeden Schritt mit absoluter Präzision planen müssen."

„Es bedeutet, dass wir nicht wissen, wem wir trauen können", warf Jansen ein, sein Ton war ernst. „Wir könnten Informationen weitergeben, die direkt in die Hände des Kartells fallen. Willst du dieses Risiko wirklich eingehen?"

Olsen kniff die Augen zusammen. Misstrauen. Es war wie ein Virus, der sich durch die Ränge der Polizei fraß. Jeder im Raum spürte die wachsende Spannung. Niemand sprach es direkt aus, aber alle wussten, dass es Maulwürfe gab. Beamte, die dem Druck des Kartells nicht standgehalten hatten, die bestochen oder erpresst worden waren. Vielleicht waren es Geldversprechen, vielleicht waren es Drohungen gegen ihre Familien – doch eines war klar: Das Kartell hatte bereits Feinde im Inneren.

„Was willst du damit sagen?" fragte Maren plötzlich, ihre Stimme scharf. „Sollen wir einfach alles auf Eis legen, weil wir befürchten, dass es einen Verräter gibt? Das spielt doch genau dem Kartell in die Hände!"

Olsen warf ihr einen kurzen Blick zu, dankbar für ihre Unterstützung. Sie hatte recht. Das Kartell wollte genau das. Sie wollten, dass sich die Polizei in Misstrauen und Paranoia verlor, bis sie handlungsunfähig war. Widerstand von innen war die gefährlichste Waffe, die sie hatten.

„Wir können uns nicht von diesen Gerüchten lähmen lassen", sagte Olsen fest, seine Stimme schnitt durch den Raum. „Ja, es gibt die Möglichkeit, dass das Kartell Leute in unseren Reihen hat. Aber das bedeutet nicht, dass wir aufgeben können. Im Gegenteil – es bedeutet, dass wir noch härter zuschlagen müssen. Wir müssen denjenigen, die uns sabotieren wollen, einen Schritt voraus sein."

„Und wie genau willst du das anstellen?" fragte Steinmann mit einem skeptischen Unterton.

„Indem wir den Kreis der Eingeweihten verkleinern", sagte Olsen sofort. „Ab jetzt wird jede Information nur an ein sehr kleines, enges Team weitergegeben. Wir lassen niemanden außerhalb dieses Raums wissen, was unser Plan ist. Jeder Schritt wird in strengster Geheimhaltung vorbereitet. Und sobald wir wissen, wer den Verrat begangen hat – dann kümmern wir uns darum."

„Und wenn der Maulwurf in diesem Raum sitzt?" fragte Jansen leise, fast bedrohlich.

Olsen blieb einen Moment stumm, seine Augen wanderten über die Gesichter der Anwesenden. „Dann", sagte er schließlich, „werden wir das auch herausfinden."

Die Atmosphäre im Raum war zum Zerreißen gespannt. Niemand war mehr sicher. Der interne Widerstand war da, er war real, und er war gefährlich. Doch sie hatten keine Wahl. Das Kartell hatte bereits zu viel Macht gewonnen, und wenn sie jetzt nicht handelten, wäre alles verloren.

„Wir dürfen jetzt nicht schwanken", sagte Olsen schließlich mit fester Stimme. „Wir müssen vorwärtsgehen. Aber wir tun es vorsichtig – und wir tun es leise. Das Kartell weiß vielleicht schon viel, aber wir werden sie überraschen. Wir werden sie schlagen, bevor sie es merken."

Steinmann und Jansen sahen sich kurz an, dann nickten sie widerwillig. Sie wussten, dass sie keine andere Wahl hatten. Der Plan war riskant, aber nichts zu tun, wäre noch viel riskanter.

Olsen atmete tief durch, als er den Raum verließ. Der Feind war nicht nur das Kartell.

Der Feind war auch in den eigenen Reihen. Und das machte diesen Kampf noch viel gefährlicher.

Der Verrat

Das Licht im Besprechungsraum flackerte leicht, als Bernd Olsen die Tür hinter sich schloss. Es war spät, viel zu spät, und die Müdigkeit kroch wie Blei durch seine Knochen. Die letzten Tage waren ein Drahtseilakt gewesen, und die Anspannung hatte jeden seiner Schritte begleitet. Aber jetzt, mit den neuesten Informationen, die ihm gerade in die Hände gefallen waren, fühlte er, wie sich die Schlinge um den Hals seines Teams zuziehen würde.

Milojevic. Alles drehte sich immer wieder um Milojevic.

Olsen trat an den Tisch und breitete die neuesten Dokumente aus, die er erhalten hatte. Es war eine Kopie von verschlüsselten Nachrichten – Nachrichten, die Milojevic angeblich an seine Kontakte im Kartell geschickt hatte. Nachrichten, die all ihre Schritte preisgaben. Die Waffenlieferung. Der verdeckte Ermittler. Alles. Maren Starke und Jonas Holst saßen bereits am Tisch. Ihre Gesichter waren ernst, die Anspannung in der Luft spürbar, als sie Olsens Bewegungen verfolgten.

„Bernd," begann Maren leise, während sie das Dokument vor sich betrachtete, „bist du sicher? Ich meine... sicher, dass das echt ist?"

Olsen nickte langsam, ohne den Blick von den Papieren zu nehmen. „Ja. Es gibt keinen Zweifel. Die Verschlüsselung stammt aus dem Netzwerk des Kartells. Milojevic hat uns verraten. Die Informationen, die er uns gegeben hat, waren nicht dazu gedacht, uns zu helfen. Sie waren eine Ablenkung."

Jonas Holst, der still gelauscht hatte, lehnte sich vor und stützte die Ellenbogen auf den Tisch.

„Verdammt. Ich habe es geahnt. Irgendwas an der Art, wie er uns diese Waffenlieferung verkauft hat, fühlte sich falsch an. Zu... einfach. Und jetzt das." Er ließ den Kopf sinken und rieb sich die Augen. „Wie lange spielt er schon dieses doppelte Spiel?"

Olsen hob die Augen und sah Jonas direkt an. „Lange genug, um das Kartell über jeden unserer Schritte zu informieren. Wir haben nichts mehr, was sie nicht auch wissen."

Maren schnaubte ungläubig und ließ die Kopie der Nachricht auf den Tisch fallen. „Das heißt, alles, woran wir gearbeitet haben, alles, was wir in Bewegung gesetzt haben – sie wissen es bereits. Sie warten nur darauf, uns eine Falle zu stellen."

„Genau das", sagte Olsen scharf. Er spürte die Wut in sich aufsteigen, die kalte Wut, die ihn so oft vor Fehlern bewahrt hatte. Milojevic hatte sie alle getäuscht, und er hatte es nicht kommen sehen.

Der Mann, dem sie so viel Vertrauen geschenkt hatten, war nichts anderes als ein Werkzeug des Kartells.

„Was jetzt?" fragte Jonas leise. „Er sitzt nicht einfach nur da und wartet. Er weiß, dass wir ihn irgendwann durchschauen werden. Was glaubst du, was sein nächster Schritt ist?"

Olsen starrte einen Moment auf die Wand, bevor er antwortete. „Er wird versuchen, zu fliehen. Das Kartell lässt keinen Raum für Fehler. Sobald sie wissen, dass wir ihn enttarnt haben, ist sein Leben genauso wertlos wie unseres. Milojevic arbeitet direkt für die Spitze in Kolumbien. Diese Typen spielen keine Spiele. Wenn er versagt, ist er genauso tot wie der Rest von uns."

Die Worte hingen schwer im Raum, und für einen Moment war es still. Jeder spürte, wie der Boden unter ihnen zerbröckelte, wie die Sicherheitsleine, an die sie sich so verzweifelt geklammert hatten, nun endgültig zerschnitten war.

Maren sprach schließlich aus, was alle dachten: „Das heißt, wir sitzen in der Falle. Wir sind nicht die Jäger, Bernd. Wir sind die Beute."

Olsen atmete tief durch, seine Augen schmalen sich zu Schlitzen. „Noch nicht", sagte er mit festem Ton. „Wir haben Informationen. Wir wissen, dass sie Hamburg als ihren Hauptumschlagplatz benutzen wollen. Sie haben ihre Operationen verlagert, und das gibt uns einen Vorteil."

Jonas runzelte die Stirn. „Einen Vorteil? Du meinst, wenn wir schnell genug handeln, bevor Milojevic endgültig zuschlägt?"

Olsen nickte. „Ja. Wir haben ihre Strategie durchkreuzt, auch wenn wir das eigentlich nicht wussten. Wir müssen sofort gegensteuern und Milojevic aufhalten, bevor er uns endgültig verrät. Wenn wir ihn jetzt fassen, können wir ihn vielleicht als Druckmittel gegen die Spitze in Kolumbien nutzen."

„Das wird nicht einfach", bemerkte Maren trocken. „Das Kartell wird wissen, dass wir ihn auf dem Schirm haben. Sie werden ihn beschützen – oder ihn aus dem Weg räumen, bevor wir ihn fassen können."

Olsen stand auf und ging im Raum auf und ab, während er sprach. „Wir haben keine Wahl. Er muss uns dorthin führen, wo die Verbindungen des Kartells enden. In die höchsten Kreise. Wenn er weiter für sie arbeitet, sind wir erledigt."

„Du willst ihn zur Falle führen lassen", stellte Jonas fest. „Ein riskanter Plan."

Olsen blieb stehen und sah ihn an. „Es gibt keinen anderen Weg. Aber diesmal sind wir vorbereitet. Wir lassen ihn denken, dass wir ihm noch vertrauen, während wir parallel einen Zugriff planen."

Maren schüttelte leicht den Kopf, die Anspannung war in ihrer Stimme zu hören. „Und was, wenn das Kartell uns einen Schritt voraus ist? Was, wenn Milojevic uns schon längst in eine Falle gelockt hat?"

Olsen dachte einen Moment nach. Das war die eigentliche Gefahr. Milojevic hatte sie bereits hintergangen, und jeder weitere

Zug könnte genau das sein, was das Kartell erwartete. Aber sie mussten handeln – und sie mussten es jetzt tun. Eine weitere Verzögerung musste ausgeschlossen werden.

„Wir werden es bald herausfinden", sagte Olsen schließlich. „Aber eines ist klar: Wir dürfen jetzt nicht zögern. Wir haben vielleicht nur noch eine einzige Chance, dieses Netz zu durchschlagen."

Er spürte die Schwere seiner eigenen Worte und wusste, dass der bevorstehende Kampf gefährlicher war, als er jemals gedacht hatte. Der Feind war in ihrer Mitte, und der Mann, dem sie vertraut hatten, war ihr gefährlichster Gegner geworden.

Jonas und Maren sahen sich kurz an, bevor sie entschlossen nickten. Sie wussten, dass es jetzt um alles ging. Der Verrat war entlarvt – und jetzt begann das Spiel auf Leben und Tod.

Milojevics Verrat hatte sich wie ein kalter, unsichtbarer Schleier über das Team gelegt. Als die Schwere dieser Entdeckung vollends in Olsens Bewusstsein einsickerte, wurde ihm klar, dass ihre nächste Entscheidung entscheidend war.

Hamburg war nicht mehr sicher, und Milojevic hatte sie die ganze Zeit manipuliert – Informationen an das Kartell weitergegeben, sie in eine Falle gelockt. Sie hatten ihn in Hamburg beobachtet, seine Schritte verfolgt, doch jetzt wusste Olsen: Milojevic war bereits einen Schritt weiter.

Nachdem der Verrat aufgedeckt war, herrschte für einen Moment lähmende Stille im Raum. Maren Starke stand am Fenster, ihre Arme vor der Brust verschränkt, während sie in die nächtliche Silhouette von Hamburg starrte.

„Was jetzt?" Ihre Stimme war leise, fast als hätte sie die Antwort bereits in sich, doch die Bestätigung von Olsen brauchte.

Jonas, der noch immer die Unterlagen von Milojevic durchging, seufzte schwer. „Wir können nicht hierbleiben und einfach darauf warten, dass er einen Fehler macht. Er weiß alles, was wir wissen. Wenn er Hamburg verlässt..."

„Er wird nicht nur Hamburg verlassen", unterbrach Olsen mit fester Stimme. „Er wird fliehen. Das Kartell lässt niemanden am Leben, der versagt hat. Und Milojevic hat versagt."

„Also was tun wir?" Maren sah ihn jetzt an, ihre Augen kühl, aber entschlossen. „Warten, bis er verschwindet?"

Olsen schüttelte den Kopf. „Nein. Wir müssen ihn jagen. Wo auch immer er hingeht."

„Und wohin wird er gehen?" fragte Jonas, die Müdigkeit in seiner Stimme war deutlich. „Er hat Verbindungen in halb Europa. Wenn er will, kann er innerhalb von Stunden aus Hamburg verschwinden. Es gibt keinen Ort, an dem wir ihn so einfach finden."

Doch Olsen wusste bereits, wohin Milojevic fliehen würde. Montenegro. Das Land, in dem Milojevic einst als skrupelloser Auftragskiller für die Mafia gearbeitet hatte, bevor er nach Westeuropa kam. Montenegro war sein Rückzugsort, sein Schutzraum – ein Ort, wo ihn niemand verraten würde. Aber es war mehr als das.

Olsen beugte sich vor, seine Augen fixierten die Landkarte, die auf dem Tisch lag. „Er wird wieder nach Montenegro gehen", sagte er leise. „Er hat dort Verbindungen. Und er wird versuchen, sich dort mit seinen Kontakten im Cartel de la Muerte zu treffen, um sich aus der Schusslinie zu bringen. Wenn wir ihn dort nicht erwischen, ist er weg."

„Montenegro?" Maren runzelte die Stirn und trat näher. „Warum gerade dort?"

Olsen nahm eine der alten Akten auf und legte sie vor ihr auf den Tisch. „Weil das Kartell dort bereits Fuß gefasst hat. Es gibt Berichte über Söldnergruppen, die für das Kartell arbeiten, Männer, die in den Balkan-Kriegen ausgebildet wurden und jetzt für das Kartell kämpfen. Milojevic hat jahrelang für diese Gruppen gearbeitet, bevor er nach Hamburg kam. Das ist sein alter Spielplatz. Dort wird er sich verstecken."

Jonas, der die Informationen aufmerksam verfolgt hatte, hob eine Augenbraue. „Und du glaubst, dass er dorthin zurückgeht, obwohl er weiß, dass das Kartell ihn fallen lassen könnte?"

Olsen nickte. „Ja. Denn es ist seine einzige Chance. Milojevic weiß, dass er ein toter Mann ist, wenn das Kartell ihn fallen lässt. Aber wenn er es schafft, ihnen zu zeigen, dass er nützlich ist, könnte er sich freikaufen. Und wo könnte er das besser tun als an einem Ort, wo er die Territorien kennt? Es ist ein ständiges Katz-und-Maus-Spiel. Mal hält er sich in Hamburg auf, mal verschwindet er an einen anderen Ort. Im Grunde wissen wir nie genau, wann er wo ist."

Maren ließ die Worte auf sich wirken. „Also lassen wir Hamburg hinter uns und gehen nach Montenegro."

„Ja", antwortete Olsen, ohne zu zögern. „Wir können ihn nicht hier fassen. Er hat seine Spuren verwischt, bevor wir überhaupt von seinem Verrat wussten. Aber wenn wir schnell handeln, können wir ihn in Montenegro aufspüren, bevor er sich endgültig absetzt."

Jonas runzelte die Stirn. „Montenegro ist nicht gerade ein sicheres Pflaster für uns. Wir werden dort allein sein, ohne jegliche Unterstützung."

„Das weiß ich", sagte Olsen, seine Stimme fest. „Aber wenn wir Milojevic nicht jetzt schnappen, haben wir keine zweite Chance. Das Kartell wird ihn ausschalten, bevor er zu einem Risiko wird – oder er verschwindet irgendwo und taucht nie wieder auf."

Maren verschränkte die Arme und sah Jonas an. „Dann sollten wir uns vorbereiten. Je länger wir warten, desto schwieriger wird es, ihm auf die Spur zu kommen."

Jonas nickte, obwohl ihm die Anspannung ins Gesicht geschrieben war. „Okay, Bernd. Dann lassen wir uns auf diese Mission ein."

„Ich werde Kontakt zu den örtlichen Behörden in Montenegro aufnehmen", fügte Olsen hinzu. „Aber wir müssen davon ausgehen, dass wir dort auf uns allein gestellt sind. Die Polizei dort ist... nun ja, nicht unbedingt frei von Korruption."

„Also gut", sagte Maren und setzte sich hin, um die Flüge zu buchen und die letzten Details abzuklären. „Wann brechen wir auf?"

„Sofort", entschied Olsen. „Wir haben keine Zeit zu verlieren."

Der Aufbruch nach Montenegro

Der Flug nach Montenegro verlief in angespannter Stille. Das Team saß im hinteren Teil eines kleinen Charterflugzeugs, ihre Gedanken kreisten um die bevorstehende Mission. Jeder von ihnen wusste, dass dies ihre gefährlichste Operation bisher werden würde. Montenegro war nicht nur unbekanntes Territorium – es war feindliches Land.

Als das Flugzeug über die zerklüfteten Berge von Montenegro flog, zog sich der Himmel in ein düsteres Grau zusammen. Die Wolken hingen tief, und die Landschaft darunter wirkte wild und unberechenbar. Eine perfekte Umgebung für einen Mann wie Milojevic, der sich hier bestens auskannte.

Olsen saß am Fenster und starrte hinaus, seine Gedanken rasten. Der Verrat von Milojevic hatte das Team schwer getroffen. Sie hatten geglaubt, ihn unter Kontrolle zu haben, hatten gehofft, dass er ihnen helfen würde, das Kartell zu zerschlagen. Doch jetzt war klar, dass Milojevic nur auf seine Chance gewartet hatte, sie alle zu täuschen.

Jetzt war er auf der Flucht – und sie mussten ihn stoppen, bevor er wieder im Schatten verschwand.

Maren, die neben ihm saß, legte ihm eine Hand auf den Arm. „Bist du sicher, dass das die richtige Entscheidung ist? Montenegro ist... ein anderes Spiel."

Olsen nickte, obwohl er die Sorgen in ihren Augen erkannte. „Wir haben keine andere Wahl. Wenn wir ihn nicht jetzt schnappen, war alles umsonst."

Sie sah ihn einen Moment lang an, bevor sie langsam nickte. „Ich vertraue dir, Bernd. Aber sei vorsichtig. Milojevic spielt sein eigenes Spiel."

„Das weiß ich", murmelte Olsen. „Deshalb müssen wir schneller und besser sein als er."

Als sie am kleinen Flughafen von Podgorica landeten, war es bereits Abend. Die Luft war kühl, und der Wind wehte von den Bergen herab, als sie den Flieger verließen. Ein schwarzer SUV wartete bereits auf sie, bereitgestellt von einem Kontaktmann, den Olsen durch alte Verbindungen aufgetrieben hatte.

„Willkommen in Montenegro", murmelte Jonas, als sie ihre Taschen in den Kofferraum warfen. „Ich hoffe, du weißt, worauf wir uns hier einlassen."

Olsen sah ihn an und nickte. Es war ein gefährliches Spiel, und sie waren tief im feindlichen Territorium. Aber sie hatten keine Wahl. Milojevic war hier irgendwo – und das Kartell war ihnen bereits auf den Fersen.

Das Licht der untergehenden Sonne färbte die Berge Montenegros in ein tiefes Rot. Die schroffen Felsen und die spärliche Vegetation wirkten fast unwirklich, als das Fahrzeug von Bernd Olsen und seinem Team sich die Serpentinen hinaufschraubte. Die Stille in der Enge des Wagens war greifbar, jeder im Team war wachsam, doch die Anspannung lastete schwer auf ihren Schultern.

Der Gedanke, dass Milojevic sie vielleicht in eine Falle gelockt hatte, hing wie ein drohendes Gewitter über ihnen.

„Wir sind fast da", murmelte Maren Starke, die hinter dem Steuer saß, ohne den Blick von der gewundenen Straße zu nehmen. Ihre Hände lagen fest um das Lenkrad, die Muskeln angespannt, als wäre sie bereit, jederzeit auf das Schlimmste zu reagieren.

Olsen saß auf dem Beifahrersitz, seine Augen unverwandt auf den Pfad vor ihnen gerichtet. Er konnte die Nervosität im Team spüren – jeder war angespannt, auch wenn sie versuchten, es nicht zu zeigen. In den letzten Tagen hatten sie die Bedrohung durch das Kartell immer stärker gespürt. Sie waren in feindlichem Gebiet, tief im Hinterland Montenegros, wo das Kartell sich von Europa aus ausbreitete und Verbindungen zu alten Netzwerken und Söldnergruppen knüpfte.

Jonas Holst saß auf der Rückbank und überprüfte noch einmal die Waffe in seiner Hand. Er hatte seit Tagen das mulmige Gefühl, dass etwas nicht stimmte, doch jetzt war dieses Gefühl fast überwältigend.

„Das sieht mir nicht nach einem Versteck aus", murmelte er, während er aus dem Fenster sah, wo die Sonne langsam hinter den Bergspitzen verschwand. „Milojevic könnte uns überall hinführen."

Olsen nickte knapp. „Ich weiß." Er starrte in die Ferne, wo die Silhouette einer alten, verlassenen Bergvilla am Horizont auftauchte – ihr Ziel. Das Anwesen wirkte verlassen, als ob es schon seit Jahrzehnten leer stünde, aber Olsen wusste, dass das nichts bedeutete. Das Kartell nutzte solche Orte oft als Versteck, als Knotenpunkt für ihre Operationen. Und er wusste, dass der Moment der Entscheidung nahte.

„Glaubst du wirklich, er ist hier?" fragte Jonas, seine Stimme war leise, aber die Skepsis war unüberhörbar.

Olsen presste die Lippen zusammen. „Ich hoffe es. Aber wir müssen vorbereitet sein. Wenn Milojevic hier ist, hat er Söldner dabei. Kolumbianer, gut ausgebildet. Leute, die auf den Tod trainiert sind."

Maren drehte das Lenkrad, als sie die letzte Kurve nahmen. Das Auto verlangsamte sich, und die alte Villa kam in voller Größe in Sicht. Das Gebäude war heruntergekommen, die Fenster zerbrochen, das Dach teilweise eingestürzt – doch etwas daran schien zu lebendig, zu... aktiv. Eine dunkle Präsenz schien über dem Ort zu hängen, als ob der Tod selbst hier warten würde.

Olsen griff nach seiner Waffe. „Wir gehen rein, aber vorsichtig, keine Fehler."

Maren parkte das Auto in einer Senke, versteckt zwischen den Felsen, und alle stiegen aus, ihre Waffen im Anschlag. Der Wind wehte kühl durch die Schlucht, und die Dämmerung warf lange Schatten über das Gelände. Es war still. Zu still.

„Etwas stimmt hier nicht", murmelte Maren, als sie sich hinter einem Felsen duckte. „Es ist zu ruhig."

„Das Kartell spielt nicht fair", flüsterte Jonas, als er sich neben sie kniete. „Sie könnten uns bereits beobachten."

Olsen kniff die Augen zusammen und ließ den Blick über die Umgebung wandern. Jede Bewegung, jede Kleinigkeit konnte eine Falle sein. Sie waren tief im feindlichen Territorium, und es gab keinen Raum für Fehler. „Wir rücken vor", sagte er leise. „Langsam. Keine plötzlichen Bewegungen."

Das Team setzte sich in Bewegung, jeder Schritt leise, jeder Atemzug kontrolliert. Sie hatten die Villa fast erreicht, als ein metallisches Klicken den Nachthimmel zerschnitt.

Olsen blieb abrupt stehen, seine Hand schnellte hoch. Eine Falle.

„Zurück!" rief er, aber es war zu spät.

Die Stille wurde von einem ohrenbetäubenden Knallen zerrissen, als Kugeln die Luft durchschnitten. Der Angriff kam plötzlich und mit brutaler Präzision. Söldner des Kartells – gut getarnt, gut vorbereitet. Kugeln prasselten auf den Felsen, unter dem sie sich geduckt hatten, und der Boden unter ihnen explodierte in einer Wolke aus Staub und Gestein.

„Deckung!" schrie Olsen und warf sich auf den Boden. Jonas feuerte sofort zurück, seine Augen auf die Silhouetten gerichtet, die sich in den Schatten der Berge bewegten.

„Wo sind sie?" rief Maren und duckte sich hinter einen Felsbrocken, während sie in Richtung der Angreifer feuerte. Aber es war schwer, sie zu sehen. Die Söldner waren Profis – sie nutzten die natürliche Deckung der Felsen und den aufkommenden Nebel, um fast unsichtbar zu bleiben.

„Links, oben auf der Anhöhe!" schrie Jonas, als eine weitere Salve von Kugeln an ihnen vorbeipfiff. Sie waren umzingelt.

„Verdammt!" fluchte Olsen und rollte sich zur Seite, während er einen Blick auf die Angreifer erhaschte. Die Männer trugen schwere Ausrüstung, mit kugelsicheren Westen und Nachtsichtgeräten. Kolumbianische Söldner, die besten Kämpfer des Kartells.

Dies war kein zufälliger Angriff – sie hatten genau gewusst, dass das Team kommen würde.

„Wir müssen hier weg!" rief Maren, während sie einen weiteren Schuss abgab, der einen der Angreifer zu Boden schickte. „Sie sind überall!"

Doch bevor Olsen antworten konnte, hörte er einen erstickten Schrei hinter sich. Er drehte sich um und sah Jonas, der am Boden lag, die Hand an seiner Brust. Blut sickerte durch seine Finger, seine Augen weit aufgerissen vor Schmerz.

„Jonas!" schrie Olsen und rannte zu ihm, während die Kugeln weiter um sie herum einschlugen. Er war getroffen, und das Blut floss schnell. Zu schnell.

„Bleib bei mir", murmelte Olsen, als er Jonas' Kopf stützte, doch der Schmerz in Jonas' Augen sagte alles. Er war schwer verletzt.

„Verdammt, Bernd", keuchte Jonas und versuchte, zu sprechen, doch die Worte blieben ihm im Hals stecken. „Sie haben uns..."

„Ruhig, ruhig", sagte Olsen, während er verzweifelt versuchte, die Blutung zu stoppen. „Wir holen dich hier raus."

Doch tief in seinem Inneren wusste er, dass sie keine Chance hatten. Die Söldner waren zu gut vorbereitet. Sie waren in einen Hinterhalt geraten – und Jonas bezahlte den Preis.

„Wir müssen zurück!" rief Maren, die hinter einem Felsen Schutz suchte. „Wir können sie nicht alle erledigen!"

Olsen knirschte mit den Zähnen, der Schweiß lief ihm in die Augen, als er Jonas ansah. „Jonas, halt durch."

Doch er wusste, dass es aussichtslos war. Der Angriff war präzise, geplant, brutal. Sie hatten den Vorteil des Überraschungsmoments verloren.

„Maren!" rief Olsen, während er Jonas' Körper in Deckung zog. „Wir müssen einen Rückzug planen! Jetzt!"

Maren nickte, ihre Augen vor Entschlossenheit glänzend. Sie deckte Olsen, während er Jonas weiter in Sicherheit zog. Die Söldner rückten näher, doch das Team hielt stand – noch. Aber es war klar: Sie konnten diese Schlacht nicht gewinnen.

„Wir sind umzingelt!" schrie Maren und feuerte blind in die Dunkelheit.

„Zurück zum Auto!" befahl Olsen, seine Stimme knapp und fest. „Wir holen Verstärkung."

Doch kaum hatte er die Worte ausgesprochen, explodierte ein weiterer Schuss direkt neben ihm, die Kugel schlug in den Felsen hinter seinem Kopf ein und sprengte kleine Gesteinsbrocken in die Luft. Der Feind rückte näher, und die Schüsse kamen jetzt aus allen Richtungen. Es war, als hätten sie sich umzingelt, ohne es bemerkt zu haben – ein klaustrophobischer Albtraum aus Tod und Chaos, der sie nun gnadenlos einschloss.

Maren fluchte leise, während sie aus der Deckung zurückwich, ihre Augen scannten die Umgebung. „Sie kommen von oben!" schrie sie, ihre Stimme klang in der steinigen Schlucht unheimlich hohl. „Wir sind in der verdammten Falle!"

Olsen drückte Jonas fester gegen den Boden, als ein weiterer Schuss über ihnen hinwegpfiff. Das Kartell hatte sie eingekesselt. Irgendwo weiter oben, verborgen in den Felsen, hatten die kolumbianischen Söldner eine taktische Position eingenommen, die ihnen den Vorteil gab. Die Villa, die noch vor wenigen Minuten ihr Ziel war, war jetzt nichts weiter als eine tödliche Falle.

„Maren! Deck uns!" rief Olsen, während er verzweifelt versuchte, Jonas aus der Gefahrenzone zu ziehen. Jonas keuchte vor Schmerzen, seine Hände zitterten, während er die Wunde an seiner Brust drückte. Das Blut floss schneller, und Olsen wusste, dass ihm nicht mehr viel Zeit blieb.

„Ich versuche es!" rief Maren zurück und feuerte ein paar Schüsse in Richtung der Felsen, in der Hoffnung, die Angreifer für einen Moment in Deckung zu zwingen. Doch die Antwort kam schneller, als sie erwartet hatte: Eine Salve von Schüssen krachte auf sie nieder, und sie musste sich hinter einem zerklüfteten Felsen ducken, während die Kugeln den Boden um sie herum zersprengten.

„Verdammt, Bernd!" schrie Maren, ihre Stimme überschlug sich fast. „Sie treiben uns in die Ecke. Wir müssen hier raus, oder wir werden alle sterben!"

Olsen konnte ihre Worte kaum hören, sein ganzer Fokus lag auf Jonas, dessen Atem schwer und stoßweise ging. „Halt durch, verdammt noch mal", zischte er, als er sich über ihn beugte, die Panik nagte bereits an den Rändern seines Bewusstseins. Sie hatten keine Zeit. Jonas blutete stark, und ohne medizinische Hilfe würde er nicht durchhalten.

„Bernd!" Maren feuerte erneut, doch sie war fast am Ende ihrer Munition. „Wir können hier nicht bleiben!"

Olsen schloss für einen Moment die Augen, der Druck auf seinen Schultern lastete wie nie zuvor. Rückzug bedeutete, den Feind im Rücken zu haben – und sie hatten keine Ahnung, wie viele Söldner noch im Hinterhalt lagen. Aber bleiben hieß den sicheren Tod.

„Los, jetzt!" rief er und griff nach Jonas, seine Muskeln zogen sich vor Anstrengung zusammen, als er ihn hochzog und auf seine Schulter wuchtete. Der Rückzug musste schnell sein, sonst würden sie alle sterben. Sie mussten zum Auto – ihr einziger Fluchtweg, der in diesem Moment viel zu weit entfernt schien.

„Maren, geh voran! Mach uns den Weg frei!" Olsens Stimme war hart, entschlossen, und Maren nickte sofort, ihre Waffe fest im Griff. Sie feuerte weiter, während sie den Rückzug absicherte, Kugeln prallten an den Felsen ab, und der ohrenbetäubende Lärm des Schusswechsels hallte durch die enge Schlucht.

„Scheiße, die lassen uns nicht raus!" schrie Maren, als eine weitere Salve ihre Position traf. Eine Kugel streifte ihren Arm, und sie biss die Zähne zusammen, um den Schmerz zu unterdrücken. „Wir müssen einen anderen Weg finden, sie haben uns hier eingekesselt!"

Olsen kämpfte sich mit Jonas auf der Schulter durch das unwegsame Gelände, seine Beine fühlten sich schwer an, jeder Schritt zog sich wie eine Ewigkeit hin. Das Auto war ihr einziger Ausweg, doch die kolumbianischen Söldner drangen immer weiter vor, sie feuerten aus den Felsen, aus jeder nur erdenklichen Deckung.

„Da! Links!" Maren deutete auf einen schmalen Spalt zwischen zwei Felsen. „Wir können es schaffen!"

„Los, renn!" befahl Olsen, seine Stimme war ein Knurren, als er Jonas' Gewicht spürte, das ihn fast zu Boden drückte. Der Schmerz und die Erschöpfung waren fast überwältigend, aber er musste weitermachen – sie alle mussten.

Maren stürmte vor, ihre Waffe fest in der Hand, und sie schoss blind in die Richtung der Angreifer, um sie für einen Moment aufzuhalten. Olsen folgte dicht hinter ihr, die Kugeln schlugen um ihn herum ein, aber er gab nicht nach. Sie mussten es schaffen.

„Wir sind fast da!" rief Maren, als sie den schmalen Durchgang erreichten, doch in diesem Moment hörte Olsen das Rattern eines Motors – ein lautes, dröhnendes Geräusch, das die Luft zerschnitt.

Er drehte sich um und sah, wie ein gepanzerter Jeep am Horizont auftauchte. Verstärkung des Kartells. Die Söldner hatten Fahrzeuge. Sie hatten keine Chance, wenn sie sie jetzt nicht abhängten.

„Beeil dich, Maren! Sie holen auf!" rief Olsen und drückte seine Zähne zusammen, während er sich durch den Spalt schob, Jonas halb auf seinen Schultern, halb am Boden schleifend. Der Jeep kam näher, und der Lärm des Motors wurde lauter.

„Verdammte Scheiße!" stöhnte Jonas, als ein weiteres Geschoss knapp an ihnen vorbeizischte. „Wir schaffen es nicht...!"

„Doch, tun wir!" knurrte Olsen, sein Herz raste, als der Jeep jetzt fast direkt hinter ihnen war.

Sie kämpften sich zurück, Schritt für Schritt, die Kugeln prasselten weiter um sie herum. Der Rückzug war chaotisch, aber es war die einzige Option. Sie mussten überleben – und Jonas musste ins Krankenhaus, sonst würde er diese Nacht nicht überleben.

Sie erreichten ihren Wagen. Mit großer Kraftanstrengung hob Olsen Jonas auf den Rücksitz, während Maren Starke sich schnell hinter das Steuer warf, den Motor startete und den SUV in Bewegung setzte. Sie wusste, dass die Fahrt nach Podgorica normalerweise eine knappe Stunde dauerte – doch sie musste es in deutlich weniger Zeit schaffen, wenn Jonas eine Chance haben sollte.

Maren fuhr mit maximaler Geschwindigkeit und erreichte die Stadt in weniger als einer halben Stunde. Aus der Ferne sah sie bereits das beleuchtete Logo des Krankenhauses. Fünf Minuten später hielt sie am Haupteingang und hupte energisch. Das Krankenhauspersonal reagierte sofort, eilte herbei, erfasste die Situation und brachte eine Rolltrage. Sie legten Jonas behutsam darauf und fuhren ihn umgehend in die Notaufnahme.

Jonas Holst lag reglos auf der Trage, sein Gesicht blass, der Atem flach und unregelmäßig. Der provisorische Behandlungsraum im kleinen Krankenhaus von Podgorica war weit entfernt von der medizinischen Ausstattung, die Jonas jetzt dringend benötigte. Die Ärzte hatten ihn stabilisiert, das Blut gestoppt, aber sie hatten Olsen und Maren klargemacht, dass die Lage kritisch war.

Olsen stand stumm in der Ecke des Raumes, die Arme vor der Brust verschränkt. Er starrte auf die Monitore, die über Jonas' Bett blinkten, und spürte, wie die Wut und die Ohnmacht in ihm aufwallten. Jonas hatte gekämpft – und er hatte fast sein Leben verloren. Doch es gab keinen Raum für Selbstmitleid.

Sie waren den Söldnern des Kartells knapp entkommen, aber die Gefahr war nicht vorüber. Jonas' Verletzungen waren lebensbedrohlich, und sie mussten ihn nach Hamburg bringen, wo er die beste medizinische Versorgung erhalten würde.

„Die Blutung ist unter Kontrolle", sagte einer der Ärzte auf Serbisch und nickte zu Olsen hinüber. Maren, die hinter Olsen stand, übersetzte leise. „Aber er muss schnellstens in ein größeres Krankenhaus. Wir können hier nicht viel mehr tun."

Olsen knirschte mit den Zähnen. „Wie lange noch bis zum Rettungsflieger?"

Maren warf einen Blick auf ihr Handy. „Er sollte in einer Stunde hier sein. Es ist ein speziell ausgestatteter Flieger, der Jonas direkt nach Hamburg bringen wird. Aber er muss stabil bleiben, bis sie ihn an Bord haben."

Eine Stunde. Eine Stunde in einem Land, das ihnen fremd war, und das Kartell könnte überall lauern. Olsen hatte die Augen nie lange von der Tür gelassen, während sie im Krankenhaus warteten. Jeder Moment, den sie hier verbrachten, war ein Risiko. Das Kartell wusste, dass sie noch am Leben waren, und es war nur eine Frage der Zeit, bis sie zurückschlugen.

„Bleib bei ihm", sagte Olsen schließlich zu Maren. „Ich muss die Rückreise organisieren."

Maren nickte stumm, ihre Augen fixiert auf Jonas, dessen Brust sich unter Anstrengung hob und senkte. Es war ein Wunder, dass er noch lebte.

Eine Stunde später stand Olsen auf dem Rollfeld eines kleinen Flughafens außerhalb von Podgorica. Der Rettungsflieger war bereit, Jonas nach Hamburg zu transportieren. Die Crew hatte ihn bereits an Bord gebracht, seine Wunden noch einmal überprüft, bevor sie das Flugzeug für den Rückflug nach Deutschland vorbereiteten.

„Er wird es schaffen", sagte einer der Rettungssanitäter mit einem beruhigenden Nicken, während die Triebwerke des Fliegers langsam zum Leben erwachten.

„Sorgt dafür, dass er sicher nach Hamburg kommt", sagte Olsen mit einem festen Tonfall. Er wollte noch mehr sagen, doch die Worte blieben ihm im Hals stecken. Sie hatten alles getan, was sie konnten – jetzt lag es nicht mehr in ihrer Hand.

Als der Flieger abhob und in den grauen Himmel Montenegros verschwand, atmete Olsen tief durch. Ein Kampf war überstanden, aber der Krieg war noch lange nicht vorbei. Der nächste Schritt würde härter werden. Sie mussten zurück nach Hamburg.

Am Abend desselben Tages saßen Olsen und Maren im kleinen Charterflugzeug, das sie zurück nach Hamburg brachte. Der Flug war ruhig, doch die Stille in der Kabine war bedrückend. Beide starrten in die Dunkelheit hinaus, die sich wie ein schwerer Vorhang über die Welt gelegt hatte. Jonas kämpfte um sein Leben – und sie kehrten in eine Stadt zurück, die immer tiefer in die Gewalt des Kartells versank.

„Hamburg ist außer Kontrolle", murmelte Maren plötzlich, ihre Augen glitten über die Nachrichten, die auf ihrem Handy aufblinkten. „Noch ein Mord. Diesmal an einem Geschäftsmann, der angeblich Verbindungen zum Schwarzmarkt hatte. Es ist das vierte Opfer in einer Woche."

Olsen nahm die Informationen schweigend auf. Das Cartel de la Muerte hatte seine Mordserie fortgesetzt. Jedes Opfer trug ihre Handschrift: gnadenlos, brutal, effizient. Es war nicht nur eine Serie von Morden – es war eine klare Botschaft. Sie wollten Hamburg übernehmen. Hamburg war ihr neuer Spielplatz, so wie Cali und Medellín es in den 1980er- und 1990er-Jahren gewesen waren. Und sie würden nicht aufhören, bis sie die Stadt kontrollierten.

„Es wird schlimmer", fügte Maren hinzu und zeigte ihm die neuesten Berichte. „Das Kartell hat begonnen, hochrangige Figuren aus der kriminellen Szene Hamburgs zu eliminieren. Es sieht aus, als ob sie den gesamten Schwarzmarkt übernehmen wollen."

„Genau wie in Kolumbien", murmelte Olsen. „Sie haben den gleichen Plan. Erst übernehmen sie den Drogenhandel, dann die Waffen, und schließlich kontrollieren sie die gesamte Unterwelt."

„Und Hamburg ist perfekt dafür", fuhr Maren fort. „Der Hafen, die Infrastruktur, die Verbindungen zu ganz Europa. Wenn sie hier Fuß fassen, wird es nicht nur Hamburg betreffen – sie werden den gesamten Kontinent infiltrieren."

Olsen lehnte sich in seinem Sitz zurück, seine Augen waren verschlossen, während er sich die Ausmaße der Situation vorstellte. Das Kartell war nicht nur ein lokales Problem.

Hamburg war nur der Anfang. Wenn sie die Kontrolle über die Stadt erlangten, würden sie von hier aus operieren, ihre Netzwerke nach ganz Europa ausweiten. Es war der perfekte Umschlagplatz für Drogen, Waffen und Menschenhandel.

Sie mussten das Kartell stoppen, bevor es zu spät war.

„Sobald wir in Hamburg landen, gehen wir direkt ins Krankenhaus zu Jonas", sagte Olsen schließlich, seine Stimme fest. „Aber danach haben wir keine Zeit zu verlieren. Wir müssen alles mobilisieren, was wir haben."

Maren nickte stumm. Sie wusste, dass der nächste Kampf vor ihnen lag. Sie waren zwar aus Montenegro zurück, aber der Krieg gegen das Kartell hatte erst begonnen.

Die Lichter von Hamburg leuchteten in der Ferne auf, als das Flugzeug zur Landung ansetzte. Olsen und Maren saßen schweigend, als die Stadt unter ihnen auftauchte, eingehüllt in ein Netz aus Lichtern, das sich über den Hafen und die

Straßen zog. Doch hinter dieser Fassade lauerten die Schatten des Kartells.

Als sie das Krankenhaus betraten, wo Jonas bereits professionell versorgt worden war, wurden sie von einem Arzt begrüßt, der ihnen mitteilte, dass Jonas die ersten Stunden stabil überstanden hatte. Er war in guten Händen, aber sein Zustand blieb ernst. „Er ist ein Kämpfer", sagte der Arzt und nickte ihnen zu, bevor er sie allein ließ.

Olsen stand neben Jonas' Bett, seine Gedanken drehten sich bereits um den nächsten Schritt. Sie mussten handeln.

Das Kartell plante etwas Großes, und sie konnten es nicht zulassen, dass Hamburg zu einem zweiten Medellín wurde. Die Lage spitzte sich zu, und jedes weitere Zögern verschaffte dem Kartell einen klaren Vorteil.

„Wir müssen sie schlagen", sagte Maren leise und trat neben Olsen. „Bevor sie uns endgültig überwältigen."

Olsen nickte. „Das werden wir. Aber wir müssen vorsichtig sein. Das Kartell spielt nach anderen Regeln. Sie haben keine Angst vor Gewalt, keine Angst vor Verlusten. Und wenn wir nicht schneller sind als sie, wird Hamburg brennen."

Er trat einen Schritt zurück und drehte sich zu Maren um. „Sobald Jonas stabil ist, gehen wir aufs Ganze. Das Kartell wird Hamburg nicht bekommen."

Maren sah ihn an, und in ihren Augen spiegelte sich die gleiche Entschlossenheit wider, die er selbst verspürte.

Es war ein Krieg, den sie nicht verlieren durften.

Die Macht des Kartells

Hamburg war eine Stadt voller Kontraste – die noblen Villen am Alsterufer auf der einen Seite, die düsteren Viertel des Hafens auf der anderen. Hier, zwischen den mächtigen Kränen und Containerschiffen, wo die Luft von Salzwasser und Diesel geschwängert war, herrschte ein Mann mit eiserner Faust: Karim Kadir, auch bekannt als „Der König vom Kiez".

Kadir war nicht irgendein Straßenschläger. Er hatte sich seinen Weg in die Hamburger Unterwelt in den letzten zwei Jahrzehnten mit brutaler Effizienz erkämpft. Sein Reich erstreckte sich über die Rotlichtviertel, die Clubs auf der Reeperbahn und tief hinein in den Drogenhandel, der die Straßen der Stadt flutete.

Kokain, Heroin, Ecstasy – nichts lief in Hamburg ohne Kadirs Zustimmung. Wer es wagte, ohne seine Erlaubnis zu handeln, verschwand schnell, ohne eine Spur zu hinterlassen.

Mit seiner schlanken, drahtigen Gestalt, dem immer tadellos sitzenden Anzug und den kühlen, durchdringenden Augen war er das Symbol einer neuen Art von Kriminalität.

Keine plumpen Straßenkämpfer oder brutale Schlägertrupps – Kadir war intelligent, berechnend und wusste, wie man Deals machte, die ihm nicht nur die Kontrolle, sondern auch den Respekt derjenigen sicherten, die unter ihm arbeiteten. Seine Macht wuchs nicht durch rohe Gewalt allein, sondern durch strategische Allianzen, vor allem jene, die ihm jetzt einen Platz an der Seite des Kartells verschafften.

Das Kartell hatte Hamburg schon seit einiger Zeit als potenziellen Umschlagplatz ins Visier genommen. Sie brauchten jemanden, der die Straßen kannte, jemanden, der die Verbindungen hatte, um den Drogenhandel in Hamburg und den umliegenden Städten zu kontrollieren.

Karim Kadir war dieser Mann. Er hatte die Straßen im Griff, kannte die Schwachstellen im Polizeiapparat und wusste, welche Beamten bestochen werden mussten, um den Schmuggel über den Hafen unbemerkt zu halten.

Kadir war der perfekte lokale Partner, den das Kartell suchte. Im Gegensatz zu den wilden Söldnern, die sie in Kolumbien und anderen Teilen Lateinamerikas einsetzten, benötigten sie in Europa jemanden, der die legalen und illegalen Netzwerke gleichermaßen beherrschte.

Kadir wusste, wie man in Hamburg arbeitete – wie man unter dem Radar blieb und gleichzeitig Millionen verdiente. Er war der Schlüssel, den das Kartell brauchte, um den Markt zu erobern.

Kadirs Imperium war perfekt organisiert. Er war kein Einzelkämpfer, sondern der Kopf eines ausgeklügelten Netzwerks. Sein Drogenhandel erstreckte sich über die gesamte Stadt und weit darüber hinaus. Die Straßenbanden, die in den Problemvierteln von Hamburg operierten, waren ihm unterworfen, und er arbeitete über Mittelsmänner, die sicherstellten, dass die Ware direkt aus Südamerika in die Hände der lokalen Dealer gelangte.

Sein wichtigstes Kapital waren die Verbindungen. Er hatte ein Netzwerk von Spediteuren und Hafenarbeitern, die regelmäßig große Mengen an Kokain und Heroin durch den Hafen schmuggelten.

Die Ware kam in Containern, versteckt unter legalen Importen wie Kaffee oder Textilien. Die Übergaben waren immer gut geplant – die Polizei fand selten etwas, weil die korrupten Beamten, die Kadir hörig waren, sicherstellten, dass die richtigen Container nie durchsucht wurden.

Kadir hatte außerdem eine spezielle Struktur aufgebaut, die sicherstellte, dass die Endabnehmer – die Straßenhändler – kaum Kontakt zu ihm selbst hatten.

Er baute Distanz auf, eine Barriere der Unberührbarkeit. Jeder in der Stadt wusste, dass Kadir der Boss war, aber fast niemand konnte ihn direkt erreichen. Die wenigen, die es versuchten, zahlten den Preis.

Es war diese Distanz, die ihm half, an der Spitze zu bleiben – und die Polizei verwirrte. Olsen und sein Team hatten schon lange versucht, Kadir zu Fall zu bringen, doch es gab nie genügend Beweise. Zu gut war das Netz, das Kadir um sich gespannt hatte. Zu viele Leute hatten zu viel Angst, gegen ihn auszusagen. Jeder war austauschbar, und Kadir konnte jederzeit einen neuen Mittelsmann einsetzen, wenn jemand ausfiel.

Doch jetzt, mit dem Kartell im Rücken, hatte sich die Dynamik verändert. Kadir war nicht mehr nur ein lokaler Gangster, jetzt war er der Knotenpunkt für das Cartel de la Muerte in Europa. Die Drogenlieferungen hatten zugenommen, die Straßen waren mit Kokain überschwemmt. Das Kartell drängte auf Expansion, und Kadir war der Mann, der diesen blutigen Plan in die Tat umsetzte.

Bernd Olsen saß in seinem Büro beim LKA Hamburg und starrte auf die Berichte, die sich vor ihm stapelten. Die Drogenfunde in der Stadt waren in den letzten Wochen dramatisch angestiegen. Jede Woche schien eine neue Ladung Kokain im Hafen aufzutauchen, und jedes Mal verschwand die Ware, bevor sie die Chance hatten, zuzuschlagen.

„Kadir", murmelte Olsen leise, während er die neuesten Daten durchging. Es war klar, dass Kadir der Schlüssel zu allem war. Doch er war zu gut geschützt. Die Polizei hatte in den letzten Jahren einige Razzien durchgeführt, aber nichts war wirklich hängen geblieben. Kadir wusste, wie man im Verborgenen agierte.

„Wir müssen ihn direkt angehen", sagte Maren, die neben Olsen stand und ebenfalls die Akten durchsah. „Er ist derjenige, der das Kartell in Hamburg organisiert. Ohne ihn haben sie keine Ahnung, wie die Stadt funktioniert."

Olsen nickte, doch er wusste, dass es nicht so einfach war. Kadir hatte zu viele Verbündete – nicht nur in der kriminellen Szene, sondern auch in der Politik und sogar bei der Polizei. Das Kartell hatte ihn gut bezahlt, und er hatte ein Netz von Unterstützern aufgebaut, die ihm halfen, unantastbar zu bleiben.

„Wir müssen herausfinden, wo er verwundbar ist", sagte Olsen schließlich. „Er mag mächtig sein, aber jeder hat eine Schwäche."

Während Olsen und sein Team planten, Kadir zu Fall zu bringen, wurde immer deutlicher, dass das Kartell seine Fühler tiefer in Hamburgs Unterwelt ausstreckte.

Kadir war zwar ihr lokaler Verbündeter, aber das Kartell war bereit, auch ohne ihn die Kontrolle zu übernehmen, wenn es sein musste. Die Gewalt auf den Straßen nahm zu, Schießereien zwischen rivalisierenden Gangs wurden fast alltäglich, und die Polizei schien gegen die Welle der Kriminalität machtlos.

Nachdem sie die neuesten Berichte durchgesehen hatten, saßen Olsen und Maren schweigend zusammen im Büro. Die bedrückende Stille wurde nur vom gelegentlichen Rascheln der Papierstapel unterbrochen, während sie versuchten, die Situation zu begreifen.

Karim Kadirs Einfluss auf die kriminelle Infrastruktur Hamburgs war überwältigend – weitaus tiefer und komplexer, als sie es je erwartet hatten.

Olsen rieb sich die Schläfen, als er in die Akten starrte. Das Kartell hatte nicht einfach nur einen Fuß in der Tür, sie hatten einen mächtigen Mann, der ihnen den roten Teppich ausrollte. Kadir war kein einfacher Gangster. Er war ein Stratege, ein Unternehmer im Drogenhandel, der die Stadt wie ein Schachbrett kontrollierte – und sie waren die Figuren, die er nach Belieben verschieben konnte.

„Er weiß genau, was er tut", murmelte Olsen schließlich, mehr zu sich selbst als zu Maren. „Kadir hat nicht nur die Straßen unter Kontrolle. Er hat ein System aufgebaut, welches dem Kartell es ermöglicht, unbemerkt zu agieren, während wir im Dunkeln tappen."

Maren lehnte sich in ihrem Stuhl zurück und starrte an die Decke. Der Druck wuchs. Sie spürte es. Jeder Schritt, den sie gegen Kadir unternahmen, würde zu einer gewaltigen Reaktion führen. „Denkst du, wir haben eine Chance, Bernd? Er ist nicht irgendein kleiner Fisch. Wenn wir uns auf ihn stürzen, könnte das ein Flächenbrand werden."

Olsen schwieg für einen Moment. Die Wahrheit war, dass sie es nicht wussten. Sie hatten mit vielen gefährlichen Kriminellen zu tun gehabt, aber Kadir spielte in einer anderen Liga. Er hatte das Kartell hinter sich – eine Organisation, die Städte wie Cali und Medellín in den 1980er- und 1990er-Jahren in blutige Kriegszonen verwandelt hatte. Das gleiche Schicksal drohte vielleicht nun auch Hamburg.

„Wir haben keine Wahl", sagte Olsen schließlich und hob den Kopf. „Wenn wir nichts tun, wächst seine Macht weiter. Er wird die gesamte Unterwelt in Hamburg kontrollieren, und das Kartell wird das nutzen, um ihre Operationen hier zu erweitern. Je länger wir warten, desto gefährlicher wird es."

Maren nickte langsam, doch die Sorge in ihren Augen war nicht zu übersehen. „Ich weiß. Aber das hier fühlt sich anders an, Bernd. Wir haben es nicht nur mit irgendeinem Gangster zu tun – das hier ist ein Krieg. Und ich frage mich, ob wir genug sind, um ihn zu gewinnen."

Olsen atmete tief durch. Sie waren Polizisten, nicht Soldaten. Doch in diesem Moment fühlte es sich an, als stünden sie an der Front eines Krieges, der in den Straßen ihrer Stadt ausgefochten wurde. Das Kartell war skrupellos, brutal, und wenn sie sich auf Kadir stürzten, würden sie mit aller Macht zurückschlagen.

„Er wird kämpfen", sagte Olsen schließlich, seine Stimme fest. „Das ist klar. Aber wir dürfen keinen Zentimeter nachgeben. Wenn wir jetzt zurückweichen, haben wir verloren."

Die Stille zwischen ihnen dehnte sich aus, während Maren das Gesagte in sich aufnahm. Olsen hatte recht. Sie hatten keine andere Wahl, aber es fühlte sich an, als würden sie auf dünnem Eis laufen. Ein falscher Schritt – und sie würden alle untergehen.

„Was ist mit dem Rest des Teams?" fragte sie nach einer Weile und sah Olsen ernst an. „Wir müssen vorbereitet sein. Wenn wir zuschlagen, müssen alle wissen, dass es ein langer Kampf wird."

Olsen nickte und fuhr sich durch die Haare, die Anspannung zeichnete sich in seinem Gesicht ab. Jonas lag immer noch im Krankenhaus, und obwohl er langsam stabiler wurde, würde es Wochen dauern, bis er wieder einsatzbereit war.

Ohne Jonas fehlte ihnen ein wichtiger Mann im Team, jemand, auf den sie sich immer verlassen konnten. Und in dieser angespannten Lage konnte sich Olsen keinen weiteren Verlust leisten.

„Wir müssen alles aus den Leuten rausholen, die wir haben", sagte Olsen schließlich, seine Stimme klang entschlossener. „Es wird hart, aber wir haben keine andere Wahl. Das Kartell wird alles tun, um uns zu stoppen. Sie haben es auf Hamburg abgesehen – und Kadir ist ihr Anker."

Maren sah ihn lange an, bevor sie schließlich nickte. Sie wusste, dass Olsen Recht hatte. Aber sie spürte auch, dass der Preis für diesen Krieg hoch sein würde. Olsen sah ihr in die Augen und erkannte den gleichen unerschütterlichen Willen, den auch er in sich spürte. Es würde blutig werden, und es war nicht sicher, ob sie es alle überstehen würden. Aber sie mussten es versuchen.

„Machen wir uns an die Arbeit", sagte Olsen und stand auf.
„Wir haben keine Zeit zu verlieren."

Während Maren die Akten zusammenpackte, durchliefen
Olsens Gedanken die unzähligen Szenarien, die auf sie zukom-
men könnten. Was, wenn Kadir sie an der Nase herumführte?
Was, wenn das Kartell sie infiltrierte? Sie mussten jede Bewegung mit Bedacht wählen. Ein falscher Schritt, und sie würden
untergehen. Doch tief in seinem Inneren wusste Olsen, dass
dies ihre einzige Chance war. Wenn sie Kadir fassen konnten,
würde ihnen das die Tür zum Kartell öffnen. Sie konnten die
Stadt retten. Hamburg war noch nicht verloren.

Aber die Zeit lief ihnen davon. Die Festnahme von Karim Kadir
war der Funke, der das Pulverfass explodieren ließ.

Es war kurz nach Mitternacht, als das SEK-Team in einem
groß angelegten Einsatz auf der Reeperbahn zuschlug. Olsen
und sein Team hatten alle verfügbaren Kräfte mobilisiert, um
den mächtigen Gangsterboss, der das Rückgrat des Kartells in
Hamburg war, zu verhaften.

Erster *Schauplatz: St. Pauli, Reeperbahn*

Die Reeperbahn erwachte zur Nacht – die Lichter der Bars, der
Clubs und der grell leuchtenden Schilder tauchten den Kiez in
ein pulsierendes, vibrierendes Rot. Doch hinter der schillern-
den Fassade der berüchtigten Hamburger Meile brodelte die
Dunkelheit, die Gewalt, die nur darauf wartete, loszubrechen.

Die Straßen waren voll, Menschen strömten von Bar zu Bar,
suchten das Nachtleben, die Ablenkung. Sie ahnten nicht,
dass in den Gassen und in den Obergeschossen der heruntergekommenen Clubs der Tod lauerte. Olsen stand mit festem
Blick inmitten dieser Szenerie, sein Körper angespannt, das
Funkgerät in der Hand, während er auf das Signal wartete.

Die SEK-Einheit war bereits in Position, bereit, den Zugriff zu starten.

Karim Kadir hatte sich in seinem Revier versteckt – einem unscheinbaren Gebäude mitten auf der Reeperbahn, das von außen kaum zu erkennen war. Die Festnahme sollte schnell und präzise ablaufen. Kein Aufsehen, keine Eskalation. Doch Olsen wusste, dass dieser Plan auf tönernen Füßen stand. Kadir war kein gewöhnlicher Krimineller, und das Kartell würde alles dafür tun, ihn nicht fallen zu lassen.

Die Sekunden zogen sich in die Länge, als die ersten SEK-Leute sich durch die Seitengasse schlichen. Die Nachtluft war kalt, und der Wind brachte den Geruch von billigem Alkohol und Zigaretten mit sich. Olsen stand angespannt hinter einem Einsatzwagen, sein Blick wanderte ständig zwischen den Menschenmengen und den Gebäuden um ihn herum. Irgendetwas stimmte nicht.

Plötzlich brach das Funkgerät in seiner Hand zum Leben. „Ziel gesichert. Bereit zum Zugriff."

Olsen atmete tief ein. „Macht es sauber."

Die SEK-Einheit setzte sich in Bewegung, stürmte das Gebäude mit präziser Geschwindigkeit. Die Tür flog auf, dumpfe Rufe und das Klirren von Glas folgten. Innerhalb weniger Sekunden war Kadir gefasst – die Handschellen klickten, und er wurde nach draußen geführt, um in einen der wartenden Einsatzwagen gebracht zu werden. Die Operation schien erfolgreich.

Doch genau in dem Moment, als Olsen kurz entspannen wollte, zerriss ein Schuss die Nacht. Der laute Knall hallte durch die kleinen Gassen der Reeperbahn, und plötzlich war die Atmosphäre, die vor Sekunden noch friedlich und fröhlich war, von Angst durchdrungen. Menschen schrien, stoben auseinander, während die Beamten ihre Waffen zogen.

„Runter!" schrie Olsen, als weitere Schüsse durch die Luft pfiffen und die Fensterscheiben des gegenüberliegenden Clubs zersplitterten. Der Angriff hatte begonnen.

Die ersten Kugeln schlugen in den Asphalt, nur wenige Meter von den Polizisten entfernt. Eine Gruppe von Kartell-Söldnern hatte Position in den oberen Stockwerken der umliegenden Gebäude bezogen. Olsen erkannte sofort die Taktik: Sie hatten die Festnahme erwartet und warteten auf diesen Moment, um zuzuschlagen.

Maren war die Erste, die sich hinter einem geparkten Auto in Deckung warf, während sie auf die Quelle des Feuers zielte. „Sie sind oben in den Gebäuden! Dachfenster, dritte Etage!" Ihre Stimme überschlug sich fast, als sie das Funkgerät ergriff. „Wir sind in einen Hinterhalt geraten!"

„Deckung halten!" rief Olsen ins Funkgerät und duckte sich hinter einen der Einsatzwagen, während weitere Schüsse auf die Straße prasselten. Die Lage war außer Kontrolle geraten – überall hörte er das Zischen der Kugeln, das Splittern von Glas, die panischen Schreie der Menschen, die versuchten, aus der Gefahrenzone zu fliehen.

Ein SEK-Mann wurde an der Schulter getroffen und fiel mit einem schmerzvollen Aufschrei zu Boden. Zwei seiner Kollegen zogen ihn hastig in die Deckung, während Olsen versuchte, die Situation zu überblicken.

Die Reeperbahn war jetzt ein Kriegsgebiet, und sie mussten schnell handeln, bevor das Kartell die Oberhand gewann.

„Komm schon, Kadir, beweg deinen Arsch!" zischte einer der SEK-Leute, als er den gefesselten Gangster in Richtung des gepanzerten Wagens zerrte. Kadir wirkte seltsam ruhig, als er von den Beamten abgeführt wurde – fast, als hätte er gewusst, dass dieser Moment kommen würde. Ein Mann wie er konnte nicht lange ungeschoren davonkommen.

„Sie rücken vor!" schrie Maren erneut, während sie ihr Magazin wechselte und weitere Schüsse in Richtung der Angreifer abfeuerte. Die Männer des Kartells nutzten die Menschenmassen und die verwinkelten Gassen, um sich wie Schatten zu bewegen, immer im Vorteil durch die Deckung der Gebäude. Sie feuerten aus den Fenstern, verschwanden wieder und tauchten an anderen Stellen auf.

Olsen biss die Zähne zusammen. Sie mussten das Kartell zurückdrängen. Wenn sie die Kontrolle über die Straße verloren, würde das Chaos eskalieren, und unschuldige Zivilisten würden ins Kreuzfeuer geraten.

„Wir brauchen mehr Einheiten!" rief er in sein Funkgerät, während er hinter dem Einsatzwagen hervorlugte. Die Männer des Kartells schossen mit Sturmgewehren – hochkalibrige Waffen, die mit jedem Schuss die Umgebung in Schutt und Asche legen konnten. Sie hatten keine Scheu, in die Menge zu feuern. Jeder, der sich ihnen in den Weg stellte, war ein Ziel.

Eine Gruppe von Kartell-Soldaten rannte über die Straße, ihre Gesichter hinter Masken verborgen, die Waffen im Anschlag. Olsen sah sie, zielte und feuerte zwei gezielte Schüsse ab. Einer der Männer wurde am Bein getroffen und stürzte zu Boden, doch die anderen setzten ihren Angriff unvermindert fort. Sie waren trainiert, entschlossen, und es war ihnen egal, ob sie lebten oder starben – sie kämpften für etwas Größeres: Das Cartel de la Muerte.

„Verdammte Scheiße!" murmelte Olsen, während er die Deckung wechselte und weiter in Richtung der Quelle des Feuers vorrückte. Die Polizei war unterlegen. Es war ein Wettlauf gegen die Zeit.

„Bernd, pass auf!" schrie Maren, als ein weiterer Schuss das Metall des Autos traf, hinter dem Olsen sich versteckte. Das Blut rauschte in seinen Ohren, während er versuchte, sich einen Plan zurechtzulegen. Sie mussten das Kartell aus den oberen Stockwerken drängen. Wenn sie die Gebäude sicherten, könnten sie die Angreifer isolieren und festnehmen – oder zumindest aufhalten.

„Los, wir sichern das Gebäude!" rief er in Richtung des SEK-Teams, das sich ebenfalls hinter den Fahrzeugen verschanzt hatte. „Wir müssen sie von oben runterholen!"

Doch als er sich in Bewegung setzte, hörte er plötzlich das laute, unverwechselbare Dröhnen eines Motors. Ein schwarzer SUV, getönt und mit kugelsicheren Fenstern, raste auf die Reeperbahn zu. Aus dem Beifahrerfenster ragte das Rohr eines Maschinengewehrs, das sofort das Feuer eröffnete.

„Runter!" schrie Olsen, während er sich auf den Boden warf und die Kugeln über ihn hinwegfegten. Der SUV pflügte durch die Menschenmassen, feuerte auf alles, was sich bewegte, und verschwand dann in einer der Seitenstraßen, bevor jemand reagieren konnte.

Die Lage war außer Kontrolle geraten. Überall ertönten die Schreie von Menschen, die Straßen waren in Chaos gehüllt, und das Kartell zeigte, dass es bereit war, die gesamte Stadt in einen Kriegszustand zu versetzen, um Kadir zu schützen.

Olsen knirschte mit den Zähnen. Der Krieg hatte begonnen. Sie mussten jetzt alles mobilisieren, was sie hatten, oder Hamburg würde fallen.

Zweiter Schauplatz: Hamburger Hafen

Im Hamburger Hafen herrschte eine andere, schwerere Art von Stille. Der Regen, der in einem ständigen, gleichmäßigen Takt auf die riesigen Container und das wellige Wasser fiel, ließ die Atmosphäre düsterer erscheinen, als sie ohnehin schon war.

Der Hafen war das Herzstück Hamburgs globaler Verbindungen – Millionen von Containern gingen hier täglich durch, und genau deshalb war er auch der perfekte Ort für das Kartell, um ihre Operationen in Europa aufzubauen.

Olsen stand am Rand der Laderampe, sein Blick wanderte über die endlosen Reihen der Container. Jeder von ihnen konnte eine Ladung Drogen oder Waffen enthalten, versteckt unter legaler Fracht, und es war fast unmöglich, sie alle zu durchsuchen. Der Hafen war nicht nur ein Knotenpunkt – er war ein Labyrinth aus Verstecken, perfekt für kriminelle Organisationen, um ihre Ware unbemerkt umzuschlagen.

„Bernd, das ist ein Pulverfass", sagte Maren neben ihm und deutete auf die Containerreihen. „Wenn die Informationen stimmen, plant das Kartell, hier eine riesige Lieferung Kokain rauszuholen. Aber sie haben Leute vor Ort – wir sollten vorbereitet sein."

Olsen nickte nur knapp. Sie hatten Hinweise erhalten, dass eine bedeutende Drogenlieferung aus Kolumbien über den Hamburger Hafen abgewickelt werden sollte. Diese Lieferung war ihr Ziel. Das Kartell hatte Männer entsandt, um sicherzustellen, dass die Fracht unbeschadet in den Händen ihrer europäischen Abnehmer landete. Miguel Cortez, ein kolumbianischer Söldner, der für seine brutalen Methoden bekannt war, führte die Gruppe an.

„Alle Einheiten, in Position", knisterte es im Funkgerät. Die Polizei hatte das Hafengebiet weiträumig abgesperrt, aber das bedeutete nichts – das Kartell war bereits da.

Die Luft war kühl, und der Wind, der über die Kais wehte, brachte den beißenden Geruch von Meerwasser und Diesel mit sich. Olsen blickte über die regennassen Docks. Es war zu ruhig. Die Stille war bedrückend, als ob der Hafen selbst das herannahende Unheil spürte. Die Männer des Kartells waren dort draußen, verborgen zwischen den Containern, lauernd und bereit zuzuschlagen.

„Wir müssen vorsichtig sein", sagte Olsen leise, als er sich an die Ecke eines Lagerhauses drückte, das auf den zentralen Containerplatz führte. „Das hier wird nicht einfach. Sie sind vorbereitet."

Kaum hatte Olsen die letzten Worte ausgesprochen, hallte ein lauter Knall durch die Reihen der Container. Ein Schuss. Dann zwei. Der Angriff hatte begonnen.

„Sie sind hier!" rief hektisch einer der Polizisten aus der zweiten Reihe, als eine Salve von Schüssen über den Platz fegte und in den Metallwänden der Container einschlug. Die Männer des Kartells hatten ihre Positionen eingenommen – sie schossen von erhöhten Positionen, aus den Fenstern eines verlassenen Lagerhauses und aus den Schatten der Container heraus. Cortez' Männer waren präzise, brutal und hatten keine Angst, den Hafen in ein Schlachtfeld zu verwandeln.

„Verdammt!" fluchte Olsen, als er sich hinter einer riesigen Containerwand duckte, die Funken flogen, als Kugeln an dem Metall abprallten. „Deckung!" schrie er ins Funkgerät. „Alle Einheiten, geht in Deckung!"

Die Männer des Kartells waren gut vorbereitet. Sie nutzten die verwinkelten Containerreihen, um sich fortzubewegen, ständig ihre Positionen zu wechseln, während sie das Feuer auf die Polizisten konzentrierten. Olsen sah, wie zwei Beamte zu Boden gingen, getroffen von gezielten Schüssen. „Wir brauchen hier sofort Unterstützung", zischte er ins Funkgerät, als die Lage zunehmend außer Kontrolle geriet.

„Sie sind in den Containern", meldete Maren, während sie sich durch die engen Reihen bewegte. „Sie versuchen, die Fracht zu sichern." Ihre Stimme war angespannt, aber sie behielt die Kontrolle. „Wir müssen sie stoppen, bevor sie entkommen."

„Verstanden", antwortete Olsen und warf einen Blick in die Richtung, aus der die Schüsse kamen. Die Container waren der Schlüssel. Irgendwo in den Reihen befand sich die

Kokainladung, die das Kartell unbedingt außer Reichweite der Polizei bringen wollte. Und sie würden alles tun, um es zu schützen.

Olsen und Maren rückten gemeinsam vor. Jede Ecke konnte eine tödliche Falle sein. Sie mussten schnell handeln, aber gleichzeitig vorsichtig sein. Sie hörten das dumpfe Knallen von Türen, das Rattern von Metall, als sich einige der Container öffneten. Die Männer des Kartells versuchten, die Fracht zu verladen und verschwinden zu lassen.

„Da drüben", zischte Maren und deutete auf einen der Container, dessen Tür leicht offenstand. Eine Gruppe von Männern, in dunklen Jacken gekleidet, arbeitete hastig daran, die Drogenpakete in einen Lieferwagen zu schaffen. „Das ist die Fracht."

„Feuer frei!" Olsen hob seine Waffe und eröffnete das Feuer. Die ersten Kugeln trafen den Lieferwagen, das Metall kreischte, als es durchlöchert wurde. Die Männer des Kartells schrien und ließen die Pakete fallen, während sie hastig Deckung suchten. Doch Cortez und seine Leute waren nicht so leicht zu schlagen.

„Los, raus hier!" rief einer der Kartell-Soldaten, als er aus dem Schutz eines Containers feuerte. Maren wich zur Seite aus, gerade noch rechtzeitig, als eine Kugel neben ihrem Kopf einschlug.

„Die versuchen, durchzubrechen!" rief sie, als die Männer einen letzten verzweifelten Versuch unternahmen, mit der Drogenfracht zu entkommen.

Olsen wusste, dass dies der entscheidende Moment war. Wenn sie die Männer entkommen ließen, würde das Kartell gewinnen. Sie mussten die Fracht sichern – hier und jetzt.

„Keinen Zentimeter zurückweichen!" befahl er seinen Leuten, als sie das Feuer auf die Männer des Kartells konzentrierten.

Ein ohrenbetäubendes Krachen erschütterte plötzlich den Containerplatz, als einer der Kartell-Soldaten eine Blendgranate warf. Der grelle Blitz und das laute Knallen ließen Olsen kurz die Orientierung verlieren. Die Welt verschwamm vor seinen Augen, während die Männer des Kartells den Moment nutzten, um sich neu zu formieren und die Fracht weiter in den Lieferwagen zu schaffen.

„Verdammte Scheiße!" murmelte Olsen, als er versuchte, die Kontrolle zurückzugewinnen. Die Blendgranate hatte ihre Wirkung nicht verfehlt – sie waren kurzzeitig geblendet und desorientiert, genau das, was das Kartell brauchte.

„Schnapp sie dir!" rief Maren und kämpfte sich weiter durch die Reihen der Container, als sie das Feuer auf die Männer eröffnete, die versuchten, in den Lieferwagen zu steigen. Der Kampf wurde chaotisch, Schüsse fielen von allen Seiten, Metall krachte, und die Luft war erfüllt vom Lärm und Chaos des Nahkampfs.

Doch am Ende waren es Olsen und seine Leute, die die Oberhand behielten. Sie drängten die Männer zurück, verhinderten die Flucht und sicherten schließlich die Container.

Als die Schüsse verstummten und das Echo der Kämpfe sich langsam legte, blieb nur die schwere Stille zurück. Der Hafen, der gerade noch ein Schlachtfeld war, schien jetzt wieder ruhig. Die Container waren gesichert, die Männer des Kartells in Handschellen, doch der Preis war hoch gewesen. Mehrere Polizisten waren verletzt, einige schwer, und der Kampf hatte seine Spuren hinterlassen.

Olsen trat an einen der Container heran, in dem die Drogenfracht versteckt war. Es war reines Kokain, verpackt in dicken Plastiksäcken, bereit für den europäischen Markt. Das Kartell hatte große Pläne für Hamburg, und dies war nur der Anfang.

„Wir haben es geschafft", sagte Maren erschöpft, als sie neben ihn trat und auf die Fracht blickte. „Aber ich habe das Gefühl, dass es nicht der letzte Kampf war."

Olsen nickte stumm. Das Kartell war mächtig – und sie würden nicht so leicht aufgeben. Sie hatten die Drogen in diesem Moment vielleicht gesichert, aber der Krieg um Hamburg war noch lange nicht vorbei.

„Das hier war nur ein Vorgeschmack", sagte Olsen leise, während er auf die Containerreihen blickte, die sich wie eine endlose Mauer vor ihm erstreckten. „Wir haben die Fracht heute gestoppt, aber das Kartell hat noch unzählige Wege, um ihre Ware hierherzubringen. Solange sie im Verborgenen agieren, werden wir immer einen Schritt hinterherhinken."

Maren starrte auf die Drogenpakete, die sie beschlagnahmt hatten, und nickte langsam. „Sie sind entschlossen, Hamburg zu ihrem Hauptumschlagplatz zu machen. Es wird noch viel mehr Blut fließen, Bernd."

Olsen wusste, dass sie Recht hatte. Das Kartell hatte mit brutalem Nachdruck gezeigt, wozu es fähig war, und sie hatten ihre Botschaft klar übermittelt: Hamburg war ihr Ziel, und sie würden nicht ruhen, bis die Stadt in ihrem Würgegriff lag.

„Aber wir werden sie nicht gewinnen lassen", sagte Olsen schließlich mit einem entschlossenen Funkeln in den Augen. „Wir werden jeden ihrer Schritte überwachen, jedes Versteck ausheben und ihnen keinen Raum zum Atmen lassen."

Er wandte sich von der Drogenfracht ab und blickte zum Hafen hinaus, der sich endlos vor ihm ausbreitete, während die letzten Reste des Regens gegen die Container prasselten. Der Kampf hatte gerade erst begonnen, und die Straßen Hamburgs würden noch lange im Schatten des Kartells stehen. Doch Olsen wusste, dass er und sein Team alles riskieren würden, um die Stadt zu schützen – auch wenn der Preis dafür hoch war.

Dritter Schauplatz: Ein Wohngebiet in Altona

Altona, normalerweise ein ruhiger Stadtteil Hamburgs, wo sich Familien am Wochenende in den Parks tummeln und die Cafés am Tag gut besucht sind, verwandelte sich an diesem Abend in ein Zentrum der Gewalt. Die Straßen, die sonst von Kinderwagen und Spaziergängern belebt waren, lagen nun still und verlassen unter dem drohenden Schleier der Dunkelheit.

Olsen saß auf dem Beifahrersitz eines Einsatzwagens, während sie mit hoher Geschwindigkeit durch die engen Gassen rasten. Der Notruf war vor wenigen Minuten eingegangen. Einer der Hauptleute des Kartells, Javier Dominguez, hatte sich in einem unscheinbaren Mehrfamilienhaus verschanzt – mitten in einem Wohngebiet. Die Polizei hatte das Gebäude umstellt, doch als die erste SEK-Einheit versuchte, das Haus zu stürmen, wurden sie mit einer Welle von Kugeln empfangen.

„Das hier wird auch nicht einfach", murmelte Olsen, als er das Funkgerät an den Mund hob. „Alle Einheiten, seid vorsichtig. Wir haben Zivilisten in der Nähe."

„Sie haben sich im dritten Stock verschanzt", kam die Antwort aus dem Funkgerät. „Es gibt mehrere bewaffnete Männer im Gebäude, und wir haben bislang keine Ahnung, wie viele Leute Dominguez um sich hat."

Altona war anders als die Reeperbahn oder der Hafen. Hier lebten Familien, Unschuldige, die keine Ahnung hatten, dass sich in den oberen Stockwerken des unscheinbaren Wohnhauses ein brutaler Schießstand entwickelte.

Das Kartell hatte keine Skrupel, mitten in einem Wohngebiet zu kämpfen – jeder, der sich in den Weg stellte, war ein Ziel, egal ob Polizist oder Zivilist.

Als der Einsatzwagen an der Ecke der Holstenstraße zum Stehen kam, konnte Olsen die flackernden Lichter der Polizeiautos sehen, die das gesamte Viertel beleuchteten.

Mehrere Beamte hatten das Gebäude umstellt, die Waffen im Anschlag, während aus den oberen Stockwerken immer wieder Schüsse fielen. Fensterscheiben waren zerschossen, und die Fassade des Hauses war von Kugeln durchlöchert.

„Verdammte Hölle", murmelte Maren, die neben Olsen aus dem Wagen stieg und sich hinter einem der Einsatzwagen in Deckung warf. „Die feuern wie verrückt. Wir müssen das schnell beenden, bevor Zivilisten verletzt werden."

Olsen warf einen Blick auf das Gebäude. Es sah harmlos aus, mit seinen Backsteinmauern und den Blumenkästen auf den Fensterbänken. Doch dahinter verbarg sich der Tod.

Er wusste, dass Javier Dominguez zu den gefährlichsten Männern des Kartells gehörte – er war nicht nur ein skrupelloser Geschäftsmann, sondern auch jemand, der keine Angst davor hatte, persönlich zur Waffe zu greifen. Dominguez war der rechte Arm von Kadir, und seine Festnahme würde das Kartell schwer treffen.

„Was wissen wir über das Gebäude?" fragte Olsen, während er mit dem Einsatzleiter des SEK-Teams sprach, der hinter einem der Streifenwagen stand und den Einsatz koordinierte.

„Das Gebäude hat fünf Stockwerke", erklärte der Einsatzleiter, während er auf seinen Laptop schaute, auf dem eine Grundrisskarte des Hauses zu sehen war. „Dominguez und seine Leute haben sich im dritten Stock verschanzt. Es gibt mindestens sechs bewaffnete Männer, aber wir können nicht ausschließen, dass es mehr sind. Die Bewohner der unteren Etagen wurden bereits evakuiert, aber wir wissen nicht, ob noch Zivilisten in den oberen Stockwerken feststecken."

„Zivilisten", murmelte Olsen, während er den Blick auf das Haus richtete. Das Kartell war brutal, und wenn Zivilisten da drin waren, würden sie als menschliche Schutzschilde benutzt werden. Die Lage war heikel, und sie konnten nicht einfach das Gebäude stürmen, ohne das Risiko einzugehen, Unschuldige zu gefährden.

Plötzlich durchbrach ein ohrenbetäubendes Rattern die angespannte Stille. Dominguez' Männer hatten das Feuer erneut eröffnet, und diesmal schossen sie mit Maschinengewehren auf die Polizisten. Die Kugeln prasselten auf die Einsatzwagen ein, und einer der Beamten ging zu Boden, als er von einer Kugel am Bein getroffen wurde.

„Rückzug!" schrie einer der SEK-Leute, während sie versuchten, den verletzten Polizisten in Deckung zu ziehen. Die Schüsse aus dem Gebäude hörten nicht auf, und die Männer des Kartells waren gnadenlos. Sie nutzten die verwinkelten Gänge des Hauses, die Balkone und Fenster als Schusspositionen, und es schien, als wären sie überall.

„Wir brauchen einen neuen Plan", sagte Maren atemlos, als sie sich neben Olsen duckte und auf die nächste Explosion wartete. „Die Typen da drin haben schwere Waffen. Wir kommen nicht einfach so rein, ohne dass noch mehr Leute getroffen werden."

Olsen knirschte mit den Zähnen, als er überlegte. Sie mussten irgendwie ins Gebäude kommen, aber sie konnten das Risiko nicht eingehen, dass Zivilisten in den oberen Stockwerken verletzt wurden. Dominguez war clever – er wusste, dass die Polizei nicht einfach blind zuschlagen konnte. Das Kartell nutzte seine Position in dem Wohngebiet als Schild, und jede falsche Bewegung konnte verheerende Folgen haben.

„Ich habe eine Idee", sagte Olsen schließlich, seine Stimme fest. „Schickt ein Team durchs Hinterhaus. Wenn wir sie von zwei Seiten in die Zange nehmen, können wir sie vielleicht dazu bringen, sich zurückzuziehen. Wir dürfen ihnen keinen Fluchtweg lassen."

„Verstanden", nickte der Einsatzleiter und schickte ein Team los, das sich durch den Hinterhof des angrenzenden Gebäudes vorkämpfte. Das SEK bereitete sich vor. Sie mussten koordiniert zuschlagen.

Die Minuten zogen sich in die Länge, während sie das Knattern der Maschinengewehre abwarteten. Jede Sekunde fühlte sich an wie eine Ewigkeit, während die Männer des Kartells immer wieder Salven auf die Einsatzwagen abfeuerten. Olsen konnte das Adrenalin in seinen Adern spüren, seine Finger um den Abzug gekrümmt, bereit zum Angriff.

Plötzlich knisterte es im Funkgerät. „Das Team ist in Position", meldete einer der SEK-Leute. „Bereit zum Zugriff."

„Los geht's", befahl Olsen und gab das Zeichen.

Das SEK-Team stürmte aus zwei Richtungen auf das Gebäude zu. Die Männer des Kartells reagierten sofort und eröffneten das Feuer, aber sie waren in die Falle getappt. Die Polizisten schossen zurück, und die Wucht des Angriffs zwang die Kartell-Soldaten, ihre Positionen im dritten Stock aufzugeben.

„Rückt vor!" schrie Olsen, während er und Maren das Gebäude betraten und die Treppen hinaufstürmten. Die engen Gänge waren schwer zu überblicken, aber sie bewegten sich schnell, drangen Raum für Raum vor und sicherten die Stockwerke. Die Männer des Kartells versuchten, die oberen Etagen zu verteidigen, doch sie hatten keine Chance mehr.

Plötzlich kam eine Gestalt aus einem der Zimmer gestürzt. Dominguez, der wütend und blutverschmiert seine Waffe auf Olsen richtete. „Du wirst mich nicht kriegen, Bulle!" rief er, während er auf den Abzug drückte.

Doch Maren war schneller. Ein gezielter Schuss traf Dominguez in die Schulter, und er ließ seine Waffe fallen, während er gegen die Wand prallte.

„Halt einfach deinen Mund", sagte Maren kalt und näherte sich ihm. „Das Spiel ist aus."

Nachdem Dominguez festgenommen war und die letzten Kartell-Soldaten überwältigt wurden, kehrte endlich Ruhe ins Haus ein. Olsen stand in einem der Räume und atmete schwer, während er auf die verlassenen Wohnungen blickte. Die Zivilisten im Haus hatten Glück gehabt – keiner von ihnen war ernsthaft verletzt worden.

„Wir haben sie", sagte Maren erschöpft, als sie neben ihm stand. „Dominguez ist erledigt, aber es wird noch mehr geben."

Olsen nickte stumm. Das Kartell hatte sich tief in Hamburgs Unterwelt verwurzelt, und auch wenn Dominguez und seine Leute besiegt waren, würde der Krieg weitergehen.

„Das hier war nur ein weiterer Schritt", murmelte Olsen. „Aber sie werden zurückschlagen. Und wir müssen bereit sein."

Nachdem die letzten Schüsse verklungen waren und die Männer des Kartells entweder festgenommen oder neutralisiert worden waren, breitete sich eine bedrückende Stille in dem Gebäude aus. Olsen ging langsam durch die engen, beschädigten Flure, vorbei an zerborstenen Fensterscheiben und blutbefleckten Wänden. Der Geruch von Schießpulver und Angst hing schwer in der Luft.

Er blieb vor einem der Fenster stehen und blickte hinaus auf die Straßen von Altona, die in diesem Moment unwirklich friedlich erschienen. Die Lichter der Streifenwagen flackerten im Takt der Sirenen, die noch immer im Hintergrund heulten. Es war vorbei, zumindest für heute – aber das Gefühl, dass dies nur ein kleiner Sieg in einem viel größeren Krieg war, nagte an ihm.

Maren trat an seine Seite, ihre Miene war ernst. „Wir haben ihn", sagte sie leise, als ob sie sich selbst davon überzeugen musste.

Olsen nickte langsam, ohne den Blick von der dunklen Straße abzuwenden. Dominguez war erledigt, aber sie beide wussten, dass das Kartell nicht so leicht aufgeben würde. Diese Männer waren skrupellos, entschlossen, und bereit, alles zu tun, um ihre Machtposition in Hamburg zu halten.

„Das war nur eine Schlacht, Maren", murmelte er schließlich. „Der Krieg hat gerade erst begonnen."

Maren sah ihn an, ihre Augen müde, aber entschlossen. „Und wir stehen mittendrin."

Olsen atmete tief ein, ließ den Blick über die Szenerie schweifen und spürte das Gewicht dessen, was vor ihnen lag.

„Lass uns gehen", sagte er schließlich, seine Stimme ruhig, aber mit einer inneren Härte, die die Kämpfe in ihm widerspiegelte. „Wir haben noch viel Arbeit vor uns."

Die Festnahme von Karim Kadir hätte der Wendepunkt sein sollen. Olsen hatte gedacht, dass sie mit Kadir endlich den Schlüssel zu den Strukturen des Kartells in Hamburg in den Händen hielten. Doch die Ereignisse der letzten Stunden hatten gezeigt, dass der Boss des Drogenimperiums nur ein Teil eines weit größeren, tief verwurzelten Netzwerks war.

Es war eine Stunde nach Mitternacht, als Olsen erschöpft in der Kommandozentrale des LKA saß und auf die Monitore starrte. Die Live-Aufnahmen zeigten die brennenden Fahrzeuge und den rauchverhangenen Hafen, wo es wenige Stunden zuvor zu den Schießereien gekommen war. Die Polizisten sicherten das Gebiet ab, und der Rest seines Teams war damit beschäftigt, die Festnahme von Javier Dominguez und die Kämpfe in Altona zu dokumentieren. Doch obwohl sie sowohl Kadir als auch Dominguez festgenommen hatten, fühlte es sich nicht wie ein Sieg an.

„Bernd", sagte Maren und trat zu ihm. Sie hielt einen Stapel Berichte in der Hand, doch ihre Augen waren müde, so wie die aller Anwesenden. „Wir haben die ersten Auswertungen der Verhöre von Kadirs Leuten. Es sieht nicht gut aus."

Olsen warf einen flüchtigen Blick auf die Akten, ließ sie dann aber auf den Tisch sinken. „Erzähl es mir."

Maren setzte sich ihm gegenüber, ihre Stirn in Falten gelegt. „Kadir hat mehr für das Kartell getan, als wir dachten. Er war nicht nur ihr Mann für den Drogenhandel – er hat ein Netzwerk aufgebaut, das tief in die Hamburger Gesellschaft hineinreicht. Banken, Immobilienfirmen, sogar einige große Hafenbetreiber. Er hat nicht nur die Straßen kontrolliert, sondern auch die Kanäle, durch die das Geld gewaschen wurde."

Olsen schloss die Augen und rieb sich mit der Hand über das Gesicht. Das Kartell war tiefer verwurzelt, als er je geglaubt hatte. Sie hatten geglaubt, dass Kadir das zentrale Rädchen war, doch in Wirklichkeit war er nur ein Knoten in einem Netz, das viel weiter gespannt war.

„Wir dachten, er wäre der Hauptakteur hier", sagte Olsen langsam. „Aber das Kartell hat wahrscheinlich Dutzende, die nur darauf warten, seinen Platz einzunehmen."

Maren nickte, während sie die Berichte durchblätterte. „Es gibt Hinweise, dass sie bereits Ersatz für Kadir haben. Ein Mann namens Ricardo Morales – er ist einer der engeren Vertrauten von El Fantasma. Er wird wahrscheinlich die Kontrolle über das Netzwerk hier übernehmen."

„Morales." Der Name sagte Olsen nichts, doch der Gedanke, dass jemand Kadir ersetzen könnte, war wie ein Schlag in die Magengrube. Sie hatten wochenlang darauf hingearbeitet, Kadir zu stürzen, und doch schien es, als hätten sie nur die Spitze des Eisbergs berührt. Das Kartell war nicht nur auf eine Person angewiesen – es war ein System, das sich immer wieder neu aufbaute, egal wie viele Köpfe man abschlug.

Olsen stand auf und trat ans Fenster. Die Stadt sah friedlich aus, doch in den verwinkelten Straßen und verborgenen Kanälen, agierten die Handlanger des Kartells weiter, als wäre nichts geschehen.

„Morales wird nicht lange brauchen, um sich zu etablieren",
sagte Maren hinter ihm. „Er kommt direkt aus Kolumbien und
hat tiefe Verbindungen zur FARC und zu den Guerillagruppen,
die das Kokain produzieren. Er ist ein gefährlicher Mann."

Olsen ballte die Fäuste. Das Kartell war immer einen Schritt
voraus. Sie hatten Kadir gestürzt, aber die Struktur blieb intakt. Der Hafen, den sie als Schlachtfeld betreten hatten, war
nach wie vor das Herzstück der Operationen des Kartells. Die
Schüsse waren verhallt, aber der Drogenhandel würde weiter-
laufen – vielleicht sogar effizienter als zuvor.

„Und was wissen wir über seine Verbindungen hier?" fragte Olsen schließlich und drehte sich zu Maren um. „Wer arbeitet
mit ihm zusammen?"

„Es gibt Hinweise auf einige hochrangige Geschäftsleute, die
direkt mit den Geldwäschern des Kartells zusammenarbeiten",
sagte Maren und schob ihm einige Dokumente zu. „Firmen, die
regelmäßig Transaktionen mit lateinamerikanischen Banken
durchführen. Offshore-Konten, verschleierte Geldströme – sie
haben das alles durch sehr clevere Konstrukte organisiert. Wir
sprechen hier nicht nur von Drogengeldern.

Es geht um Millionen aus Immobiliengeschäften, Investitionen
und sogar politische Verbindungen."

Olsen blätterte durch die Berichte und fühlte, wie der Druck in
seiner Brust zunahm. Das Kartell hatte Hamburg bereits infiltriert, und es war viel tiefer, als er je gedacht hatte. Es war
kein einfacher Krieg gegen Gangster auf den Straßen. Sie
kämpften gegen eine Maschinerie, die perfekt geschmiert und
global vernetzt war.

„Und wir haben noch mehr Probleme", sagte Maren leise und
zog eine weitere Akte hervor. „Es gibt Hinweise, dass mehrere
Beamte innerhalb der Polizei von dem Kartell bezahlt wurden."

Olsens Blick verhärtete sich. „Bestechung?"

„Ja", bestätigte sie. „Hafenbeamte, einige Zollinspektoren und sogar ein paar leitende Polizeibeamte. Sie haben die Durchsuchungen sabotiert, Informationen weitergegeben, Razzien verhindert. Das erklärt, warum wir immer zu spät kamen, warum sie uns immer einen Schritt voraus waren."

Olsen spürte, wie ihm die Wut in die Glieder fuhr. Das Kartell war nicht nur ein kriminelles Syndikat – es war ein Krebsgeschwür, das sich durch die Institutionen der Stadt gefressen hatte. Jeder Versuch, sie zu stoppen, schien von innen heraus untergraben zu werden.

„Wir werden die Verräter finden", sagte er leise, seine Stimme war scharf und entschlossen. „Aber wir müssen vorsichtig sein. Wenn wir zu schnell vorgehen, könnten sie uns komplett lahmlegen."

Maren nickte. „Das ist der Punkt. Wir müssen das Netzwerk aufdecken, Schritt für Schritt. Aber die Zeit drängt. Je länger wir zögern, desto stärker verankern sie sich."

Olsen trat wieder ans Fenster, starrte hinaus in die Dunkelheit und dachte an die Straßen Hamburgs, die bereits vom Kartell durchdrungen waren.

Sie hatten Kadir festgenommen, aber der Krieg war noch lange nicht gewonnen. Das Kartell spielte ein langes Spiel, und sie mussten einen Weg finden, ihnen immer einen Schritt voraus zu sein.

Olsen dachte an die Menschen in der Stadt. Unschuldige, die keine Ahnung hatten, dass der Kaffee, den sie morgens tranken, oder die Hafencontainer, die sie jeden Tag passierten, Teil eines riesigen Drogenimperiums waren. Hamburg war längst nicht mehr nur eine Stadt – sie war ein Spielfeld in einem globalen Krieg um Macht, Drogen und Geld.

„Kadir war nur der Anfang ", sagte er schließlich. „Wir müssen an Morales ran, und wir müssen das Netzwerk aufbrechen, bevor es sich komplett etabliert."

„Das wird nicht leicht", sagte Maren, ihre Stimme klang besorgt. „Das Kartell hat überall seine Finger im Spiel."

„Ich weiß." Olsen atmete tief durch und drehte sich zu ihr um. „Aber wir haben keine Wahl. Es geht nicht nur um den Drogenhandel. Es geht darum, die Stadt zu retten."

Maren nickte, ihre Augen fest auf ihn gerichtet. Sie wusste, dass sie in einen Kampf verwickelt waren, der größer war, als sie es je erwartet hatten.

„Also gut", sagte Olsen und griff nach seiner Jacke. „Wir brechen das Kartell, Stück für Stück. Und es fängt mit Morales an."

Holsts Entdeckung

In einem abgedunkelten Büro des LKA Hamburg, weit entfernt von den chaotischen Schießereien in den Straßen, saß Jonas Holst gebannt vor einem Dutzend Bildschirmen. Der Raum war erfüllt vom leisen Brummen der Rechner und dem regelmäßigen Klicken seiner Tastatur. Vor einer Woche war er als vollständig genesen aus dem Krankenhaus entlassen worden. Er war der Mann, der in der digitalen Welt des Holst operierte – und was er in den letzten Stunden entdeckt hatte, ließ ihm das Blut in den Adern gefrieren.

„Hier stimmt etwas nicht", murmelte Holst, als er den Bildschirm betrachtete, auf dem sich unverständliche Datenströme in schneller Folge über die Oberfläche ergossen.

Das Kartell hatte nicht nur Söldner und Drogendealer – sie hatten Hacker und Cyberkriminelle an ihrer Seite, die ein komplexes System aufgebaut hatten, das weit über das hinausging, was er bisher gesehen hatte.

Holst hatte sich tagelang durch die verschlüsselten Systeme gehackt. Es begann mit einem harmlosen Hinweis auf eine verschlüsselte E-Mail, die sie von einem der festgenommenen Mitglieder des Kartells sichergestellt hatten. Die E-Mail war auf den ersten Blick belanglos – eine scheinbar unschuldige Nachricht, die keine tiefergehenden Informationen enthielt.

Doch Holst hatte den Absender überprüft und erkannt, dass die Kommunikation über einen Tor-Server lief, ein Netzwerk, das für absolute Anonymität sorgte. Das Kartell nutzte also Darknet-Routen, um ihre Aktionen zu verbergen.

Nicht ungewöhnlich, aber es war die Methode der Verschlüsselung, die seine Aufmerksamkeit geweckt hatte.

„Das ist verdammt sophisticated", murmelte Holst vor sich hin, während er die Verschlüsselungsschlüssel durchlief. Sie nutzten AES-256, einen der fortschrittlichsten Algorithmen für die symmetrische Verschlüsselung. Nicht ungewöhnlich, aber es war die Art und Weise, wie sie die Verschlüsselungsketten miteinander verknüpften, die ihn faszinierte. Mehrstufige Tunnel durch verschiedene Knotenpunkte, mehrfach verschleierte IP-Adressen, und alles lief durch Server, die quer über den Globus verteilt waren – Kolumbien, Mexiko, aber auch Länder, die für Geldwäsche und Cyberkriminalität bekannt waren, wie Russland und die Ukraine.

„Die haben Profis angeheuert", dachte Holst, während er die Finger über die Tastatur fliegen ließ. Das Kartell war bestens organisiert. Sie wussten genau, wie sie digitale Spuren verwischen konnten, und verwendeten Verschlüsselungsmethoden, die für normale Polizeiteams unüberwindbar wären.

„Jonas, hast du etwas?" meldete sich Maren über das Headset. Sie war mit dem Rest des Teams draußen unterwegs und arbeitete an der physischen Seite der Operation, aber sie wusste, dass Holst die digitale Front abdeckte.

„Mehr als nur etwas", antwortete er, ohne den Blick vom Bildschirm zu nehmen. „Die Jungs haben ein verdammt komplexes Netzwerk. Verschlüsselte Kommunikation auf höchstem Niveau, mehrere Ebenen von Servern, die sie quer durch die Welt verteilen. Es ist, als würde ich durch einen Spiegelsaal navigieren – jede Ecke führt mich zu einer neuen. Aber ich bin kurz davor, einen Zugangspunkt zu finden."

Holst hatte stundenlang an den Knotenpunkten des Netzwerks gearbeitet, bis er schließlich eine Schwachstelle fand. Es war klein, kaum der Rede wert, aber in dieser Welt von Daten und Verschlüsselung reichte ein winziges Leck, um den ganzen Damm brechen zu lassen.

„Hier bist du", flüsterte er, als er schließlich Zugriff auf ein zentrales Kommunikationsmodul erlangte. Das Kartell nutzte verschlüsselte VPN-Server, um ihre Operationen zu koordinieren – digitale Meetings zwischen den einzelnen Zellen in

Kolumbien, Mexiko und Europa. Holst hatte jetzt Zugriff auf die internen Protokolle der Kartell-Operationen.

„Maren", sagte er hastig ins Headset, „ich bin drin."

„Was hast du?" fragte sie, ihre Stimme plötzlich angespannt.

Holst klickte sich durch die neu gewonnenen Daten. „Es sieht so aus, als wäre dies das zentrale Kommunikationsmodul für ihre gesamten Operationen. Hier laufen alle Fäden zusammen – Lieferungen, Kontakte, sogar Geldtransfers. Die Jungs haben ein verdammt gut koordiniertes System. Sie arbeiten mit Blockchains, um den Transport der Drogen zu koordinieren."

„Blockchains? Das benutzen sie?" Maren klang überrascht.

„Ja", sagte Holst, während er durch die Transaktionsprotokolle scrollte. „Es ist clever. Sie haben diese Lieferketten in kleine, verschlüsselte Datenblöcke aufgeteilt, die nur durch einen bestimmten Schlüssel entschlüsselt werden können. Es sieht aus wie legitime Ware – Container mit Elektronik oder Autoteilen – aber dahinter verstecken sie die Drogen. Jede Lieferung wird von Smart Contracts gesteuert. Wenn die Ware ein bestimmtes Ziel erreicht, wird automatisch die nächste Stufe der Transaktion ausgelöst."

Maren schwieg einen Moment, dann sagte sie: „Das ist genial durchdacht und gleichzeitig beängstigend."

Holst nickte, obwohl sie es nicht sehen konnte. „Sie haben das System auf die nächste Ebene gebracht. Aber ich glaube, ich habe genug Informationen, um tiefer einzudringen. Sie planen eine große Lieferung. Sehr bald."

„Wie groß?" fragte Maren.

„Es könnte eine der größten Lieferungen sein, die wir je gesehen haben. Es kommt direkt aus Kolumbien und soll über den Hafen von Hamburg verteilt werden. Sie haben sich auf die europäische Expansion vorbereitet, und das hier ist der Start-schuss."

Holst konnte es kaum fassen, dass er den Zugang gefunden hatte. Der Bruch im System war winzig, fast unsichtbar für je-manden ohne seine Erfahrung. Es war kein Wunder, dass es bisher niemandem gelungen war, das Netzwerk des Kartells zu infiltrieren. Sie hatten ihre Spuren im digitalen Raum so gut versteckt, dass selbst spezialisierte Ermittler aus der IT-Abtei-lung des LKA im Dunkeln getappt hatten. Aber Holst war an-ders. Er hatte Jahre damit verbracht, die tiefsten und dunkels-ten Ecken des Darknets zu durchforsten. Das hier war seine Welt.

„Das Darknet", murmelte er leise vor sich hin, während seine Finger über die Tastatur flogen. Es war ein Ort, der weit über die Vorstellungskraft eines normalen Menschen hinausging. Viele dachten, das Internet sei die Summe aller Dinge, doch das Darknet war die wahre Unterwelt. Ein Schattennetz, ver-borgen vor den Augen der Öffentlichkeit, wo illegale Geschäfte blühten, ohne dass jemand davon erfuhr.

Holst hatte früh in seiner Karriere gelernt, dass das Darknet nicht nur ein Werkzeug für Hacker und Kriminelle war, son-dern ein Dschungel, in dem nur die Besten überlebten. Es gab verschiedene Ebenen der Anonymität – verschlüsselte Netz-werke wie Tor, I2P und Freenet, die es fast unmöglich mach-ten, Nutzer zu identifizieren. Aber es war nicht nur die Techno-logie, die die Welt des Darknets so undurchdringlich machte. Es waren die Menschen – skrupellose Individuen, die bereit waren, alles zu tun, um unerkannt zu bleiben.

„Jeder hinterlässt Spuren", sagte er sich, während er durch die verschlüsselten Pakete klickte. Selbst die besten Hacker ma-chen Fehler. Sie würden ihre Spuren verwischen, Identitäten verschleiern, ihre Transaktionen anonymisieren – aber irgend-wann, irgendwo, gab es immer einen kleinen Fehler. Ein schwacher Punkt in der Kette, den nur ein erfahrener Jäger im Netz finden konnte.

Holst war sich der Gefahr bewusst, in die er sich begab. Das Kartell würde alles tun, um ihre digitalen Operationsmethoden zu schützen. Ihre Hacker waren Profis – Männer und Frauen, die oft aus dem Schatten operierten, ohne jemals das Licht der Öffentlichkeit zu sehen. Sie arbeiteten in staatenlosen Gebieten, versteckt in Ländern, in denen es keine echten Strafverfolgungsbehörden gab. Viele dieser Hacker waren nicht nur für Drogenkartelle tätig, sondern auch für regierungsfeindliche Organisationen und Terrorzellen.

„Sie werden es merken", flüsterte er leise, während er die nächste Ebene des Netzwerks betrat. Holst wusste, dass er bereits tief in ihrem System war, aber er musste vorsichtig sein. Das Darknet war eine Falle – eine, die sich um dich legte, sobald du einen Schritt zu weit gingst.

Die Kartell-Hacker verwendeten nicht nur modernste Verschlüsselung, sondern auch Intrusion Detection Systems (IDS). Das waren Programme, die jede unerwünschte Aktivität im Netzwerk sofort aufspürten und die Verantwortlichen alarmierten. Wenn er zu schnell vorging, würde er auf deren Radar auftauchen.

„Wenn sie mich finden, werden sie sofort zurückschlagen", dachte er, seine Augen konzentriert auf den Code gerichtet. Es gab Hackergruppen im Darknet, die berüchtigt dafür waren, Rache zu nehmen. Sie jagten nicht nur diejenigen, die in ihre Systeme eindrangen, sondern zerstörten auch deren gesamte digitale Existenz. Konten, Identitäten, sogar ganze Netzwerke wurden ausgelöscht, als wären sie nie existiert.

Das Kartell war gefährlich. Ihre digitalen Fußsoldaten agierten mit der gleichen Brutalität wie die Männer, die in Hamburg auf den Straßen schossen. „Eins ist klar", dachte Holst, „sie spielen hier dasselbe Spiel – nur an einem anderen

Kriegsschauplatz." Die Cyberwelt war das neue Schlachtfeld, und Holst hatte die Front betreten.

„Ich habe schon viel gesehen", dachte er weiter, während seine Finger über die Tastatur huschten. Er erinnerte sich an einen früheren Fall, bei dem er auf eine Gruppe von Drogenhändlern aus Osteuropa gestoßen war, die ihre gesamten Operationen über das Darknet abgewickelt hatten. Damals hatte er Wochen gebraucht, um sie aufzuspüren – sie hatten jede Bewegung verschlüsselt, jeden Deal verschleiert, bis Holst den entscheidenden Fehler gefunden hatte: ein einzelnes E-Mail-Protokoll, das nicht vollständig anonymisiert war. Das war alles, was er brauchte, um das Netz zu durchbrechen. Doch das, was er jetzt vor sich hatte, war weit komplexer und gefährlicher.

„Die sind gut", flüsterte er, als er durch die verschlüsselten Dateien scrollte. „Aber niemand ist perfekt." Jede Verschlüsselung, jede Firewall hatte irgendwann eine Schwachstelle. Es ging darum, den richtigen Moment zu finden und zuzuschlagen, bevor sie merkten, dass jemand in ihr System eingebrochen war.

Die Herausforderung war enorm, aber genau das liebte Holst an seiner Arbeit. Cyberkriminalität war eine Jagd, eine endlose Suche nach dem kleinsten Fehler, der die ganze Struktur zusammenbrechen ließ. Die Verschlüsselung des Kartells war meisterhaft. Aber so sicher die Technologie auch war, es waren die Menschen, die am Ende Fehler machten.

„Sie werden irgendwo etwas übersehen haben", sagte Holst sich und ging tiefer in die Log-Dateien. Jeder Zugriff auf die Server hinterließ eine winzige Spur.

Das Kartell arbeitete mit vielen verschiedenen Zellen, und er wusste, dass irgendwann eine Kommunikation auftauchen würde, die nicht vollständig verschlüsselt oder durch einen dummen Fehler sichtbar war. Die Menschen waren immer die schwächste Stelle. Holst erkannte, dass er kurz davorstand, die Strukturen zu durchbrechen. Das Kartell hatte vielleicht gedacht, sie wären unantastbar – doch jetzt war er hier, bereit, ihre Systeme zu knacken und ihre Pläne ans Licht zu bringen.

„Sie haben mich noch nicht bemerkt", dachte er. „Aber das wird nicht lange so bleiben."

Die Bedrohung wird greifbar

Holst spürte das Adrenalin in seinen Adern, als er weiter durch die Daten wühlte. Er konnte sehen, wie das Kartell sich organisiert hatte, um Europa zu ihrem nächsten großen Markt zu machen. Verschlüsselte Nachrichten zwischen den Zellen wiesen auf Logistikketten, Schmuggler und Vermittler hin, die alle bereit waren, die neue Welle von Kokain in die europäischen Städte zu spülen.

„Das Kartell baut hier etwas auf, das größer ist, als wir dachten", sagte Holst, als er die Schlüsselpersonen in den Kommunikationen identifizierte. „Wir müssen schnell handeln. Diese Lieferung könnte eine neue Dimension des Drogenhandels in Europa einläuten."

„Verstanden. Bleib dran und halte mich auf dem Laufenden", antwortete Maren, bevor die Verbindung abbrach.

Holst beugte sich vor, seine Augen fixiert auf die Bildschirme. Er war tief in das System des Kartells eingedrungen, aber er wusste, dass dies erst der Anfang war. Das Spiel der Schatten hatte begonnen, und Holst war mittendrin.

Das Surren der Server im Hintergrund war kaum wahrnehmbar, doch für Jonas Holst war es das ständige Rauschen der digitalen Welt, in der er sich befand. Die Infiltration des Netzwerks des Kartells hatte sich als schwieriger herausgestellt, als er erwartet hatte. Doch nach Stunden intensiver Arbeit saß er nun da, seine Augen starr auf den Bildschirm gerichtet, während er die ersten Erfolge seiner digitalen Jagd sah.

Die verschlüsselte Kommunikation des Kartells war mehrstufig gesichert. Es war, als würde er Schicht für Schicht eine

Festung aufbrechen. Jedes Mal, wenn er dachte, er sei durch, stieß er auf eine weitere Firewall, eine zusätzliche Schicht Verschleierung. Doch Holst war geduldig. Er wusste, dass das Kartell irgendwann einen Fehler machen würde – und genau das war passiert.

„Da bist du", murmelte er vor sich hin, als er auf eine scheinbar belanglose Datei stieß. Ein kleiner Bruch in der Verschlüsselung, der nur einen winzigen Moment aufgetreten war, während die Kommunikation zwischen den verschiedenen Knotenpunkten des Netzwerks hin- und herlief. Es war ein Fehler, den die Hacker des Kartells sicher nicht bemerkt hatten, doch für Holst war es der entscheidende Schlüssel.

Er tippte schnell auf seiner Tastatur, entschlüsselte die Dateipakete und sah, wie sich vor ihm eine wilde Flut von verschlüsselten Nachrichten öffnete. Die Kommunikation zwischen den verschiedenen Zellen des Kartells, verteilt über ganz Europa und Lateinamerika, lag nun in Form von kryptischen Daten vor ihm. Doch er wusste, dass hier mehr steckte. Tief in diesen verschlüsselten Nachrichten musste der Hinweis auf die nächste große Operation des Kartells verborgen sein.

„Das hier ist mehr als nur einfache Rauschgiftgeschäfte", dachte Holst, während er die verschlüsselten Nachrichten studierte. Das Kartell war nicht nur ein kriminelles Netzwerk – es war eine internationale Maschinerie, die alles von Drogen bis hin zu Waffen und Menschenhandel kontrollierte. Die verschlüsselten Nachrichten zeigten detaillierte Transaktionen zwischen Banken in der Schweiz, Offshore-Konten auf den Cayman Islands und Lieferungen, die aus Kolumbien über den Atlantik nach Europa kamen.

Holst saß angespannt vor den Bildschirmen, während er sich durch die endlosen Streams von verschlüsselten Daten wühlte. Die Firewall, die er überwinden musste, war robust – selbst für seine Fähigkeiten eine Herausforderung. Doch nach Stunden konzentrierter Arbeit und unzähliger Brute-Force-Angriffe auf das Netzwerk hatte er endlich einen Durchbruch erzielt.

„Da bist du", flüsterte Holst, als sein System ein schwaches Signal registrierte. Es war ein winziger Bruch in der Verschlüsselung, kaum mehr als ein Flackern im Datenstrom. Doch für jemanden mit seiner Erfahrung stellte das eine Schwachstelle dar – eine Tür, die für den Bruchteil einer Sekunde offen gewesen war.

Es war eine verdeckte Nachricht, die zwischen zwei Servern des Kartells hin- und hergeschickt wurde. Jemand im Netzwerk hatte nicht aufgepasst oder einen Fehler gemacht, und Holst wusste, dass dieser Moment alles verändern könnte.

Seine Finger flogen über die Tastatur. Er hackte sich durch die Restverschlüsselung, die immer noch aktiv war. Die Nachricht war hochmodern AES-256 verschlüsselt – einem der stärksten Verschlüsselungssysteme, die es gab. Doch Holst wusste, dass jede Verschlüsselung, egal wie stark, irgendwann entschlüsselt werden konnte, wenn man die richtigen Werkzeuge und die nötige Geduld aufbrachte.

„Sie waren unvorsichtig", murmelte er, während die Entschlüsselungssoftware begann, den Datenblock auseinanderzunehmen. Sekunden vergingen wie in Zeitlupe, während die Prozentanzeige auf dem Bildschirm langsam in die Höhe kletterte. Holst wusste, dass das Kartell ein weltweites Netzwerk von Hackern beschäftigte, aber es war nicht die Technik, die sie letztlich verraten hatte – es war ein menschlicher Fehler.

Der Bildschirm blitzte auf. Holst atmete tief durch, als sich der Code auflöste und eine halb entschlüsselte Nachricht vor ihm erschien. Sie war auf Spanisch verfasst, doch das war keine Überraschung – das Kartell kommunizierte in der Regel in seiner Muttersprache, besonders bei sensiblen Informationen.

„El Lobo ha dado la señal. El cargamento está listo para salir de Colombia."

„El Lobo", murmelte Holst und scrollte weiter. „Der Wolf hat das Zeichen gegeben. Die Lieferung ist bereit, Kolumbien zu verlassen."

Sein Herzschlag beschleunigte sich. El Lobo war ein Deckname, den er in früheren Ermittlungen nur flüchtig gehört hatte. Die Person hinter diesem Namen war offenbar hochrangig im Kartell und koordinierte die Drogentransporte aus Kolumbien. Holst hatte bisher geglaubt, dass Karim Kadir in Hamburg die zentrale Figur war, aber nun wurde ihm klar, dass jemand viel Mächtigeres im Hintergrund die Fäden zog.

„Also bist du der Drahtzieher", flüsterte er, als er die Nachricht weiter durchlas. El Lobo sprach in der Nachricht von einer „großen Fracht", die bald aus Kolumbien abgehen würde. Aber es waren die Details, die Holst aufhorchen ließen.

Die Nachricht war präzise und kalt. El Lobo koordinierte nicht nur den Transport – er überwachte jede einzelne Station der Route. 15 Tonnen Kokain, die in mehreren Containern versteckt waren. Die Details der Route waren bis ins Kleinste geplant: Die Fracht würde durch Guinea-Bissau laufen, einem Knotenpunkt für den Schmuggel in Westafrika, bevor sie auf Frachtschiffe umgeladen und nach Hamburg transportiert würde.

„15 Tonnen", sagte Holst ungläubig. „Das ist gigantisch."

In den letzten Jahren hatte er von vielen großen Lieferungen gehört, aber das hier war anders. Das Kartell wollte nicht nur eine einmalige Lieferung nach Europa bringen – dies war der Startschuss für eine systematische Infiltration des europäischen Marktes. Hamburg, das Herz der europäischen Logistik, sollte die Drehscheibe für den Drogenhandel werden, genau wie es Städte wie Cali oder Medellín in Südamerika waren.

Holst scrollte weiter durch die entschlüsselte Nachricht. Jede Station der Route war minutiös geplant: Bogotá, dann per Flugzeug nach Guinea-Bissau, von dort aus mit kleineren

Booten entlang der westafrikanischen Küste und schließlich auf großen Containerschiffen nach Hamburg. Die Namen der Hafenarbeiter, Schmuggler und Kontaktleute waren verschlüsselt, doch Holst konnte den Umfang des Netzwerks sehen. Es war wie ein unsichtbares Netz, das sich über den gesamten Atlantik spannte.

Doch während Holst die Nachricht weiter analysierte, fiel ihm etwas auf. Es gab Lücken in der Kommunikation – als ob etwas absichtlich herausgelassen worden war. Das Kartell wusste, dass ihre verschlüsselten Nachrichten irgendwann geknackt werden konnten, und sie hatten begonnen, ihre kritischsten Informationen auf anderen Wegen zu übermitteln. Holst spürte, dass sie etwas planten, das über den Drogenschmuggel hinausging.

„Was verheimlichen sie noch?" fragte er sich, als er auf eine weitere Nachricht stieß, die von einem bevorstehenden Treffen in Hamburg sprach. Ein Treffen, bei dem einer der Anführer des Kartells persönlich anwesend sein sollte. „El Fantasma", las Holst und spürte, wie sich die Spannung in ihm steigerte.

El Fantasma, das Phantom, war eine Gestalt, die im Schatten lebte. Niemand wusste genau, wer er war, aber alle Gerüchte deuteten darauf hin, dass er die wahre Macht hinter dem Kartell war. Wenn er persönlich nach Europa kam, bedeutete das nur eins: Das Kartell bereitete etwas Größeres vor. Es war nicht nur der Drogenhandel, der auf dem Spiel stand – es ging um Macht, um die vollständige Kontrolle des europäischen Marktes.

Holst wusste, dass sie keine Zeit mehr hatten. Die Lieferung war bereit, und das Treffen stand unmittelbar bevor. Sie mussten jetzt handeln, bevor es zu spät war.

Doch Holst war nicht naiv. Er wusste, dass seine Infiltration nicht unbemerkt bleiben würde. Das Kartell war gut organisiert, und ihre Hacker würden bald bemerken, dass jemand in ihr Netzwerk eingedrungen war. Er musste vorsichtig sein, durfte keine Spuren hinterlassen, die zurück zu ihm führten. Eine Entdeckung würde nicht nur das Ende seiner Operation bedeuten – es könnte sein Leben kosten.

„Ich habe noch Zeit", sagte er zu sich selbst, während er die letzten Informationen speicherte. Doch tief in seinem Inneren wusste er, dass die Uhr bereits tickte.

Holst hackte sich tiefer in die Kommunikationsstruktur des Netzwerks ein. Jede neue Nachricht, die er entschlüsselte, brachte weitere Puzzlestücke ans Licht. El Lobos Plan war perfekt durchdacht – die Fracht würde in mehrere kleine Lieferungen aufgeteilt werden, um die Überwachung zu umgehen. Jedes dieser Pakete sollte in reguläre Container versteckt werden, die mit legalen Waren bestückt waren – Baumaterialien, Elektronik, selbst Lebensmittel. Doch hinter diesen harmlosen Ladungen versteckte sich reines Kokain im Wert von Hunderten Millionen Euro.

„Sie sind extrem vorsichtig", murmelte Holst, während er sich die Routenpläne ansah. Die Kommunikation zeigte, wie das Kartell eng mit verschiedenen Schmugglergruppen in Westafrika zusammenarbeitete. Sie nutzten kleine Häfen, die außerhalb der Reichweite der europäischen Überwachungsbehörden lagen. Von dort aus würde die Fracht auf Containerfrachter verladen und mit regulärer Fracht vermischt.

Holst lehnte sich zurück und starrte auf die Bildschirme. Er hatte erwartet, auf Informationen über eine weitere Lieferung zu stoßen, aber dies war anders. Das Kartell hatte vor, Hamburg als ihren Hauptumschlagplatz für den europäischen Markt zu nutzen – und diese Lieferung war der Startschuss für eine ganze Serie von Operationen.

Doch es war eine zweite Nachricht, die Holsts Puls in die Höhe trieb. Eine, die auf eine Live-Kommunikation zwischen den wichtigsten Köpfen des Kartells hinwies. El Lobo koordinierte die Operation in Echtzeit mit mehreren hochrangigen Mitgliedern des Kartells. In einer Reihe von verschlüsselten

Nachrichten sah Holst, dass der eigentliche Boss, den sie alle fürchteten, in Kürze Europa besuchen würde. El Fantasma, der Phantom-Chef des Kartells, war angeblich in der Planung, die Operation persönlich zu überwachen.

„Verdammter Mist", fluchte Holst. El Fantasma war eine Figur, die immer im Schatten operierte. Kein Polizist hatte ihn jemals gesehen, und seine Identität war ein Mysterium. Doch wenn er wirklich nach Europa kam, um die Operation zu beaufsichtigen, war klar, dass das Kartell bereit war, die ganze Stadt zu ihrem neuen Zentrum zu machen.

„Maren, hör zu", sagte Holst hastig ins Headset, während er weiterhin durch die Daten scrollte. „Ich habe hier etwas Großes. Eine Kokainlieferung aus Kolumbien – größer als alles, was wir bisher gesehen haben. Sie planen, über Guinea-Bissau zu gehen und den Stoff hierher nach Hamburg zu bringen."

Es war Stille im Funkgerät, bevor Maren antwortete: „Wie groß?"

„Wir reden von mindestens 15 Tonnen", sagte Holst. „Und das ist nur der Anfang. Sie wollen eine ganze Serie von Lieferungen starten. Sie planen, Hamburg zu ihrem europäischen Drehkreuz zu machen. Und noch schlimmer – es gibt Gerüchte, dass El Fantasma persönlich kommen wird."

Maren fluchte leise. „Wir müssen das sofort stoppen. Wir können nicht zulassen, dass diese Menge durchkommt."

„Ich arbeite an den Daten", antwortete Holst, während er weiter in die Kommunikation des Kartells eintauchte. Die nächsten Stunden würden entscheidend sein. Wenn er es schaffte, die genauen Pläne zu entschlüsseln und den Standort der Lieferung festzustellen, könnten sie das Kartell mit einem Schlag treffen.

Holst wusste, dass er auf einer tickenden Zeitbombe saß. Jede neue Nachricht, die er entschlüsselte, brachte mehr Details ans Licht – die Frachtwege, die Codes der Container, die Namen der Zwischenhändler. Doch tief in seinem Inneren wusste er, dass er auf gefährlichem Terrain spielte. Das Kartell würde bald merken, dass jemand in ihr Netzwerk eingedrungen war.

„Ich habe noch Zeit", flüsterte Holst, mehr zu sich selbst als zu irgendjemand anderem. „Aber nicht viel."

Die Uhr auf dem Monitor tickte unaufhaltsam. Jonas Holst saß tief konzentriert vor seinem Laptop, während seine Finger schnell über die Tastatur flogen. Das Netzwerk des Kartells war komplex und gefährlich – und jetzt hatte er sich bis in den innersten Kern vorgearbeitet. Die Datenflüsse, die er zuvor abgefangen hatte, waren bereits hochbrisant, aber er spürte, dass hinter dem nächsten Knotenpunkt noch viel mehr wartete. Etwas Großes.

„Fast da", murmelte er zu sich selbst und schob die Brille hoch, als seine Finger über die Tasten huschten. Er hatte gerade eine hochverschlüsselte Kommunikation geknackt, die detaillierte Anweisungen für die bevorstehende Kokainlieferung enthielt. Doch was ihn interessierte, war die dahinter liegende Kommunikationsebene – die Netzwerkarchitektur, die noch tiefer in die Strukturen des Kartells griff.

Ein leises Geräusch von seiner Firewall-Überwachungssoftware ließ ihn stutzen. Ein flüchtiges Warnsignal, fast unbemerkt, zeigte an, dass eine außergewöhnlich hohe Aktivität auf den Servern des Kartells stattgefunden hatte. Zunächst ignorierte er es, doch das Signal tauchte erneut auf – diesmal länger, begleitet von einem schnell ansteigenden Datenstrom.

„Was zum...?" Holst stockte und starrte auf den Monitor. Irgendetwas stimmte nicht. Schnell schloss er die Protokolldateien und begann, die eingehenden Verbindungen zu überwachen. Der plötzliche Datenanstieg war ungewöhnlich, besonders um diese Uhrzeit.

Dann schlug die Erkenntnis ein wie ein Blitz.

„Scheiße", flüsterte Holst. „Sie haben mich entdeckt." Sein Magen verkrampfte sich. Er wusste, dass das Kartell nicht einfach nur zusah, wenn jemand ihr Netzwerk infiltrierte. Sie hatten ihre eigenen Cybersicherheitsleute, die ebenso rücksichtslos und tödlich sein konnten wie die Söldner auf der Straße. Und er war tief in ihre digitale Festung eingedrungen.

Schnell begann er, die Spuren seiner Infiltration zu löschen. Die Befehle, die er in das System eingespeist hatte, wurden nun rückgängig gemacht, die Verbindungen gekappt. Doch in dem Moment, als er den finalen Befehl zum Verlassen des Netzwerks eingab, erschien auf seinem Bildschirm eine unbekannte IP-Adresse – jemand, der in diesem Moment direkt auf seinen Rechner zugriff.

„Verdammt", fluchte Holst. Die Hacker des Kartells hatten ihn lokalisiert.

Holst wusste, dass er jetzt handeln musste. Sie waren ihm auf den Fersen, und in der digitalen Welt bedeutete das, dass sie nicht lange brauchen würden, um seine Position zu triangulieren. Er hatte es schon oft gesehen – die besten Hacker der Welt, die von Kartellen oder Regierungen angeheuert wurden, um jeden aufzuspüren, der in ihre Systeme eindrang. Holst hatte nur wenige Minuten, bevor sie seinen genauen Standort herausfanden.

„Komm schon", murmelte er und versuchte, den letzten Teil seiner Datenübertragung zu löschen. Doch bevor er es tun konnte, kam eine neue Nachricht auf dem Bildschirm zum Vorschein. Eine Aufforderung, die ihm die Kehle zuschnürte:

„Wir wissen, wer du bist."

Ein paar Sekunden vergingen, und eine weitere Nachricht blinkte auf:

„Du kannst uns nicht entkommen."

Sein Herz begann zu rasen. Es war eine Drohung, die klarer nicht hätte sein können. Die Verfolgung hatte begonnen, und das bedeutete, dass sie bereits wussten, wo er sich befand.

Er packte schnell seinen Laptop, warf die Geräte in seinen Rucksack und schnappte sich sein Handy. Sein Büro im LKA-Gebäude war nur ein paar Minuten von der Straße entfernt, aber das Kartell war gnadenlos. Sie waren vielleicht schon unterwegs.

Holst stürmte durch die Tür und eilte die Treppen hinunter. Als er die kühle Nachtluft der Straße spürte, hielt er für einen Moment inne und schaute sich um. Der Parkplatz war menschenleer, aber das machte ihn nur nervöser. Hamburg konnte am Abend still und friedlich wirken, doch er wusste, dass hinter dieser Ruhe die Männer des Kartells auf ihn lauerten.

Er rannte zu seinem Auto, ein unscheinbarer schwarzer Golf, der zwischen den anderen Wagen auf dem Parkplatz stand. Mit zitternden Fingern schloss er die Tür auf, setzte sich hinein und startete den Motor.

Noch immer war alles ruhig, doch Holst spürte, dass dies die trügerische Ruhe vor dem Sturm war.

„Komm schon, Jonas", sagte er sich selbst, während er den Wagen aus dem Parkplatz steuerte und in die Straßen Hamburgs einbog. Sein Puls raste, und seine Augen flogen über den Rückspiegel, als er sich bemühte, jede Bewegung hinter sich im Auge zu behalten.

Nur wenige Minuten später, während Holst auf eine einsame Straße abbog, passierte es. In seinem Rückspiegel tauchten zwei Scheinwerfer auf – viel zu schnell. Das Fahrzeug hinter ihm raste auf ihn zu, als wäre es direkt auf ihn angesetzt.

„Verdammt", fluchte er, trat das Gaspedal durch und versuchte, den Verfolgern zu entkommen. Das Kartell war schneller, als er erwartet hatte. Sie hatten nicht nur seine digitale

Spur gefunden, sondern waren ihm jetzt auch physisch auf den Fersen.

Das Auto hinter ihm kam immer näher. Holst spürte, wie der Schweiß ihm über die Stirn lief, während er durch die engen Straßen raste. Ein schneller Blick in den Rückspiegel zeigte ihm, dass es sich um einen schwarzen SUV handelte – das typische Fahrzeug der Auftragsmörder des Kartells.

Plötzlich sah er, wie das Auto hinter ihm beschleunigte und versuchte, ihn von der Straße zu drängen. Die Lichter blendeten ihn, als der SUV seitlich gegen seinen Wagen stieß. Holst riss das Lenkrad herum und versuchte, die Kontrolle zu behalten. Der Golf schlingerte über die Straße, aber er hielt sich auf der Spur.

„Scheiße, scheiße, scheiße", fluchte er laut und trat das Gaspedal noch tiefer durch. Doch der SUV blieb an ihm dran, immer wieder versuchte er, ihn von der Straße abzudrängen. Die Männer des Kartells waren entschlossen, ihn zu töten.

Ein weiterer Stoß, und Holst verlor fast die Kontrolle über das Auto. Sein Wagen schlingerte gefährlich, als er eine scharfe Kurve nahm, und er sah, wie der SUV direkt hinter ihm aufschloss. Plötzlich blitzte es auf. Ein Schuss.

Holst duckte sich instinktiv, während das Geschoss die Heckscheibe seines Wagens zerschmetterte. Glassplitter flogen durch das Auto, und er kämpfte, um nicht in Panik zu geraten. Ein weiterer Schuss – diesmal verfehlte die Kugel knapp den Vordersitz.

„Das ist Wahnsinn", schrie er, während er versuchte, die Spur zu halten. Seine Gedanken rasten. Er musste einen Ausweg finden, bevor sie ihn erledigten. Holst wusste, dass er keine Chance hatte, wenn sie ihn zum Anhalten zwangen.

Er sah in der Ferne eine enge Seitenstraße, die in einen unbeleuchteten Industriekomplex führte. Ohne zu zögern, bog er abrupt ab. Die Reifen seines Golfs quietschten, als er in die schmale Straße einbog und das Licht der Hauptstraße hinter sich ließ. Der SUV folgte ihm dicht auf den Fersen.

Die Gasse war eng, und Holst wusste, dass er nicht viel Zeit hatte. Vor ihm sah er einen alten Lagerkomplex, verlassen und still. Es war seine einzige Hoffnung. Er beschleunigte weiter und raste direkt auf das alte Gebäude zu.

Im letzten Moment zog er das Lenkrad scharf nach links und schoss durch ein offenes Tor, das in den Innenhof des Lagerhauses führte. Der SUV, der ihm dicht gefolgt war, versuchte, ihm zu folgen, doch Holst hatte den Vorteil. Er zog eine scharfe Kurve um eine alte Betonmauer und sah, wie der SUV hinter ihm gegen das Tor prallte. Das metallische Geräusch hallte durch die stille Nacht.

Für einen Moment war alles still. Holst atmete schwer und spürte, wie sein Herz in seiner Brust hämmerte.

Er hatte es geschafft – fürs Erste.

Doch er wusste, dass dies nur der Anfang war. Das Kartell würde nicht aufhören, bis sie ihn hatten.

Verbindungen zur Polizei

Der Regen hatte Hamburg wieder fest im Griff, als Maren im Büro des LKA saß und durch die Fallakten blätterte. Die letzten Tage hatten sich wie ein Strudel aus Gewalt, Verrat und undurchsichtigen Machenschaften angefühlt, die immer tiefer in die Abgründe des Kartells führten. Doch es war nicht die Brutalität des Kartells, die sie jetzt beschäftigte – es war die Korruption in den eigenen Reihen.

Maren spürte das Gewicht der Entdeckung, die sie vor wenigen Stunden gemacht hatte. Eine Verdachtsmeldung war über einen anonymen Hinweis eingegangen, der sie auf die Spur mehrerer hochrangiger Polizeibeamter brachte. Auf den ersten Blick hatte es wie ein weiterer Routinehinweis ausgesehen – ein aufgebrachter Bürger, der Korruption in der Polizei witterte.

Doch je tiefer Maren in die Dokumente eintauchte, desto klarer wurde ihr, dass dies keine haltlose Anschuldigung war. Es war real. Die Verschwörung, die sie aufdeckte, war erschreckend – und sie betraf die höchsten Ebenen der Hamburger Polizei.

Sie zog eine Kopie eines Überweisungsbelegs aus der Akte hervor. Es war ein Transfer über mehrere hunderttausend Euro, getarnt als Immobilientransaktion. Das Geld war von einem Schweizer Bankkonto auf ein Konto in Hamburg überwiesen worden, das einem hochrangigen Polizeibeamten gehörte – einem Mann, der direkten Zugang zu den Ermittlungen gegen das Kartell hatte.

„Das kann nicht wahr sein", murmelte Maren leise vor sich hin, während sie das Papier anstarrte.

Sie konnte es noch nicht glauben, doch alle Hinweise deuteten darauf hin: Das Kartell hatte Teile der Hamburger Polizei gekauft. Und das erklärte vieles.

Maren dachte an die vielen Verzögerungen und Rückschläge der letzten Monate. Es hatte immer wieder Hindernisse gegeben – geplatzte Razzien, Informationen, die vorzeitig durchgesickert waren, und Spuren, die ins Nichts führten. Die Ermittlungen schienen sich oft im Kreis zu drehen, als würde jemand absichtlich den Prozess sabotieren. Jetzt machte es alles Sinn.

„Sie hatten uns die ganze Zeit im Griff", dachte Maren, während sie die restlichen Dokumente durchging. Der hochrangige Beamte, dessen Name auf dem Überweisungsbeleg stand, war eine bekannte Figur in der Hamburger Polizei – jemand, der über die Jahre hinweg Vertrauen aufgebaut hatte, und nun sah es so aus, als hätte er das Vertrauen schamlos ausgenutzt.

Es war nicht nur einer. Die weiteren Überweisungsbelege zeigten, dass mehrere Beamte in das Netzwerk des Kartells verwickelt waren. Es war ein verzweigtes System aus Bestechungen, Verschleierungen und Vertuschungen. Die korrupten Polizisten hatten dafür gesorgt, dass wichtige Informationen über geplante Razzien und Zugriffe direkt an das Kartell weitergegeben wurden.

„Kein Wunder, dass wir nie rechtzeitig da waren", sagte sie zu sich selbst, während sie die Belege einsortierte. Es fühlte sich an, als würde der Boden unter ihr wegbrechen. Die Menschen, denen sie vertraut hatte, hatten das Kartell unterstützt – direkt oder indirekt. Und sie hatten es geschafft, sich bis in die höchsten Ebenen der Hamburger Polizei vorzuarbeiten.

Maren rief sich die letzten Monate ins Gedächtnis zurück. Mehrere wichtige Operationen waren schiefgelaufen – immer kurz bevor sie einen entscheidenden Schritt hätten machen können.

Sie erinnerte sich an eine Razzia im Hafen, bei der sie kurz davor gewesen waren, einen großen Drogenfund zu machen. Doch als das Team den Container erreicht hatte, war dieser leer gewesen. Damals hatte man es als Missverständnis abgetan, als falsche Information. Jetzt wusste sie es besser.

„Wir wurden verraten", flüsterte sie, während sie auf den Bildschirm starrte, der die Kontobewegungen und Verbindungen zwischen den Beamten und dem Kartell zeigte. Die Transaktionen waren geschickt verschleiert worden – über Schweizer Banken, Offshore-Konten und undurchsichtige Finanznetzwerke. Es hatte Monate gedauert, bis sie die erste Spur gefunden hatte, und jetzt war das Netz der Verbindungen klar.

„Und das war nur die Spitze des Eisbergs", dachte sie. Sie wusste, dass dies nur ein Bruchteil der wirklichen Korruption war. Das Kartell war zu gut organisiert, zu mächtig. Sie würden nicht nur ein paar Beamte bestochen haben – sie würden ganz Hamburg infiltriert haben, um ihren Drogenhandel abzusichern.

Maren legte die Akten beiseite und griff nach dem Telefon. Bernd Olsen musste von diesen Entwicklungen erfahren. Sie konnte es ihm nicht in einem einfachen Gespräch mitteilen – das hier war zu groß, zu gefährlich. Jedes Wort, das sie am Telefon sagte, musste wohlüberlegt sein.

„Olsen", meldete sich Bernd am anderen Ende der Leitung, seine Stimme war müde und angespannt.

„Bernd, ich muss mit dir reden", begann Maren, während sie durch das Fenster auf den regennassen Hof des LKA starrte. „Es ist wichtig."

„Worum geht es?" fragte Olsen, doch etwas in seiner Stimme klang misstrauisch.

„Es gibt Hinweise auf Korruption in unseren eigenen Reihen", sagte sie leise. „Ich kann nicht viel am Telefon sagen, aber es betrifft Leute, die sehr nah an den Ermittlungen dran sind."

Es entstand eine kurze Pause, bevor Olsen antwortete. „Korruption? Wie sicher bist du dir?"

„Sehr sicher", erwiderte Maren und sah wieder auf die Überweisungsbelege, die wie ein Schlag ins Gesicht wirkten. „Ich habe konkrete Beweise, Überweisungen, Verbindungen zu Offshore-Konten. Es geht um hochrangige Polizisten."

Olsen fluchte leise am anderen Ende der Leitung. „Das erklärt so vieles...", murmelte er, mehr zu sich selbst als zu ihr. „Maren, wir müssen das verdammt diskret angehen. Wenn sie herausfinden, dass wir von ihnen wissen, sind wir erledigt."

„Ich weiß", antwortete sie und fühlte die Schwere der Situation auf ihren Schultern. „Wir müssen vorsichtig sein, aber wir können das nicht ignorieren. Wenn das Kartell uns so tief infiltriert hat, ist hier niemand mehr sicher."

„Ich werde mich darum kümmern", sagte Olsen schließlich. „Aber wir dürfen nicht zu schnell handeln. Ich werde eine Untersuchung einleiten – eine, die niemand bemerkt."

Als Maren das Telefon auflegte, blieb sie noch einen Moment reglos sitzen. Das, was sie gerade aufgedeckt hatte, war wie eine Lawine, die sie bereits in Bewegung gesetzt hatte. Die Korruption in den eigenen Reihen war kein Gerücht, kein vager Verdacht mehr. Sie hatte die Beweise in den Händen gehalten, die kalten, unbarmherzigen Fakten, die bewiesen, dass das Kartell die Finger tief in die Struktur der Hamburger Polizei gebohrt hatte.

„Wie konnte das passieren?" fragte sie sich, während sie unbewusst die Überweisungsbelege in der Hand drehte. Hamburg, ihre Heimat, das LKA, die Kollegen – das war ihr Rückgrat gewesen, die Basis ihres Vertrauens. Aber jetzt... jetzt war nichts mehr sicher.

Maren ließ ihren Blick durch das kleine Büro gleiten. Es sah genauso aus wie immer. Ihr Schreibtisch war übersät mit Papieren, der Computer lief, die Kaffeemaschine summte leise im Hintergrund.

Doch plötzlich fühlte sich der Raum fremd an, als würde er nicht mehr zu ihr gehören. Jeder Gegenstand, jedes kleine

Detail schien plötzlich verdächtig. Wer konnte hier noch vertrauenswürdig sein?

Ihr Gedanke wanderte zurück zu den Fällen der letzten Monate. Immer wieder waren sie knapp gescheitert, immer wieder hatten sich Ermittlungen in Nichts aufgelöst – Razzien, die zu spät kamen, Informationen, die scheinbar spurlos versickerten. Sie hatten es damals als Pech abgetan oder als die Raffinesse des Kartells. Aber jetzt verstand sie, dass jemand im Inneren die Fäden gezogen hatte.

„Jemand in unserer Mitte..." Sie sprach den Gedanken kaum hörbar aus. Es war eine quälende Erkenntnis. Die Polizei, die Institution, die sie so sehr respektierte, war nicht mehr der Schutzschild, der sie vor der Kriminalität bewahrte. Sie war durchsetzt von Verrat.

Maren stand auf, trat ans Fenster und starrte hinaus in den Regen. In der Ferne konnte sie die Lichter der Stadt erkennen, die im Nebel verschwammen. Sie hatte immer geglaubt, dass das Böse von außen kam, dass es klar erkennbare Feinde gab, gegen die man kämpfen konnte. Aber diese Feinde waren jetzt unsichtbar. Sie saßen in denselben Besprechungsräumen, arbeiteten an denselben Fällen, und gaben vor, auf derselben Seite zu stehen.

„Was, wenn es noch mehr von ihnen gibt?" Der Gedanke traf sie wie ein Schock. Sie wusste jetzt von ein paar hochrangigen Beamten, die vom Kartell bezahlt wurden, aber was, wenn dies nur die Spitze des Eisbergs war? Was, wenn es noch mehr Polizisten gab, die das Kartell geschmiert hatte? Wie tief ging dieser Verrat?

Sie hatte die Banktransaktionen gesehen, die Verbindungen zu den Schweizer Konten und den Offshore-Trusts. Es war ein komplexes Netz von Finanzströmen, das bis in die höchsten Ebenen der Polizei reichte.

Doch wie viele Beamte waren tatsächlich involviert? Und wie lange ging das schon so?

„Wer weiß schon, wie lange sie uns ausgenutzt haben", dachte sie und biss sich unbewusst auf die Unterlippe. „Seit Monaten... oder sogar Jahren?" Jede gescheiterte Razzia, jeder fehlgeschlagene Zugriff fühlte sich jetzt an wie ein persönlicher Schlag ins Gesicht. Es war, als hätte das Kartell mit jedem Schritt einen weiteren Nagel in den Sarg ihrer Ermittlungen geschlagen.

Es war diese Ohnmacht, die sie besonders quälte. Sie wusste, dass sie sich nicht auf ihre Instinkte verlassen konnte, nicht mehr. Früher hatte sie die Fähigkeit gehabt, Menschen zu durchschauen, ihre Absichten zu erkennen. Doch jetzt... jetzt war alles infrage gestellt. Jeder Kollege, jede vertraute Stimme, jeder Blick konnte Verrat bedeuten.

Maren dachte an die Menschen, mit denen sie zusammenarbeitete, die Kollegen, mit denen sie jahrelang Fälle bearbeitet hatte. Wem konnte sie noch trauen? Selbst diejenigen, die ihr nahestanden – wie konnte sie sicher sein, dass sie nicht Teil dieses schmutzigen Spiels waren? Sie erinnerte sich an Olsens Worte. "Wir dürfen nicht zu schnell handeln." Er hatte recht. Eine unüberlegte Bewegung, und das Kartell würde sofort wissen, dass sie ihnen auf die Schliche gekommen waren.

Ihre Gedanken wanderten zu Klaus Bergmann, einem der ältesten Beamten im LKA, jemand, der schon da war, als sie ihre ersten Schritte in der Polizei gemacht hatte. Ein Mentor, der ihr oft Ratschläge gegeben hatte, der sie motiviert hatte, hartnäckig zu bleiben. Doch nun fragte sie sich: War er wirklich der, der er vorgab zu sein?

„Könnte Bergmann...?" Der Gedanke war ihr unangenehm, ja beinahe abstoßend. Doch sie wusste, dass sie sich diesen Zweifeln stellen musste. Wenn die Korruption bis in die oberen Ränge reichte, dann war niemand mehr sicher. Sie hatte bereits den Überweisungsbeleg eines anderen hochrangigen

Beamten gesehen. Bergmann war in vielen der wichtigsten Besprechungen dabei gewesen, hatte Zugang zu sensiblen Informationen. Er hätte alles an das Kartell weitergeben können, ohne dass jemand etwas gemerkt hätte.

Sie dachte an die anderen, an die jüngeren Beamten wie Svenja Krüger, die gerade erst ihren Dienst begonnen hatte. „Könnte sie wirklich verwickelt sein?" Zweifel nagten an ihr. „Oder bin ich paranoid?" Aber Maren wusste, dass es jetzt keine Paranoia mehr gab. Das Kartell hatte sie gezwungen, alles infrage zu stellen. Sie hatte keine andere Wahl, als jedem mit Misstrauen zu begegnen, bis sie die ganze Wahrheit herausgefunden hatten.

Maren drehte sich vom Fenster weg und ging langsam zu ihrem Schreibtisch zurück. Sie setzte sich und ließ den Blick über die Fallakten schweifen.

Das Kartell war nicht nur eine kriminelle Organisation, die Drogen verkaufte. Es war eine maschinelle Kraft, die sich in die Fundamente der Gesellschaft eingenistet hatte – leise, unbemerkt, aber tödlich. Sie hatten nicht nur den Drogenhandel in Hamburg übernommen, sondern auch die Strukturen der Stadt selbst infiltriert.

„Sie sind überall", dachte Maren. Sie hatten Beamte gekauft, Richter bestochen, Hafenarbeiter eingeschüchtert und Polizisten manipuliert. Es war, als hätte das Kartell ein unsichtbares Netz um Hamburg gesponnen, das alle Entscheidungen, alle Bewegungen kontrollierte. Maren spürte, wie sich ihr Magen verkrampfte. „Und wir sind nur Spielfiguren in ihrem Spiel."

Ein leises Klopfen an der Tür riss sie aus ihren Gedanken. Sie hob den Kopf und sah einen jungen Kollegen, der mit einer Mappe hereinkam.

„Frau Starke, ich habe die Berichte, die Sie angefordert haben", sagte er höflich und legte die Unterlagen auf ihren Schreibtisch. „Soll ich noch etwas für Sie tun?"

Maren musterte ihn einen Moment, zu lange vielleicht, bevor sie nickte. „Nein, das wäre alles. Danke."

Als die Tür hinter ihm ins Schloss fiel, blieb sie mit einem weiteren Zweifel zurück. War dieser junge Mann Teil des Kartells? Oder war er einer der wenigen, denen sie noch trauen konnte?

Die Gefahr war real. Und sie war näher, als sie jemals gedacht hätte. Das Kartell hatte ihre Reihen infiltriert, und es lag nun an ihr und Olsen, herauszufinden, wer noch auf ihrer Seite war – bevor es zu spät war.

Es war bereits spät, als Bernd Olsen in seinem Büro saß, das Licht gedämpft, und die Liste der verdächtigen Beamten vor sich betrachtete. Der Regen draußen klopfte in einem steten Rhythmus gegen die Scheiben, doch Olsen hörte ihn kaum. Seine Gedanken waren in einem Wirbel aus Zweifeln, Misstrauen und Enttäuschung gefangen. Die Korruption, die Maren Starke aufgedeckt hatte, war real. Sie war nicht nur ein Hirngespinst oder eine Theorie – sie lag jetzt wie ein dunkler Schatten über der gesamten Polizei Hamburgs.

Olsen blickte auf die Namen in der Akte, die Maren ihm vorgelegt hatte. Es waren hochrangige Beamte darunter – Männer und Frauen, mit denen er jahrelang zusammengearbeitet hatte. Vertraute Gesichter, die ihm einst als Säulen der Integrität erschienen waren, doch jetzt war er sich nicht mehr sicher, ob sie wirklich auf seiner Seite standen.

Es war ein beunruhigendes Gefühl. Er wusste, dass er sich auf eine gefährliche und einsame Reise begab, bei der jeder Schritt genau geplant sein musste.

„Verdammt", murmelte er, als er einen der Namen lautlos las. Klaus Bergmann. Ein Mann, der seit Jahrzehnten in der Hamburger Polizei diente. Bergmann war nicht nur ein Kollege, er war ein Freund – jemand, dem Olsen immer vertraut hatte. Doch jetzt... jetzt stand sein Name ganz oben auf der Liste.

Olsen ließ die Akte sinken und schloss für einen Moment die Augen. Bergmann war immer der Fels in der Brandung gewesen. Wenn es um schwierige Fälle ging, wenn die Situation eskalierte und alle den Kopf verloren, war Bergmann derjenige gewesen, der die Ruhe bewahrte. Ein Mann, der die Grundfesten der Polizeiarbeit verkörperte – oder zumindest hatte es so ausgesehen.

„Wie konnte ich das übersehen?" fragte sich Olsen und schlug die Akte wieder auf. Die Beweise, die Maren gefunden hatte, waren nicht endgültig, aber sie waren beunruhigend genug, um eine gründliche Untersuchung zu rechtfertigen. Offshore-Konten, Transaktionen, die nicht in die offiziellen Gehaltsabrechnungen passten, Treffen mit zwielichtigen Figuren, die als Vermittler des Kartells bekannt waren. Es gab genug, um Bergmann verdächtig erscheinen zu lassen, aber es war noch nicht genug, um ihn festzunageln. Und genau das machte die Situation so kompliziert.

Olsen erinnerte sich an die Gespräche, die er mit Bergmann über die Monate hinweg geführt hatte. Sie hatten über die Missstände im System gesprochen, über die frustrierenden Rückschläge bei den Ermittlungen gegen das Kartell. Bergmann hatte immer den Anschein erweckt, er wolle das Kartell genauso zerschlagen wie Olsen. Aber was, wenn all das nur eine Fassade gewesen war? Ein geschicktes Spiel, um Olsen zu täuschen?

Olsen wusste, dass er vorsichtig vorgehen musste. Wenn Bergmann oder einer der anderen Verdächtigen Wind von der Untersuchung bekäme, würde das Kartell sofort handeln. Sie würden ihre Spuren noch tiefer verwischen, die Schlinge noch enger ziehen, und vielleicht sogar jemanden töten, um sich zu schützen. Es durfte kein Fehler geschehen. Niemand durfte von dieser internen Untersuchung erfahren.

Er griff zum Telefon und wählte die Nummer von Maren Starke. Es klingelte zweimal, bevor sie abnahm.

„Maren, ich habe die Liste durchgesehen", begann Olsen ohne Umschweife. „Wir müssen eine geheime Untersuchung starten, aber wir dürfen dabei keine Spuren hinterlassen. Keiner dieser Namen darf erfahren, dass wir sie im Visier haben."

Am anderen Ende der Leitung herrschte kurz Stille, bevor Maren antwortete: „Ich habe befürchtet, dass du das sagen würdest. Es ist heikel, Bernd. Wenn wir zu direkt vorgehen, könnte das Kartell reagieren. Und Bergmann... du weißt, dass er ein schwerer Verdächtiger ist."

„Ja", erwiderte Olsen leise. „Das weiß ich."

Er spürte, wie sich die Schwere der Entscheidung auf seine Schultern legte. Bergmann war nicht irgendwer. Wenn sich der Verdacht bestätigte, bedeutete das, dass einer der einflussreichsten und vertrauenswürdigsten Männer in der Hamburger Polizei mit dem Kartell zusammenarbeitete – jemand, der jahrelang in jeder entscheidenden Sitzung dabei war, der Zugriff auf vertrauliche Informationen hatte. Jemand, der den Feind gefüttert hatte.

Olsen legte auf und lehnte sich in seinem Stuhl zurück, während er sich fragte, wie er diese Untersuchung angehen sollte. Er konnte nicht einfach anfangen, die Verdächtigen zu beschatten – das würde zu viel Aufsehen erregen. Stattdessen musste er diskret vorgehen, tiefer in die Kontobewegungen und Kommunikationsstrukturen eintauchen, ohne jemanden zu alarmieren. Die Untersuchung würde keine offiziellen Wege gehen können. Jeder falsche Schritt könnte das gesamte Team in Gefahr bringen.

Er öffnete eine neue Datei auf seinem Laptop, erstellte ein verschlüsseltes Dokument und begann, die notwendigen Schritte zu planen. Die Herausforderung bestand darin, herauszufinden, wer innerhalb der Polizei noch unbestechlich war. Er konnte nicht einmal sicher sein, dass seine direkte Umgebung vertrauenswürdig war.

Jeder könnte Teil des Netzwerks sein – jeder, der im Laufe der Jahre die notwendigen Kontakte und Machtpositionen aufgebaut hatte.

„Es könnte jeder sein", dachte Olsen und fühlte einen Schauer über seinen Rücken laufen. Die Vorstellung, dass er von Verrätern umgeben war, ließ ihm keine Ruhe. War Krüger ein Teil davon? Oder vielleicht Hartmann, der immer so distanziert war? Das Misstrauen fraß an ihm. Er musste die Antwort finden, aber ohne sich zu verraten.

Olsen wusste, dass er auf die Digitalforensik zurückgreifen musste, um die Untersuchung zu führen. Ein diskretes Team, das außerhalb des regulären Ermittlungsrahmens arbeitete. Er hatte bereits einige Namen im Kopf – Jonas Holst war einer von ihnen.

Nach Holsts gefährlicher Begegnung mit den Auftragsmördern des Kartells war er ohnehin untergetaucht und arbeitete im Hintergrund weiter. Er konnte die digitalen Spuren der verdächtigen Beamten verfolgen, ohne dass es jemanden auffiel.

„Ich werde Holst brauchen", dachte Olsen. Er wusste, dass Holst der Beste war, wenn es um das Auffinden versteckter Finanzströme ging. Sein technisches Know-how war einzigartig, und wenn jemand in der Lage war, die Verbindung zwischen den Schweizer Banken, den Offshore-Konten und den Hamburger Beamten zu enttarnen, dann war es Holst.

Während Olsen die ersten Vorbereitungen für die geheime Untersuchung traf, wurde ihm klar, wie tief diese Korruption gehen konnte. Es war nicht nur das Kartell, das Hamburg infiltriert hatte. Es war eine globale Maschinerie, die mit Geldströmen operierte, die über den Atlantik flossen und in Europa endeten.

Die Hamburger Beamten waren nur ein Rädchen in einem viel größeren System – und genau das machte sie so gefährlich.

Das Kartell hatte die Mechanismen der Stadt übernommen. Es kontrollierte nicht nur den Drogenhandel, sondern auch die Hafenlogistik, die Zollbehörden und jetzt möglicherweise sogar Teile der Polizei. Die Korruption war ihr Weg, das Netzwerk zu sichern und zu schützen, und wenn Olsen nicht aufpasste, würde er selbst zu einem weiteren Opfer in diesem perfiden Spiel werden.

„Wie viele von ihnen sind Teil davon?" fragte er sich. Es war eine schreckliche Überlegung. Jeder, der Zugang zu den internen Ermittlungsdaten hatte, konnte Informationen an das Kartell weitergeben. Es könnte Monate oder Jahre dauern, das gesamte Ausmaß der Korruption aufzudecken. Aber er hatte keine Wahl – die Gefahr, weiterhin blind zu sein, war zu groß.

Später an diesem Abend, in einem kleinen Café am Rande der Stadt, traf sich Olsen mit Jonas Holst. Der Mann sah müde aus, die Anspannung der letzten Tage stand ihm ins Gesicht geschrieben. Seine Augen flackerten misstrauisch über die wenigen Gäste, bevor er sich setzte.

„Du hast mich angerufen", sagte Holst leise. „Was gibt es?"

Olsen lehnte sich vor und sprach, während er sich umsah, um sicherzustellen, dass niemand sie belauschte. „Wir haben Hinweise auf Korruption in der Hamburger Polizei. Hochrangige Beamte. Es gibt Beweise für Bestechungsgelder, Offshore-Konten, alles. Aber das Kartell darf nicht erfahren, dass wir sie untersuchen."

Holst nickte langsam, seine Finger trommelten unruhig auf dem Tisch. „Und was erwartest du von mir?"

„Ich brauche deine Hilfe, um diese Konten zu verfolgen. Diskret. Wir müssen herausfinden, wer noch alles in diese Sache verwickelt ist."

Holst zögerte kurz. „Das ist gefährlich, Bernd. Wenn das Kartell herausfindet, dass wir sie im Visier haben..."

Olsen nickte, aber seine Augen verrieten Entschlossenheit. „Ich weiß. Aber wir haben keine Wahl. Sie haben uns zu lange manipuliert. Es ist Zeit, zurückzuschlagen."

Es war Nacht – die Lichter der Stadt schienen blass und fern, fast wie schwache Funken, die gegen die übermächtige Dunkelheit ankämpften. Bernd Olsen saß an seinem Schreibtisch, das schwache Licht einer Schreibtischlampe erleuchtete den Raum gerade genug, um die Unordnung vor ihm sichtbar zu machen. Die Akten, die Berichte, die Banktransaktionen – alles war da, und doch fühlte es sich an, als würde es immer weiter entgleiten.

Der Druck lastete schwer auf ihm, drückte auf seine Schultern, auf seine Gedanken, auf seine Seele. Seit Tagen hatte er kaum geschlafen. Jedes Mal, wenn er die Augen schloss, sah er nur noch Schatten – Gesichter, die er einst vertraut hatte, doch jetzt waren diese Gesichter maskiert, und dahinter lauerten die kalten Augen des Kartells.

„Wem kann ich noch vertrauen?" Der Gedanke fraß sich durch seinen Kopf wie eine nicht enden wollende Spirale.

„Das Kartell ist überall", dachte Olsen und starrte auf die Notizen, die er vor sich ausgebreitet hatte. Es war ein Netz aus Namen, Verbindungen, Zeitpunkten – ein kompliziertes Puzzle, das ihn nur noch weiter in die Verzweiflung trieb. Die Beamten, die unter Verdacht standen, waren gut integriert, sie hatten Macht und Einfluss, und das machte es unmöglich, zu erkennen, wer Freund und wer Feind war.

Sein Blick fiel auf den Namen von Klaus Bergmann. Der Verdacht gegen Bergmann nagte an ihm. Bergmann – wie konnte er ein Verräter sein?

Doch die Beweise waren eindeutig. Die Kontobewegungen, die verschleierten Zahlungen, die versteckten Treffen – sie sprachen eine klare Sprache. Aber war das wirklich die ganze Wahrheit?

Olsen fühlte, wie sich sein Herz zusammenzog. Das Kartell hatte ihn in eine Situation gebracht, in der er nicht einmal seinen engsten Vertrauten trauen konnte. „Es könnte auch nur eine Falle sein", dachte. Vielleicht wollte das Kartell ihn nur in die Irre führen, ihn paranoid machen, bis er alle verdächtigte und niemandem mehr vertraute. Es war eine Taktik, die das Kartell schon oft angewendet hatte – Verunsicherung und Misstrauen säen, bis der Feind sich selbst zerstörte.

„Sie spielen mit uns." Der Gedanke war so klar, so greifbar, dass Olsen ihn fast laut aussprach. Ja, das war es. Das Kartell hatte nicht nur seine Leute in der Polizei platziert – sie hatten das Misstrauen gesät, das die Ermittlungen lähmte. Sie wollten, dass er Fehler machte, dass er anfing, seine eigenen Leute zu hinterfragen, bis er den Überblick verlor.

Es klopfte an der Tür. Olsen zuckte zusammen, sein Körper war angespannt, als wäre er immer auf der Lauer. Er schüttelte den Kopf und versuchte, die Nervosität abzuschütteln. Seit wann war er so nervös? Er ging zur Tür, und als er sie öffnete, stand Maren davor, ein erschöpfter Ausdruck in ihren Augen.

„Du bist immer noch hier", stellte sie fest und trat ein, ohne auf eine Einladung zu warten.

„Was hast du erwartet?" Olsen ließ die Tür ins Schloss fallen und setzte sich wieder an seinen Schreibtisch. „Es gibt zu viel, das noch ungeklärt ist."

Maren setzte sich ihm gegenüber und legte einige neue Akten auf den Tisch. „Wir haben ein weiteres Problem, Bernd. Die Verbindungen des Kartells reichen noch weiter. Es gibt Gerüchte, dass sie nicht nur Polizisten, sondern auch richterliche Entscheidungsträger und Zollbeamte gekauft haben."

Olsen starrte sie einen Moment lang an, ließ die Worte in seinem Kopf nachklingen. Das bedeutete, dass das Kartell nicht nur die Polizei infiltriert hatte, sondern auch juristische und logistische Knotenpunkte in der Stadt kontrollierte. Es war ein umfassendes Netzwerk, das jeden Schritt der Ermittlungen beeinflussen konnte. Jeder Erfolg, den sie in den letzten Wochen erreicht hatten, schien jetzt nur noch eine Illusion zu sein.

„Wenn das stimmt", begann Olsen langsam, „dann haben sie uns komplett in der Hand."

Maren nickte. „Es gibt Hinweise, dass unser letzter Antrag auf eine Razzia im Hafen deshalb abgelehnt wurde. Die Beweise lagen auf dem Tisch, aber der Richter, der den Antrag prüfen sollte, hat ihn ohne Begründung abgelehnt. Ich habe nachgeforscht – er hat seit Jahren Verbindungen zu einer Kanzlei, die mit dem Kartell in Verbindung steht."

Olsen lehnte sich zurück, seine Gedanken überschlugen sich. Richter, Polizisten, Zollbeamte – das Kartell hatte überall seine Finger im Spiel. Jeder Versuch, das Netz zu durchbrechen, führte nur tiefer in die Dunkelheit. „Wie sollen wir dagegen ankämpfen?", fragte er, obwohl er wusste, dass es keine einfache Antwort gab.

„Wir müssen vorsichtig vorgehen", sagte Maren leise, ihre Stimme war kaum mehr als ein Flüstern. „Jeder Schritt könnte beobachtet werden. Jeder falsche Zug, und sie wissen, dass wir ihnen auf die Schliche kommen. Und dann..." Sie brauchte den Satz nicht zu beenden. Sie wussten beide, was das bedeuten würde.

„Ich weiß", antwortete Olsen und rieb sich die Stirn. „Aber wie lange können wir so weitermachen? Wir können nicht ewig im Dunkeln tappen. Irgendwann müssen wir handeln."

Maren sah ihn lange an, bevor sie sprach. „Bist du sicher, dass du bereit bist, die Konsequenzen zu tragen, Bernd? Wenn du das hier aufdeckst, könnte es dein Ende bedeuten. Das Kartell ist gnadenlos. Sie werden dich nicht einfach so ziehen lassen."

Olsen hielt ihrem Blick stand. „Ich habe keine Wahl. Wir können uns nicht zurücklehnen und zusehen, wie sie diese Stadt verschlingen."

Doch tief in seinem Inneren wusste er, dass sie beide sich in einem gefährlichen Spiel befanden. Der Druck lastete schwer auf ihnen, schwerer, als er es jemals erlebt hatte. Jedes Mal, wenn er das Büro verließ, spürte er die unsichtbaren Augen des Kartells auf sich gerichtet. Jeder Schritt, den er machte, könnte beobachtet werden. Jede Entscheidung könnte die letzte sein.

Die Tage vergingen wie in einem Nebel, und der innere Druck auf Olsen wuchs unaufhaltsam. Er begann, sich vor jedem Gespräch, jeder Begegnung zu fürchten. Er ertappte sich dabei, wie er die Motive seiner Kollegen hinterfragte, wie er in jedes Lächeln, in jede Bemerkung einen verborgenen Hinweis auf Verrat suchte. Es war zermürbend, dieses ständige Misstrauen, diese Unsicherheit, die wie eine unsichtbare Schlinge um seinen Hals lag.

Bergmanns Gesicht tauchte immer wieder in seinen Gedanken auf. Was, wenn er wirklich ein Verräter war? Wie hätte er all die Jahre so blind sein können? Oder war es einfach nur eine weitere Finte des Kartells, eine Lüge, um das Team zu zersetzen?

Er fühlte, wie die Spannung in ihm wuchs, wie sich sein Brustkorb verengte, als würde er erdrückt. Es war schwer, einen klaren Gedanken zu fassen.

Der Gedanke, dass das Kartell überall seine Finger im Spiel hatte, machte ihn nahezu wahnsinnig. Es war eine unsichtbare Macht, die aus dem Dunkeln operierte und alle kontrollierte. Sie hatten es geschafft, jeden Schritt zu beeinflussen, und Olsen fühlte sich wie eine Marionette in einem Spiel, das er nicht kontrollieren konnte.

„Wie lange kann ich das durchhalten?" fragte er sich und spürte, wie die Erschöpfung in ihm wuchs.

Loyalität – das war das, worauf er immer gezählt hatte. Doch jetzt war selbst dieses Fundament ins Wanken geraten. Die Menschen, auf die er sich verlassen hatte, waren vielleicht nicht die, die sie vorgaben, zu sein.

Sein Telefon vibrierte. Er zuckte zusammen, griff reflexartig danach. Es war eine Nachricht von Holst.

„Ich habe Neuigkeiten. Treffen wir uns morgen. Vorsicht – die Wände haben Ohren."

Olsens Herz schlug schneller. Holst war einer der wenigen, denen er noch vertraute, doch selbst dieser Glaube begann langsam zu bröckeln. Wer konnte garantieren, dass Holst nicht ebenfalls unter Druck gesetzt oder infiltriert worden war?

Olsen wusste, dass die Zeit knapp wurde. Das Netz des Kartells zog sich immer enger um ihn und sein Team zusammen. Wenn er nicht bald handelte, würde es zu spät sein.

Doch die Gefahr war überall – und er war sich nicht sicher, ob er den richtigen Weg finden würde, um dem Kartell endgültig das Handwerk zu legen.

Der entscheidende Hinweis

Jonas Holst saß tief in seinem Ledersessel zurückgelehnt, den Blick fest auf die glühenden Datenströme auf seinem Monitor gerichtet. Der Raum um ihn herum war still, die Luft schwer vom konzentrierten Denken, doch in seinem Kopf arbeitete es hektisch. Die grünen und blauen Linien auf seinem Bildschirm verschoben sich in einem stetigen Rhythmus – ein Tanz aus Codes, den nur jemand wie er verstehen konnte.

Das Kartell hatte es bis jetzt geschickt geschafft, alle wichtigen Nachrichten durch hochentwickelte Verschlüsselungen zu verbergen. Doch Holst war sich sicher, dass er an diesem Abend endlich einen Durchbruch erzielen würde. Die Nachricht, die er gerade entschlüsselte, war nicht irgendeine – sie war besonders. Die Komplexität ihrer Verschlüsselung verriet ihm, dass etwas Großes bevorstand. Waffen und Drogen, vielleicht sogar noch mehr.

Er setzte sich aufrecht hin, streckte seine Finger und ließ seine Handflächen über die Tastatur gleiten. Die Entschlüsselungssoftware, die er verwendete, war nicht nur irgendein Tool – es war ein maßgeschneidertes Programm, das er im Laufe seiner Karriere entwickelt hatte. Es kombinierte herkömmliche Kryptographie-Techniken mit Algorithmen, die speziell darauf ausgelegt waren, die Verbindungspunkte in verschlüsselten Nachrichten zu erkennen.

Holst konnte förmlich spüren, wie das Kartell sich darauf verlassen hatte, dass niemand diese Art von Kommunikation knacken konnte. Ihre Methoden waren militärisch – die Art von Sicherheit, die normalerweise bei geheimdienstlichen Operationen verwendet wurde. Doch sie hatten nicht mit ihm gerechnet.

„Kommt schon...", murmelte Holst, während seine Augen den Bildschirm fixierten.

Die verschlüsselte Nachricht bestand aus verschiedenen Schichten von Verschlüsselungsebenen, die übereinandergestapelt waren – jede Ebene eine zusätzliche Hürde, die Holst überwinden musste. Die erste Schicht bestand aus einer traditionellen AES-256-Verschlüsselung – ein Standard, der von Regierungen und Großkonzernen verwendet wurde. Doch diese hatte Holst bereits durchbrochen.

Das Problem war die zweite Schicht: eine polymorphe Verschlüsselung, die ihre Muster ständig änderte und jede Analyse erschwerte. Polymorphe Verschlüsselungen passten ihre Algorithmen dynamisch an, was es extrem schwer machte, sie zu knacken. Sie waren so gestaltet, dass sie jedes Mal, wenn eine Nachricht übermittelt wurde, anders aussahen – und damit jede automatische Entschlüsselungssoftware in die Irre führten.

Holst hatte sein eigenes Programm geschrieben, um diese Art von Verschlüsselung zu durchbrechen. Es analysierte bestimmte Muster, erkannte Anomalien in den Datenströmen und baute daraus Wiederholungen und Sequenzen nach. Ein langwieriger Prozess, doch Holst war geduldig. Er wusste, dass der Schlüssel darin lag, diese Bruchstücke von Informationen zu identifizieren und sie zu einem vollständigen Bild zusammenzusetzen.

Ein Piepton durchbrach die Stille – das Signal, dass die erste entscheidende Phase der Entschlüsselung abgeschlossen war.

„Endlich", murmelte er und setzte sich wieder aufrecht hin. Auf dem Bildschirm erschienen die ersten lesbaren Fragmente:

"Lieferung... Hafen... Z-23"

Holst zoomte hinein, konzentrierte sich auf jedes Zeichen. Er wusste, dass er auf der richtigen Spur war. Die Koordinaten und Codenamen waren eindeutig – Operation im Hamburger Hafen.

Doch es gab noch eine letzte Hürde. Die Nachricht war noch nicht vollständig entschlüsselt. Eine weitere Schicht der Verschlüsselung lag vor ihm – diesmal eine rotierende Key-Verschlüsselung, bei der der Schlüssel alle paar Sekunden wechselte. Es war die ultimative Sicherheit des Kartells, um sicherzustellen, dass niemand ihre Nachrichten abfangen konnte. Die Nachricht war nur für eine kurze Zeitspanne lesbar, bevor sie wieder in einen unentzifferbaren Code verfiel.

„Das ist... anspruchsvoll", dachte Holst, während er sich auf den letzten Schritt konzentrierte. Rotierende Verschlüsselungen waren selten. Sie setzten auf einen Schlüssel, der in Echtzeit immer wieder neu generiert wurde, was bedeutete, dass jede Nachricht nur für den vorgesehenen Empfänger lesbar war – und nur für einen kurzen Moment.

Doch Holst wusste, wie man mit diesen Hürden umging. Er begann eine Brute-Force-Attacke, die die rotierenden Schlüssel durch schnelle, aufeinanderfolgende Berechnungen entschlüsselte. Es war eine rechenintensive Methode, aber wenn sie funktionierte, würde er die letzten wichtigen Details der Nachricht entschlüsseln.

Er biss die Zähne zusammen, die Sekunden verstrichen unerbittlich. „Komm schon...", flüsterte er. Er musste schneller sein als der rotierende Schlüssel, musste die Entschlüsselung beenden, bevor die Nachricht sich selbst verschlüsselte.

Dann blitzte der Bildschirm erneut auf. Der Code löste sich auf, die letzte Barriere war durchbrochen.

„Lieferung an Docks 17-19. 23:30 Uhr. Waffen und Drogen. Sichere Übergabe."

Holst starrte auf den Bildschirm, während die Realität des Ganzen auf ihn einsickerte. Das Kartell plante eine massive Waffen- und Drogenlieferung im Hamburger Hafen. Docks 17 bis 19 – es waren zentrale Umschlagspunkte, die normalerweise für Container mit legaler Fracht genutzt wurden. Wenn das Kartell dort zuschlagen wollte, dann war dies nicht nur eine kleine Lieferung. Es musste eine Operation sein, die Hunderte von Millionen Euro wert war.

Holst konnte spüren, wie sich sein Magen verkrampfte. Der Druck war spürbar. Dies war kein gewöhnlicher Drogenhandel. Es ging um etwas Größeres, eine Lieferung, die Europa destabilisieren könnte, wenn sie durchging. Waffen, die für den Schwarzmarkt bestimmt waren, Drogen, die in die Straßen von Hamburg und auch weiter nach Europa fließen würden.

Er atmete schwer durch und griff nach seinem Telefon. Olsen musste sofort informiert werden.

„Bernd, ich habe sie", sagte er mit fester Stimme, sobald Olsen am anderen Ende der Leitung war. „Sie haben eine große Lieferung geplant. Docks 17 bis 19, Hamburger Hafen. Drogen und Waffen – 23:30 Uhr, heute Nacht."

Es folgte eine kurze Pause, dann sprach Olsen. „Gut. Wir stellen ihnen eine Falle. Das könnte unser entscheidender Schlag sein."

Nachdem er aufgelegt hatte, starrte Holst einen Moment auf den leeren Bildschirm. Seine Finger zitterten leicht, als er sich von der Anspannung löste. Der Gedanke, dass das Kartell eine solche Operation mitten in Hamburg plante, war erschreckend. Es war die Art von Operation, die Staaten ins Wanken bringen konnte – wenn sie Erfolg hatte.

Wenn sie herausfanden, dass er ihre Kommunikation entschlüsselt hatte, würde er der Nächste auf ihrer Liste sein. Er war bereits knapp einem Attentat entkommen, und das Kartell war nicht dafür bekannt, aufzugeben. Sie würden kommen.

Holst fühlte die feine Linie, auf der er balancierte. Der Erfolg der Operation hing von ihrer Geheimhaltung ab, aber ebenso von seiner Fähigkeit, den nächsten Zug des Kartells vorherzusehen. Diese Leute waren brutal, skrupellos, und sie wussten, dass jede ihrer Aktionen Leben kosten konnte – einschließlich seines eigenen.

Er ließ die Augen über den Bildschirm schweifen, wo die entschlüsselte Nachricht immer noch leuchtete, und dachte daran, wie nah er der Gefahr war. Er konnte das Flüstern der Gewalt spüren, die das Kartell in die Stadt bringen würde, wenn diese Lieferung durchging. Es war eine tickende Zeitbombe, und er war jetzt einer der wenigen, die sie entschärfen konnten.

„Es geht um alles", dachte Holst und schaltete den Bildschirm aus. Der nächste Schritt würde entscheidend sein. Doch er wusste eines mit absoluter Sicherheit: Das Kartell würde nicht kampflos untergehen.

Die Uhr tickte. Die Minuten vergingen unbarmherzig, während Bernd Olsen und sein Team fieberhaft die letzten Details ihrer Falle zusammenfügten. In wenigen Stunden würde das Kartell im Hafen seine größte Waffen- und Drogenlieferung abwickeln – wenn Olsen sie nicht vorher erwischte.

„Das hier ist unsere Chance, sie zu Fall zu bringen", sagte Olsen fest und ließ den Blick über seine versammelten Kollegen gleiten. Sie waren in einem fensterlosen Besprechungsraum im Hauptquartier des LKA. Der Raum war stickig, die Luft schwer vor Anspannung, und die Gesichter um den Tisch herum wirkten müde, aber entschlossen.

Die Augen aller ruhten auf der Karte des Hafengebiets, die auf dem großen Bildschirm vor ihnen leuchtete. Die markierten Docks – 17 bis 19 – waren die zentralen Punkte der bevorstehenden Operation. Die Nachricht, die Holst entschlüsselt hatte, war eindeutig: Das Kartell plante, um 23:30 Uhr mit einer großen Lieferung von Drogen und Waffen anzukommen. Alles musste perfekt aufeinander abgestimmt sein, denn wenn auch nur ein Detail schiefging, würde das Kartell entkommen.

Olsen atmete tief durch. „Wir haben nur eine Chance. Wenn sie merken, dass wir sie beobachten, verschwinden sie im Chaos des Hafens. Und dann sind sie für immer weg."

Olsen wandte sich zu Maren Starke und Jonas Holst, die ihm gegenübersaßen, beide blass und angespannt. Maren hatte die Übersicht über die Einheiten des SEK und der Zollfahndung, die für die Operation bereitstanden. Holst hatte bereits alles auf digitaler Ebene überwacht, aber nun lag die Verantwortung für die Falle in ihren Händen.

„Die Docks sind riesig", begann Maren und deutete mit einem Laserpointer auf die farblich markierten Bereiche. „Es gibt vier Haupteingänge, die wir abriegeln müssen. Der Zugang für den Schwerlastverkehr befindet sich hier", sie zeigte auf eine Stelle am Rand der Karte, „und die anderen drei Tore sind für kleinere Lieferfahrzeuge. Wenn wir die Hauptzugänge blockieren, haben sie keine Fluchtmöglichkeit."

Olsen nickte. Es klang logisch, aber sie mussten schnell sein. Das Kartell hatte Profis, die keine Sekunde zögern würden, zuzuschlagen oder zu fliehen, wenn sie Verdacht schöpften. Er überlegte einen Moment und richtete sich dann an Holst.

„Wie sieht es mit der Überwachung aus?", fragte er. „Können wir sicherstellen, dass wir ihre Kommunikation weiterhin abfangen?"

Holst nickte, seine Augen auf den Bildschirm gerichtet, wo die Datenströme des Kartells immer noch über die Monitore flossen. „Ich habe Zugriff auf ihre Kanäle", erklärte er. „Wir werden ihre Bewegungen genau beobachten, aber sie werden wahrscheinlich ihre Kommunikation verstärken, sobald sie den Hafen erreichen. Wir müssen in Echtzeit reagieren."

Olsen nickte langsam. „Wir müssen das SEK in zwei Teams aufteilen", sagte er und blickte zu Maren, die die operativen Einheiten koordinierte. „Ein Team deckt die Eingänge, das andere postiert sich näher an den Docks selbst. Wenn sie die Container entladen, schlagen wir zu."

Maren notierte die Anweisungen. „Das erste Team nimmt die Hauptzugänge, wie du gesagt hast. Wir stationieren Scharfschützen auf den Dächern der Lagerhallen, um die Fluchtwege zu blockieren. Sobald sie versuchen, die Docks zu verlassen, werden wir sie festnageln."

„Was ist mit der See?" fragte Hartmann, einer der erfahrensten SEK-Beamten im Raum. „Wenn das Kartell ein Boot oder ein Schnellboot bereithält, könnten sie durch den Hafen entkommen. Wir brauchen auch eine Seesperre."

Olsen nickte. „Guter Punkt. Nimm umgehend Kontakt zur Küstenwache auf. Sie sollen die südlichen Zugänge überwachen. Wir können es uns nicht leisten, dass sie über das Wasser entkommen. Keine Lücke – wir blockieren alles."

Der Raum füllte sich mit angespannter Stille, als sie die letzten Details der Operation durchgingen. Jeder wusste, dass dies der Moment war, auf den sie seit Wochen hingearbeitet hatten. Sie mussten das Kartell treffen, bevor es sich weiter ausbreitete. Der Hamburger Hafen war der Schlüssel – wenn sie hier zuschlugen, würde das Kartell eine empfindliche Niederlage einstecken. Doch die Risiken waren groß. Das Kartell hatte eine brutale Art, sich zu verteidigen, und sie hatten alles zu verlieren.

Olsen stützte die Hände auf den Tisch und ließ seinen Blick durch den Raum wandern. „Ich muss euch alle daran erinnern", sagte er mit harter Stimme. „Wir haben es nicht mit gewöhnlichen Verbrechern zu tun. Das Kartell ist bekannt für seine extreme Brutalität. Wenn sie merken, dass wir sie festnageln wollen, werden sie bis zum letzten Blutstropfen kämpfen. Das sind keine Leute, die sich einfach ergeben."

„Das bedeutet", fuhr er fort, „dass wir extrem präzise vorgehen müssen. Kein Risiko, keine Fehler. Jeder muss genau wissen, was er zu tun hat. Vermeidet unnötige Konfrontationen – aber wenn es zum Kampf kommt, seid bereit."

Die Worte hingen schwer in der Luft, und Olsen konnte sehen, wie das Gewicht seiner Anweisungen auf das Team drückte. Maren, die normalerweise selbst in den härtesten Situationen ruhig blieb, wirkte angespannt, als sie die Sicherheitsvorkehrungen durchging. Jonas, der analytische Denker, hatte die Augen fest auf den Bildschirm gerichtet, doch Olsen wusste, dass auch er das Risiko kannte. Wenn sie versagten, könnten sie selbst zum Ziel werden.

Während sie die Details besprachen, konnte Olsen nicht umhin, an die bevorstehenden Stunden zu denken. Die Nachricht, die Holst entschlüsselt hatte, war eindeutig. Doch die Realität war oft unvorhersehbar. Der Plan, den sie ausarbeiteten, war durchdacht, aber nichts war sicher. Was, wenn das Kartell bereits wusste, dass sie abgehört wurden? Was, wenn sie eine alternative Route wählten? Was, wenn die Korruption in den eigenen Reihen so tief ging, dass jemand das Kartell warnen würde?

Olsen fühlte das vertraute Ziehen in seiner Magengrube. Es war die Mischung aus Adrenalin und Zweifel, die ihn in jeder heiklen Operation begleitete. Diese Falle war ihre einzige Chance, das Kartell empfindlich zu treffen – vielleicht sogar zu zerschlagen. Aber wenn sie scheiterten, würden die Konsequenzen verheerend sein.

„Es könnte alles schiefgehen", dachte er und rieb sich die Stirn. Doch er wusste, dass es keine Alternative gab. Sie mussten handeln.

„Wir haben alle Zugänge abgedeckt", sagte Maren und zeigte noch einmal auf die Karte des Hafens. „Die SEK-Einheiten werden rechtzeitig an Ort und Stelle sein. Die Zollbehörde hat uns zusätzliche Unterstützung zugesagt. Es wird eng, aber es sollte reichen."

Olsen nickte. „Gut. Wir gehen heute Nacht rein. Und denkt daran – dies hier ist keine Übung. Es gibt keinen Plan B. Wenn wir sie nicht erwischen, verschwinden sie. Wir müssen alles richtig machen."

Er sah sich noch einmal um, nahm die Anspannung in den Gesichtern seiner Kollegen wahr. Jeder von ihnen verstand, was auf dem Spiel stand. Das Kartell war bereit, Millionen in den europäischen Markt zu pumpen – Drogen, Waffen, Gewalt. Hamburg war der zentrale Knotenpunkt, und wenn sie diese Stadt fest im Griff hatten, würde es schwer sein, sie jemals wieder zu vertreiben.

Olsen griff nach seiner Jacke und stand auf. „Wir treffen uns um 22 Uhr am Hafen. Bis dahin bereitet alles vor."

Als die Teammitglieder den Raum verließen, blieb Maren noch einen Moment zurück. Sie sah Olsen an, als wollte sie etwas sagen, doch dann schüttelte sie nur den Kopf. „Pass auf dich auf, Bernd", murmelte sie und verließ den Raum.

Die Nacht lag über Hamburg, und die Stadt war in eine unheimliche Stille gehüllt. Bernd Olsen saß allein in seinem Büro, die Augen fest auf den Bildschirm gerichtet, während die letzten Vorbereitungen für die Operation im Hafen abgeschlossen wurden. Doch während er den Monitor betrachtete, der die strategischen Pläne zeigte, war Olsens Verstand längst abgelenkt. Ein nagendes Gefühl der Angst und des Unbehagens kroch in ihm hoch – ein Gefühl, das er seit Jahren nicht mehr in dieser Intensität gespürt hatte.

Dieses Gefühl stellte sich ein, als er vor einer Stunde die Nachricht erhalten hatte. Eine Nachricht, die ihm das Blut in den Adern gefrieren ließ.

Sein Handy lag stumm auf dem Schreibtisch, das Display noch dunkel, doch die Worte der anonymen Nachricht hallten in seinem Kopf wider:

„Du denkst, du kannst uns aufhalten? Du hast schon einmal versucht, deine Tochter in Sicherheit zu bringen, aber wir wissen, wo sie ist. Wenn du weitermachst, ist sie definitiv das nächste Ziel. Du hast die Wahl, Bernd. Hör auf, oder sie wird bezahlen."

Die Kälte, die diese Worte mit sich brachten, ließ Olsens Hände leicht zittern. Er hatte Drohungen erhalten – unzählige Male. Doch diesmal war es anders. Das Kartell wusste genau, wo es ihn treffen konnte. Sie wussten, dass seine Tochter Eva und ihre Familie bereits ein Ziel gewesen waren, bevor sie durch ein Polizeiteam in Sicherheit gebracht worden waren. Doch nun machten sie ihm klar: Niemand ist wirklich sicher. Nicht Eva. Nicht ihr Mann. Nicht seine Enkel.

Olsen atmete tief ein, versuchte, seine Gedanken zu sammeln. Der Druck, der auf ihm lastete, wuchs mit jeder Minute. Er hatte das Kartell in die Ecke gedrängt, und sie schlugen nun mit allen Mitteln zurück. Sie hatten erkannt, dass sie Olsen nicht durch einfache Bedrohungen oder Einschüchterung stoppen konnten. Nein, sie wussten, dass sie ihn auf einer tieferen Ebene treffen mussten – seiner Familie. Das Kartell war berüchtigt für seine Brutalität und seine Fähigkeit, persönliche Schwachstellen gnadenlos auszunutzen.

„Verdammte Schweine", flüsterte Olsen und starrte auf sein Handy. Die Drohung war nicht nur eine leere Phrase. Sie war ein Versprechen. Wenn er weitermachte, würden sie kommen. Und diesmal würde ihr Vorhaben nicht scheitern.

Die Gedanken rasten durch seinen Kopf. Eva und ihre Familie waren in einem sicheren Versteck, das war klar. Die Polizei hatte jede Maßnahme ergriffen, um sie vor den Augen des Kartells zu schützen. Doch konnte man jemals wirklich sicher sein? Das Kartell war nicht irgendeine Gang. Sie hatten Ressourcen, die weit über das hinausgingen, was Olsen bisher erlebt hatte. Sie konnten Menschen infiltrieren, Netzwerke lahmlegen, Informationen kaufen.

Er erinnerte sich an die Berichte, die er über das Kartell gelesen hatte. In Lateinamerika hatten sie ganze Städte unter Kontrolle gebracht. Sie hatten Familien brutal hingerichtet, wenn ihre Feinde nicht gehorchten. Männer, Frauen, Kinder – sie machten keinen Unterschied. Sie hinterließen eine Spur aus Blut, die nur einen einzigen Zweck hatte: Angst.

„Wenn sie Eva finden...", dachte Olsen und fühlte, wie ihm das Herz schwer wurde. Er hatte seine Tochter schon einmal in Gefahr gesehen, und es hatte ihn fast umgebracht. Das konnte nicht noch einmal passieren.

Das Handy vibrierte erneut auf dem Schreibtisch. Olsen griff zögernd danach, seine Finger schlossen sich um das Gerät, als ob es glühend heiß wäre. Er wusste, dass es wieder eine Nachricht des Kartells sein würde – sie ließen ihn nicht los. Ihr Spiel war es, die Angst in ihm zu schüren, ihn aus dem Gleichgewicht zu bringen, genau jetzt, wo er am verwundbarsten war.

Er entsperrte das Display und las die neue Nachricht:

„Das ist deine letzte Warnung. Denk an Eva. Denk an ihre Kinder. Du hast Zeit bis Mitternacht."

Olsen spürte, wie sich ein Kloß in seinem Hals bildete. Der Druck auf seine Brust wurde erdrückend, als wäre die Luft um ihn herum dicker geworden. Sie wussten von Eva. Sie wussten von seiner Familie. Und sie gaben ihm ein Ultimatum. Wenn er weitermachte – wenn er die Falle im Hafen zuschnappen ließ – würden sie zuschlagen. Und diesmal würden sie seine Tochter nicht nur bedrohen.

„Mitternacht...", flüsterte er und starrte auf die Uhr. Es war 22:15 Uhr. Noch knapp zwei Stunden. Zwei Stunden, um eine Entscheidung zu treffen, die sein Leben und das Leben seiner Familie für immer verändern würde.

Er stand auf und trat ans Fenster, starrte hinaus in die dunklen Straßen von Hamburg.

Der Regen war verstummt, und die Stadt lag still unter dem düsteren, grauen Himmel. Doch in ihm tobte ein Sturm. Er wusste, was auf dem Spiel stand. Er wusste, dass das Kartell nicht bluffte. Doch konnte er einfach aufgeben? Die Operation, die er mit seinem Team geplant hatte, war die beste Chance, das Kartell zu treffen, seit sie nach Europa gekommen waren. Sie hatten alle Vorbereitungen getroffen, sie waren bereit. Aber war es das wert, wenn seine Familie in Gefahr war?

Olsen schloss die Augen. In seinem Kopf spielten sich Szenen ab – Bilder von Eva, wie sie als kleines Mädchen neben ihm herlief, ihr Lächeln, ihre Unschuld. Er erinnerte sich daran, wie sie aufgewachsen war, wie stolz er auf sie gewesen war, als sie selbst eine Familie gegründet hatte. Und nun war sie in Gefahr – wegen ihm.

Er wusste, dass er mit dem Feuer gespielt hatte, als er den Krieg gegen das Kartell eröffnet hatte. Doch jetzt hatte das Kartell den Spieß umgedreht. Sie griffen ihn an, wo es am meisten schmerzte. Er ging im Raum auf und ab, fühlte, wie die Sekunden verstrichen, jede ein Schlag gegen seine Entschlossenheit. Sollte er alles hinwerfen? Sollte er die Falle absagen? Seine Kollegen würden es nicht verstehen, aber sie kannten auch nicht die Brutalität, mit der das Kartell vorgehen würde, um ihm eine Lektion zu erteilen.

Olsen starrte auf das Bild seiner Tochter, das auf dem Display seines Handys leuchtete. Der Park, der normalerweise so friedlich wirkte, verwandelte sich vor seinem inneren Auge in einen Ort des Schreckens. Sie waren dort, ganz in der Nähe, haben sie beobachtet. Eva, sein kleines Mädchen, jetzt eine erwachsene Frau, eine Mutter – sie war in den Fokus des Kartells geraten, und das alles nur wegen ihm.

Was sollte er tun?

Er fühlte, wie sich sein Brustkorb zusammenzog, das Atmen in seinen Lungen schwerer wurde. Es gab keinen einfachen Ausweg.

Er hatte sein Leben lang Entscheidungen unter Druck getroffen, riskante Operationen geplant und durchgeführt, doch nichts, was er jemals erlebt hatte, bereitete ihn auf diese Situation vor.

„Wenn ich die Falle zuschnappen lasse...", dachte er, während er das Bild weiter betrachtete, „wird das Kartell zuschlagen. Sie haben sie gefunden, sie werden es durchziehen."

Der Gedanke daran, seine Tochter zu verlieren, schmerzte mehr als alles, was er jemals erlebt hatte. Doch der Druck wuchs weiter, und das Dröhnen in seinem Kopf wurde lauter. Er dachte an die unzähligen Familien, die durch das Kartell zerstört wurden – nicht nur in Lateinamerika, sondern jetzt auch in Europa. Die Drogen, die sie durch den Hamburger Hafen schmuggelten, würden Tausende Leben zerstören. Die Waffen würden in die Hände skrupelloser Krimineller fallen. Es wäre ein Teufelskreis aus Gewalt und Tod, der niemals enden würde.

„Wenn ich aufhöre, gewinnen sie", flüsterte er sich selbst zu, seine Stimme heiser und gebrochen.

Er hatte bereits so viel geopfert, um das Kartell zu bekämpfen, hatte Freunde und Kollegen verloren, und jetzt sollte er einfach aufgeben? Der Gedanke war unerträglich. Doch konnte er wirklich das Leben seiner Tochter für den Erfolg der Operation riskieren? Jede Option fühlte sich an, als würde sie ihn zermalmen. Die Sekunden tickten erbarmungslos weiter, und die Dunkelheit in seinem Inneren wuchs. Es war nicht nur eine Entscheidung über das Schicksal der Stadt, sondern über sein eigenes Leben – seine Familie.

Was würde Eva denken, wenn sie wüsste, dass er ihr Leben riskierte, um dieses Kartell zu stoppen?

Er schloss die Augen. Bilder aus seiner Vergangenheit stiegen auf – Szenen, die ihn daran erinnerten, warum er überhaupt Polizist geworden war. Seine Eltern waren bei einem Autounfall gestorben, weil ein betrunkener Fahrer unter dem Einfluss von Drogen stand. Dieser Moment hatte sein Leben verändert, ihn auf den Weg der Gerechtigkeit geführt. Er konnte nicht zulassen, dass das Kartell seine Stadt zerstörte, doch diese Last war zu groß für einen einzelnen Menschen.

Ein leises Summen riss ihn aus seinen Gedanken. Noch eine Nachricht. Diesmal kein Text – nur ein Video.

Mit zitternden Händen öffnete Olsen das Video und sah, wie ein Mann mit einem Handy durch einen Wald zoomte. Seine Sicht blieb auf einem unscheinbaren Haus hängen – Evas Versteck. Sie hatten es gefunden.

Er konnte die kalte Stimme des Mannes hören, der das Video aufnahm: „Das ist deine letzte Warnung, Bernd. Du weißt, was zu tun ist."

Olsen stockte der Atem. Das war kein Bluff mehr. Sie hatten das sichere Versteck seiner Tochter ausfindig gemacht, und sie ließen keinen Zweifel daran, dass sie bereit waren, zu handeln. Der Mann, der das Video aufnahm, hatte keinen Hauch von Eile oder Unsicherheit in seiner Stimme. Es war die Ruhe eines Jägers, der sein Ziel bereits ins Visier genommen hatte und nur darauf wartete, den Abzug zu drücken.

Er war wie gelähmt, starrte auf das Display, während die Sekunden wie Stunden vergingen. Was hatte er angerichtet? Er war fest entschlossen, das Kartell zu Fall zu bringen, doch jetzt stand seine Familie am Abgrund. „Es ist mein Fehler", dachte er. „Ich habe sie in diese Situation gebracht." Sein Kopf schien zu explodieren vor Schmerz und Zweifel.

Doch dann, ganz leise, regte sich ein anderer Gedanke in ihm. Konnte er wirklich nachgeben? Konnte er zulassen, dass dieses Kartell ihn erpresste, ihn in die Knie zwang? Wenn er jetzt aufgab, würde das Kartell nie aufhören. Es würde weiterwachsen, unaufhaltsam, bis die Stadt selbst zu einem der Brutstätten der Gewalt wurde, wie er es in Berichten über Cali oder Medellín gelesen hatte.

„Aber Eva...", murmelte er und fühlte, wie der Schmerz in ihm zu einem unerträglichen Druck wurde.

Er war Polizist, ja, aber er war auch Vater. Das konnte niemand von ihm trennen. Er konnte es mit sich selbst nicht mehr vereinbaren, wenn er darüber nachdachte, dass er das Leben seiner Tochter leichtsinnig riskierte. Und dennoch... Das Böse, das er bekämpfte, würde nicht aufhören. Es würde immer weiter gehen. Heute war es seine Familie, morgen eine andere. Jeder Sieg, den das Kartell feierte, würde nur mehr Blut fordern.

„Ich bin verantwortlich", dachte er. „Für Eva, für Hamburg, für all das."

Langsam schloss er die Augen und lehnte den Kopf gegen die kühle Wand hinter ihm. Die Entscheidung lag bei ihm, und sie zerriss ihn in zwei Hälften. Das Schicksal der Stadt oder das Leben seiner Tochter – welche Wahl war die richtige?

Die Uhr tickte weiter, unaufhaltsam, jede Sekunde ein weiterer Schritt in Richtung Mitternacht. Zwei Stunden – in zwei Stunden würde die Falle zuschnappen oder er würde sie absagen. Das Kartell hatte ihm die Wahl gegeben, aber es fühlte sich an, als hätte er keine.

Er atmete tief ein, sammelte seine Gedanken, während das Dröhnen in seinem Kopf lauter wurde. Was sollte er tun? Die Antwort lag vor ihm, doch es fühlte sich an, als könnte er sie noch nicht greifen.

Egal, was er wählte, er würde einen Preis zahlen – einen, den er nie hatte zahlen wollen.

„Verdammte Entscheidung", flüsterte er, während seine Augen erneut auf das Bild seiner Tochter fielen.

Gegen die Uhr

Die Nacht über dem Hamburger Hafen war stockdunkel, unterbrochen nur von den fahlen Lichtern der Hafenkräne, die wie monströse Wächter über den unzähligen Containern thronten. Der kalte Wind trieb Wellen gegen die Ufer, während die Falle sich langsam zuzog. Olsen stand am Rand des Docks, sein Blick wanderte über das gewaltige Labyrinth aus Lagern und Frachtcontainern, die sich in endlosen Reihen aneinanderreihten. Es war still, doch die Spannung in der Luft war fast greifbar.

Er griff nach seinem Funkgerät und drückte den Knopf. „Alle Einheiten bereit?" Seine Stimme klang ruhig, aber das Dröhnen in seinem Kopf ließ keinen Raum für Fehler. Dies war der Moment.

„SEK-Teams in Position", kam die Antwort von Maren Starke, die die Eingänge zum Hafengebiet koordinierte. Ihre Stimme war gefasst, aber Olsen kannte sie gut genug, um die feine Schicht aus Anspannung zu hören.

„Überwachung aktiv", meldete sich Holst über eine weitere Frequenz. „Ich habe ein Auge auf die digitalen Kommunikationskanäle des Kartells. Es ist ruhig... fast zu ruhig."

„Das gefällt mir nicht", murmelte Olsen und ließ den Blick wieder über die Docks schweifen. Es war zu ruhig. Der geplante Schlag gegen das Kartell war minutiös vorbereitet. Ihre Informationen waren präzise, die Lage war klar: Docks 17 bis 19, eine geplante Lieferung von Drogen und Waffen, die alles bisher Dagewesene in den Schatten stellte. Doch jetzt – kurz bevor der entscheidende Moment gekommen war – lag etwas Bedrohliches in der Luft, etwas, das ihn beunruhigte.

„Bleibt wachsam", befahl er durch das Funkgerät. „Sobald sie versuchen, die Container zu öffnen, greifen wir zu."

Die Sekunden verstrichen unerbittlich. Olsen konnte die Zeit fast fühlen, wie sie sich gegen sie wandte. Die letzten Minuten bis 23:30 Uhr, der Uhrzeit, zu der die Lieferung planmäßig an den Docks abgewickelt werden sollte, krochen dahin, und das Team war in höchster Alarmbereitschaft. Doch je näher der Zeitpunkt rückte, desto stärker wurde das Gefühl in Olsens Magen – ein Gefühl, das ihm sagte, dass etwas nicht stimmte.

Er wandte sich zu Maren, die neben ihm stand, ihre Hand an der Waffe, ihre Augen auf die Containerreihen gerichtet. „Es ist still. Zu still", sagte sie leise.

„Ich weiß", antwortete Olsen. „Aber wir müssen warten."

Dann, plötzlich, hörten sie es. Motorengeräusche in der Ferne. Ein tiefes, mechanisches Brummen, das von mehreren Lastwagen stammte. Die Fahrzeuge näherten sich langsam den Docks, die Scheinwerfer durchbrachen die Dunkelheit und warfen lange Schatten über den Asphalt.

„Da kommen sie", flüsterte Olsen und spürte, wie sein Puls sich beschleunigte.

Maren griff sofort zum Funkgerät. „Alle Einheiten, Position halten. Ziel ist in Sicht."

Die ersten Lastwagen hielten direkt vor den Docks 17 und 19. Männer stiegen aus, schwer bewaffnet und wachsam. Sie begannen sofort damit, die Container zu öffnen und die Fracht zu sichern. Es waren schnelle, geübte Bewegungen, die darauf hinwiesen, dass dies nicht ihre erste Lieferung war. Olsen erkannte einige der Männer. Kolumbianische Söldner – Spezialisten des Kartells, die nichts dem Zufall überließen.

„Das ist es", sagte Olsen mit zusammengebissenen Zähnen. „Bereitmachen zum Zugriff."

Doch noch bevor Olsen den Befehl zum Zugriff geben konnte, hörte er einen weiteren, weit entfernten Lärm. Es war ein lautes Donnern, ein Geräusch, das von der anderen Seite der

Docks zu kommen schien. Er hielt inne, sein Finger schwebte über dem Funkgerät.

„Was zum Teufel...", begann Maren, doch sie kam nicht dazu, den Satz zu beenden.

Plötzlich schoss aus dem Dunkel ein heller Lichtstrahl in den Himmel. Eine Explosion, weit genug entfernt, um das Team nicht zu gefährden, aber nah genug, um sie aus dem Konzept zu bringen. Der Knall hallte über den Hafen, und in Sekundenschnelle war die gesamte Operation in Gefahr. Die Männer des Kartells hatten das Geräusch ebenfalls gehört. Es war ein Signal. Sofort wurde es hektisch.

„Verflucht!", zischte Olsen und griff zum Funkgerät. „Zugriff abbrechen! Alle Einheiten, in Deckung gehen!"

Er wusste, dass sie mit der Explosion in eine Falle getappt waren. Die Männer des Kartells waren alarmiert, und ihre Bewegungen wurden schneller, aggressiver. Zwei der bewaffneten Männer begannen, Maschinenpistolen aus einem der Lastwagen zu holen, während ein anderer hektisch in ein Funkgerät sprach. Das Kartell wusste nun, dass die Polizei in der Nähe war – und sie würden sich nicht kampflos ergeben.

„Was passiert da?", rief Holst über den Funk. „Ich sehe massive Kommunikationsaktivität – sie mobilisieren!"

„Sie haben uns in eine Falle gelockt", fluchte Olsen. „Das Kartell war einen Schritt voraus."

In dem Moment öffneten sich die Türen eines der Container vollständig, und Männer begannen, Kisten voller Waffen herauszuziehen. Es war keine gewöhnliche Lieferung. Die Waffen sahen aus wie moderne Sturmgewehre, und Olsen wusste sofort, dass diese Fracht nicht nur für den Drogenhandel bestimmt war.

Sie wollten Hamburg zu einem Kriegsschauplatz machen.

„Verstärkung anfordern!", brüllte er ins Funkgerät.

Die Nacht zerbarst in einem Meer aus Kugelhagel und chaotischen Bewegungen. Der erste Schuss, abgefeuert von einem der Männer des Kartells, war wie der Auftakt eines brutalen, nicht enden wollenden Konzerts der Gewalt. Die Kugeln prallten mit metallischem Kreischen gegen die Containerwände, Funken stoben auf, als das Blei das Metall durchschlug.

Olsen und sein Team waren gezwungen, sich sofort in Deckung zu werfen. „Verdammt!", fluchte Olsen laut, während er sich hinter einen Container duckte, das Gewehr eng an die Brust gepresst. Schüsse pfiffen über seinen Kopf hinweg, und er spürte, wie sein Herz gegen seine Rippen trommelte. Sein Atem war schnell und flach, Adrenalin pumpte durch seine Adern.

„Zugriff abbrechen!", schrie er erneut ins Funkgerät, seine Stimme schneidend gegen den ohrenbetäubenden Lärm. „Wir ziehen uns zurück!"

Maren Starke, die direkt neben ihm in Deckung ging, drehte den Kopf zu ihm.

„Sie haben uns von Anfang an erwartet, Bernd!", rief sie, ihre Stimme überschlug sich fast vor Anspannung. Sie hielt ihre Waffe in Anschlag und beobachtete die Umgebung aufmerksam, während die Männer des Kartells unbarmherzig das Feuer auf sie konzentrierten.

„Ich weiß", zischte Olsen zurück, sein Blick wandte sich kurz in ihre Richtung. „Das hier ist kein Zufall – jemand hat uns verraten."

„Holst!", brüllte er ins Funkgerät, während er sich weiter in die Deckung drückte. „Gib mir eine Übersicht! Wie sieht die Lage aus? Wo stecken die restlichen Einheiten?"

Jonas Holst' Stimme kratzte über die Funkverbindung, die von statischem Rauschen und dem chaotischen

Hintergrundgeräusch des Angriffs überlagert wurde. „Sie haben euch eingekesselt, Bernd!", rief er. „Ich sehe mindestens drei weitere Fahrzeuge in Bewegung – sie mobilisieren Verstärkung. Sie haben schwere Bewaffnung!"

Ein Knallen durchbrach die Luft. Eine weitere Granate explodierte in der Nähe, ihre Druckwelle ließ den Boden unter Olsens Füßen vibrieren. Er konnte spüren, wie die Bedrohung immer näher rückte, wie das Netz, das sie über das Kartell hatten spannen wollen, nun plötzlich über ihnen zusammenzuziehen schien.

„Was zur Hölle...?", murmelte Olsen leise, als er sich einen kurzen Blick über die Deckung hinauswagte. Die Männer des Kartells schienen fast wie Schatten über die Docks zu huschen, blitzschnell und tödlich. Sie waren organisiert – sie wussten genau, was sie taten.

Ein SEK-Beamter, der einige Meter von Olsen entfernt in Deckung war, hob den Kopf und versuchte, das Feuer zu erwidern. „Ziel gesichtet, ich habe eine freie Schussbahn!", rief er.

„Nein! Nicht schießen!", brüllte Olsen zurück. „Nicht, bevor wir die Lage unter Kontrolle haben!"

Doch es war zu spät. Der SEK-Beamte drückte ab, und augenblicklich schien das Kartell mit noch mehr Gewalt zu antworten. Salven von Kugeln schlugen in den Container ein, hinter dem der Beamte in Deckung war. Ein gellender Schrei drang durch den Lärm, und Olsen wusste sofort, dass einer seiner Männer gefallen war.

„Verdammt!" Maren duckte sich tiefer in die Deckung, ihre Augen weit vor Schock und Wut. „Sie sind überall. Das ist ein verdammter Hinterhalt, Bernd! Wir müssen hier raus!"

„Ich weiß!", rief Olsen, seine Augen huschten von Container zu Container, auf der Suche nach einer Möglichkeit, sich zurückzuziehen. Doch sie waren umzingelt. Die Männer des Kartells kamen aus allen Richtungen – aus den Schatten zwischen den Containern, von den Lagerhäusern. Sie schossen präzise, ohne Hast, als wüssten sie genau, dass sie die Oberhand hatten.

Holst' Stimme knisterte wieder im Funkgerät. „Bernd, die anderen Einheiten sind im Anmarsch, aber wir müssen uns hier rauskämpfen!"

„Wie zum Teufel haben sie uns so schnell gefunden?", rief Maren, während sie eine kurze Salve in die Richtung der Kartell-Männer abgab. „Es war alles bis ins Detail geplant!"

Olsen biss die Zähne zusammen. Ein Verräter. Es gab keine andere Erklärung. Jemand hatte das Kartell gewarnt, und jetzt steckten sie mitten in der Falle.

„Das ist egal", zischte er, sein Blick hart und entschlossen. „Wir müssen raus, bevor wir alle draufgehen."

Ein plötzlicher Knall riss Olsen aus seiner Deckung – eine Explosion, die einen der Container in der Nähe sprengte und die Metallteile durch die Luft schleuderte. „Zurück!", schrie er. „Rückzug!"

„Wir haben keine Wahl", sagte Maren zwischen zusammengebissenen Zähnen, während sie ihre Waffe umklammerte. „Wir müssen uns durchschlagen. Wenn wir hierbleiben, zerlegen sie uns."

„Schaffen wir es bis zu den Fahrzeugen?", fragte ein SEK-Beamter hektisch, seine Augen weiteten sich, als eine Kugel nur wenige Zentimeter neben ihm einschlug.

„Es gibt keinen anderen Weg", erwiderte Olsen grimmig. „Wir brechen durch, bevor sie Verstärkung bekommen."

„Sie kommen aus allen Richtungen, Bernd", warf Holst in den Funk ein, seine Stimme von den Geräuschen des Gefechts überlagert. „Aber ich sehe einen Weg! Ich kann eine Lücke erkennen, wenn ihr sofort handelt!"

„Sag an!", schrie Olsen, während er eine weitere Salve abfeuerte und den Kugelhagel durchbrach.

„Zehn Meter vor euch, Richtung Nordwesten! Zwischen den Containern gibt es eine offene Gasse. Sie haben dort keine volle Deckung, aber ihr müsst schnell sein!"

„Geht voran!", brüllte Olsen. „Wir brechen durch!"

Die Männer und Frauen des SEK machten sich bereit. Olsen fühlte den Druck in seiner Brust. Sie würden sich den Weg freikämpfen, oder sie würden hier alle ihr Ende finden.

„Los!", schrie er, und in einem Moment gemeinsamer Entschlossenheit stürmten sie vorwärts, durch den prasselnden Kugelhagel, immer mit einem Auge auf die Männer des Kartells gerichtet, die aus den Schatten hervorstürmten. Der Rückzug war chaotisch, aber es war ihre einzige Option.

Als Olsen und sein Team die ersten Meter zurücklegten, konnte er einen Moment lang Luft holen. Der Rückzug war riskant, doch sie waren nicht völlig hoffnungslos. Während die SEK-Beamten weiter vorrückten, schoss ihm ein Gedanke durch den Kopf: Sie wussten es. Das Kartell wusste, dass wir kommen.

Die Erkenntnis war wie ein kalter Schlag in die Magengrube. Es war keine bloße Vermutung mehr – irgendjemand aus ihren eigenen Reihen hatte sie verraten. Die ganze Operation war kompromittiert worden, noch bevor sie begonnen hatte.

„Verdammt", flüsterte er und sah zu Maren, die mit zusammengekniffenen Augen weiter das Feuer erwiderte. „Wir haben einen Verräter im Team."

Maren nickte, ohne den Blick von den Feinden abzuwenden. „Das wird noch nicht das Ende sein, Bernd. Sie werden wieder zuschlagen. Und wenn wir den Verräter nicht finden, stehen wir wieder genauso da."

Der Rückzug war chaotisch, doch Olsen und sein Team hatten es geschafft, sich aus der tödlichen Falle des Kartells zu befreien. Er lehnte sich gegen die kalte Metallwand eines verlassenen Containers, seine Brust hob und senkte sich rasch, während er versuchte, seinen Atem zu beruhigen. Der Wind, der über den Hafen wehte, fühlte sich plötzlich eisig an. Sein Kopf pochte, und in seinen Ohren rauschte das Adrenalin, doch nichts konnte die Erkenntnis verdrängen, die ihn mit voller Wucht traf: Die Razzia war gescheitert.

Das Cartel de la Muerte war entkommen.

„Verdammte Scheiße", flüsterte Olsen leise vor sich hin, während er in die Dunkelheit starrte. Die Waffen, die Drogen – all das war bereits auf dem Weg aus Hamburg, vielleicht sogar schon längst über die Stadtgrenzen hinaus. Alles, worauf sie wochenlang hingearbeitet hatten, war zunichtegemacht worden.

Maren Starke trat keuchend neben ihn, ihre Waffe noch immer griffbereit, obwohl der unmittelbare Kampf vorbei war. Ihr Gesicht war bleich, und ihre Augen verrieten den gleichen Schock, den Olsen tief in sich spürte.

„Wir waren schon so nah dran", sagte sie leise, ihre Stimme klang erschöpft. „Wie konnten sie uns so eiskalt überlisten?"

Olsen schüttelte langsam den Kopf, als er die Realität endlich akzeptierte. „Wir wurden nicht nur überlistet", sagte er, seine Stimme war jetzt kalt und hart. „Jemand hat uns verraten."

Maren sah ihn an, ihre Augenbrauen zogen sich zusammen. „Was meinst du?"

Olsen stieß sich vom Container ab, stand auf und blickte ihr direkt in die Augen. „Das war kein Zufall. Sie wussten, dass wir kommen. Alles war perfekt vorbereitet – nur wir nicht. Wir wurden verraten, Maren. Jemand aus unserem Team hat dem Kartell die Informationen zugespielt."

Ein Moment des Schweigens folgte, in dem Maren die Schwere dieser Worte verarbeitete. „Ein Verräter?", fragte sie, als ob sie die Möglichkeit erst jetzt in Betracht zog. Ihre Hand ballte sich zur Faust. „Das erklärt... alles."

„Ja", antwortete Olsen und griff nach seinem Funkgerät. „Holst, hast du irgendetwas Auffälliges in den Kommunikationskanälen gesehen? Irgendetwas, das darauf hindeutet, dass sie über unsere Operation Bescheid wussten?"

Holst' Stimme kam verzerrt durch das Rauschen der Frequenz. „Ich... ich weiß es nicht, Bernd. Nichts Auffälliges, nichts Offensichtliches. Aber jetzt, wo du es sagst... Es gibt Lücken, Momente, in denen sie plötzlich verstärkt kommuniziert haben, bevor wir überhaupt aktiv wurden. Als ob sie uns immer einen Schritt voraus waren."

Olsen knirschte mit den Zähnen. „Das ist kein Zufall. Irgendjemand hat sie informiert. Wir müssen herausfinden, wer das war."

Maren warf einen düsteren Blick auf die Containerreihen, die noch immer von den chaotischen Kämpfen gezeichnet waren. „Und dieser Jemand ist vermutlich einer von uns."

Olsen nickte und sah in die Nacht hinaus. Ein Verräter. Jemand, dem sie vertraut hatten, jemand, der jede Einzelheit ihrer Pläne kannte, hatte sie direkt ans Kartell verraten. „Es macht Sinn", murmelte er. „Sie haben uns nicht nur in eine Falle gelockt – sie wussten genau, wann und wo wir zuschlagen würden."

Plötzlich wurde Olsen von einer Welle der Enttäuschung und des Zorns erfasst. Er hatte sich so lange auf diesen Moment vorbereitet, hatte mit seinem Team jedes Detail durchdacht, und nun war alles verloren. Das Kartell hatte sie überlistet – nicht durch rohe Gewalt, sondern durch etwas viel Gefährlicheres: Verrat.

„Bernd", meldete sich Holst erneut über das Funkgerät, seine Stimme klang gepresst. „Die Container, die wir hätten abfangen sollen – sie sind bereits verladen und auf dem Weg in die Stadt. Wir haben sie verpasst."

Die Worte trafen Olsen wie ein Schlag in den Magen. „Verdammt", fluchte er leise und spürte, wie die Wut in ihm aufstieg. „Wir waren so nah dran, Jonas."

„Ich weiß", antwortete Holst. „Aber das war kein normaler Fehler. Irgendjemand hat sie gewarnt. Sie haben nicht nur den Zeitpunkt unserer Razzia gekannt, sie wussten auch genau, welche Container wir im Visier hatten. Es war zu präzise."

„Ich werde das nicht einfach so hinnehmen", zischte Olsen, seine Stimme war plötzlich eiskalt. „Wir haben einen Verräter, und ich werde herausfinden, wer das ist."

Maren sah ihn an, ein Funkeln in ihren Augen. „Und dann?", fragte sie ruhig.

Olsen atmete tief durch, das Funkgerät noch in der Hand. „Dann werde ich dafür sorgen, dass er für das bezahlt, was er getan hat. Niemand verrät uns an das Kartell und kommt ungestraft davon."

Während Olsen und sein Team in den Trümmern der gescheiterten Razzia standen, wurde die Situation immer klarer: Das Kartell hatte nicht nur die Fracht entkommen lassen, sondern auch ein klares Zeichen gesetzt. Ihre Macht in Europa war nicht nur eine ferne Bedrohung. Sie waren bereits hier, mitten in Hamburg, und sie hatten die Infrastruktur und die Verbündeten, um alles zu kontrollieren – selbst den Fluss der Informationen innerhalb der Polizei.

„Bernd", sagte Maren nach einer Weile leise, als sie neben ihm stand. „Was jetzt?"

Olsen antwortete nicht sofort. Er sah den Hafen an, die stählernen Kolosse aus Containern, die in der Dunkelheit verschwanden. Es war, als hätten sie diesen Krieg schon verloren, bevor er richtig begonnen hatte. Das Kartell hatte sie in eine Falle gelockt und sich dann zurückgezogen, wie eine tödliche Schlange, die jederzeit wieder zuschlagen konnte.

„Jetzt?", fragte Olsen, als er sich endlich umdrehte und Maren in die Augen sah. „Jetzt sammeln wir uns und jagen sie weiter. Das hier war nur ein Rückschlag, Maren. Aber ich verspreche dir eines: Das Kartell wird noch dafür bezahlen."

Seine Stimme klang fest, doch tief in seinem Inneren spürte er die nagende Unsicherheit. Sie waren zu mächtig, zu gut vernetzt. Und der Verräter, der irgendwo unter ihnen war, machte es nur noch schwerer. Aber aufgeben war keine Option – nicht jetzt, nicht nach allem, was sie bereits verloren hatten.

Im Hafen waren die Lichter der Lastwagenkolonne, die die Container wegschaffte, bereits am Horizont verschwunden. Die Männer des Kartells, die den Rückzug sicherten, hatten sich längst in die Schatten zurückgezogen, in die dunklen Ecken der Stadt, wo sie unbemerkt operierten.

Es war wie ein bösartiges Gespinst, das sich durch die Straßen Hamburgs zog.

Olsen wusste, dass sie den Überblick verloren hatten. Sie hatten die Container nicht erwischt. Die Fracht war schon auf dem Weg, wahrscheinlich schon bald weit entfernt, und jede Spur von ihr würde im weiten Netz des Kartells verschwinden. Doch die größte Niederlage, die ihm zu schaffen machte, war nicht nur die Flucht der Männer und ihrer Lieferung.

Es war das Wissen, dass sich der wahre Feind unter ihnen befand. Ein Verräter im eigenen Team, der das Kartell immer einen Schritt vorauswissen ließ.

Die Rückkehr ins Hauptquartier des LKA Hamburg war von bedrückendem Schweigen begleitet. Keiner der Beamten sprach, als sie durch die Flure gingen, jeder war in seine eigenen Gedanken versunken. Die gescheiterte Razzia lag wie eine schwere Last auf den Schultern des gesamten Teams. Sie hatten verloren – und nicht nur die Fracht. Sie hatten auch etwas viel Tieferes verloren: ihr Vertrauen ineinander.

Bernd Olsen betrat den großen Besprechungsraum, wo sich bereits die anderen Mitglieder seines Teams versammelt hatten. Die Gesichter seiner Kollegen waren gezeichnet von Müdigkeit, Zorn und – am schlimmsten – Misstrauen. Die Atmosphäre war erdrückend, als ob die Luft selbst schwerer geworden wäre, belastet von der unausgesprochenen Erkenntnis, dass einer von ihnen sie verraten hatte.

„Setzt euch", sagte Olsen mit rauer Stimme, während er sich selbst an den Kopf des Tisches setzte. Seine Augen glitten über die Gesichter derjenigen, denen er immer vertraut hatte – Maren Starke, Jonas Holst und der Rest des SEK-Teams. Keiner von ihnen sprach ein Wort.

Es war Jonas, der schließlich das Schweigen brach. „Wir hätten sie kriegen müssen, Bernd", sagte er und starrte auf den Tisch, seine Faust auf die Armlehne des Stuhls gepresst.

„Das weiß ich", antwortete Olsen, seine Stimme leise, aber voller Entschlossenheit. „Aber es gibt hier ein viel größeres Problem. Jemand hat uns verraten. Und solange dieser Verräter in unseren Reihen ist, wird das Kartell uns immer einen Schritt voraus sein."

Maren verschränkte die Arme und lehnte sich nach vorne, ihre Augen glühten vor Zorn. „Wie konnten wir das nicht sehen?", fragte sie, ihre Stimme schneidend. „Wie konnte jemand aus unserem Team Informationen an das Kartell weitergeben, ohne dass einer von uns etwas bemerkt?"

Olsen atmete tief ein, rieb sich die Schläfen und dachte einen Moment lang nach. „Das ist die Frage, die wir beantworten müssen", sagte er. „Irgendjemand hatte Zugang zu den

Informationen über die Razzia. Jemand wusste genau, wann und wo wir zuschlagen würden."

„Jemand, dem wir vertraut haben", fügte Maren leise hinzu, und die Worte schienen in der Stille des Raumes nachzuhallen.

Olsen sah auf die Tischplatte. Der Gedanke, dass einer von ihnen – einer, dem er sein Leben anvertraut hatte – für das Kartell arbeitete, ließ ihn nicht los.

Es gab nur zwei Möglichkeiten: Entweder hatte sich jemand im Team korrumpieren lassen, oder das Kartell hatte ein anderes Mittel gefunden, um Informationen zu gewinnen. Aber beide Optionen waren furchteinflößend.

„Bernd", sagte Holst, seine Augen ernst. „Wir müssen den Verräter finden. Wenn wir das nicht tun, wird das Kartell weiterhin jede unserer Bewegungen vorhersehen. Sie haben uns bei dieser Operation geschlagen. Und wenn wir sie nicht sofort aufhalten, werden sie Hamburg in ihren Würgegriff nehmen."

„Du denkst, ich weiß das nicht?", zischte Olsen, seine Geduld riss. „Aber wie sollen wir das tun? Wir können nicht jedem im Team misstrauen. Wenn wir das Vertrauen verlieren, verlieren wir alles."

Es war eine bittere Wahrheit, die auf dem Tisch lag. Misstrauen würde das Team zerbrechen – und das war genau das, was das Kartell wollte. Sie wollten, dass das LKA sich selbst zerfleischte, während sie ungestört ihre Operationen fortsetzten. Sie wollten den Feind nicht nur physisch besiegen, sondern auch psychisch. Und bisher waren sie auf dem besten Weg, genau das zu erreichen.

Olsen wusste, dass er jetzt handeln musste. Er musste das Vertrauen wiederherstellen – oder zumindest genug von ihm, um weiterarbeiten zu können. Doch dazu brauchte er Beweise. Solide, unbestreitbare Beweise, um den Verräter zu entlarven. Er hatte keine andere Wahl, als eine interne Untersuchung einzuleiten – und das bedeutete, dass er sich nicht nur auf seinen Instinkt verlassen konnte.

„Wir müssen Maßnahmen ergreifen", sagte er schließlich, seine Stimme fest und kalt. „Ich werde eine verdeckte, interne Untersuchung einleiten. Jeder von uns wird überprüft – lückenlos. Wir müssen sicher sein, dass niemand im Team eine Verbindung zum Kartell hat."

Maren nickte langsam, obwohl er sah, dass die Worte sie schwer trafen. „Wie sollen wir das anstellen?", fragte sie. „Wem vertrauen wir dafür?"

„Wir arbeiten mit der Abteilung für interne Ermittlungen zusammen", sagte Olsen knapp. „Aber das bleibt unter uns. Kein Wort darüber verlässt diesen Raum. Wenn der Verräter auch nur einen Hinweis darauf bekommt, dass wir ihn jagen, ist alles verloren."

Die anderen Mitglieder des Teams sahen sich an, ihre Gesichter verrieten, dass sie den Ernst der Lage verstanden hatten. Doch die Entscheidung brachte auch ein unangenehmes Schweigen mit sich. Das Wissen, dass sie sich alle einer Überprüfung unterziehen mussten, verstärkte das bereits vorhandene Misstrauen. Es war, als ob sie eine unsichtbare Wand zwischen sich hätten, die sich nun langsam aufbaute.

„Und was ist, wenn wir nichts finden?", fragte Holst plötzlich und brach die Stille.

Olsen sah ihn ernst an. „Dann werden wir noch tiefer in diesem Haufen graben. Ich gebe nicht auf, bevor wir den Verantwortlichen gefunden haben. Aber ich brauche euch alle dafür. Wenn wir uns gegenseitig misstrauen, hat das Kartell bereits gewonnen."

Maren sah zu Olsen, ihre Augen zeigten eine Mischung aus Sorge und Entschlossenheit. „Und wenn wir den Verräter finden?", fragte sie, ihre Stimme kalt. „Was dann?"

Olsen lehnte sich zurück und verschränkte die Arme. „Dann", sagte er leise, „werde ich persönlich dafür sorgen, dass dieser Verräter niemals wieder die Gelegenheit bekommt, uns oder irgendjemand anderen zu verraten."

Die Sitzung war beendet, doch das drückende Schweigen, das den Raum erfüllt hatte, schien immer noch präsent. Olsen stand am Kopf des Tisches und beobachtete, wie einer nach dem anderen das Zimmer verließ. Ihre Schritte hallten dumpf auf den Fliesen des Besprechungsraums wider, als sie in die düsteren Flure des LKA verschwanden. Maren war die letzte, die ging. Sie warf ihm einen langen, nachdenklichen Blick zu, bevor sie wortlos die Tür hinter sich schloss.

Olsen blieb allein zurück.

Das Licht im Raum war gedämpft, und die Dämmerung, die durch die schmutzigen Fenster drang, warf lange Schatten auf den Tisch, wo noch die Papiere und Pläne der gescheiterten Razzia lagen. Es fühlte sich an, als wäre der Raum von der gleichen Dunkelheit erfüllt, die auch seine Gedanken umschloss.

Er ließ sich in den Stuhl sinken, seine Finger massierten die pochenden Schläfen. Misstrauen – das war der wahre Feind, der jetzt vor ihm stand. Mehr als das Kartell, mehr als die brutalen Morde, die sie gesehen hatten, war es das Misstrauen, das sie zersetzte.

Seine Gedanken wanderten zu Jonas und Maren. Zwei Menschen, denen er blind vertraut hatte, zwei Menschen, die an seiner Seite durch den Sturm gegangen waren, die unzählige Male ihr Leben riskiert hatten. Und nun? Er spürte, dass selbst dieses Vertrauen zu bröckeln begann. Es war nicht ihre Schuld, das wusste er. Der Verrat hatte eine Unsichtbarkeit, eine allumfassende Bedrohung in ihr Team gepflanzt, die sich wie Gift ausbreitete.

Er erinnerte sich an Jonas' Augen, als dieser während des Treffens auf ihn herabgeschaut hatte – voller Frustration, Enttäuschung und vielleicht sogar einem Hauch von Wut. Jonas hatte ihn immer als Anführer gesehen, als denjenigen, der die Antworten hatte. Aber heute? Heute war alles anders. Jonas hatte es nicht ausgesprochen, doch die Frage hing in der Luft: „Wie konntest du das zulassen, Bernd?"

Olsen starrte auf den leeren Stuhl, in dem Jonas vorhin gesessen hatte. Konnte er Jonas überhaupt noch trauen? Diese Frage war der düsterste Gedanke, der sich in seinen Verstand gebrannt hatte. Ein Verräter war unter ihnen, und bis er wusste, wer es war, musste er jedem misstrauen – auch den Menschen, die er früher ohne zu zögern in den Kampf geführt hätte.

Maren, seine engste Vertraute, hatte zwar nichts gesagt, aber ihre Haltung, die versteifte Körpersprache und die kalten Blicke, die sie über den Tisch hinweg geworfen hatte, hatten Bände gesprochen. Sie war wütend – wütend auf sich selbst, auf ihn, auf die gesamte Situation. Frustration und Wut waren gefährliche Emotionen, die Entscheidungen beeinflussten. Sie verwandelten klare Gedanken in impulsive Handlungen.

„Wenn das so weitergeht, werden wir uns selbst zerstören", dachte Olsen und spürte, wie die Schwere dieser Erkenntnis ihn fast körperlich niederdrückte. Das war genau das, was das Kartell gewollt hatte. Sie hatten nicht nur die Operation sabotiert, sie hatten Zweifel und Zwietracht gesät. Ein Splitter im Team, der sich wie ein Virus ausbreitete und alles unterwanderte, was sie aufgebaut hatten.

Olsen sah auf die Papiere und Pläne vor ihm – die Reste der gescheiterten Razzia, die sich wie eine grausame Erinnerung an ihre Niederlage auf dem Tisch ausbreiteten. Die Vorbereitungen waren minutiös gewesen, die Einsatzpläne detailliert, jeder Schritt war durchdacht. Doch das alles war nutzlos gewesen.

Das Kartell hatte sie ausgetrickst, weil es sie von innen heraus zerschlagen hatte.

Er konnte das leise Rauschen der Klimaanlage hören, während er in den Papieren blätterte, aber seine Gedanken waren anderswo. Wie lange war der Verräter schon aktiv? Hatte er oder sie schon frühere Informationen weitergegeben? Wie viele der Rückschläge, die sie in den letzten Monaten erlitten hatten, waren das Resultat dieses Sabotageakts gewesen? Diese Fragen nagten an ihm, wie Schüsse, die immer wieder abprallten, aber die Abwehr doch allmählich durchbrachen.

„Wer bist du?", flüsterte Olsen leise, als ob er die Antwort aus den Schatten des Raumes herausziehen könnte. „Und warum?"

Er schloss die Augen und lehnte den Kopf gegen die kühle Rückseite des Stuhls. Ein Gedanke drängte sich ihm auf, einer, den er nicht loslassen konnte: Konnte er noch irgendjemandem vertrauen?

Diese Frage war nicht nur lähmend, sondern auch zerstörerisch. Er hatte immer geglaubt, dass die Stärke seines Teams in ihrer Kameradschaft lag, in der Tatsache, dass sie sich blind aufeinander verlassen konnten. Doch jetzt lag diese Überzeugung in Trümmern. Der Verrat hatte Risse in ihrem Fundament hinterlassen, die nur schwer zu kitten waren.

Er dachte an Eva, seine Tochter. Sie war bereits durch den Dreck dieses Kampfes gezogen worden. Das Kartell hatte sie bedroht, ihre Sicherheit gefährdet, und jetzt? Jetzt war er nicht einmal mehr sicher, ob er seine eigene Basis noch schützen konnte. Sein Team war sein Zuhause, seine Festung. Doch dieses Zuhause war von innen heraus geschwächt worden.

Jeder Blick, jede Bewegung, die er in den nächsten Tagen beobachten würde, würde sich anders anfühlen. Die Menschen, die er als seine engsten Verbündeten angesehen hatte, waren nun potenzielle Feinde. Das war das wahre Gift des Verrats.

Nicht die Tat selbst, sondern die Art und Weise, wie sie das Vertrauen unwiederbringlich zerstörte. Es zerriss alles, was einst stark und stabil gewesen war.

Olsen wusste, dass er eine Entscheidung treffen musste. Die interne Untersuchung war unvermeidlich, aber sie würde Spuren hinterlassen – Spuren, die das Vertrauen weiter erodieren könnten. Doch er hatte keine Wahl. Der Verräter musste gefunden werden, bevor das Team auseinanderbrach. Die Unsicherheit konnte nicht länger bestehen.

„Vertrauen wiederherstellen", murmelte er und spürte die Ironie in seinen eigenen Worten. Wie sollte er das tun, wenn jeder verdächtig war?

Langsam erhob er sich und ging zum Fenster. Die Lichter Hamburgs glitzerten in der Ferne, eine Stadt, die in den letzten Wochen mehr und mehr zu einem Schlachtfeld geworden war. Die unsichtbare Hand des Kartells lag schwer auf der Stadt, und nun wusste er, dass sie auch in den Reihen der Polizei ihren Einfluss geltend machte.

Olsen atmete tief ein und drehte sich wieder um. Die Entscheidungen, die er treffen musste, würden nicht einfach sein. Aber sie waren notwendig.

Er würde das Team prüfen, er würde die Ermittlungen fortsetzen, und er würde den Verräter finden. Er musste. Nicht nur für das Team, sondern auch für Hamburg – und für sich selbst.

Lokaler Krieg

St. Pauli und die Reeperbahn, einst belebt von neugierigen Touristen und Partygängern, waren jetzt das Zentrum eines blutigen Bandenkriegs, der die Straßen in ein Chaos aus Gewalt und Angst verwandelte. Es hatte schon früher Spannungen zwischen den Rivalisierenden Gangs gegeben, aber jetzt war es anders. Die Schüsse kamen nicht mehr aus den dunklen Gassen – sie waren mitten auf den offenen Straßen, mitten am Tag.

Olsen stand mit Maren Starke an einem improvisierten Beobachtungsposten, einer schäbigen Wohnung im dritten Stock eines heruntergekommenen Gebäudes. Die Fenster waren zersprungen, und durch die Risse konnte er die Unruhe auf den Straßen unter ihm beobachten. Die Polizei war vor Ort, aber sie wirkte machtlos gegen die entfesselten Banden, die in Wellen kamen, bewaffnet bis an die Zähne.

„Das hier ist der Anfang vom Ende", murmelte Maren, während sie durch das zertrümmerte Fenster hinausblickte. „Das Kartell zieht jetzt alle Register."

Olsen nickte stumm. Der Kampf um die Vorherrschaft hatte begonnen. Zwei rivalisierende Banden – die Altona-Crew und die Blutsbrüder – waren seit Monaten in Konflikt, doch nun hatte sich die Lage dramatisch verschärft. Beide Seiten waren Teil des Schwarzmarktnetzwerks des Kartells, und es war klar, dass jemand die Fäden zog. Der Lärm der Schüsse hallte in Olsens Ohren wider, während er versuchte, die Flut an Informationen zu verarbeiten. Jede neue Explosion, jeder Schuss bedeutete, dass die Kontrolle über die Stadt mehr und mehr verloren ging.

Olsen beobachtete, wie ein schwarzer SUV in rasantem Tempo die Reeperbahn hinunterraste. Die Männer im Inneren lehnten sich aus den Fenstern und feuerten wahllos mit AK-47s auf alles, was sich bewegte. Autos zerbarsten unter den Kugelhageln, Glas splitterte, und Passanten warfen sich panisch auf den Boden. Es herrschte das blanke Chaos.

„Verfluchte Hölle", murmelte Olsen und schnappte sich sein Funkgerät. „Wir haben einen offenen Krieg da draußen. Wo sind unsere Verstärkungen?"

„Wir haben alle verfügbaren Einheiten auf den Straßen", kam die Antwort von der Leitstelle. „Aber wir verlieren die Kontrolle, Bernd. Die Banden haben schwerere Waffen als gedacht. Wir kriegen die Situation nicht in den Griff."

Olsen biss die Zähne zusammen. Sie hatten es kommen sehen. Aber das Ausmaß dieser Eskalation überraschte selbst ihn. Das Kartell hatte seine Verbündeten unter den lokalen Gangs mit einem Waffenarsenal ausgestattet, das die Polizei kaum aufhalten konnte. Sturmgewehre, Panzerfäuste, sogar Granaten – all das war plötzlich auf den Straßen Hamburgs im Einsatz.

Ein lauter Knall ließ das Gebäude, in dem sie standen, erzittern. Olsen spürte die Vibrationen bis in seine Knochen. Er drehte sich zu Maren, die sich ebenfalls ducken musste, als eine weitere Explosion in der Nähe ein Gebäude in die Luft jagte. Die Druckwelle riss Fenster aus den Rahmen, und eine dichte Rauchwolke hüllte die Straße unter ihnen ein.

„Das hier ist ein verdammter Krieg", rief sie und warf sich hinter die Wand, um vor herumfliegenden Trümmern Schutz zu suchen. „Sie jagen ganze Gebäude in die Luft, Bernd. Wie zum Teufel soll das enden?"

„Es wird nicht enden", zischte Olsen zurück, als er sich nach vorn beugte, um besser sehen zu können. „Nicht solange das Kartell die Kontrolle über diese Gangs hat. Das hier ist erst der Anfang."

Der Krach von Sturmgewehren füllte die Luft, und Olsen konnte beobachten, wie sich eine Gruppe von Altona-Crew-Mitgliedern aus einer Seitenstraße schlich, schwer bewaffnet. Sie schossen auf alles, was sich bewegte, versuchten, sich an den Blutsbrüdern vorbei zu kämpfen, die die Straßenfront am gegenüberliegenden Ende der Reeperbahn besetzt hatten. Ihre Taktik war klar: Totale Eskalation.

Eine Gruppe von Blutsbrüdern, deutlich erkennbar an ihren schwarzen Lederjacken, die mit dem blutroten Logo des Kartells bestickt waren, erwiderte das Feuer mit tödlicher Präzision. Sie duckten sich hinter geparkten Autos und zwangen die Angreifer, zurückzuweichen. Aber die Kugeln schlugen ohne Unterlass in die Barrikaden, die sie improvisiert aufgestellt hatten, und bald begann die Panik, auch sie zu erfassen.

„Wir müssen rein, bevor sie die ganze Straße in Schutt und Asche legen", sagte Maren angespannt. Sie holte tief Luft, bevor sie weitersprach. „Wir haben Berichte, dass mehrere Zivilisten eingeschlossen sind – in einem Restaurant auf der gegenüberliegenden Seite."

Olsen drehte sich zu ihr. „Wir müssen sie rausholen, bevor hier niemand mehr lebend rauskommt."

„Aber wie?", fragte sie, ihre Augen schmal vor Anspannung. „Das hier ist wie ein verdammtes Schlachtfeld. Wenn wir uns in die Schusslinie begeben, gehen wir alle drauf."

Olsen zögerte, wusste aber, dass sie keine Wahl hatten. Unschuldige Leben standen auf dem Spiel, und sie konnten nicht länger warten. „Wir gehen rein", sagte er schließlich. „Teilen die Einheiten auf. Einen Stoßtrupp zur Sicherung der Zivilisten, die anderen decken uns."

Während das SEK-Team sich aufteilte und versuchte, sich langsam durch die Straßenkämpfe zu kämpfen, war der Lärm der Maschinengewehrsalven und Explosionen allgegenwärtig. Olsens Herz raste, als sie von einer Barrikade zur nächsten rannten, sich hinter umgestürzten Autos und eingestürzten Fassaden versteckten.

„Los, los, los!", brüllte Olsen und führte seine Männer nach vorn, die Straße hinunter, während die Blutsbrüder weiterhin wahllos auf die Gangs der Altona-Crew feuerten. Die Luft war dick von Rauch und Staub, und überall lagen Scherben und Trümmer. Es fühlte sich an, als ob die gesamte Stadt in Trümmer fallen würde, und es gab keinen Rückzugsort mehr.

Ein heftiger Feuerwechsel entbrannte, als sie das Restaurant erreichten, in dem die Zivilisten eingeschlossen waren. Die Front des Gebäudes war von den Kugeln zerfetzt, und Olsen sah durch die zerbrochenen Fenster Menschen, die sich hinter Tischen und Stühlen verkrochen, während das Blei durch die Luft pfiff.

„Maren, nimm das Team und hol sie raus!", rief Olsen, während er sich hinter einem umgestürzten Lieferwagen in Deckung warf. „Ich gebe dir Deckung!"

Maren nickte. Sie gab dem Rest des SEK-Teams das Zeichen, und sie liefen so schnell sie konnten in Richtung des Restaurants, immer in der Deckung der wenigen verbliebenen Barrikaden. Die Schüsse hallten durch die Straße, und Olsen wusste, dass sie hier einen Kampf gegen die Zeit führten. Jeder weitere Moment in dieser Hölle könnte den Unterschied zwischen Leben und Tod bedeuten – nicht nur für die Zivilisten, sondern auch für sie selbst.

Der Lärm der Schüsse und der Explosionen dröhnte in Olsens Ohren, als er sich schwer atmend hinter einem umgestürzten Lieferwagen in Deckung kniete. Die Hitze und der Rauch, der durch die Straßen zog, machten es schwer, zu atmen oder klar zu sehen. Er konnte den metallischen Geschmack des Blutes auf seiner Zunge schmecken, während er beobachtete, wie Maren und das SEK-Team versuchten, sich durch das Sperrfeuer der Blutsbrüder zum Restaurant vorzuarbeiten.

Plötzlich, durch den Lärm der Schüsse und das Brüllen der Menschen, drang ein neues Geräusch: Das laute, eindringliche Dröhnen von Motoren. Olsen drehte sich um, sein Blick huschte die Straße entlang, und dann sah er sie: Mehrere SEK-Fahrzeuge, deren grelle Blaulichter durch die dichten Rauchschwaden blitzten, rasten die Straße entlang in Richtung des Schlachtfelds.

„Verstärkung kommt!", rief einer der Beamten hinter ihm, die Augen auf die herannahenden Fahrzeuge gerichtet.

Die gepanzerten Fahrzeuge bremsten hart ab, direkt in der Nähe der Barriere aus Trümmern und umgestürzten Autos. SEK-Beamte sprangen aus den Wagen, Waffen im Anschlag, bereit, das Chaos zu bändigen, das sich vor ihnen ausbreitete. Olsen spürte für einen Moment eine Welle der Erleichterung. Sie waren nicht mehr allein.

Aber die Erleichterung war nur von kurzer Dauer. Die Eskalation war längst außer Kontrolle geraten.

„Wir haben sie noch nicht eingekreist!", rief einer der SEK-Kommandanten, als er auf Olsen zustürmte und sich neben ihm in Deckung warf. „Das Kartell hat mehr Männer als gedacht. Sie sind besser ausgerüstet, und die Straßen sind voll von Gangs, die das Feuer auf uns eröffnen."

Olsen kniff die Augen zusammen und sah sich um. Die Blutsbrüder hatten sich auf den oberen Stockwerken eines gegenüberliegenden Gebäudes verschanzt. Von dort aus feuerten sie gezielt auf die SEK-Beamten, während weitere Kartellmitglieder aus Scitengassen heraus immer wieder überraschend das Feuer eröffneten.

„Wie viele?", fragte Olsen angespannt, während er durch das ziellose Kugelhagel sah. „Wie viel Verstärkung haben sie?"

„Schwer zu sagen", antwortete der SEK-Kommandant, während er sein Funkgerät ans Ohr hielt. „Unsere Leute berichten von mindestens drei weiteren Fahrzeugen, die auf dem Weg sind. Und sie haben mindestens zwei Scharfschützen auf den Dächern."

Olsen spürte, wie sich die Situation weiter verdunkelte. Die Schießereien waren nicht mehr nur ein Straßenkrieg zwischen rivalisierenden Gangs. Das Kartell hatte eine präzise und gut koordinierte Taktik ausgearbeitet, um die Polizei in die Defensive zu drängen. Es war keine willkürliche Gewalt – es war der bewusste Versuch, die Stadt zu übernehmen, ein Straßenzug nach dem anderen.

Eine ohrenbetäubende Explosion in der Nähe ließ den Boden unter Olsens Füßen beben. Ein weiteres Fahrzeug der Blutsbrüder flog in die Luft, nachdem eine Granate darunter explodiert war. Das Feuer, das sich durch die Trümmer fraß, beleuchtete die Straße wie ein Höllenfeuer.

„Die Straßen sind dicht. Die Banden kontrollieren alles im Umkreis von fünf Blocks!", brüllte der SEK-Kommandant und drückte sich tiefer in die Deckung. „Wir haben einen verdammten Krieg in der Stadt. Das hier wird nicht so schnell vorbei sein."

Olsen knirschte mit den Zähnen. „Wir müssen den Druck aufrechterhalten", sagte er entschlossen. „Wenn wir nur einen Moment nachgeben, übernehmen sie alles. Und das dürfen wir nicht zulassen."

Olsen richtete seinen Blick auf die Reihen der feindlichen Kämpfer, die immer noch hinter improvisierten Barrikaden Schutz suchten. Die Blutsbrüder waren schwer bewaffnet – viel schwerer, als sie erwartet hatten. Maschinengewehre, Panzerfäuste und Scharfschützen.

Sie schienen alles zu haben, was sie brauchten, um die Kontrolle über diesen Teil der Stadt zu behalten.

„Verdammtes Kartell", murmelte Olsen und schaute zu den SEK-Beamten, die sich durch die dichten Rauchschwaden kämpften und versuchten, das Feuer zu erwidern. Es war klar: Das Kartell hatte nicht nur Hamburgs lokale Gangs infiltriert, sondern auch ihre eigenen Strukturen so weit ausgebaut, dass sie nun in der Lage waren, den Krieg auf offener Straße zu führen. Und sie waren vorbereitet – mehr, als die Polizei es je hätte erwarten können.

„Wir sind in der Defensive", sagte Olsen und starrte zu Maren, die noch immer in Deckung neben ihm war. „Wenn wir nicht bald die Oberhand gewinnen, werden wir in diesem Chaos ertrinken."

Maren nickte, während sie den Griff ihrer Waffe fest umklammert hielt. „Was schlägst du vor?"

Olsen dachte schnell nach. „Wir müssen die Scharfschützen ausschalten. Die kontrollieren das Feld von oben und schalten unsere Leute systematisch aus. Wenn wir die Räumung der Dächer organisieren können, haben wir eine Chance, das Blatt zu wenden."

„Und wie genau stellst du dir das vor?", fragte Maren und spähte erneut um die Ecke des Lieferwagens. „Wir kommen nicht mal in die Nähe der Gebäude, ohne uns von hier bis zur Kreuzung durchzukämpfen."

„Das SEK-Team muss sich aufteilen", antwortete Olsen mit fester Stimme. „Eine Gruppe lenkt die Blutsbrüder weiter auf der Straße ab, während eine zweite Einheit sich Zugang zu den Gebäuden verschafft. Wir räumen die Dächer – von dort aus können wir ihnen ihre eigenen Waffen abnehmen."

Die nächsten Minuten vergingen wie in einem Wirbel aus Befehlen und Gewehrfeuer. Die SEK-Beamten bereiteten sich auf die Mission vor, während Olsen diese Taktik im Funkgerät an den Rest des Teams durchgab. Die Straßenkämpfe wüteten weiter, doch der Plan nahm Gestalt an.

Olsen wusste, dass sie nur eine Chance hatten. Wenn es ihnen gelang, die Scharfschützen auszuschalten und die Kontrolle über die Dächer zu erlangen, könnten sie den feindlichen Vormarsch stoppen.

„Los geht's", zischte Olsen und gab das Signal zum Angriff.

Die SEK-Beamten stürmten nach vorne, während sie von den Blutsbrüdern beschossen wurden. Kugeln prasselten um sie herum, doch sie kämpften sich voran. Es war ein Kampf gegen die Zeit – und ein Kampf ums Überleben.

Olsen fühlte das Gewicht der Verantwortung auf seinen Schultern. Das Chaos hatte die Straßen von Hamburg endgültig fest im Griff. Feuergefechte tobten an jeder Ecke, während rivalisierende Gangs, die vom Kartell gesteuert wurden, brutal um die Vorherrschaft kämpften. Die Gewaltwelle, die sich durch die Stadt fraß, verschonte niemanden, nicht einmal die Zivilisten, die verzweifelt versuchten, in ihren Häusern oder Geschäften Schutz zu finden. Doch die Kugeln kannten keine Gnade.

Bernd Olsen und Maren Starke stürmten gemeinsam durch eine enge Gasse in St. Pauli, das Funkgerät in Olsens Hand vibrierte unaufhörlich. Überall drangen Berichte über mehr verletzte Zivilisten und eskalierende Kämpfe ein. Der Krieg breitete sich aus, wie ein Feuer, das sich unaufhaltsam durch die Stadt frisst.

„Wir haben keine Kontrolle mehr", keuchte Maren, während sie hinter einem Müllcontainer in Deckung ging. „Die Gangs liefern sich Schlachten auf offener Straße. Die Zivilisten sind zwischen die Fronten geraten."

Olsen nickte, doch seine Augen verrieten, dass er längst in Gedanken weiter war. Jede Nachricht, die durch den Funk kam, fügte der wachsenden Spannung in ihm etwas hinzu. Zivilisten wurden erschossen, Häuser gingen in Flammen auf, und die Polizei schien immer machtloser. Es war, als würde die Stadt in den Händen des Kartells versinken.

„Bernd, hör zu", sagte Maren plötzlich, ihre Augen weiteten sich, als sie auf das Funkgerät in Olsens Hand zeigte. „Da kommt ein Notruf. Es ist von einem der SEK-Teams."

Olsen hob das Gerät an sein Ohr. Die Stimme am anderen Ende war verzerrt, panisch, doch er konnte die Worte klar genug verstehen: „Zivilisten am Fischmarkt eingeschlossen. Feuergefecht. Dringend Verstärkung erforderlich!"

Olsen spürte, wie sein Puls raste. Der Fischmarkt war in der Nähe, und es war einer der letzten Orte, an denen die Polizei bisher versucht hatte, die Kontrolle zu halten. Doch es war auch ein Knotenpunkt, an dem viele Menschen Zuflucht gesucht hatten – Menschen, die sich nun in einem Kugelhagel wiederfanden.

„Wir müssen hin", sagte Olsen und packte Marens Arm. „Da sind Zivilisten eingeschlossen. Wenn wir nicht sofort handeln, gibt es eine Katastrophe."

Wenige Minuten später raste Olsens Wagen durch die engen, verwinkelten Straßen, die zum Fischmarkt führten. Das Geräusch von sirrenden Kugeln und explodierenden Scheiben war überall um sie herum zu hören, aber Olsen konzentrierte sich auf die Straße vor ihnen. In der Ferne konnte er bereits die aufsteigenden Rauchwolken sehen.

„Sie haben den Markt in einen verdammten Kriegsschauplatz verwandelt", sagte Maren, ihre Stimme angespannt. „Die Leute da drin – wie sollen wir die rausholen, wenn wir schon Schwierigkeiten haben, uns selbst zu schützen?"

„Wir müssen einen Weg finden", antwortete Olsen knapp. „Wenn das Kartell uns den Zugang verwehrt, müssen wir uns durchkämpfen."

Als sie die Ecke zum Fischmarkt erreichten, bot sich ihnen ein Bild des Grauens. Mehrere Autos brannten, die Luft war schwer von Rauch und Feuer, während Schüsse aus allen

Richtungen zu hören waren. Zwischen den Fronten, eingekesselt in einem kleinen Gebäude nahe dem Ufer, hatten sich Zivilisten verschanzt. Männer, Frauen und sogar Kinder waren von den Kämpfen überrascht worden und suchten nun Schutz vor der unaufhörlichen Gewalt.

„Verdammte Scheiße", murmelte Olsen, als er das Chaos vor sich sah. „Wir müssen sie rausholen. Jetzt."

Doch gerade, als er mit Maren nach vorne stürmte, ertönte ein lauter Schrei. Olsen drehte sich um und sah eine Frau, die aus einem nahegelegenen Gebäude taumelte, ihre Hände blutig, ihr Gesicht verzerrt vor Schmerz. Sie hielt sich an ihrer Seite, Blut sickerte durch ihre Finger, während sie schwankte und zu Boden fiel.

„Nein!", rief Olsen und sprintete los, ohne auf die Kugeln zu achten, die um ihn herum einschlugen.

Olsen erreichte die Frau, kniete sich zu ihr und versuchte, sie zu stabilisieren. „Bleib bei mir", flüsterte er, während er einen Druckverband improvisierte, um die Blutung zu stoppen. Sein Herz setzte einen Schlag aus, als er in ihr Gesicht sah – es war Fiona Becker, eine ehemalige Kollegin und enge Bekannte, die als Ermittlerin für die Staatsanwaltschaft gearbeitet hatte. Sie war hier, mitten im Kugelhagel.

„Fiona! Was zur Hölle machst du hier?", fragte er verzweifelt, während er versuchte, sie auf die Beine zu ziehen.

Fiona keuchte, ihre Stimme war kaum mehr als ein Flüstern. „Ich... ich wollte helfen. Es sind... noch mehr drinnen. Sie... sie brauchen Hilfe, Bernd."

„Verdammt", fluchte Olsen. Er sah auf, die Kämpfe um ihn herum tobten weiter, die Kugeln rissen Löcher in die umliegenden Wände. Fiona war schwer verletzt. Aber es war noch mehr auf dem Spiel. Es gab weitere Zivilisten im Inneren, Menschen, die in unmittelbarer Gefahr waren.

„Ich hole dich hier raus", sagte Olsen fest, als er Fiona auf die Beine zog. Doch sie schüttelte den Kopf.

„Bernd, die anderen...", stieß sie zwischen schmerzhaften Atemzügen hervor. „Du musst... sie rausholen."

Olsen sah ihr in die Augen und wusste, dass er keine Wahl hatte. Er konnte sie nicht zurücklassen, aber es war auch klar, dass sie alleine nicht in der Lage sein würde, die anderen zu retten. Fiona war stark, aber sie war verletzt, und das Kartell würde nicht aufhören, bis alle in diesem Viertel entweder tot oder gefangen waren.

Die Hitze der brennenden Fahrzeuge und die Schüsse, die die Luft zerschnitten, machten das Atmen schwer. Olsen konnte den beißenden Geruch von verbranntem Gummi und Treibstoff in der Luft schmecken, während er sich schützend über Fiona Becker beugte. Sie war schwer verletzt, und jede ihrer Bewegungen ließ sie vor Schmerz zusammenzucken, doch ihr Wille, weiterzumachen, war ungebrochen. Es war beeindruckend, wie sie trotz ihrer Verletzungen kämpfte, aber Olsen wusste, dass ihr Zustand kritisch war.

„Bernd... du musst weiter", flüsterte Fiona, während sie sich an ihn klammerte. Ihr Gesicht war aschfahl, und der Schmerz war ihr deutlich anzusehen.

„Ich werde dich hier rausholen", antwortete Olsen, seine Stimme hart, aber leise.

Er hatte schon zu viele Menschen verloren, und er würde nicht zulassen, dass Fiona eine weitere war. Sie hatte ein Leben, eine Familie – er würde sie nicht im Stich lassen.

Olsen spähte in die Ferne. Sie mussten jetzt handeln. Er funkte den Befehl durch: „Alle Teams – bereit zum Vorrücken. Wir haben eine Minute, um die Zivilisten aus der Gefahrenzone zu bringen."

Während Maren und das SEK-Team versuchten, die eingeschlossenen Zivilisten zu evakuieren, gab Olsen den Befehl an seine verbleibenden Männer, Deckung zu geben. „Niemand schießt ohne meinen Befehl", zischte er ins Funkgerät. „Wir müssen diese Leute hier lebend herausholen."

Doch der Rückweg zum sicheren Ausgang war kompliziert. Die Straßen waren immer noch ein Minenfeld von Barrikaden und herumfliegenden Trümmern. Eine falsche Bewegung und sie würden in die Schusslinie geraten – oder schlimmer, in eine der Sprengfallen, die das Kartell strategisch platziert hatte.

Olsen hob vorsichtig Fiona auf und half ihr, sich auf die Beine zu stemmen. Jeder ihrer Schritte war schwer, ihre Beine zitterten, aber sie biss die Zähne zusammen und hielt durch. Der Weg durch die brennenden Trümmer war wie ein Spießrutenlauf, und jede Sekunde, die verstrich, fühlte sich an wie ein Herzschlag zu viel.

„Wir schaffen das", flüsterte er, während er ihre Schulter stützte. „Nur noch ein paar Meter, dann sind wir raus."

Plötzlich pfiff eine Kugel an ihnen vorbei und ließ Olsen sofort erstarren. „Deckung!", brüllte er reflexartig, warf sich mit Fiona auf den Boden und rollte sie in eine nahegelegene Vertiefung, die gerade noch genug Schutz bot, um die nächsten Salven abzuwehren.

„Scheiße!", zischte er und spähte über die Kante. „Die Scharfschützen sind zurück. Sie wissen, dass wir uns zurückziehen!"

Sein Blick huschte zu den anderen SEK-Beamten, die gerade dabei waren, die restlichen Zivilisten vom Fischmarkt zu evakuieren. Maren Starke war unter ihnen, ihre Waffe fest in den Händen, während sie die umstehenden Menschen dirigierte, sie in Sicherheit brachte, während die Schüsse um sie herum explodierten. Die Scharfschützen des Kartells schienen sich neu zu formieren. Sie bereiteten den nächsten Angriff vor.

Olsen fluchte leise, als er erkannte, dass sie keine Zeit mehr hatten. Sie mussten sich bewegen, bevor die Scharfschützen die Zivilisten ins Visier nahmen.

„Fiona, du musst weitergehen", sagte er entschlossen und zog sie hoch. „Wir haben keine Zeit."

Sie nickte nur schwach, ihre Lippen waren blutleer, aber ihr Blick war fest. „Lass mich nicht zurück, Bernd."

„Niemals", antwortete er, und zusammen kämpften sie sich Schritt für Schritt weiter vorwärts. Die Hölle tobte um sie herum, aber sie hatten nur noch diesen einen Ausweg.

Während sie durch das Chaos kämpften, die Schreie der Zivilisten hinter sich und die immer lauter werdenden Schüsse vor ihnen, kehrten Olsens Gedanken immer wieder zu einem einzigen Punkt zurück: Eva, seine Tochter. Inmitten des Infernos, das Hamburg gerade verschlang, spürte er eine lähmende Angst, die ihn nicht losließ. Auch wenn sie sicher an einem anderen Ort war, fernab der Gewalt, die hier tobte, fühlte er die drohende Gefahr, die über ihnen schwebte wie ein Schwert, das jederzeit zuschlagen konnte.

„Wie lange noch?", fragte er sich selbst, während er weiterlief. „Wie lange, bis das Kartell einen Weg findet, auch sie zu erreichen?"

Sein Herz krampfte sich zusammen bei dem Gedanken, dass das Kartell ihn nicht nur in Hamburg verfolgte, sondern bereit war, jede Schwäche auszunutzen – und seine größte Schwäche war Eva. Auch wenn sie jetzt sicher war, wusste Olsen, dass es nur eine Frage der Zeit war, bis sie ihn erneut ins Visier nehmen würden. Sie hatten bereits Drohungen ausgesprochen, und Olsen hatte seine Tochter in Sicherheit gebracht, doch die Unsicherheit nagte an ihm. In einer Welt, in der das Kartell jeden erpressen, jeden töten konnte, fühlte sich keine Entfernung weit genug an.

Jede Schießerei, jede Granatenexplosion erinnerte ihn daran, dass sein Leben zerbrechlich war. Jeder Moment in diesem Krieg könnte der letzte sein. Was, wenn er hier starb? Was, wenn Eva ohne ihn zurückblieb, ohne den Vater, der sie all die Jahre beschützt hatte?

Der Gedanke lastete schwer auf ihm. Olsen hatte viele Schlachten geschlagen, doch der Gedanke, dass Eva in eine Welt hineingezogen wurde, die von Gangs, Drogen und Gewalt beherrscht wurde, schnitt tiefer als jede Kugel.

„Ich muss hier raus", murmelte er leise zu sich selbst. „Ich muss sie sehen. Ich muss sicherstellen, dass sie wirklich in Sicherheit ist."

Er wusste, dass dies jetzt nicht der Moment war, um an die Zukunft zu denken – nicht inmitten dieses Kriegsschauplatzes. Aber der Gedanke an Eva ließ ihn nicht los. Sein Anker, das, was ihn noch menschlich hielt, war sie. So lange er atmete, so lange er kämpfte, würde er alles tun, um sicherzustellen, dass das Kartell niemals auch nur in ihre Nähe kam.

Die Wucht der Gewalt um ihn herum ließ ihn nicht vergessen, dass dieser Krieg ein persönlicher war. Nicht nur für ihn, sondern für all jene, die das Kartell als Geisel hielt – Zivilisten wie Fiona, seine Tochter, und unzählige andere, die keine Wahl hatten. Es gab keinen Ausweg, keine Flucht. Das Kartell würde nicht ruhen, bis sie alles in ihrem Griff hatten.

Olsen schüttelte die Gedanken ab, als er endlich mit Fiona die sichere Zone erreichte. „Komm, wir haben es geschafft", sagte er, obwohl er wusste, dass das nur der Anfang war. Die Schlacht um Hamburg war noch lange nicht vorbei – und der Preis, den er zu zahlen bereit war, stieg mit jeder Minute.

Er sah sich um. Die Zahl der Menschen, die sie retten konnten, war nur ein Bruchteil von dem, was sie ursprünglich geplant hatten. Die Stadt zerfiel vor seinen Augen, während das

Kartell seinen eisernen Griff immer enger zog. Doch so lange er atmete, würde er nicht aufgeben. Für Hamburg. Für Eva.

Der Konferenzraum im LKA war düster und still. Der Rauch der letzten Schießerei hing noch immer in der Kleidung der Teammitglieder, und der Geruch von verbranntem Gummi und Schießpulver haftete an ihrer Haut. Die Stille war beklemmend – nicht die übliche Ruhe nach einem Einsatz, sondern eine unangenehme, bedrückende Spannung, die den Raum füllte, während jeder versuchte, die Ereignisse des Tages zu verarbeiten.

Olsen stand am Kopf des Tisches, die Arme vor der Brust verschränkt, während er auf die gescheiterten Operationen der letzten Tage blickte, die auf einer Tafel vor ihm aufgelistet waren. Hamburg stand in Flammen, der Straßenkrieg tobte weiter, und das Kartell schien ihnen wie immer einen Schritt voraus zu sein. Jeder Erfolg, den sie erzielt hatten, war in einer Lawine von Niederlagen begraben worden.

Jonas Holst saß am anderen Ende des Tisches, die Stirn gerunzelt, die Arme fest verschränkt. Seine sonst so dynamische Energie war erschöpft, die Dunkelheit unter seinen Augen sprach Bände. Die Angriffe auf das Team, die immer wieder misslungenen Einsätze, die Niederlagen – alles hatte an ihm genagt. Er war ein Mann, der mit seiner Entschlossenheit immer nach vorne blickte, doch jetzt schien er gebrochen.

„Was tun wir hier eigentlich, Bernd?" fragte er schließlich, seine Stimme scharf und angespannt. „Wie oft wollen wir noch mit dem Kopf gegen die Wand rennen, bevor wir erkennen, dass es nicht funktioniert?"

Olsen hob den Blick und musterte Jonas einen Moment lang, ehe er antwortete. „Was schlägst du vor, Jonas? Dass wir einfach aufgeben? Sie gewinnen lassen?"

„Das sage ich nicht", schnappte Jonas, seine Augen funkelten vor Frustration. „Aber wir sind immer zu spät. Jedes Mal, wenn wir glauben, das Kartell zu fassen, sind sie uns einen Schritt voraus. Wir verlieren Leute, Bernd! Wir verlieren die Kontrolle über die Straßen. Ich frage mich nur, ob es nicht Zeit ist, die Strategie zu ändern. Oder ob es überhaupt noch einen Sinn hat."

Die Worte hingen schwer im Raum, und es war klar, dass Jonas nicht allein mit seinen Gedanken war. Maren Starke sah unruhig aus, sie vermied den direkten Blickkontakt mit Olsen, während sie nervös mit einem Stift spielte. Auch sie schien von Zweifeln geplagt zu sein, obwohl sie bisher immer fest an seiner Seite gestanden hatte.

„Es ist nicht das erste Mal, dass wir Rückschläge haben", sagte Maren schließlich, ihre Stimme vorsichtig und zurückhaltend. „Aber Jonas traf einen Punkt. Die letzten Tage... es fühlt sich an, als ob wir in einen Krieg hineingezogen werden, den wir nicht gewinnen können. Vielleicht brauchen wir einen neuen Ansatz, bevor wir uns selbst verlieren."

Olsen konnte die Frustration in ihren Stimmen hören. Sie waren erschöpft, nicht nur physisch, sondern auch emotional. Jeder Tag im Krieg gegen das Kartell forderte seinen Tribut, und es war klar, dass sie alle an ihre Grenzen gestoßen waren. Aber was konnte er tun?

Olsen atmete tief durch, bevor er antwortete. Er konnte nicht zulassen, dass das Team auseinanderfiel – nicht jetzt, nicht inmitten dieser Krise. „Ich weiß, dass es schwer ist", begann er, seine Stimme ruhig, aber entschlossen. „Aber wir haben keine andere Wahl. Wenn wir jetzt aufgeben, dann gehört Hamburg dem Kartell. Das können wir nicht zulassen."

„Das ist leicht gesagt", entgegnete Jonas, seine Stimme nun gereizter. „Aber du siehst doch, wie es läuft. Sie sind uns immer einen Schritt voraus, weil sie jemanden im Team haben. Es gibt einen Verräter unter uns, und solange wir nicht wissen, wer das ist, laufen wir ins offene Messer."

Olsen spürte, wie sich die Schuldgefühle in ihm zusammenbrauten. Es war wahr. Der Verräter war noch immer da draußen, und jede Entscheidung, die sie trafen, war durch diese Unsicherheit vergiftet. Aber er durfte sich davon nicht lähmen lassen. Misstrauen war genau das, was das Kartell wollte.

„Wir sind uns dieser Gefahr bewusst", sagte Olsen mit fester Stimme. „Aber wenn wir jetzt aneinander zweifeln, dann haben sie schon gewonnen. Wir müssen zusammenhalten."

Doch Jonas ließ sich nicht beruhigen. „Zusammenhalten? Wie sollen wir das machen, wenn wir nicht einmal wissen, wem wir trauen können? Wer sagt mir, dass nicht noch jemand Informationen weitergibt? Wie können wir in so einem Umfeld kämpfen, Bernd? Sag es mir!"

Die letzten Worte von Jonas hallten im Raum wider, und für einen Moment schien die Luft dicker zu werden. Olsens Führung war nicht mehr unantastbar. Jonas' Zweifel waren greifbar, und Maren schien zwischen beiden Seiten zu schwanken.

Olsen wusste, dass er die Zweifel seines Teams ernst nehmen musste. Doch wie sollte er das tun, ohne ihre moralische Stütze zu verlieren? Olsen legte die Hände auf den Tisch und sah Jonas direkt an.

„Ich verstehe, was du sagst", begann er ruhig, obwohl in ihm ein Sturm tobte. „Und ich wünschte, ich könnte euch alle beruhigen und sagen, dass wir den Verräter morgen entlarven werden. Aber das kann ich nicht."

Er spürte, wie die Worte schwer auf ihm lasteten, doch er musste sie aussprechen.

„Ich weiß, dass ihr erschöpft seid. Ich weiß, dass jeder von uns an seine Grenzen gekommen ist. Aber ich verspreche euch – ich werde diesen Verräter finden. Und ich werde das Kartell zu Fall bringen. Aber das können wir nur zusammen schaffen. Es gibt keinen anderen Weg."

Maren hob den Kopf, und in ihren Augen sah Olsen das schwache Aufblitzen von Hoffnung. Sie wollte ihm glauben, das spürte er. Doch die Frustration in Jonas' Gesicht blieb bestehen. Er war derjenige, der das Vertrauen in die Führung am meisten verloren hatte, und das bedeutete Gefahr. Ein gespaltenes Team war genau das, was das Kartell brauchte, um ihre Macht weiter auszubauen.

„Bernd", sagte Maren schließlich, leise, fast zögerlich. „Wir stehen hinter dir. Aber ich glaube, Jonas hat recht – wir müssen unsere Strategie überdenken. Es kann so nicht weitergehen."

„Was schlagt ihr vor?" fragte Olsen, die Müdigkeit in seiner Stimme unverkennbar.

Jonas schwieg einen Moment, dann schüttelte er den Kopf. „Vielleicht... vielleicht ist es an der Zeit, das gesamte LKA einzuschalten. Mehr Leute, mehr Augen, mehr Druck. Das Kartell wird uns sonst weiter aufreiben."

Olsen spürte, wie seine Nerven zu flattern begannen. Mehr Leute bedeuteten mehr Unsicherheiten, mehr potenzielle Schwachstellen. Doch die Wahrheit war klar: Ihr kleiner Kreis war nicht genug, um das Netzwerk des Kartells zu zerschlagen. Es war eine bittere Pille, die er schlucken musste.

„In Ordnung", sagte er schließlich. „Wir holen Unterstützung. Aber ich werde diesen Verräter persönlich finden."

Nach der Besprechung verließen Jonas und Maren den Raum, jeder mit seinen eigenen Gedanken und Zweifeln. Olsen blieb allein zurück, starrte auf die zerknitterten Karten und Berichte auf dem Tisch vor ihm. Sein Team begann auseinanderzubrechen, und das konnte er sich nicht leisten. Nicht jetzt.

„Ich darf nicht scheitern", murmelte er zu sich selbst, während er die Hände zu Fäusten ballte.

Spur nach Kolumbien

Das sanfte Klicken der Tastatur war das einzige Geräusch im abgedunkelten Büro des LKA. Der Raum war in gedämpftes Licht getaucht, welches das Gesicht von Jonas Holst bleich erscheinen ließ. Er war vertieft in die Datenströme, die vor ihm über die Bildschirme liefen – verschlüsselte Nachrichten, Überweisungen, Satellitenbilder. Jede Information zählte, und Holst wusste, dass er kurz davorstand, etwas Bedeutendes zu entdecken.

Seit Wochen hatten sie versucht, das Netzwerk des Kartells zu durchdringen, aber das Kartell war geschickt darin, seine Spuren zu verwischen. Doch irgendetwas hatte Holst auf eine neue Spur gebracht – eine Schmuggelroute, die tief in den kolumbianischen Dschungel führte, wo das Kartell seine Aktivitäten verlagert hatte.

Die Route, die er auf den Bildschirmen verfolgte, war komplex, aber sie war eindeutig: Sie führte von den versteckten Dschungellaboren Kolumbiens durch Venezuela, von dort nach Mexiko und schließlich über den Atlantik nach Europa. Es war ein großangelegter Schmuggel von Kokain, der in den letzten Monaten extrem zugenommen hatte. Doch was die Sache brisanter machte, war die Entdeckung, dass diese Route auch Waffen transportierte – schwere Waffen, die das Kartell brauchte, um seine Kontrolle über die Gangs in Europa zu sichern.

„Das ist es", murmelte Holst, während er sich nach vorne lehnte, seine Finger flogen über die Tastatur, um die Route weiter zu entschlüsseln. „Das ist die Verbindung, nach der wir gesucht haben."

Die kolumbianischen Dschungel waren seit jeher der Nährboden für den Kokainhandel gewesen, aber Holst hatte durch seine Recherchen erfahren, dass sich in den letzten Monaten etwas verändert hatte. Die klassischen Verbindungen, die das

Kartell für seine Schmuggelrouten verwendet hatte, waren entweder aufgeflogen oder nicht mehr sicher genug. Es schien, als ob das Kartell seine Routen verlagert hatte – tiefer in die Gebiete der ehemaligen FARC-Guerilla, in den schwer zugänglichen Dschungel, wo die paramilitärischen Gruppen immer noch die Kontrolle hatten.

Holst studierte die Satellitenbilder mit zusammengekniffenen Augen. Sie zeigten ein dicht bewaldetes Gebiet im Herzen Kolumbiens, weit entfernt von den Städten, die im Drogenkrieg zerstört worden waren. Hier, in der dunklen und undurchdringlichen Wildnis, waren versteckte Kokainlabore und Waffenlager entstanden – geschickt getarnt zwischen den Bäumen, sodass sie nur mit modernster Technologie zu entdecken waren.

„Das Kartell nutzt die alten Routen der Guerilla", murmelte Holst leise vor sich hin, während er weiter nach Mustern in den Daten suchte. „Die FARC hat das Gebiet jahrzehntelang kontrolliert, und jetzt nutzen die Drogenbarone genau diese Infrastruktur, um ihre Operationen wieder aufleben zu lassen."

Die Route verlief über Venezuela, ein Land, das durch politische Instabilität und Korruption zu einem idealen Transitland geworden war. Dort gab es kaum Kontrolle, und das Kartell konnte problemlos Drogen und Waffen durch die Häfen schmuggeln. Von Venezuela aus wurde die Ware nach Mexiko gebracht, wo das Netzwerk der mexikanischen Kartelle weiterverhalf, sie in die USA und nach Europa zu transportieren. Was die Route so gefährlich machte, war die Effizienz – das Kartell hatte nicht nur den Drogenhandel perfektioniert, sondern auch den Waffenschmuggel in einem beispiellosen Ausmaß erweitert.

Holst öffnete eine weitere Datei, eine verschlüsselte Nachricht, die er vor Kurzem entschlüsselt hatte. Sie enthielt detaillierte Informationen über die neuesten Pläne des Kartells, eine großangelegte Lieferung von Drogen und Waffen nach Europa zu schmuggeln. Es war ein geheimer Transport, der von einer neu etablierten Route durch den Atlantik nach Europa verlaufen sollte. Diese Route war von besonderem Interesse, denn sie hatte eine neue Dimension des Schmuggels eröffnet: Neben hochreinem Kokain waren auch moderne Kriegswaffen und sogar Sprengstoffe an Bord.

Holst konnte es kaum fassen. Das Kartell hatte sich in den letzten Monaten immer weiter militarisiert. Es war nicht mehr nur eine Drogenbande – es war ein paramilitärisches Netzwerk, das den Krieg nicht nur auf den Drogenhandel beschränkte, sondern auch die Gewalt auf die europäischen Städte ausweiten wollte. Diese Waffen würden in die Hände der lokalen Gangs in Hamburg, Berlin und anderen europäischen Metropolen gelangen, um deren Kampf um die Vorherrschaft zu stärken.

„Sie bereiten einen Krieg vor", sagte Holst schließlich laut, während er die Informationen vor sich zusammenführte. „Das Kartell wird nicht nur den Drogenmarkt übernehmen – sie wollen die Kontrolle über alles, was den Schwarzmarkt betrifft."

Holst ließ sich in seinem Stuhl zurücksinken und schloss kurz die Augen. Es war ihm klar, dass sie nun mit einer viel größeren Bedrohung konfrontiert waren, als sie ursprünglich gedacht hatten. Das Kartell hatte seine Aktivitäten verlagert, und das bedeutete, dass sie ihre Operationen ebenfalls ausweiten mussten. Die Verbindungen nach Kolumbien waren klar – und sie mussten dringend reagieren.

Er griff nach seinem Handy und wählte Olsen. Der Leitende Ermittler war der Einzige, der verstehen würde, was sie hier gefunden hatten. Nach einem kurzen Klingeln meldete sich Olsen, seine Stimme rau und angespannt. „Was gibt's, Jonas?"

„Bernd, ich habe etwas", begann Holst, seine Stimme ernst. „Das Kartell hat eine neue Route. Sie haben die alten Verbindungen der FARC übernommen und nutzen Venezuela und Mexiko, um ihre Drogen und Waffen nach Europa zu bringen.

Sie militarisieren sich – und sie wollen mehr als nur den Drogenhandel kontrollieren."

Am anderen Ende der Leitung blieb es kurz still, doch dann sagte Olsen langsam: „Sag mir nicht, dass sie wieder anfangen, Waffen nach Europa zu bringen."

„Genau das tun sie", bestätigte Holst. „Wir reden hier von Sturmgewehren, Panzerfäusten, allem, was sie brauchen, um den Bandenkrieg in Europa zu eskalieren. Die Lieferungen laufen bereits."

„Verdammt", fluchte Olsen.

Holst wusste, dass es keine Alternative gab. „Bernd, wir müssen nach Kolumbien. Wir müssen herausfinden, wer die Fäden zieht. Das hier ist größer, als wir dachten. Es ist nicht nur ein Drogenkartell – es ist ein verdammter Schattenstaat."

Olsen antwortete nach einem Moment der Stille: „Pack deine Sachen, Jonas. Wir fliegen nach Kolumbien."

Holst legte auf und starrte einen Moment lang auf den Bildschirm vor sich. Es war klar, dass sie sich nun auf unsicheres Terrain begaben. Kolumbien war das Herz des Kartells, und dort wartete eine ganz neue Stufe der Gefahr. Doch er wusste, dass sie keine andere Wahl hatten. Das Kartell würde niemals aufhören zu agieren – und es lag an ihnen, es aufzuhalten, bevor es zu spät war.

Der Flughafen von Bogotá war wie ein summender Bienenstock, überfüllt mit Menschen, die sich durch die engen Gänge drängten, während die Ankunft von Maschinen aus aller Welt gemeldet wurde. Die Stimmen der Durchsagen hallten durch die große Halle, und der Geruch von feuchter Hitze und Benzin mischte sich mit dem lauten Summen der Klimaanlagen.

Bernd Olsen schob seine Sonnenbrille nach oben, als er durch die Menschenmenge navigierte, die sich in der drückenden Hitze durch die Ankunftshalle bewegte. Die Reise nach

Kolumbien war nicht ohne Risiko. Er hatte sich bewusst entschieden, nur mit Jonas Holst zu fliegen – ein kleines Team bedeutete weniger Aufmerksamkeit und geringere Gefahr, aufzufallen.

Kolumbien war nicht einfach irgendein Ort. Dies war das Herz des Kartells, das Zentrum ihrer Macht und ihrer Operationsbasis. Hier hatte das Kartell seine Wurzeln geschlagen, seit Jahrzehnten tief verankert in der Politik, der Wirtschaft und dem organisierten Verbrechen. Und genau hier, in den dichten Dschungeln und zerfallenden Stadtvierteln, hatte sich die wahre Macht des Kartells manifestiert.

„Alles okay?", fragte Jonas leise, als sie gemeinsam aus dem Flughafen traten und die heiße, schwüle Luft der Stadt sie empfing.

Olsen nickte knapp, aber sein Blick war aufmerksam. „Ich mag das hier nicht", murmelte er. „Wir sind hier auf fremdem Terrain. Jeder könnte für das Kartell arbeiten."

Jonas zog die Schultern an, als er einen Taxifahrer ansah, der in ihre Richtung winkte. „Das ist Kolumbien, Bernd. Jeder könnte gekauft sein."

Der Weg vom Flughafen in die Innenstadt von Bogotá zog sich in endlosen Kurven durch die dichten Straßen der Stadt. Überall wuselten Menschen, Motorräder schlängelten sich durch den Verkehr, und die Geräusche der hupenden Autos und Rufe der Straßenverkäufer füllten die Luft. Doch es war nicht das pulsierende Leben, das Olsen beschäftigte. Es war die spürbare Präsenz des Kartells. In dieser Stadt war das Kartell keine unsichtbare Macht, sondern eine greifbare Realität.

Ihr Fahrer war ein schweigsamer Mann in den Fünfzigern, seine Hände fest am Lenkrad. Immer wieder huschten seine Augen über den Rückspiegel, als würde er sicherstellen wollen, dass sie nicht verfolgt wurden. Es war offensichtlich, dass er wusste, mit wem er es zu tun hatte. Jeder Kolumbianer kannte die Macht des Kartells – und jeder wusste, dass es besser war, keine Fragen zu stellen.

„Unser Kontakt ist im Süden der Stadt", murmelte Jonas, während er auf sein Handy schaute. „Er will uns in einer Stunde treffen. Er sagt, er hat Informationen über die neuen Operationen des Kartells."

Olsen nickte. Der Informant, den sie treffen sollten, war ein ehemaliges Mitglied des Kartells, der sich aus Angst um sein Leben abgesetzt hatte. Er war tief in ihre Machenschaften verwickelt gewesen, bevor er erkannt hatte, dass das Kartell niemanden verschonte – nicht einmal seine eigenen Leute.

„Er wird uns nicht alles sagen", sagte Olsen leise, während sie durch die Stadt fuhren. „Aber er weiß mehr, als wir im Moment haben."

Die Straßen um sie herum wurden enger, dunkler. Sie hatten das Stadtzentrum verlassen und näherten sich den ärmeren Vierteln, den Barrios, in denen das Kartell tief verwurzelt war. Die Häuser hier waren einfache, brüchige Bauten aus Ziegeln und Blechdächern. Überall hingen Stromleitungen wie Spinnweben in der Luft. Graffiti zierte die Mauern, viele davon Symbole und Codes der lokalen Banden, die eng mit dem Kartell verbunden waren.

Der Treffpunkt war eine heruntergekommene Bar in einem Teil der Stadt, in den sich Touristen nie verirrten. Olsen und Jonas stiegen aus dem Taxi und musterten die Gegend. Männer standen an den Ecken, rauchten und warfen ihnen misstrauische Blicke zu, während Frauen in engen Kleidern an den Türen der heruntergekommenen Gebäude standen und den vorbeiziehenden Verkehr beobachteten.

Es war klar, dass dies ein Gebiet war, das von den Gangs kontrolliert wurde – und jede Gang hier arbeitete direkt oder indirekt auch für das Kartell.

„Hältst du es für eine Falle?", fragte Jonas, seine Hand ruhte auf der Innenseite seiner Jacke, wo er seine Waffe verborgen trug.

„Immer", antwortete Olsen knapp, als sie auf die Bar zugingen.

Die Tür der Bar quietschte, als sie eintraten. Innen war es schummrig, der Rauch von Zigaretten und billigen Zigarren hing in der Luft. Einige der Männer, die an den Tischen saßen, sahen auf, musterten sie mit einem Blick, der keine Herzlichkeit versprach. Olsen spürte, wie sich die Anspannung in seinem Magen zusammenzog. Hier waren sie eindeutig Fremde – und Fremde waren nicht willkommen. In einer Ecke der Bar saß der Informant, ein Mann mittleren Alters mit hagerem Gesicht und nervösem Blick. Er sah sich ständig um, als erwarte er jeden Moment einen Angriff.

„Du musst Olsen sein", sagte er, als sie sich an seinen Tisch setzten.

Olsen nickte knapp. „Und du musst derjenige sein, der uns etwas über das Kartell zu sagen hat."

Der Informant, der sich als Carlos vorstellte, lachte trocken. „Mehr, als euch lieb sein wird, Gringo."

Olsen lehnte sich leicht nach vorne. „Erzähl uns von den neuen Operationen. Wir wissen, dass sie die Route durch Kolumbien verlagert haben. Was planen sie?"

Carlos nahm einen Schluck von seinem Bier und wischte sich mit dem Handrücken den Schweiß von der Stirn.

„Sie haben sich die alte Route der FARC geschnappt", begann er. „Die Gegend, die sie jetzt kontrollieren, ist tief im Dschungel – zu tief, um sie mit normalen Mitteln zu erreichen. Sie haben die paramilitärischen Gruppen bestochen oder ausgeschaltet, die noch Widerstand geleistet haben. Jetzt haben sie die Kontrolle über riesige Gebiete. Dort produzieren sie mehr Kokain, als ihr euch vorstellen könnt. Und sie bringen es nach

Venezuela, wo sie die Ware entweder verschiffen oder durch Mexiko schicken."

Olsen kniff die Augen zusammen. „Was ist mit den Waffenlieferungen?"

Carlos nickte. „Waffen sind der Schlüssel. Sie bereiten sich auf einen Krieg vor, aber nicht hier in Kolumbien – sie wollen Europa erobern. Die Waffen, die sie schmuggeln, sind nicht nur für die Gangs in Mexiko oder Venezuela gedacht. Sie schicken sie direkt nach Europa. Ihr habt keine Ahnung, was da auf euch zukommt."

„Und wer leitet das alles?", fragte Jonas, seine Stimme angespannt. „Wer zieht hier wirklich die Fäden?"

Carlos' Blick huschte nervös durch den Raum. „Das ist das Problem", sagte er leise. „Ihr kennt ihn vielleicht als El Fantasma – der Geist. Niemand kennt seinen wirklichen Namen. Aber er ist derjenige, der alles kontrolliert. Er hat es geschafft, sowohl die alten Guerillagruppen als auch die größten Kartelle unter einem Dach zu vereinen. Er hat Verbindungen, die bis in die höchsten Ebenen der kolumbianischen Politik reichen. Niemand wagt es, sich ihm in den Weg zu stellen."

Olsen sah Carlos fest in die Augen. „Wie lange, glaubst du, kannst du dich noch verstecken, bevor er dich findet?"

Carlos' Hände zitterten leicht, als er sein Bier zurück auf den Tisch stellte. „Nicht lange", murmelte er. „Aber ich habe keine andere Wahl. Das Kartell tötet jeden, der sich gegen sie stellt. Sie haben Augen überall."

„Dann hilf uns", sagte Olsen fest. „Hilf uns, sie zu stoppen."

Carlos sah ihn an, eine Mischung aus Angst und Entschlossenheit blitzte in seinen Augen auf. „Ich kann euch die Informationen geben, die ihr braucht, aber ihr müsst schnell handeln. Wenn sie herausfinden, dass ich mit euch rede, bin ich tot."

Olsen nickte, während er sich aufrichtete. „Wir handeln schnell. Aber sei dir sicher: Sobald wir dich brauchen, wirst du da sein."

Carlos nickte schwach und warf noch einen nervösen Blick über die Schulter. „Ihr habt nicht viel Zeit", sagte er. „Die nächste Lieferung ist bereits unterwegs. Und es wird die größte sein, die sie jemals nach Europa geschickt haben."

Als Olsen und Jonas die Bar verließen, umfing sie sofort die stickige Hitze der kolumbianischen Nacht. Der Lärm der Straßen schien gedämpft, als hätten sich die Geräusche zurückgezogen, um Platz für die erdrückende Stille zu machen, die mit ihrer neu gewonnenen Erkenntnis über das Kartell einherging. Olsen spürte, wie sein Nacken brannte, als würde er bereits beobachtet werden. Es gab zu viele Augen hier, zu viele Ohren, die sich auf das konzentrierten, was sie taten.

„Verdammte Scheiße", murmelte Jonas leise, während sie durch die engen Gassen gingen. „Dieser Carlos... glaubst du, dass er wirklich die ganze Wahrheit gesagt hat?"

Olsen blieb stehen und sah sich um. Jeder Schatten, jede Bewegung schien eine Bedrohung zu sein. Er dachte an El Fantasma, den Mann, der im Dunkeln operierte, unauffindbar, unsichtbar wie ein Geist. Die bloße Erwähnung dieses Namens ließ ihm einen kalten Schauer über den Rücken laufen. Er war kein gewöhnlicher Drogenbaron. Er war der Puppenspieler.

„Er hat Angst", sagte Olsen schließlich und sah Jonas ernst an. „Und das bedeutet, dass er mehr weiß, als er uns gesagt hat. Niemand lebt lange, wenn er dem Kartell den Rücken zukehrt. Das wissen wir."

Jonas zog die Schultern hoch, seine Augen suchten nervös die Straßen ab. „Ich frage mich nur, wie lange es dauert, bis sie merken, dass wir hier sind. Diese verdammten Blicke..."

Olsen nickte. „Es dauert nicht lange", sagte er leise, seine Stimme hart. „Wir sind im Herz des Kartells. Sie wissen wahrscheinlich schon, dass wir hier sind. Wahrscheinlich wissen sie auch, dass wir mit Carlos gesprochen haben. Wir müssen verschwinden, und zwar schnell."

Doch in Wahrheit war das leichter gesagt als getan. Die engen Gassen der Barrios boten kaum Deckung, und jede Ecke, jede Gestalt in der Dunkelheit konnte ein Feind sein. Olsen spürte die Kälte der Gefahr in seinen Knochen – es war der gleiche Instinkt, den er in den dunkelsten Momenten seiner Karriere gespürt hatte.

Doch diesmal war es anders. Diesmal waren sie nicht in Hamburg. Diesmal waren sie auf feindlichem Terrain, und das Kartell beherrschte jeden Quadratzentimeter dieser Stadt.

Jonas atmete tief ein und sah sich um, die Anspannung stand ihm ins Gesicht geschrieben. „Glaubst du wirklich, dass er uns nicht die ganze Wahrheit gesagt hat?"

„Er hat uns nur das gesagt, was wir hören sollten", erwiderte Olsen, während sie weitergingen. „Diese Männer haben immer noch Angst. Selbst wenn sie das Kartell verlassen, sind sie nie wirklich frei. Er weiß, dass das Kartell ihn töten wird, wenn sie herausfinden, dass er geredet hat. Aber er hat etwas noch viel Wertvolleres verschwiegen. Etwas, das uns direkt zu El Fantasma führen könnte."

„Was glaubst du, ist das?"

Olsen hielt inne und sah Jonas an. „Ich weiß es nicht", sagte er mit rauer Stimme. „Aber was auch immer es ist, es ist muss so gefährlich sein, dass Carlos es nicht riskieren will, uns alles zu erzählen. Es gibt immer ein Detail, das diese Leute zurückhalten, weil sie denken, es könnte ihr letzter Joker sein. Irgendetwas, das ihnen noch das Leben retten könnte, wenn die Dinge aus dem Ruder laufen."

Jonas nickte langsam. „Und wenn das so ist, dann ist er für uns genauso wertvoll wie für das Kartell."

„Exakt", sagte Olsen knapp. „Deshalb dürfen wir nicht nur auf das hören, was er gesagt hat. Wir müssen zwischen den Zeilen lesen. Wir brauchen mehr Informationen, und wenn er uns die nicht gibt, müssen wir sie selbst herausfinden."

Während sie weitergingen, blieben Olsens Gedanken bei El Fantasma hängen. Wer war dieser Mann? Die Informationen über ihn waren vage, aber das machte ihn umso gefährlicher. Seine wahre Macht lag darin, dass niemand wirklich wusste, wie er aussah, wer er war oder wie er operierte. In der kriminellen Welt war Unsichtbarkeit eine Macht, die nur die wenigsten besaßen – und die tödlichste Waffe, die man haben konnte.

„Wenn wir diesen Mann finden, Jonas", sagte Olsen plötzlich und drehte sich zu ihm um, „dann haben wir den Schlüssel, um das ganze verdammte Kartell zu Fall zu bringen. El Fantasma ist der Kopf der Schlange. Und sobald wir diesen Kopf abschlagen, wird der Rest zerfallen."

„Wenn wir ihn finden", wiederholte Jonas, sein Tonfall skeptisch. „Der Typ ist ein verdammtes Phantom, Bernd. Niemand kennt sein Gesicht, niemand weiß, wo er sich aufhält. Selbst die Leute im Kartell reden nur in Gerüchten über ihn. Was, wenn er wirklich unantastbar ist? Was, wenn wir nie genug herausfinden?"

„Das ist nicht unser Stil", antwortete Olsen fest. „Jeder Mann hat einen Schwachpunkt. Jeder. Wir müssen nur tief genug graben."

Sie erreichten die Straßenkreuzung, an der ihr Fahrer warten sollte, doch das Taxi war verschwunden. Olsen und Jonas tauschten einen schnellen Blick. Sofort griff Jonas zu seiner Waffe und überprüfte die Umgebung.

„Verdammt", flüsterte Jonas. „Ich wusste es. Wir hätten den Wagen nicht verlassen sollen."

Olsen schüttelte den Kopf. „Es hätte nichts geändert. Hier sind wir nie wirklich sicher. Wir müssen uns bewegen. So schnell wie möglich."

Die Dunkelheit um sie herum schien dichter zu werden. Olsen spürte, wie sich der Schatten des Kartells über sie legte, wie eine unsichtbare Hand, die sich langsam um ihren Hals schloss. Sie mussten aus diesem Teil der Stadt verschwinden, bevor jemand merkte, dass sie hier waren.

„Lass uns durch die Seitengassen gehen", sagte Olsen knapp und deutete auf eine schmale Gasse, die zwischen zwei heruntergekommenen Gebäuden hindurchführte. „Wir dürfen nicht auffallen."

Jonas folgte ihm, die Hand fest auf seiner Waffe. „Denkst du, sie wissen schon, dass wir mit Carlos gesprochen haben?"

„Wahrscheinlich", antwortete Olsen. „Aber auch wenn sie es noch nicht wissen, werden sie es bald herausfinden."

Sie schlichen sich durch die Gasse, die Wände waren eng und drückend, und der Gestank von Abfall und verschüttetem Bier hing in der Luft. Jede Bewegung, jeder Schatten wurde zu einer möglichen Bedrohung.

Sie waren nicht mehr in Europa – hier, im Territorium des Kartells, war jeder Fehler ein Todesurteil.

„Wenn sie uns hier erwischen...", begann Jonas, doch Olsen schnitt ihm das Wort ab.

„Sie werden uns nicht erwischen", sagte er mit grimmiger Entschlossenheit. „Wir bringen Carlos' Informationen zurück nach Hamburg und stoppen ihre verdammten Lieferungen. Das Kartell wird sich nirgendwo mehr sicher fühlen."

Die Gedanken an El Fantasma ließen Olsen nicht los, während sie sich weiter durch die Stadt bewegten. Der Mann, der im Hintergrund die Fäden zog, blieb eine nicht greifbare Bedrohung. Niemand war wirklich unantastbar, nicht einmal ein Phantom wie er. Und wenn der Moment kam, würde Olsen bereit sein. Doch in diesem Moment, als sie endlich eine belebtere Straße erreichten, sah er zu Jonas hinüber und wusste, dass der Weg dorthin gefährlich und lang werden würde. Ihre Gegner waren gut organisiert, brutal und hatten keine Skrupel, alles und jeden zu zerstören, der sich ihnen in den Weg stellte. Und trotzdem... genau das trieb Olsen an.

„Wir werden ihn kriegen", murmelte Olsen leise, fast mehr zu sich selbst als zu Jonas.

Jonas sah ihn an, schüttelte den Kopf, aber ein Hauch von Entschlossenheit blitzte in seinen Augen auf. „Das hoffe ich, Bernd. Denn wenn nicht, sind wir bald tot."

Olsen schwieg, ließ den Satz unkommentiert. Sie hatten keine andere Wahl. Die Nacht in Bogotá war schwer und drückend, als Olsen in sein karges Hotelzimmer zurückkehrte. Die Begegnung mit Carlos hallte noch immer in seinem Kopf nach, aber es war klar, dass sie weit davon entfernt waren, den wahren Kern des Kartells zu erreichen. El Fantasma blieb eine unsichtbare Macht, die die Fäden zog – und jede Information über ihn war nur ein Bruchstück eines viel größeren Puzzles.

Plötzlich vibrierte Olsens Handy. Der Name auf dem Display ließ ihn innehalten: Milojevic. Der Mann, der sich als einer der gefährlichsten Verbündeten des Kartells herausgestellt hatte, schien plötzlich das Bedürfnis zu haben, Kontakt aufzunehmen. Olsen starrte einen Moment auf das Display. Warum rief Milojevic ausgerechnet jetzt an? Was wusste er, das so dringend war?

„Was willst du?" Olsens Stimme war kalt, als er den Anruf annahm. Er setzte sich auf die Bettkante, seine Augen auf die regennassen Fenster gerichtet.

Milojevic lachte leise, seine Stimme durchdrungen von dieser Mischung aus Arroganz und Lässigkeit, die Olsen immer auf die Nerven ging. „Es tut gut, deine Stimme zu hören, Olsen. Ich dachte, du würdest mich nie mehr sprechen wollen."

„Du hast die Ermittlungen sabotiert", fuhr Olsen ihn an. „Warum sollte ich dir auch nur eine Sekunde meiner Zeit schenken?"

„Weil ich Informationen habe, die du nicht hast", erwiderte Milojevic ruhig. „Informationen, die dich interessieren werden."

Olsen war kurz davor, aufzulegen, aber etwas in Milojevics Stimme hielt ihn davon ab. Es war ein unruhiger Unterton, etwas, das er noch nie zuvor bei Milojevic gehört hatte. Angst?

„Also los", sagte Olsen. „Rede."

„Du jagst immer noch den falschen Mann", begann Milojevic, seine Stimme nun deutlich ernster. „El Fantasma... er ist nur das Gesicht, das sie dir zeigen wollen. Er ist nicht derjenige, der wirklich die Macht hat."

Olsen zog die Augenbrauen hoch. „Was meinst du damit?"

„El Fantasma ist ein Mythos. Sicher, er hat Macht, er ist gefährlich. Aber das wahre Netzwerk hinter dem Kartell ist viel größer als nur ein Mann. Es gibt Leute, die mehr Macht haben als er, Leute, die du nicht einmal ansatzweise auf deinem Radar hast. Das Kartell ist nur ein Teil eines viel größeren Puzzles."

Olsen schwieg. Die Informationen, die Milojevic gerade lieferte, waren neu, aber sie fühlten sich seltsam vertraut an. In den letzten Monaten hatte er immer wieder das Gefühl gehabt, dass sie gegen etwas kämpften, das viel gewaltiger war, als sie vermuteten. Aber dass es noch mehr Mächte im Hintergrund gab, die den Drogenhandel und die Gewalt orchestrierten, das war neu.

„Und wo passt du in dieses Bild?", fragte Olsen, seine Stimme kühl. „Du spielst doch nicht plötzlich den Überläufer aus Nächstenliebe."

Milojevic lachte leise, ein dunkler, bitterer Klang. „Nein, Bernd, natürlich nicht. Aber sie lassen mich nicht mehr in Ruhe. Ich bin ein Risiko für sie geworden, seit du so hartnäckig hinter mir her bist. Ich dachte, ich wäre sicher, solange ich in ihrem Schatten operiere. Aber ich habe mich geirrt. Sie wollen mich loswerden. Und du bist meine einzige Chance."

Olsen schaltete das Handy auf den Lautsprecher, während er durch das Zimmer ging. „Fang an zu reden. Was weißt du über dieses größere Netzwerk?"

Milojevic zögerte, als ob er etwas abwog. „El Fantasma ist nur ein Rädchen im Getriebe. Er ist gefährlich, ja, aber er ist nicht unantastbar. Er arbeitet für eine Gruppe, die größer ist, als du dir vorstellen kannst. Es geht nicht mehr nur um Drogen oder Waffen. Es geht um die globale Kontrolle über den Schwarzmarkt. Sie haben Verbindungen zu Warlords in Afrika, zu Söldnern im Nahen Osten und zu Korrupten Regierungen in Asien. Das, was du hier in Kolumbien siehst, ist nur der Anfang."

„Du redest von einem globalen Netzwerk?", fragte Jonas, der im Raum stand und alles mit anhörte, ungläubig.

„Genau", antwortete Milojevic, seine Stimme jetzt todernst. „Es ist ein Netzwerk, das weit über das hinausgeht, was du jemals in Hamburg gesehen hast. Europa ist nur der nächste Schritt. Sie wollen alles – den gesamten Schwarzmarkt. Drogen, Waffen, Menschenhandel... und El Fantasma ist nur derjenige, der die Schmutzarbeit macht. Aber die wahren Drahtzieher sitzen woanders."

Olsen merkte, dass Milojevic in die Ecke gedrängt war. Das Netzwerk, von dem er sprach, war unvorstellbar groß, und es schien, als hätte er selbst keine Kontrolle mehr.

Es machte Sinn, dass das Kartell Milojevic jetzt als Risiko ansah. Er war zu tief in ihre Machenschaften verstrickt, um noch nützlich zu sein.

„Warum also verrätst du das alles?", fragte Olsen scharf. „Was willst du im Gegenzug?"

Es folgte ein kurzer Moment der Stille, bevor Milojevic antwortete. „Sicherheit. Ich will, dass ihr mich rausbringt. Gebt mir eine neue Identität, ein neues Leben. Wenn ihr das schafft, gebe ich euch alle Informationen, die ihr braucht, um El Fantasma und den Rest seines Netzwerks zu zerstören."

Olsen starrte aus dem Fenster, sein Blick auf die glitzernden Lichter von Bogotá gerichtet. Die Informationen, die Milojevic anbot, könnten der Schlüssel sein, um das gesamte Kartell zu Fall zu bringen. Aber Milojevic zu trauen war riskant – zu oft hatte er sie hintergangen.

„Ich werde darüber nachdenken", sagte Olsen schließlich. „Aber wenn du versuchst, mich reinzulegen, wirst du es nicht überleben."

Milojevic lachte schwach. „Du hast mein Wort, Bernd. Ich will nichts mehr mit diesen Leuten zu tun haben. Ich will einfach nur weg."

Olsen legte auf, aber sein Kopf war erfüllt von den Informationen, die Milojevic geliefert hatte.

Wenn das alles stimmte, war das Kartell nur die Spitze des Eisbergs – und sie hatten gerade erst begonnen, das wahre Ausmaß der Bedrohung zu verstehen.

Der neue Feind

Der Regen peitschte gegen das Fenster, als Bernd Olsen in seinem Hotelzimmer in Bogotá stand und in die Ferne starrte. Die Information, die er gerade erhalten hatte, war wie ein Hammerschlag. El Fantasma, der mysteriöse Kopf des Kartells, war viel mehr als nur ein gewöhnlicher Drogenboss. Seine Vergangenheit, tief verwurzelt in der kolumbianischen Geschichte, hatte ihn zu dem gemacht, was er heute war – einem unantastbaren Paten des globalen Drogenhandels.

El Fantasma, ein Name, den alle flüsterten, aber niemand laut aussprach, hatte sich von den Ruinen des kolumbianischen Bürgerkriegs erhoben. Einst ein ranghohes Mitglied einer der brutalsten paramilitärischen Gruppen Kolumbiens, war er in den 1990er Jahren für einige der schlimmsten Gräueltaten des Landes verantwortlich gewesen. Damals war er nur unter einem anderen Namen bekannt – ein Soldat, der gegen die FARC-Guerillas kämpfte und gleichzeitig den Drogenhandel als Finanzquelle für seine Operationen nutzte.

Als der Krieg gegen die Guerillas nachließ und die Regierung versuchte, Frieden mit den FARC auszuhandeln, sah El Fantasma eine Gelegenheit. Er verließ seine paramilitärische Organisation, tauchte unter und nutzte seine Verbindungen zu den alten Drogenbaronen Kolumbiens, um seine eigene kriminelle Machtbasis aufzubauen. Er übernahm die verlassenen Kokainlabore der Guerillas, reorganisierte das Schmuggelnetzwerk und schloss profitable Allianzen mit den mexikanischen Kartellen, die den Drogenhandel in die USA kontrollierten.

Kolumbien war seit Jahrzehnten das Zentrum der globalen Kokainproduktion. Die dichten, schwer zugänglichen Regenwälder und die schwache staatliche Kontrolle in weiten Teilen des Landes boten ideale Bedingungen für den Anbau und die Produktion von Koka.

Nach dem Zerfall der berüchtigten Medellín- und Cali-Kartelle füllten paramilitärische Gruppen und Guerillas das Machtvakuum.

El Fantasma war klug genug, um die Kriegsökonomie dieser Gruppen zu nutzen. Während die FARC und die paramilitärischen Gruppen versuchten, ihre politischen Ziele zu finanzieren, kontrollierten sie den Kokainhandel in den von ihnen besetzten Gebieten. Aber im Gegensatz zu den Drogenbaronen von früher interessierte sich El Fantasma nicht nur für den Drogenhandel. Er baute seine Macht auf einer Kombination von Militärgewalt und krimineller Raffinesse auf. Seine paramilitärische Vergangenheit machte ihn zu einem kaltblütigen Taktiker, der wusste, wie man mit Angst und Gewalt herrschte.

„Er hat das komplette Kokainnetzwerk Kolumbiens in der Hand", erklärte Jonas Holst, der neben Olsen saß und die neuesten Informationen über El Fantasma durchging. „Es gibt keine Region, die nicht von ihm kontrolliert wird. Er hat die alten Koka-Plantagen der FARC übernommen und daraus eine gut geölte Maschine gemacht."

„Und er nutzt seine paramilitärischen Verbindungen, um jede Bedrohung auszuschalten", fügte Olsen hinzu, als er eine Karte Kolumbiens betrachtete, auf der die Schmuggelrouten markiert waren. „Niemand wagt es, gegen ihn aufzustehen."

Die Produktionsstätten im kolumbianischen Dschungel waren fest unter der Kontrolle von El Fantasmas Männern. Diese riesigen Kokainlabore, tief in den Wäldern versteckt und nur mit Hubschraubern oder Flussschiffen zu erreichen, produzierten täglich tonnenweise Kokain. Kleinbauern, die unter extremer Armut litten, bauten die Koka-Pflanzen an, während El Fantasmas Söldnerarmeen die Region patrouillierten, jeden Widerstand brutal niederschlugen und sicherstellten, dass die Produktion niemals unterbrochen wurde.

Doch El Fantasma hatte auch erkannt, dass der Drogenhandel über Kolumbien hinaus nur dann wirklich profitabel war, wenn er seine Operationen global ausdehnte. Deshalb suchte er sich Verbündete: Die mexikanischen Kartelle. Diese waren Experten darin, Drogen durch die USA zu schmuggeln und den Markt in Nordamerika zu kontrollieren, doch El Fantasma hatte eine neue Vision. Er sah Europa als das nächste große Ziel. Er wusste, dass die Preise für Kokain dort viel höher waren als in den USA, und dass die europäischen Märkte noch lange nicht so gesättigt waren.

Seine Allianz mit den mexikanischen Kartellen, vor allem mit dem Sinaloa-Kartell und den Zetas, ermöglichte es ihm, seine Drogenströme von Kolumbien über Venezuela und Mexiko nach Europa zu leiten. Das Sinaloa-Kartell, eine der mächtigsten kriminellen Organisationen Mexikos, brachte El Fantasmas Kokain in Containern und geheimen Frachten über den Atlantik nach Europa.

„Die mexikanischen Kartelle sind mehr als nur Partner", erklärte Jonas, während er auf die Verbindungen zwischen Kolumbien und Mexiko deutete. „Sie sind ein wesentlicher Bestandteil des Netzwerks. Ohne sie würde das Kokain niemals Europa erreichen."

„Und was bekommen die Mexikaner dafür?", fragte Olsen, seine Stirn in Falten gelegt.

Jonas lächelte schwach. „Waffen. El Fantasma hat Zugang zu paramilitärischen Waffenschmuggelnetzwerken, die bis nach Osteuropa reichen. Die mexikanischen Kartelle sind seit Jahren im Krieg mit den USA und brauchen dringend Nachschub. Es ist ein Geben und Nehmen. Drogen gegen Waffen."

Diese Allianz ermöglichte es beiden Seiten, ihre globalen Operationen auszuweiten. El Fantasma lieferte Kokain in unvorstellbaren Mengen an die mexikanischen Kartelle, die es in die USA und weiter nach Europa schmuggelten.

Im Gegenzug erhielt er moderne Waffen, die er nutzte, um seine Kontrolle über Kolumbien und die internationalen Drogenrouten zu sichern.

„Er hat eine brutale Effektivität entwickelt", sagte Jonas, als er tiefer in die Akten eintauchte. „Er nutzt die Verbindungen zu den paramilitärischen Gruppen, die er während seiner Zeit im Krieg aufgebaut hat. Sie erledigen die Drecksarbeit, während er im Hintergrund bleibt. Jeder Widerstand wird sofort niedergeschlagen."

Olsen nickte. Die Macht, die El Fantasma kontrollierte, war beispiellos. Er hatte aus den Trümmern des kolumbianischen Bürgerkriegs ein Drogenimperium aufgebaut, das auf brutale Effizienz und militärischer Disziplin beruhte. Die mexikanischen Kartelle waren dabei seine Verbündeten, und zusammen hatten sie die globalen Drogenmärkte in ihrem Würgegriff.

„Er hat Kolumbien zum Zentrum des globalen Kokainhandels gemacht", murmelte Olsen, während er über die Landkarte fuhr, die die Schmuggelrouten nachzeichnete. „Und jetzt nutzt er das Land, um seine Macht über den gesamten Schwarzmarkt auszuweiten."

Doch das war nicht das Ende der Geschichte. El Fantasma hatte Pläne, die weit über den Drogenhandel hinausgingen. Die Erweiterung nach Europa war nur ein Teil seiner Strategie. Die globalen Operationen, die er plante, hatten das Potenzial, den gesamten Schwarzmarkt zu destabilisieren.

Gefahr für die Welt

„Und das ist nur der Anfang", murmelte Jonas, als er die neuesten Berichte durchlas. „Sie expandieren bereits in andere Märkte. Der Nahe Osten, Afrika, sogar Osteuropa. Es ist nicht nur Europa, das sie im Visier haben. El Fantasma hat die Fähigkeit, den gesamten globalen Schwarzmarkt zu übernehmen – und das mit einer Präzision und Brutalität, die wir bisher nicht gesehen haben."

Olsen ließ sich die Informationen durch den Kopf gehen, während er auf die Landkarte starrte, die sich vor ihm ausbreitete. Die Schmuggelrouten, die das Kartell aufgebaut hatte, verliefen wie Arterien über die gesamte Welt. Kolumbien war nur der Ursprung, der Anfangspunkt, an dem das Rohmaterial – das Kokain – produziert wurde. Aber die Expansion ging weit darüber hinaus.

„Der Nahe Osten", wiederholte Olsen leise und strich mit seinem Finger über die Karte, die die neuen Märkte des Kartells aufzeigte. „Das ist strategisch brillant."

„Warum?" fragte Jonas und sah Olsen an, während er noch immer über die neuesten Berichte gebeugt war.

„Ja... weil der Nahe Osten seit Jahren ein unruhiger Knotenpunkt ist", antwortete Olsen, seine Gedanken immer schneller kreisend. „Es gibt unzählige Konflikte, zerfallene Regierungen und mächtige Warlords, die um die Kontrolle über Territorien kämpfen. In diesen Gebieten gibt es wenig staatliche Kontrolle, wenig Überwachung. Das Kartell kann dort Waffen und Drogen verkaufen und im Gegenzug ungehindert operieren."

Jonas nickte langsam, als er die Reichweite der Bedrohung erkannte. „Und mit den Waffen, die sie durch den Waffentausch mit den mexikanischen Kartellen erhalten, können sie die paramilitärischen Gruppen in diesen Regionen ausstatten. Die Kriege und Konflikte im Nahen Osten füttern den Schwarzmarkt."

Der Nahe Osten, eine Region, die bereits von jahrzehntelangen Konflikten zerrissen war, wurde jetzt zum neuen Operationsgebiet für das Kartell. Die Waffen, die aus Kolumbien und Mexiko kamen, würden dort Kriege weiter anheizen, während das Kartell seinen Einfluss ausbaute und eine weitere Drogenroute etablierte.

„Die lokalen Milizen und Warlords dort werden das Kokain durch ihre Netzwerke schmuggeln", sagte Jonas. „Sie sind es gewohnt, durch illegale Kanäle zu arbeiten. Der Handel mit Waffen und Drogen ist für sie nichts Neues. Und El Fantasma gibt ihnen die Mittel, um die Kontrolle über ihre Regionen zu behaupten."

Olsen schüttelte den Kopf. „Es ist nicht nur das. Das Kartell wird von der instabilen politischen Lage profitieren. Die Terrornetzwerke im Nahen Osten sind bereits gut in die Finanzierung durch illegale Aktivitäten wie Drogenhandel involviert. Was, wenn El Fantasma mit ihnen arbeitet? Was, wenn das Kartell nicht nur auf Drogenhandel setzt, sondern auch auf eine Allianz mit diesen Gruppen, um den internationalen Markt zu kontrollieren?"

Jonas sah ihn an, und seine Augen weiteten sich. „Du meinst, sie könnten Terrorgruppen nutzen, um ihre Operationen abzusichern?"

Olsen nickte langsam. „Genau. Wenn das Kartell mit terroristischen Gruppen zusammenarbeitet, gibt es keinen sicheren Ort mehr. Sie könnten den Schwarzmarkt auf globaler Ebene kontrollieren. Nicht nur durch Drogen, sondern durch Waffen, Menschenhandel und Terrorismus. Es würde ihnen unendliche finanzielle Mittel und ungehinderte Macht über ganze Regionen verschaffen."

Jonas lehnte sich zurück, seine Gedanken schienen zu rasen. „Und Europa? Was ist mit Europa?"

Olsen starrte wieder auf die Karte. Europa war bereits in den Fokus des Kartells geraten, aber der wahre Umfang ihrer Pläne war ihm erst jetzt klar. „Europa ist momentan der Endmarkt", sagte Olsen, während er die verschiedenen Verbindungen verfolgte. „Es ist der wohlhabendste Markt der Welt für Drogen. Und wenn sie es schaffen, Europa unter ihre Kontrolle zu bringen, könnten sie den gesamten internationalen Schwarzmarkt dominieren. Es geht nicht nur um Kokain oder Waffen – es geht um die absolute Kontrolle über alle illegalen Aktivitäten."

„Es gibt so viele Einflussmöglichkeiten", murmelte Jonas. „Von der Geldwäsche bis hin zur Infiltration von Regierungen. Sie könnten Politiker kaufen, ganze Staaten destabilisieren und gleichzeitig Milliarden verdienen."

Olsen dachte an die Verbindungen des Kartells zu korrupten Regierungen und globalen Banken, die bereits in früheren Fällen eine Rolle gespielt hatten. Wenn es El Fantasma und seinen Leuten gelang, die gesamte europäische Infrastruktur für den Drogen- und Waffenschmuggel zu nutzen, wären sie nicht mehr aufzuhalten.

„Sie kontrollieren bereits große Teile von Kolumbien und Mexiko", sagte Olsen, während er auf die Routen deutete. „Aber jetzt expandieren sie auf globaler Ebene. Sie nutzen jeden Konflikt, jede Instabilität, um ihren Einfluss auszubauen. Von den Bürgerkriegen in Afrika bis hin zu den Kämpfen im Nahen Osten. El Fantasma ist der Puppenspieler, der aus den Schatten agiert."

Olsen dachte an die Konsequenzen. Es ging nicht mehr nur um einen regionalen Drogenkrieg oder eine kriminelle Organisation. Es ging um einen internationalen, allumfassenden Krieg, der alles verschlingen konnte. Das Kartell hatte bereits tiefe Wurzeln in Lateinamerika, und jetzt breitete es sich wie ein Krebsgeschwür aus – erst Europa, dann der Nahe Osten, schließlich die ganze Welt.

„Wenn das Kartell diesen Plan umsetzt", sagte Olsen langsam, „werden sie den gesamten globalen Schwarzmarkt beherrschen. Sie werden nicht nur Drogen und Waffen kontrollieren, sondern auch die Stabilität von Staaten beeinflussen können. Sie werden Menschen, Rohstoffe und sogar Technologien schmuggeln können, ohne dass jemand sie aufhält."

Jonas sah ihn fassungslos an. „Wir reden hier nicht mehr nur über ein Kartell. Wir reden über ein Imperium."

„Genau", bestätigte Olsen. „Und El Fantasma ist der Kaiser dieses Imperiums."

Die Bedrohung war größer, als sie jemals angenommen hatten. El Fantasma plante nicht nur, Europa zu übernehmen – er wollte den gesamten Schwarzmarkt in seine Hand bekommen. Und das bedeutete, dass niemand mehr sicher war. Weder Olsen, noch seine Leute, noch die Welt.

„Wir müssen ihn stoppen", sagte Jonas leise, seine Stimme zitterte leicht. „Bevor es zu spät ist."

Olsen nickte. „Wir müssen."

Der Lärm der Stadt Bogotá hallte durch die stickige Nacht, als Olsen und Holst in ihrem heruntergekommenen Hotelzimmer saßen. Die beiden Männer waren erschöpft, aber ihre Gedanken rasten. Sie standen kurz vor einem der gefährlichsten Schritte ihrer gesamten Karriere – einem direkten Treffen mit dem berüchtigten El Fantasma. Es gab keine Verstärkung, keine Sicherheitsnetze. Sie waren allein.

„Das hier könnte uns das Genick brechen, Olsen", sagte Holst, während er auf den Laptop starrte, der vor ihm stand. „Du weißt, dass dieser Kerl keine Skrupel hat. Wenn er den Verdacht hat, dass wir eine Falle aufstellen, sind wir tot, noch bevor wir überhaupt ein Wort wechseln können."

Olsen lehnte sich zurück und zog einen tiefen Atemzug. „Es ist das Risiko wert. Wir haben keine Wahl. Wenn wir El Fantasma nicht direkt konfrontieren, wird er weiterhin ungestört seine Operationen in Europa ausweiten. Hamburg war nur der Anfang. Wenn wir ihn nicht stoppen, übernimmt er den gesamten Markt."

Holst schwieg, doch seine Anspannung war spürbar. Seit Tagen waren sie unterwegs, hatten Daten analysiert und Informationen zusammengetragen. Nun waren sie bereit, den entscheidenden Schritt zu gehen.

„Wir müssen clever vorgehen", sagte Olsen und öffnete eine Karte von Cartagena auf dem Laptop. „Er wird niemals ohne umfangreiche Sicherheitsmaßnahmen auftauchen. Also müssen wir ihn dazu bringen, dass er glaubt, er hätte die Oberhand."

„Wie willst du das anstellen?" fragte Holst skeptisch.

„Wir lassen ihn glauben, dass wir wertvolle Informationen haben, die nur wir ihm liefern können. Informationen, die er um jeden Preis braucht." Olsen zeigte auf eine Stelle an der Küste, in der Nähe eines verlassenen Hafengebiets. „Hier. Das Treffen muss an einem abgelegenen Ort stattfinden. Kein Dschungel – zu unübersichtlich. Kein dichter Stadtbereich – zu gefährlich für uns."

Holst nickte langsam, als er den Ort auf der Karte betrachtete. Cartagena – eine Stadt, in der das Kartell stark vertreten war. „Du denkst, er wird es wagen, persönlich zu erscheinen?"

„Er wird jemanden schicken, um uns zu testen", sagte Olsen. „Vielleicht kommt er selbst nicht direkt. Aber wenn wir ihn genug reizen, wird er neugierig genug sein, um zu sehen, ob wir wirklich eine Bedrohung sind. Und diese Neugier ist unser Vorteil."

Die Nachricht, die sie an El Fantasma senden wollten, war präzise und direkt: ein Angebot, das zu gut war, um es zu ignorieren. Sie würden ihm glauben machen, dass sie brisante Informationen über die europäische Expansion des Kartells hatten – Informationen, die ihn persönlich betreffen. Sie spielten ein gefährliches Spiel, aber es gab keinen anderen Weg.

„Wir schicken ihm die Nachricht über die Drogenkanäle in der Stadt", erklärte Olsen, während er sich auf dem Laptop durch verschiedene verschlüsselte Netzwerke bewegte. „Die gleichen Kanäle, die sein Kartell nutzt, um Drogen zu verschicken. Wenn er sieht, dass wir auf denselben Wegen kommunizieren, wird er wissen, dass wir etwas Bedeutendes haben."

„Und wenn er uns einfach beseitigen will?" fragte Holst, seine Stimme schneidend. „Dieser Kerl löscht Leute aus, ohne mit der Wimper zu zucken."

Olsen hob die Schultern, ein leises Lächeln auf den Lippen. „Deshalb treffen wir uns mit ihm in Cartagena. Der Hafen ist eine abgelegene Gegend, und wir haben genug Platz, um uns abzusichern. Wir geben ihm gerade genug Kontrolle, dass er sich sicher fühlt, aber nicht genug, dass er uns ohne weiteres in die Falle locken kann."

Es dauerte keine 48 Stunden, bis sie eine verschlüsselte Antwort erhielten. El Fantasma hatte zugestimmt – oder zumindest jemand in seinem Namen. Das Treffen würde am verlassenen Hafen von Cartagena stattfinden, inmitten verrottender Lagerhäuser und zerfallender Schiffscontainer, wo die Dunkelheit tief genug war, um alles zu verbergen.

„Das ist es", sagte Olsen, als sie die Antwort las. „Er kommt."

Holst war nicht überzeugt. „Oder er schickt seine Leute, um uns umzulegen. Wie auch immer – wir sind in der Falle."

„Wir haben keine Wahl", erwiderte Olsen ruhig. „Wir müssen wissen, was er plant. Wenn er den Nahen Osten und Europa ins Visier nimmt, könnte das Kartell den gesamten internationalen Markt übernehmen. Wir haben keine Zeit mehr, Jonas."

Holst nickte schließlich, seine Gesichtszüge angespannt, aber entschlossen. „Dann bringen wir das zu Ende."

Die Luft am Hafen von Cartagena war schwer und stickig, als Olsen und Holst neben den verfallenen Lagerhallen warteten. Über ihnen flackerte eine einsame, defekte Straßenlaterne, während der Geruch von Rost und Salzwasser in der Luft lag. Sie hatten keine Verstärkung, keine Absicherung. Es war ein alles-oder-nichts-Spiel, bei dem sie sich auf ihre Instinkte verlassen mussten.

„Das ist verrückt", murmelte Holst und wischte sich den Schweiß von der Stirn. „Aber wir sind hier."

„Wir bleiben wachsam", antwortete Olsen, die Augen auf die Dunkelheit gerichtet. „Er wird uns testen. Aber wir dürfen keine Angst zeigen. Nicht jetzt."

Die Minuten vergingen quälend langsam. Es war, als hätte die Zeit ihren Rhythmus verloren. Jeder Schatten, jede Bewegung konnte der Anfang eines Hinterhalts sein. Doch dann hörten sie das Knirschen von Schritten auf dem Kies, und El Fantasmas Männer traten aus der Dunkelheit hervor.

Vier Männer, in dunkler Kleidung, bewaffnet, aber scheinbar ruhig. Sie näherten sich langsam, ihre Bewegungen wie die von Raubtieren, die ihre Beute einkreisen. Es war ein kalkulierter Schachzug, um Olsen und Holst einzuschüchtern.

„Bleib ruhig", flüsterte Olsen, während er die Männer musterte. „Das hier ist nur der Anfang."

Und dann, hinter den Männern, trat eine schlanke Gestalt in einem maßgeschneiderten Anzug hervor. El Fantasma selbst. Sein Gesicht war schwer zu erkennen, im Schatten verborgen, aber seine kalten Augen funkelten in der Dunkelheit.

„Olsen", sagte er mit einem leisen, gefährlich ruhigen Ton, als er stehen blieb. „Du hast mich hergelockt. Nun lass uns sehen, ob es sich gelohnt hat."

Olsens Herz schlug schneller, doch er ließ sich nichts anmerken. Dies war der Moment der Konfrontation – und er wusste, dass jeder Fehler tödlich enden konnte.

Die Spannung zwischen Olsen und El Fantasma lag förmlich in der Luft, dicht und unerträglich, als würde sie jeden Moment explodieren. Die Dunkelheit um sie herum verschmolz mit der drückenden Stille, nur unterbrochen von den leisen Geräuschen des Meeres, das gegen die alten Hafenanlagen schlug. El Fantasma stand nur wenige Meter von Olsen entfernt, seine Augen funkelten gefährlich, und jeder seiner Schritte war eine sorgfältig kalkulierte Bewegung.

„Du hast mich hierhergelockt, Olsen," begann El Fantasma, seine Stimme leise, aber tödlich. „Du denkst, du hast einen Vorteil, weil du mich hier direkt ansprichst. Aber du hast keine Ahnung, in welchem Spiel du dich befindest."

Olsen hielt den Blick fest auf ihn gerichtet. „Ich bin nicht naiv, Fantasma. Ich weiß, dass du glaubst, unantastbar zu sein. Aber wir haben Informationen, die dich und dein Kartell in Europa bremsen könnten."

Ein schmales, kalter Lächeln huschte über El Fantasmas Gesicht. „Europa? Glaubst du wirklich, das ist mein Ziel? Europa ist nur der Anfang, Olsen. Du hast es immer noch nicht verstanden. Es geht nicht um ein Land, nicht einmal um einen Kontinent."

El Fantasma machte einen Schritt vorwärts, seine Stimme wurde leiser, aber die Bedrohung darin war unüberhörbar. „Ich bin längst nicht mehr nur der Drogenbaron Kolumbiens. Ich kontrolliere nicht nur Kokain oder den Schmuggel nach Europa. Das ist bloß ein kleiner Teil des Spiels. Du siehst nur die Spitze des Eisbergs."

Olsen spürte, wie die Kälte des Abends durch seine Kleidung kroch, aber es war nicht das Wetter, das ihn frösteln ließ.

„Und was ist der Rest des Eisbergs?" fragte Olsen kühl, seine Stimme ruhig, obwohl sein Inneres zu kochen begann.

El Fantasma neigte leicht den Kopf zur Seite, als würde er über eine amüsante Frage nachdenken. „Du fragst dich, was ich wirklich vorhabe? Nun, du weißt bereits, dass ich mit den mexikanischen Kartellen zusammenarbeite. Aber meine Pläne sind global. Es geht um den gesamten internationalen Schwarzmarkt. Drogen? Waffen? Menschenhandel? Das sind nur die obersten Schichten. Das, was darunter liegt, ist viel wertvoller."

„Und was wäre das?" fragte Holst, der sich bisher im Hintergrund gehalten hatte, aber nun nicht mehr an sich halten konnte.

El Fantasma wandte sich mit einem herablassenden Lächeln zu ihm. „Macht, mein Freund. Kontrolle. Absolute Kontrolle über den globalen Handel – legal oder illegal. Ich kontrolliere bereits Kolumbien. Ich kontrolliere den Dschungel, wo das Kokain angebaut wird. Ich kontrolliere die Schmuggler, die meine Waren über die Grenzen bringen, und ich kontrolliere die Regierungen, die zu schwach sind, sich gegen mich zu stellen. Aber Europa? Afrika? Der Nahe Osten? Diese Märkte sind noch nicht vollständig in meiner Hand."

Olsen spürte, wie sich seine Kiefer anspannten. „Also geht es dir nicht nur um Drogen."

„Natürlich nicht," entgegnete El Fantasma ruhig. „Das Kartell hat sich weiterentwickelt. Wir sind nicht mehr bloß ein Haufen von Drogenhändlern. Wir sind ein Weltimperium. Ich kann alles verkaufen: Waffen, Menschen, Informationen – alles, was der Markt verlangt. Und der Markt verlangt viel."

Er trat einen Schritt näher an Olsen heran, bis sie sich fast auf Augenhöhe befanden. „Du glaubst, du bist hier, um Europa zu retten? Falsch. Europa ist schon verloren. Während wir hier sprechen, bahnt sich die nächste Kokainlieferung ihren Weg über den Hamburger Hafen. Du kannst das nicht stoppen. Und Europa ist nur ein Bruchteil dessen, was ich wirklich anstrebe."

Olsen ließ sich nicht einschüchtern. „Du kannst deine Waren nach Europa schicken, aber wir sind nicht machtlos. Wir können dich hier in Kolumbien genauso zerstören wie in Europa."

El Fantasma lachte leise, ein unheilvolles, fast amüsiertes Geräusch. „Zerstören? Mich? Du verstehst nicht, dass du mir nicht gefährlich werden kannst. Ich bin nicht wie die kleinen Gangster, die du jagst, Olsen. Ich habe Verbindungen, die tiefer gehen, als du dir vorstellen kannst. Was du in Europa als Verbrechensbekämpfung siehst, ist in Wirklichkeit nur ein Theaterstück. Viele deiner Vorgesetzten, deine Politiker, deine Beamten – sie alle arbeiten für mich."

Olsen blinzelte, aber zeigte keine Regung. In ihm stieg das unangenehme Gefühl auf, dass El Fantasma die Wahrheit sprach. Die Korruption war allgegenwärtig, und gerade im Drogenhandel hatte er oft genug gesehen, wie tief diese Wurzeln reichen konnten. Doch was El Fantasma beschrieb, war etwas anderes. Es war nicht nur Korruption, es war totale Infiltration.

„Du willst damit sagen, dass du bereits die Kontrolle hast?" fragte Holst, seine Stimme zittrig, als er versuchte, die Implikationen zu begreifen.

„Ich sage, dass ich die Kontrolle übernehme", entgegnete El Fantasma ruhig. „Ich infiltriere Regierungen. Ich kaufe Banken. Ich besitze Handelsrouten, und ich finanziere Kriege, wenn es nötig ist. Du kannst mich nicht aufhalten, Olsen. Europa wird zu einem weiteren Markt für mich, und von dort aus werde ich weiter expandieren."

Olsen konnte die absolute Kälte in El Fantasmas Worten spüren. Dieser Mann hatte nicht nur das kolumbianische Drogenimperium wieder aufgebaut. Er war dabei, den globalen Schwarzmarkt zu einem riesigen Kriminalnetzwerk zu vereinen.

„Was soll das heißen?" fragte Olsen leise. „Was ist dein Endspiel?"

El Fantasma lächelte dünn. „Es geht darum, die Grenzen der Illegalität zu verwischen, bis niemand mehr weiß, was legal und was illegal ist. Der globale Markt wird mein Spielplatz. Regierungen werden von mir abhängig sein, ganze Volkswirtschaften werden sich auf das stützen, was ich kontrolliere. Es wird keinen Platz auf der Welt geben, an dem ich nicht mit den Fäden der Macht spiele."

Olsen spürte das Gewicht dieser Worte. Es war ein Plan von gewaltigem Ausmaß. Wenn El Fantasma es schaffen würde, den Schwarzmarkt mit der legalen Wirtschaft zu verflechten, wäre er unantastbar. Sein Einfluss wäre grenzenlos – von Kokainhändlern in Kolumbien bis hin zu Politikern in Europa und dem Nahen Osten.

„Du kannst nicht gewinnen", sagte Olsen, seine Stimme leise, aber fest.

El Fantasma sah ihn lange an, dann lächelte er. „Ich gewinne bereits."

Mit diesen Worten wandte sich El Fantasma ab und verschwand in der Dunkelheit, seine Männer folgten ihm lautlos. Zurück blieben Olsen und Holst, allein in der kalten Nacht von Cartagena, in dem Wissen, dass sie es mit einem Gegner zu tun hatten, der weit über das hinausging, was sie sich jemals vorgestellt hatten.

Olsen stand reglos da, während die Ereignisse in seinem Kopf nachhallten. El Fantasma hatte keine bloße Drohung ausgesprochen. Es war eine Erklärung der Macht gewesen, ein klares Zeichen, dass das Kartell längst dabei war, das globale Verbrechen auf ein neues Level zu heben. Die Korruption, die Verbindungen zu Regierungen, die Kontrolle über den globalen Handel – das war nicht mehr nur eine Bedrohung, es war eine Realität, die bereits begonnen hatte, sich überall um ihn herum auszubreiten.

In Olsens Gedanken formten sich die Ausmaße dessen, was er gerade erfahren hatte, zu einem düsteren Bild. Die Vorstellung, dass El Fantasma nicht nur den Schwarzmarkt regierte, sondern ihn mit der legalen Welt verknüpfte, raubte ihm fast den Atem.

Es bedeutete, dass niemand, auch nicht die größten Institutionen, sicher waren. Es bedeutete, dass selbst die Demokratien Europas gefährdet waren, dass die Rechtsstaatlichkeit nur eine Hülle sein könnte, hinter der sich ein unsichtbares Imperium verbarg.

Ein Imperium, das darauf ausgelegt war, alles und jeden zu manipulieren, um ungehindert operieren zu können. Es war mehr als nur ein Kriminalfall. Es war eine globale Krise. Ein Kampf um den Fortbestand der Ordnung, wie er sie kannte.

„Wir müssen handeln", sagte Olsen schließlich, seine Stimme ruhig, aber fest. Er fühlte, wie das Gewicht der Verantwortung sich auf seine Schultern legte, schwerer als je zuvor. „Wir dürfen uns nicht mehr nur auf Europa konzentrieren. Das hier ist größer, als wir dachten. Viel größer."

Während seine Worte durch die Nacht hallten, kreisten seine Gedanken um die letzten Tage. Die Angriffe, die Mordserie in Hamburg, die allmähliche Infiltration der Stadt – es war alles nur ein Teil des Puzzles.

Hamburg war ein wichtiger Knotenpunkt, aber wenn das Kartell schon die Fäden in den Händen hielt, die weit über Deutschland hinausreichten, dann stand er vor einem Feind, der seine Angriffe auf der ganzen Welt führen konnte.

Ein Feind, der nicht einmal in der Unterwelt bleiben musste, sondern seine dunklen Geschäfte über die Oberwelt ausbreiten würde – Banken, Regierungen, Handelsrouten.

Holst trat neben ihn, seine Gedanken offenbar in ähnlicher Richtung. „Und wenn er recht hat?" fragte er leise. „Wenn wir bereits verloren haben? Wenn die Korruption schon zu tief geht?"

Olsen starrte in die Dunkelheit, in die Schatten hinein, wo El Fantasma verschwunden war. Sein Herz schlug schwer, doch in diesem Moment formte sich in ihm eine neue Entschlossenheit. Wenn der Feind so weit gekommen war, dass er bereits den Boden unter ihnen kontrollierte, dann blieb ihnen nichts anderes übrig, als sich mit allem, was sie hatten, zur Wehr zu setzen.

„Dann haben wir nichts mehr zu verlieren", murmelte Olsen schließlich, seine Stimme rau. „Und genau das macht uns gefährlich."

Für einen Moment blieb nur das leise Rauschen des Meeres zurück, als Olsen und Holst wortlos nebeneinanderstanden und wussten, dass der wahre Kampf erst begonnen hatte.

Der erste Angriff

Der Morgen brach über Bogotá herein, während Olsen und Holst stillschweigend ihre Sachen im schäbigen Hotelzimmer zusammenpackten. Das Treffen mit El Fantasma hatte ihnen einiges klar gemacht – sie hatten es mit einem globalen Imperium zu tun, das sich nicht nur in Kolumbien, sondern auch in Europa und darüber hinaus ausbreitete. El Fantasmas Drohungen hallten immer noch in ihren Köpfen wider, und die Auswirkungen dieser Worte wurden mit jedem Atemzug schwerer.

„Denkst du, er wird sich wirklich so weit ausdehnen, wie er behauptet hat?" fragte Holst leise, während er seine Tasche zuwarf und sich zur Tür wandte.

Olsen hielt inne und sah ihn an, die Augen von der Müdigkeit gerötet. „Er hat keinen Grund zu lügen, Jonas. Alles, was wir hier in Kolumbien gesehen haben, passt perfekt zu dem, was in Hamburg und dem Rest Europas passiert. Er hat die Strukturen, die Verbindungen, die Macht. Und wenn wir ihn nicht aufhalten, wird er den gesamten Schwarzmarkt dominieren."

Holst nickte, warf einen letzten Blick auf das verlassene Zimmer und spürte die Beklommenheit in seiner Brust. „Aber warum hat er uns überhaupt am Leben gelassen?"

Olsen schloss die Tasche und zuckte die Schultern. „Weil er glaubt, dass wir keine Bedrohung für ihn sind. Er hat uns sehen lassen, wie groß seine Operation wirklich ist. Er will, dass wir wissen, dass er schon einen Schritt voraus ist. Für ihn sind wir ein Werkzeug in seinem Spiel."

Die Stille nach diesen Worten lastete schwer auf beiden. Sie wussten, dass El Fantasma ein Psychospiel mit ihnen spielte, ihnen genug Informationen gab, um sie nervös zu machen – aber nicht genug, um ihn zu stoppen.

Als sie das Zimmer verließen, wehte der kühle Wind der frühen Morgendämmerung durch die Straßen. Bogotá wirkte ruhig, doch sie wussten, dass es eine trügerische Ruhe war, die jederzeit in Chaos umschlagen konnte. Es war Zeit, nach Hamburg zurückzukehren.

Kurz bevor sie am Flughafen ankamen, klingelte Olsens Handy. Es war Maren Starke.

„Bernd", begann sie, und schon der Ton ihrer Stimme ließ ihn stocken. „Wir haben ein Problem."

„Was ist los?" Olsen spürte, wie sich seine Anspannung verstärkte.

„Es sieht so aus, als würde das Kartell wieder einen großen Schlag in Hamburg vorbereiten. Wir haben Berichte über eine bevorstehende Waffenlieferung, die in den nächsten 48 Stunden über den Hafen kommen soll. Die Lage eskaliert, Bernd. Wenn sie es schaffen, diese Waffen in die Stadt zu bringen, wird das Chaos ausbrechen."

Olsen ballte die Fäuste, sein Herzschlag beschleunigte sich. „Haben wir Details?"

„Nur bruchstückhaft", antwortete Maren. „Aber es sind genug Hinweise, um uns Sorgen zu machen. Sie bereiten sich auf einen Angriff vor, der die Kontrolle über den gesamten Drogen- und Waffenhandel in Hamburg sichern soll."

Olsen spürte die Dringlichkeit in ihren Worten. Der Grund für ihre Rückkehr war klar: Hamburg stand kurz davor, zum Schlachtfeld zu werden.

Wenn das Kartell es schaffte, diese Waffenlieferung durchzubringen, würden sie die Stadt nicht mehr kontrollieren können. Der Krieg in den Straßen war unausweichlich.

„Wir sind auf dem Rückweg", sagte Olsen kurz. „Haltet alles bereit. Ich will, dass wir einen Plan haben, bevor wir landen."

Der Flug zurück nach Deutschland fühlte sich endlos an. Holst saß in der engen Flugzeugsitzreihe neben Olsen und sah in die Dunkelheit, während sie über den Atlantik flogen. Die Anspannung war greifbar, und beide wussten, dass sie auf dem Weg in einen direkten Kampf mit dem Kartell waren.

„Du weißt, dass das Kartell überall seine Leute hat", sagte Holst leise. „Selbst in Hamburg. Es wird nicht einfach, diese Operation durchzuziehen."

Olsen nickte, seine Gedanken rasten. „Ja, aber wir haben keine Wahl. Wenn wir diese Waffenlieferung nicht stoppen, werden wir keine Kontrolle mehr haben."

Er schloss die Augen, versuchte sich auf das vorzubereiten, was sie erwartete. Die letzten Wochen hatten gezeigt, dass sie es mit einem Feind zu tun hatten, der skrupellos, mächtig und bestens vernetzt war. El Fantasma hatte ihnen klar gemacht, dass Europa nur ein Teil seines Imperiums war, und Hamburg war der Schlüssel. Wenn sie scheiterten, würde das Kartell unaufhaltsam weiter expandieren.

Als das Flugzeug auf dem Hamburger Flughafen landete, war die Stadt noch von einer grauen Dämmerung umgeben. Olsen und Holst waren kaum aus dem Flugzeug gestiegen, als Maren sie am Terminal abholte. Ihr Gesichtsausdruck war ernst, und sie verlor keine Zeit.

„Es gibt Neuigkeiten", sagte sie, während sie in den Wagen stiegen. „Unsere Informanten haben bestätigt, dass die Waffenlieferung in den nächsten 24 Stunden ankommen wird. Und es wird schlimmer – wir haben Hinweise, dass das Kartell plant, die gesamte Kontrolle über den Hafen zu übernehmen."

„Also zieht sich das Netz zusammen", murmelte Olsen, während er sich im Sitz zurücklehnte.

„Ja", antwortete Maren leise. „Und es könnte der endgültige Schlag sein."

Olsen sah aus dem Fenster, während sie durch die Straßen Hamburgs fuhren. Die Stadt, die er so gut kannte, schien ihm in den letzten Monaten immer fremder geworden zu sein. Die ruhige Fassade verdeckte die Tatsache, dass unter der Oberfläche ein Krieg tobte – ein Krieg, der nun seinen Höhepunkt erreichte.

„Es ist Zeit", sagte Olsen entschlossen. „Wir schlagen zurück, bevor es zu spät ist."

Die Morgenluft in Hamburg war kühl und klar, doch für Bernd Olsen fühlte sich jeder Atemzug wie das Heben eines schweren Steins an. Er stand am Fenster seines Büros im LKA und blickte hinaus auf die Stadt. Das leise Rauschen der Elbe in der Ferne, der Verkehr, der unter ihm vorbeizog – es war, als würde sich um ihn herum eine unsichtbare Wand aus Spannungen und Gefahren aufbauen. Der Druck war allgegenwärtig. El Fantasma war nicht nur eine Bedrohung, die aus der Ferne lauerte. Sein Einfluss war auch hier verankert.

Olsen drehte sich von dem Fenster weg und sah auf den Tisch, auf dem Berichte und Akten ausgebreitet waren. Die letzten Tage hatten sie in eine Spirale aus Gewalt und Bedrohungen gezogen. Der Mord an dem Zeugen und die zunehmenden Schießereien auf den Straßen – alles deutete darauf hin, dass das Kartell seine Position in Hamburg endgültig festigen wollte.

„Wie weit sind wir?" fragte Olsen, ohne den Kopf zu heben, als Jonas Holst und Maren Starke das Büro betraten.

„Wir haben Berichte über mehrere Lagerhäuser entlang des Hafens", antwortete Jonas, während er eine Karte auf den Tisch legte. „Es gibt Hinweise, dass das Kartell Waffenlieferungen vorbereitet. Es sieht so aus, als ob sie einen größeren Angriff planen. Es könnte die endgültige Übernahme sein."

Olsen starrte auf die Karte. Die Hafengegend war strategisch perfekt für das Kartell. Der Zugang zum europäischen Markt, die Verbindungen zu den internationalen Schmuggelrouten –

es war, als hätte sich El Fantasma jedes Detail genau überlegt. Jedes Lagerhaus, jede Route war sorgfältig geplant. Und jetzt, nach vielen Monaten, bereitete das Kartell offenbar einen entscheidenden Schlag vor.

„Wir müssen ihnen zuvorkommen", sagte Olsen, seine Stimme war hart und entschlossen. „Wenn diese Waffenlieferungen Hamburg erreichen, wird es ein Blutbad geben."

Maren nickte und fügte hinzu: „Die Informationen, die wir haben, deuten darauf hin, dass sie eine neue Waffengeneration einsetzen wollen. Militärische Waffen, die bisher noch nicht auf dem Schwarzmarkt aufgetaucht sind. Wir sprechen hier von modernster Ausrüstung."

Olsen runzelte die Stirn. „Wie haben sie solche Waffen in die Hände bekommen?"

„Das ist noch unklar", antwortete Jonas, während er einige Akten durchsah. „Aber es sieht so aus, als ob sie Kontakte innerhalb der Rüstungsindustrie haben. Es könnte eine große Korruption im Spiel sein, die weit über Hamburg hinausreicht."

Olsen atmete tief durch. Wenn El Fantasma nicht nur mit Drogen und Menschenhandel, sondern auch mit militärischen Waffen arbeitete, dann war das Kartell bereit, eine noch größere Gewaltspirale in Europa zu entfachen.

„Und was ist mit unseren Informanten?" fragte Olsen, seine Augen funkelten vor Anspannung. „Haben wir neue Informationen?"

Jonas zögerte einen Moment, bevor er antwortete. „Wir haben einen Hinweis auf eine große Waffenlieferung, die über den Hafen von Antwerpen nach Hamburg kommt. Aber... es gibt ein Problem."

Olsen sah Jonas direkt an. „Welches Problem?"

Jonas warf einen schnellen Blick zu Maren, bevor er fortfuhr: „Es scheint, dass wir schon wieder eine undichte Stelle im Team haben. Jemand hat unsere letzten Operationen sabotiert. Informationen wurden nach außen getragen, und wir wissen nicht, wem wir noch trauen können."

Die Worte trafen Olsen wie ein Schlag. Er hatte bereits den Verdacht gehabt, aber jetzt, wo es ausgesprochen war, fühlte es sich umso realer an. Das Kartell hatte es geschafft, sich tief in die Reihen der Ermittler zu graben. Es war kein Zufall, dass ihre Operationen in letzter Zeit immer wieder gescheitert waren.

„Verdammt", fluchte Olsen leise.

Maren trat näher und legte eine Hand auf den Tisch. „Es geht noch tiefer, als wir dachten. Unsere Quellen bestätigen, dass El Fantasma nicht nur mit kleinen Schlägern arbeitet. Er hat Verbindungen zu hochrangigen Beamten in Europa. Sie schützen seine Lieferungen und sorgen dafür, dass wir immer einen Schritt zu spät kommen."

Olsen schüttelte den Kopf. „Das bedeutet, wir können niemandem trauen. Nicht einmal denjenigen, die direkt neben uns stehen."

Die Zeit drängte. Olsen wusste, dass sie verdammt schnell handeln mussten, bevor die Waffenlieferung Hamburg erreichte. Es war ein Wettlauf gegen die Zeit.

„Wir müssen die Razzia sofort planen", sagte Olsen, während er sich aufrichtete. „Ich will, dass wir alle potenziellen Standorte abdecken. Wir haben keine Wahl – wir müssen sie stoppen, bevor sie zuschlagen."

Maren nickte und begann sofort, mit Jonas die Einsatzpläne durchzugehen. Sie konnten nicht riskieren, dass das Kartell die Kontrolle über Hamburg endgültig übernahm. Der erste Angriff des Kartells musste der letzte sein.

Olsen blieb stehen und starrte auf die Karte. Er spürte, wie sich das Netz immer enger zuzog. El Fantasma war ein Feind, der im Schatten operierte, dessen Hände in jeden Winkel des Verbrechens griffen, von Europa bis Kolumbien. Jetzt lag es an ihm und seinem Team, den entscheidenden Schlag zu führen – bevor es zu spät war.

„Das Netz zieht sich zusammen", murmelte er leise, während er auf die Kartenpunkte starrte. „Und wir sind mittendrin."

Die grauen Wolken, die sich über Hamburg zusammenzogen, spiegelten die düstere Stimmung im Team wider. Das Kartell hatte seine Fäden tief in die Stadt gesponnen, doch Olsen war entschlossen, den entscheidenden Schlag zu führen. Der Plan stand. Alles war vorbereitet. Doch das, was Olsen nicht wusste, war, dass der Feind nicht nur draußen lauerte, sondern sich schon lange im Inneren eingenistet hatte.

Es war spät am Abend, als Olsen allein in seinem Büro im LKA saß und die Berichte der bevorstehenden Razzia durchging. Die bevorstehende Waffenlieferung war eine der größten, die das Kartell bisher in Europa eingeführt hatte. Der Zugriff musste perfekt laufen. Jeder Schritt war minutiös geplant.

Plötzlich klopfte es leise an der Tür. Maren trat ein, ihre Stirn in Falten gelegt, und in ihren Händen hielt sie ein dünnes Dossier. Ihr Gesichtsausdruck ließ keinen Zweifel daran, dass etwas nicht stimmte.

„Bernd", begann sie zögerlich, ihre Stimme war ungewohnt leise. „Ich glaube, wir haben wieder mal ein internes Problem."

Olsen blickte auf, spürte sofort, dass dies mehr war als nur eine Unstimmigkeit im Einsatzplan. „Was ist los?"

Maren trat näher, legte das Dossier auf den Tisch und öffnete es. „Das hier... das musst du sehen."

Olsen zog das Dossier zu sich und begann, die Papiere durchzublättern. Es waren interne Gesprächsprotokolle, Berichte, und eine detaillierte Untersuchung der letzten Monate. Langsam schoben sich die Informationen zu einem beunruhigenden Bild zusammen.

„Das sind Informationen, die nur jemand im Team haben konnte", flüsterte Maren. „Jemand hat über Jahre hinweg Daten an das Kartell weitergegeben."

Olsen fühlte, wie sein Herz schneller schlug. „Was? Jemand in unserem Team?"

„Ja", antwortete Maren leise. „Und es sieht so aus, als hätte er all unsere Operationen sabotiert. Er war der Grund, warum die Razzien in der Vergangenheit immer wieder scheiterten. Jemand hat sie gewarnt."

Olsen starrte auf das Dossier, unfähig, die Informationen sofort zu verarbeiten. „Wer?"

Maren schien zu zögern, dann reichte sie ihm ein weiteres Blatt. „Es ist Klaus Steinmann."

Olsen ließ das Blatt fast ungläubig fallen. Klaus Steinmann? Der leitende Ermittler des BKA, mit dem Olsen in den letzten Monaten eng zusammengearbeitet hatte. Der Mann, der ihn in den Kampf gegen das Kartell eingebunden hatte. Derjenige, der die Operationen immer wieder koordiniert und unterstützt hatte. Es war nicht zu fassen.

„Das kann nicht sein", sagte Olsen, während er aufstand und anfing, unruhig im Raum auf und ab zu gehen. „Steinmann hat uns geholfen. Er hat uns unterstützt, die besten Ressourcen bereitgestellt. Warum sollte er das tun, wenn er für das Kartell arbeitet?"

Maren legte einen weiteren Bericht auf den Tisch. „Er hat nicht immer für sie gearbeitet. Laut den Aufzeichnungen wurde er vor etwa fünf Jahren erpresst. Damals hatte er finanzielle Probleme. Das Kartell hat diese Schwäche ausgenutzt und ihn mit einer Mischung aus Drohungen und Geld dazu gebracht, ihnen Informationen zu liefern."

Olsen schloss die Augen. „Verdammt. Das erklärt alles."

Es war, als würden all die vergangenen Fehlschläge jetzt plötzlich Sinn ergeben. Razzien, die im letzten Moment fehlschlugen, Informanten, die plötzlich verschwanden, und entscheidende Momente, in denen das Kartell ihnen immer einen Schritt voraus war. Steinmann hatte ihnen jedes Mal einen Schritt Vorsprung verschafft.

„Wir haben das verfluchte Netz des Kartells direkt in unseren Reihen gehabt", fluchte Olsen. „Und Steinmann war der Schlüssel."

Maren nickte, doch ihre Stimme war ruhiger als Olsens. „Wir haben ihn beobachtet. Er hat Zugang zu den sensibelsten Daten, und wir wissen, dass er sie an das Kartell weitergegeben hat. Wir sind ihm endlich auf die Spur gekommen."

„Verdammt", murmelte Olsen. „Er hat uns von Anfang an manipuliert."

Olsen setzte sich wieder, sein Kopf pochte vor Anspannung. Die Waffenlieferung, der bevorstehende Zugriff – all das war jetzt in Gefahr. Wenn Steinmann die Informationen über die bevorstehende Razzia bereits an das Kartell weitergegeben hatte, könnte der gesamte Plan scheitern. Und schlimmer noch: Sie könnten in eine Falle geraten.

„Wo ist er jetzt?" fragte Olsen.

„Er ist noch im BKA-Hauptquartier", antwortete Maren. „Aber er weiß nicht, dass wir ihn entdeckt haben. Noch nicht."

Olsen wusste, was das bedeutete. Sie hatten nur wenig Zeit, bevor Steinmann Verdacht schöpfen und sich absetzen konnte. Wenn er jetzt fliehen würde, würden sie nie erfahren, wie tief das Netz des Kartells wirklich reichte.

„Wir müssen ihn sofort festnehmen", sagte Olsen entschlossen. „Wenn wir ihn laufen lassen, könnten wir alles verlieren."

Olsen und Maren verließen das Büro und machten sich auf den Weg zum BKA-Hauptquartier. Der Regen hatte eingesetzt, als sie durch die Straßen Hamburgs fuhren, und die Dunkelheit der Nacht schien die drückende Bedrohung noch verstärken. Olsen konnte das Gewicht des bevorstehenden Moments spüren. Steinmann, der Mann, dem er jahrelang vertraut hatte, hatte sie verraten. Und jetzt würde er für seine Taten bezahlen müssen.

Als sie das BKA erreichten, war die Atmosphäre angespannt. Die Gänge des Hauptquartiers wirkten plötzlich enger, kälter. Maren und Olsen gingen entschlossen durch die Flure, vorbei an Kollegen, die sie mit nichts ahnendem Blick grüßten. Jeder Schritt hallte schwer auf dem glänzenden Marmorboden wider, und Olsen spürte, wie die Spannung in ihm wuchs.

Vor der Tür zu Steinmanns Büro hielten sie kurz inne. Maren legte die Hand an die Klinke und sah Olsen an. Ein stummes Nicken. Olsen holte tief Luft, seine Hände ballten sich zu Fäusten, dann öffnete sie die Tür.

Steinmann saß an seinem Schreibtisch, den Kopf gesenkt, vertieft in einige Akten. Das schwache Licht der Schreibtischlampe ließ tiefe Schatten in seinem Gesicht entstehen, als er aufsah. Der Moment der Überraschung war nur kurz, doch Olsen erkannte sofort, dass Steinmann wusste, was kommen würde.

„Bernd, was machst du hier?" fragte er, seine Stimme ruhig, aber ein Hauch von Nervosität vibrierte in seinen Worten.

Olsen trat einen Schritt vor, seine Augen fest auf den Mann gerichtet, den er einst als Verbündeten gesehen hatte. Er spürte, wie die Wut in ihm aufstieg, aber er zwang sich, ruhig zu bleiben. „Wir wissen alles, Klaus."

Steinmanns Gesicht veränderte sich. Für einen winzigen Augenblick schien er zu erstarren, seine Finger verkrampften sich leicht auf den Papieren vor ihm, doch dann setzte er ein schwaches, beinahe müdes Lächeln auf. „Alles? Wovon sprichst du?"

Olsen zog das Dossier hervor und warf es auf den Tisch, wo es mit einem dumpfen Geräusch landete. Die Akten schlugen auseinander, Dokumente flatterten heraus. „Deine Verbindungen zum Kartell. Deine Rolle in der Sabotage unserer Operationen. du bist enttarnt."

Steinmann griff nicht sofort nach den Papieren. Stattdessen starrte er lange auf das Dossier, als würde er in Erwägung ziehen, zu leugnen.

Doch dann ließ er die Schultern leicht sinken und hob den Blick zu Olsen. Seine Augen waren leer, als ob all die Jahre des Versteckens ihn endgültig ausgelaugt hatten.

„Ihr seid zu spät", sagte er schließlich leise. Seine Stimme klang gebrochen, doch es lag eine beunruhigende Ruhe darin. „Es ist schon zu spät."

Olsen trat einen Schritt näher, spürte, wie seine Wut durch die Kontrolle brach. „Zu spät? Für was, Klaus? Glaubst du, du kannst einfach so davonkommen?"

Ein schmales, bitteres Lächeln huschte über Steinmanns Gesicht. „Du verstehst es nicht, Bernd. Das hier ist größer als du, größer als ich. Das Kartell hat längst gewonnen. Ich war nur ein kleiner Teil ihres Spiels."

Olsen spürte, wie sich seine Fäuste fester ballten, doch er zwang sich, die Beherrschung zu bewahren. „Wir werden sehen."

Steinmann lehnte sich zurück und sah aus dem Fenster, als wäre der Kampf für ihn schon vorbei. Die Kälte, die in den Raum drang, passte zu der Kälte in seiner Stimme, als er sagte: „Du wirst es nicht stoppen können. Sie haben Hamburg längst in der Hand. Es ist nur eine Frage der Zeit."

Olsen wollte antworten, doch die Worte blieben ihm im Hals stecken. Der Verrat eines Mannes, dem er jahrelang vertraut hatte, traf ihn tiefer, als er sich hatte vorstellen können.

Er drehte sich um, um die Verhaftung anzuordnen, während in ihm die Gewissheit wuchs, dass der Kampf gegen das Kartell noch schwieriger werden würde, als er gedacht hatte.

Die Straßen von Hamburg lagen unter einem bleigrauen Himmel, als das Attentat geschah.

Jonas Holst, Olsens engster Vertrauter, war auf dem Weg in die Zentrale des LKA, nichts ahnend, dass das Kartell im Schatten lauerte und auf den richtigen Moment wartete.

Olsen hatte Holst am Morgen noch gesehen, als sie die Strategie für den nächsten Zugriff durchgegangen waren. Die Stimmung war angespannt, aber optimistisch – sie hatten endlich genug Informationen, um die Waffenlieferung des Kartells abzufangen.

Sie glaubten, dem Kartell einen Schritt voraus zu sein. Doch wie so oft, wenn es um das Kartell ging, hatten sie die Gewaltbereitschaft und die Reichweite ihrer Gegner unterschätzt.

Holst war alleine unterwegs, als das Attentat geschah. Er war auf der vielbefahrenen Stresemannstraße, das LKA nur noch wenige Minuten entfernt. Er parkte seinen Wagen am Straßenrand, um eine dringende Nachricht auf seinem Handy zu überprüfen. Plötzlich war da ein leises Klicken, gefolgt von einem ohrenbetäubenden Knall. Die Explosion riss das Auto in zwei Hälften, schleuderte Metallteile in alle Richtungen, während eine gewaltige Rauchwolke die Umgebung einhüllte.

Passanten schrien und liefen in alle Richtungen, während der dichte, schwarze Rauch in dicken Schwaden aus dem Wrack des Autos aufstieg. Die Hitze der Explosion war so intensiv, dass die Fenster der umliegenden Gebäude barsten, und Glas-splitter wie tödliche Projektile durch die Luft flogen. Ein ohren-betäubender Knall hallte noch lange in den Straßen wider.

Für Jonas Holst war es bereits zu spät.

Das Wrack, das vor wenigen Augenblicken noch sein Wagen gewesen war, stand in Flammen. Die Autoteile lagen verstreut über den Asphalt, das Dach war durch die Wucht der Explo-sion abgerissen und meterweit weggeschleudert worden. In der Stille nach dem Knall hörte man nur das Knistern des Feuers und das dumpfe Röcheln des sterbenden Motors.

Die Autobombe war mit chirurgischer Präzision angebracht worden – direkt unter dem Fahrersitz, sodass die Explosion nicht nur den Motor zerstörte, sondern das gesamte Fahrzeug in Stücke riss. Die Druckwelle hatte alles, was sich in unmit-telbarer Nähe befand, erfasst, und selbst Holsts Sicherheits-gurt, der ihn noch im Sitz gehalten hatte, war durch die Explo-sion regelrecht zerfetzt worden.

Die Rettungskräfte, die wenig später am Tatort eintrafen, wa-ren schnell, aber es war klar, dass es keine Überlebenschance gab. Jonas Holsts Körper war kaum zu erkennen, unter den Trümmern und den verbrannten Überresten des Fahrzeugs be-graben.

Die Gewalt der Detonation hatte keinen Raum für Hoffnung ge-lassen – der Angriff war gezielt und brutal gewesen. Der Rauch, der sich in dichten, schwarzen Schwaden über den Straßen von Hamburg ausbreitete, trug die Nachricht wie eine dunkle Flagge: Das Cartel de la Muerte war da und hatte sei-nem Namen alle Ehre gemacht.

Während sich die ersten Schaulustigen näherten, um auf die Katastrophe zu starren, zog ein leiser Nieselregen über die Stadt. Er prasselte auf die brennenden Überreste des Wagens, doch das Feuer, das Jonas Holsts Leben ausgelöscht hatte, war zu heftig, um vom Regen gelöscht zu werden. Stattdessen bildeten sich dampfende Nebelschwaden, die die Szenerie noch surrealer und gespenstischer erscheinen ließen.

Die Polizei errichtete schnell eine Absperrung, während die Ermittler am Tatort versuchten, zu verstehen, was passiert war. Doch es gab keine Zweifel: Dies war nicht das Werk irgendeines gewöhnlichen Feindes. Die Autobombe war präzise, professionell und eiskalt kalkuliert – ein tödlicher Schlag, der den Krieg, den das Kartell gegen Hamburg führte, auf eine neue Stufe hob.

Olsen war gerade mitten in einer Besprechung, als Maren Starke ins Zimmer stürmte, blass und atemlos. Ihr Gesicht sprach Bände, bevor sie überhaupt ein Wort sagen konnte.

„Bernd...", begann sie, doch ihre Stimme brach. Sie musste sich an den Türrahmen stützen, ihre Augen weit vor Schock. „Es ist Jonas."

Olsen stand auf, sein Herz begann rasend zu schlagen. „Was ist mit Jonas?"

Maren rang nach Atem und hielt ihm zitternd ihr Handy hin. Auf dem Bildschirm war ein Video zu sehen, das bereits auf sozialen Medien kursierte – das Bild eines zerstörten Autos, das immer noch in Flammen stand. Menschen schrien im Hintergrund, während die Kamera auf das Wrack zoomte.

Olsen starrte auf den Bildschirm, sein Verstand weigerte sich, das Bild zu akzeptieren. „Nein", flüsterte er. „Das... das kann nicht sein."

Doch die Realität schlug ihm mit voller Wucht ins Gesicht. Jonas, sein engster Vertrauter, war tot. Das Kartell hatte zugeschlagen, auf eine Weise, die nur ein klares Signal war: Niemand war sicher. Nicht einmal die besten Männer, die Olsen an seiner Seite hatte. Die Nachricht von Jonas Holsts Tod verbreitete sich wie ein Lauffeuer durch das Team. In den Gängen des LKA herrschte eine lähmende Stille, als die Kollegen die schockierende Realität verarbeiteten.

Jonas war nicht nur ein hervorragender Ermittler gewesen – er war einer von ihnen, jemand, der immer an der vordersten Front gestanden hatte, bereit, jedes Risiko einzugehen, um das Kartell zu bekämpfen. Im Konferenzraum saßen die Kollegen in bedrückter Stille. Einige starrten nur vor sich hin, unfähig, die Trauer in Worte zu fassen. Andere hatten Tränen in den Augen, versuchten, das Unfassbare zu begreifen.

Maren Starke war unter den ersten, die das Schweigen brachen. Ihre Stimme zitterte vor unterdrückter Wut. „Das... war eine Nachricht. An uns alle. Sie wollten uns zeigen, dass sie uns überall treffen können. Egal, wie gut wir vorbereitet sind.“

Olsen saß still am Kopf des Tisches. Die Wut in ihm kochte, doch sie war kalt und kontrolliert. Das Kartell hatte ihm gezeigt, dass sie vor nichts zurückschreckten. Sie hatten nicht nur einen Menschen getötet, sondern ihm einen Teil seines Teams, einen Teil seiner Seele genommen.

„Wir haben sie unterschätzt“, murmelte Olsen leise. „Ich habe sie unterschätzt.“

Maren schlug die Faust auf den Tisch. „Das war nicht deine Schuld, Bernd. Das Kartell... sie haben sich tief in diese Stadt eingenistet. Aber das hier? Das dürfen wir ihnen nicht durchgehen lassen. Wir müssen zurückschlagen. Härter als je zuvor.“

Während Olsen stumm das Geschehene in seinem Kopf durchging, wurde ihm klar, dass der Mord an Jonas mehr war als nur ein Akt der Gewalt. Es war eine kalkulierte Entscheidung des Kartells. El Fantasma hatte erkannt, dass Holst eine zentrale Rolle in der Cyber-Überwachung spielte. Es war Holst, der in die verschlüsselten Kommunikationskanäle des Kartells eingedrungen war und wertvolle Informationen über deren Netzwerke gewonnen hatte.

Das Kartell hatte in Holst eine direkte Bedrohung gesehen. Seine Arbeit hatte sie verwundbar gemacht, und sie wussten, dass sie ihn ausschalten mussten, bevor er ihnen weiter gefährlich werden konnte. Olsen erinnerte sich daran, wie sie gemeinsam die ersten Nachrichten des Kartells entschlüsselt hatten, die Hinweise auf die bevorstehende Waffenlieferung. Holst war derjenige gewesen, der immer die digitale Fährte verfolgt hatte, der die komplexen Systeme des Kartells durchdrang und sie für einen kurzen Moment im Vorteil hatte sein lassen.

„Sie haben ihn getötet, weil er zu gut war", flüsterte Olsen leise. Seine Stimme klang hohl in dem Raum voller Menschen, die sich dem Kampf gegen das Kartell verschrieben hatten.

Jonas' Tod lastete schwer auf dem Team, doch niemand spürte die Bürde so stark wie Olsen. Er hatte schon viele Verluste erlebt, doch dieser traf ihn tiefer. Jonas war nicht nur ein Kollege gewesen – er war ein Freund, ein Mann, dem Olsen vertraut hatte, als das Vertrauen in andere zu schwinden begann.

Während Olsen die letzten Stunden Revue passieren ließ, spürte er, wie sich etwas in ihm veränderte. Die Trauer mischte sich mit einer Kälte, die ihn entschlossener machte als je zuvor. El Fantasma hatte gezeigt, wozu er bereit war. Der Krieg war längst nicht mehr nur ein Kampf um die Straßen von Hamburg. Es war ein persönlicher Krieg geworden.

„Wir werden sie erledigen", sagte Olsen schließlich, seine Stimme hart und entschlossen. „Wir werden jeden einzelnen von ihnen jagen. Egal, wo sie sich verstecken."

Maren sah ihm in die Augen. „Und wenn sie uns noch mehr nehmen, Bernd? Was dann?"

Olsen hielt ihren Blick fest, und die Kälte in seinen Augen ließ keinen Zweifel daran, dass es für ihn keinen Weg zurückgab. „Dann haben wir nichts mehr zu verlieren."

Letzte Warnung

Der Himmel über Hamburg war an diesem Morgen drückend und düster. Der Regen prasselte gegen die Fensterscheiben von Olsens Büro, ein ständiges, beruhigendes Geräusch, das dennoch nicht half, die Unruhe in ihm zu lindern. Vor ihm lagen Pläne und Notizen zur bevorstehenden Operation gegen das Kartell, doch seine Gedanken drifteten immer wieder ab – hin zu Eva, seiner Tochter.

Sein Handy vibrierte auf dem Schreibtisch. Eine neue Nachricht. Unbekannte Nummer. Olsen griff danach, doch ein ungutes Gefühl breitete sich bereits in seinem Magen aus, bevor er überhaupt auf den Bildschirm sah.

„Zieh dich zurück, Bernd, oder deine Familie stirbt."
– El Fantasma

Für einen Moment hielt die Welt um ihn herum den Atem an. Die Worte schienen sich in seinen Kopf zu brennen, während er stumm auf das Handy starrte. Seine Finger verkrampften sich um das Gerät, und eine kalte Welle durchlief ihn. Er las die Nachricht erneut, in der Hoffnung, dass sich die Bedeutung ändern würde – doch es blieb dieselbe eiskalte Drohung.

Diesmal war es nicht nur Eva. Es war ihre Familie – ihr Mann, ihre zwei kleinen Kinder, die nichts mit diesem Krieg zu tun hatten.

Sie lebten ein friedliches Leben, weit weg von dem Chaos, welche das Kartell in Hamburg angerichtet hatte. Doch jetzt waren sie Teil dieses Albtraums geworden.

„Verdammtes Schwein", murmelte Olsen leise, als er das Handy auf den Tisch legte. Sein Herz raste. Es war nicht das erste Mal, dass er bedroht wurde, aber diesmal war es anders. El Fantasma zielte nicht nur auf ihn – er wollte seine Familie zerstören.

Eva lebte mit ihrem Mann und den beiden kleinen Kindern in einem ruhigen Vorort von Duisburg. Seit Monaten stand sie unter Schutz, seit das Kartell begonnen hatte, Olsens Familie ins Visier zu nehmen. Das Haus, in dem sie lebten, war gesichert, ein Team aus erfahrenen Polizisten bewachte sie rund um die Uhr. Aber El Fantasma war ein Mann, der überall seine Kontakte hatte. Kein Ort schien wirklich sicher zu sein.

Olsen lehnte sich in seinem Stuhl zurück, während er versuchte, einen klaren Gedanken zu fassen. El Fantasma wusste genau, wo er ihn treffen konnte. Seine Tochter und ihre Familie waren Olsens größte Schwachstelle, und das Kartell spielte dieses Spiel gnadenlos. Eva, die immer stark geblieben war, die nie zugelassen hatte, dass Olsens Arbeit ihr Leben beeinträchtigte, stand nun im Zentrum einer tödlichen Bedrohung. Und ihre Kinder... Sie waren noch so klein. Der Gedanke daran, dass ihnen etwas zustoßen könnte, schnitt wie ein Messer durch Olsens Herz.

Er rief Maren Starke an, die sofort abhob. „Bernd, was ist los?"

„El Fantasma hat mir gerade eine Nachricht geschickt", sagte Olsen mit fester Stimme, obwohl die Worte ihm schwer über die Lippen kamen. „Er droht, Eva, ihren Mann und die Kinder zu töten, wenn ich mich nicht zurückziehe."

Es folgte eine angespannte Stille, bevor Maren wieder sprach. „Bernd, wir haben sie unter Schutz. Das Haus in Duisburg ist so gut gesichert, wie es nur geht. Aber ich verstehe, dass das hier keine leere Drohung ist."

„Es ist mehr als das", murmelte Olsen und starrte aus dem Fenster, während der Regen in stetigen Wellen auf die Stadt niederprasselte. „Er hat Eva nicht nur erwähnt, er spricht von der ganzen Familie. Das bedeutet, dass er sie überwacht. Er weiß, wo sie sind."

„Dann verstärken wir den Schutz", sagte Maren entschlossen. „Doppelte Bewachung, sofort. Ich werde selbst mit dem

Einsatzteam sprechen. Niemand kommt an Eva oder ihre Familie heran, das verspreche ich dir."

„Das hoffe ich", antwortete Olsen leise. Der Gedanke, dass El Fantasma sich so weitreichend in sein Leben eingreifen könnte, machte ihm mehr Angst, als er zugeben wollte. Seine Tochter, ihr Mann und die beiden unschuldigen Kinder – sie alle standen nun im Fadenkreuz eines Mannes, der keine Gnade kannte.

Olsen wusste genau, dass diese Drohung nicht einfach eine leere Einschüchterung war. El Fantasma hatte bereits bewiesen, dass er keine Skrupel hatte, wenn es darum ging, Familien ins Visier zu nehmen. Der Mann hatte sich seinen Ruf in Kolumbien aufgebaut, indem er Rivalen nicht nur tötete, sondern ihre Familien bis in die dritte Generation auslöschte. Es war seine Art, seine Macht zu demonstrieren und sicherzustellen, dass niemand es wagte, sich ihm in den Weg zu stellen.

Er griff wieder nach dem Handy, seine Finger zitterten leicht. Die Wut in ihm wuchs. El Fantasma wusste, dass er Eva und ihre Familie als Druckmittel benutzen konnte. Aber er wusste auch, dass dies Olsen nur noch entschlossener machen würde.

Olsen dachte an die Bilder, die er von den zerstörten Familien in Kolumbien gesehen hatte – unschuldige Kinder, die durch den Krieg zwischen Kartellen in den Abgrund gerissen worden waren. Er hatte immer geschworen, dass er so etwas niemals in seiner eigenen Familie erleben würde. Doch jetzt war dieser Albtraum näher, als er je geglaubt hatte.

Er schob den Stuhl zurück und stand auf. Die Zeit war gekommen, eine endgültige Entscheidung zu treffen. Er konnte sich nicht zurückziehen, nicht jetzt. El Fantasma wollte ihn in die Enge treiben, ihn dazu bringen, alles aufzugeben, wofür er gekämpft hatte. Doch Olsen wusste, dass er nicht nachgeben durfte – nicht, wenn er seine Familie und die Stadt retten wollte.

Er rief erneut bei Maren an. „Ich will, dass du jetzt sofort – und ich meine SOFORT - die Schutzmaßnahmen für Eva und ihre Familie verdoppelst. Ich will die besten Leute vor Ort. Niemand kommt auch nur in die Nähe des Hauses."

„Bernd, ich kümmere mich darum", sagte Maren, ihre Stimme fest und entschlossen.

Olsen seufzte leise und schloss die Augen. „Ich werde mich nicht zurückziehen. Er will mich brechen, aber das wird nicht passieren. Wir haben jetzt zu viel investiert, um alles aufzugeben."

„Und das werden wir auch nicht", antwortete Maren. „El Fantasma glaubt, er hat die Oberhand, aber er hat keine Ahnung, wie entschlossen wir sind."

Olsen legte auf und starrte aus dem Fenster in den trüben Hamburger Himmel. Seine Gedanken kehrten immer wieder zu Eva, ihrem Mann und den Kindern zurück. Er durfte sie nicht im Stich lassen. Er konnte nicht zulassen, dass das Kartell die Kontrolle über sein Leben übernahm.

Die Falle für El Fantasma war vorbereitet. Doch das Risiko war höher als je zuvor. Olsen wusste, dass dieser Kampf nicht enden würde, bis einer von ihnen gefallen war.

Im Konferenzraum des LKA Hamburg herrschte gespannte Stille. Der Regen hatte aufgehört, doch die Wolken hingen immer noch tief über der Stadt, als sich Olsens Team mit den Einsatzkräften von Europol und der Hamburger Spezialeinheit um den großen Tisch versammelte.

Vor ihnen lagen ausgebreitete Karten des Hamburger Hafens, taktische Skizzen und Fotos, die sie in den letzten Tagen gesammelt hatten. Jeder wusste, dass dies die entscheidende Operation war – die einmalige Chance, El Fantasma zu fassen und das Kartell zu zerschlagen.

Olsen stand am Kopf des Tisches und starrte auf die Karten, während er seine Gedanken sammelte. Die Drohung gegen Eva und ihre Familie schwebte noch immer über ihm, aber er hatte die Entscheidung getroffen: Er würde nicht zurückweichen. Stattdessen musste er handeln – schnell und entschlossen.

„Also gut", begann Olsen mit fester Stimme. „Das ist unsere Gelegenheit, El Fantasma zu schnappen. Laut den Informationen von Europol und unseren eigenen Quellen erwartet das Kartell in den nächsten 24 Stunden eine große Waffen- und Drogenlieferung über den Hamburger Hafen. Wir wissen, dass El Fantasma sich möglicherweise selbst um die Übergabe kümmern wird."

Er blickte auf die Gesichter seines Teams. Maren Starke und die anderen Ermittler sahen ihn aufmerksam an, während sie auf jedes seiner Worte achteten. Sie hatten in den letzten Wochen so viele Rückschläge erlitten – den Tod von Jonas Holst, den Verrat eines ihrer eigenen Leute – doch heute mussten sie stärker denn je sein.

Europol-Agent Frederic Leclerc, ein erfahrener Ermittler aus Paris, nickte zustimmend. „Unsere verdeckten Ermittler haben bestätigt, dass die Lieferungen über Lagerhalle 23 abgewickelt werden. Das Kartell hat seine Verbindungen in den Zoll und zu den Hafenarbeitern genutzt, um den Container ohne große Aufmerksamkeit durchzuschleusen. Aber diesmal wissen wir es im Voraus."

Maren sprach weiter: „Wir werden verdeckte Kameras in den umliegenden Bereichen installieren, zusammen mit Bewegungsmeldern und Drohnenüberwachung. Jeder, der sich dieser Halle nähert, wird sofort von uns erfasst."

Olsen trat näher an die Karte heran und zeigte auf die markierten Stellen. „Wir platzieren unsere Einsatzkräfte hier und hier", er wies auf die Zugänge zur Lagerhalle. „Das Kartell glaubt, der Hafen sei sicher, aber wir werden sie von allen

Seiten umzingeln. Niemand kommt raus, ohne dass wir es wissen."

Die Einsatzpläne sahen vor, dass die Spezialeinheit der Polizei in den umliegenden Lagerhäusern Position bezog, während Europol und das LKA die Überwachung übernahmen. Verdeckte Drohnen würden rund um die Uhr Luftaufnahmen liefern, und sobald der Container mit den Waffen und Drogen ankam, würde der Zugriff erfolgen.

„Wir müssen schnell und präzise zuschlagen", fügte Leclerc hinzu. „El Fantasma ist gefährlich, aber er ist auch vorsichtig. Er wird sofort fliehen, wenn er merkt, dass etwas nicht stimmt. Deshalb dürfen wir keinen Fehler machen."

„Das bedeutet, dass wir alle präzise aufeinander abgestimmt handeln müssen", sagte Maren. „Jede Bewegung wird von uns überwacht. Sobald der Container auf das Gelände kommt, geben wir das Signal, und die Zugriffsteams greifen ein. Es gibt keinen Spielraum für Verzögerungen."

Olsen sah das Team an und nickte. „Das hier ist kein normaler Einsatz. El Fantasma darf keine Chance bekommen – und wir dürfen keine Fehler machen."

Während die taktischen Details weiter diskutiert wurden, zog sich Olsen für einen Moment zurück, seine Gedanken drifteten wieder zu Eva. Sie war in Duisburg, unter Schutz, doch das war kein Trost. Die Drohung von El Fantasma hallte in seinem Kopf wider. Er wusste, dass der Drogenboss ihn in die Enge treiben wollte, ihn zwingen wollte sich zurückzuziehen – aber das war keine Option.

„Bernd, alles in Ordnung?" Maren trat an seine Seite und sah ihn fragend an. Ihre Augen zeigten Sorge, doch auch Entschlossenheit.

Olsen nickte, obwohl die Gedanken an seine Tochter ihn quälten. „Ja", sagte er. „Ich bin nur... bereit, das zu Ende zu bringen."

Maren legte ihm eine Hand auf die Schulter. „Wir werden ihn schnappen. Für Jonas. Für alles, was er uns genommen hat."

„Danke", murmelte Olsen. Er wusste, dass sie recht hatte. Aber er wusste auch, dass dies keine einfache Operation werden würde. El Fantasma war nicht nur ein gewöhnlicher Krimineller – er war ein Mann, der jedes Mittel nutzen würde, um seinen Gegner zu zermalmen.

Als die Vorbesprechung zu Ende ging, verteilten sich die Teammitglieder, um ihre Positionen einzunehmen. Europol und die verdeckten Ermittler waren bereits in Position, und die Drohnenüberwachung war aktiviert. Jede Bewegung im Hafen wurde in Echtzeit überwacht, und die Einsatzleitung saß in einem mobilen Kommandozentrum direkt am Rand des Hafengebiets.

Olsen stand am Fenster seines Büros und beobachtete den dichten Verkehr, der sich durch die Straßen zog. Hamburg wirkte so ruhig von hier oben, doch er wusste, dass unter der Oberfläche ein Krieg tobte. Der Hafen – das Herz der Stadt – war der Schlüssel. Wenn sie El Fantasma hier fassen konnten, würden sie ihm das Rückgrat brechen.

Sein Handy vibrierte erneut, diesmal eine Nachricht von Maren: „Alle Teams sind in Position. Wir sind bereit."

Olsen steckte das Handy weg und atmete tief durch. Der Moment der Wahrheit rückte näher. Das Netz zog sich zusammen, doch er wusste, dass sie alles perfekt ausführen mussten, wenn sie Erfolg haben wollten.

„Das ist es also", sagte er leise zu sich selbst. „Entweder wir gewinnen heute, oder wir verlieren alles."

Im Hafen war alles ruhig. Die Uhr tickte, und das Team wartete angespannt auf den Moment, in dem die Lieferung eintraf. Jeder wusste, dass dieser Einsatz nur eine einzige Chance bot – und dass das Kartell sie nicht zögern würde, wenn etwas schiefging.

Olsen hatte die Bilder aus Kolumbien gesehen, wo El Fantasma ganze Stadtteile niedergebrannt hatte, um seine Macht zu demonstrieren. Hier in Hamburg konnte er dasselbe tun, wenn sie ihn nicht rechtzeitig aufhielten.

Die Zeit schien langsamer zu vergehen, während die Spannung im Raum unerträglich wurde. Es würde bald losgehen, und jeder im Team war bereit – bereit, alles zu riskieren, um El Fantasma endlich zur Strecke zu bringen.

Die Nacht war hereingebrochen, und über Hamburg hing eine bedrückende Stille. Die geplante Razzia im Hafen stand kurz bevor, und das Team war in höchster Alarmbereitschaft. Die Vorbereitungen liefen zwar auf Hochtouren, aber es gab keinen Moment der Ruhe für Olsen. El Fantasmas Drohung lastete schwer auf ihm, und seine Gedanken kreisten unaufhörlich um seine Tochter Eva, ihren Mann und die beiden kleinen Kinder. Der Schutz, den er für sie organisiert hatte, erschien plötzlich unzureichend angesichts der allgegenwärtigen Bedrohung.

Gerade als er sich auf die bevorstehende Operation konzentrieren wollte, klingelte erneut sein Handy. Ein eisiger Schauder lief ihm den Rücken hinunter, als er auf das Display schaute: Es war eine weitere Nachricht, wieder von El Fantasma.

„Das ist deine letzte Chance, Bernd. Zieh dich zurück, oder deine Familie wird sterben."

Olsen fühlte, wie sein Puls schneller wurde. Diesmal ging die Drohung weiter, sie fühlte sich noch unmittelbarer an. El Fantasma spielte ein gnadenloses Spiel, und das wusste Olsen nur zu gut. Der Drogenboss war zu allem fähig – und er wollte, dass Olsen das spürte.

Gerade als Olsen sich wieder auf die anstehende Operation konzentrieren wollte, riss ihn das schrille Klingeln seines Handys aus den Gedanken. Er zuckte zusammen, griff nach dem Gerät und sah die Nummer auf dem Display – es war Maren Starke. Ein seltsames Gefühl der Beklemmung legte sich um seine Brust. Er nahm das Gespräch an.

„Maren?" fragte er, versuchte, seine Stimme ruhig zu halten, doch sein Magen zog sich zusammen.

Ihre Antwort kam wie ein kalter Schock. „Bernd, wir haben ein Problem. Es geht um Eva."

Olsen spürte, wie die Welt um ihn herum zu verschwimmen schien. Ein dumpfes Dröhnen begann in seinen Ohren, und sein Herzschlag beschleunigte sich, als würde der Boden unter ihm wegbrechen. „Was ist passiert?" Seine Stimme war rau, die Spannung lag in der Luft wie eine unsichtbare Klinge.

„Vor etwa einer Stunde wurde ein unbekanntes Fahrzeug in der Nähe ihres Hauses in Duisburg gesichtet", sagte Maren rasch. „Es parkte in der Nähe und verschwand dann plötzlich. Es war nur für ein paar Minuten da, aber es hat sich definitiv nicht um eines unserer Fahrzeuge gehandelt."

„Verfolgt ihr es?" Olsens Stimme war nun drängend, fast befehlend.

„Unsere Leute sind dran", antwortete Maren. „Sie haben die Spur aufgenommen, aber es war zu schnell weg. Wir hatten nur eine kurze Sichtung. Es hat keine direkten Anzeichen eines Angriffs gegeben, aber... Bernd, das war eine klare Botschaft. Sie wissen, wo Eva ist."

Olsens Finger umklammerten das Handy so fest, dass die Knöchel weiß hervortraten. Sein Kopf fühlte sich plötzlich schwer an, als hätte er den Kontakt zur Realität verloren. „Verdammt", flüsterte er, während sich eine kalte Panik in seiner Brust ausbreitete. „Es ist El Fantasma. Er zeigt mir, dass er sie erreichen kann. Das war keine Drohung – das war eine Warnung."

Die Worte hingen in der Luft, schwer und unheilvoll. El Fantasma hatte bereits mehrfach bewiesen, dass er seine Feinde nicht direkt angriff. Er zerstörte sie, indem er ihre Liebsten ins Visier nahm, sie bis zum Äußersten quälte und in den Wahnsinn trieb. Und jetzt hatte er Olsen in dieses tödliche Spiel hineingezogen.

„Bernd, wir müssen sofort handeln", sagte Maren entschlossen. „Ich habe bereits das Sicherheitsprotokoll verschärft, aber wir können nicht riskieren, dass sie noch einmal so nah herankommen. Das Fahrzeug war nicht lange genug da, um genau herauszufinden, was sie vorhatten, aber... dies hier war kein Zufall."

Olsen schlug mit der Faust auf den Tisch. „Er will mich brechen, Maren. El Fantasma will mich dazu zwingen, aufzugeben. Er weiß, dass ich alles für meine Familie tun würde."

„Und genau das dürfen wir ihm nicht zeigen", erwiderte Maren kühl. „Du darfst dich nicht von ihm in die Ecke drängen lassen. Eva ist unter Schutz, und wir werden alles tun, um sie und ihre Familie weiter zu sichern."

Olsen atmete tief durch, doch der Gedanke, dass seine Tochter, ihr Mann und seine Enkel in Gefahr waren, ließ ihn nicht los. Die Vorstellung, dass das Kartell so nah an ihnen dran war, war einfach unerträglich. Sie lebten ihr Leben in der friedlichen Vorstadt, glaubten, sie seien weit genug entfernt von seinem gefährlichen Job. Doch jetzt war der Krieg direkt vor ihre Haustür gekommen.

„Ich werde nicht zulassen, dass er sie erreicht", sagte Olsen schließlich, die Worte scharf wie ein Versprechen. „Wir müssen schneller sein, Maren. Wir müssen El Fantasma aufhalten, bevor er den nächsten Zug ausspielt."

„Wir sind dran", antwortete sie ruhig. „Ich werde sofort die Verstärkung dorthin schicken. Sie wird rund um die Uhr bewacht, und niemand kommt auch nur in die Nähe des Hauses."

„Sicher das ab", befahl Olsen, während er nervös im Raum auf und ab ging. „Ich will, dass sie rund um die Uhr von den besten Leuten bewacht wird. Keine Lücken, keine Ausreden. Wenn wir auch nur einen Fehler machen, wird er sie treffen."

In diesem Moment vibrierte Olsens Handy erneut. Eine Nachricht. Es war die gleiche unbekannte Nummer wie zuvor. Sein Puls beschleunigte sich, als er auf das Display starrte.

„Bernd, dies ist deine wirklich allerletzte Chance. Zieh dich zurück, oder du wirst deine Familie nie wiedersehen."
– El Fantasma

Das Blut gefror in seinen Adern. Diese Worte waren endgültig. Es gab keine leeren Drohungen mehr, keine Warnungen. El Fantasma würde zuschlagen, und wenn Olsen nicht reagierte, könnte er nichts tun, um seine Familie zu retten.

Olsen ließ das Handy sinken, seine Gedanken rasten. El Fantasma war immer einen Schritt voraus. Er war ein Meister der psychologischen Kriegsführung, und jetzt spielte er sein grausamstes Spiel. Doch Olsen wusste auch, dass es keine Alternative gab. Er konnte das alles nicht zurückziehen. Er würde nicht aufgeben. Doch die Zeit lief davon.

Olsen trat ans Fenster, starrte in die dunklen Straßen von Hamburg hinaus, die still unter den trüben Wolken lagen. Die Lichter der Stadt blinkten fern, doch in seinem Inneren tobte ein Sturm. El Fantasma wollte ihn dazu bringen, seine Familie zu opfern, indem er ihn in einen tödlichen Strudel der Unentschlossenheit und Verzweiflung trieb.

Aber Olsen war nicht der Typ, der aufgab. „Das hier ist Krieg", flüsterte er zu sich selbst. „Und ich werde kämpfen, bis ich ihn zu Fall gebracht habe."

Er drehte sich um, nahm das Handy und rief Maren zurück. „Verstärke den Schutz um Eva und ihre Familie noch einmal. Es gibt keine Kompromisse mehr. Ich will, dass sie gesichert sind wie eine Festung."

„Schon dabei", antwortete Maren. „Wir lassen nichts durchrutschen."

„Gut", sagte Olsen leise. „Aber ich weiß, dass das hier nur der Anfang ist. El Fantasma wird nicht aufhören, bis einer von uns tot ist."

Als die letzte Besprechung im LKA stattfand, war die Anspannung im Raum fast greifbar. Die Teams waren bereit, und alles war bis ins letzte Detail geplant. Doch während Olsen das Briefing verfolgte, war sein Blick leer, seine Gedanken weit weg.

„Bernd, bist du bei uns?" fragte Leclerc von Europol, der direkt neben ihm stand. „Wir müssen das hier perfekt ausführen."

„Ja", antwortete Olsen, doch seine Gedanken drifteten wieder ab. El Fantasma war nicht nur hier in Hamburg aktiv. Er war ein internationaler Spieler, der sein Imperium von Kolumbien aus lenkte. Die Operation hier war wichtig, aber sie würde das Kartell nicht zu Fall bringen, wenn El Fantasma nicht aus seinem sicheren Versteck geholt wurde.

Maren bemerkte seine Unruhe und zog ihn beiseite, als das Meeting endete. „Bernd, was ist los? Du wirkst abgelenkt."

„Es geht um El Fantasma", sagte Olsen leise und strich sich mit der Hand über das Gesicht. „Selbst wenn die bevorstehende Operation erfolgreich ist, ändert das nichts an den Strukturen dahinter. Er wird weiterhin von Kolumbien aus operieren, neue Leute schicken, und der Terror wird nicht enden."

Maren nickte. „Das wissen wir. Aber was schlägst du vor?"

„Ich muss nach Kolumbien", sagte Olsen, seine Stimme fest. „Ich muss den Kampf direkt in sein Territorium tragen. Wenn wir ihn hier in Hamburg nicht erwischen, dann müssen wir ihn dort jagen, wo er am verwundbarsten ist."

„Das ist ein riskanter Plan, Bernd", antwortete Maren, ihre Augen voller Sorge. „Wenn du nach Kolumbien gehst, lässt du alles hier zurück – und El Fantasma könnte genau das wollen. Was, wenn er das als Gelegenheit sieht, um erneut zuzuschlagen?"

„Ich habe keine Wahl", sagte Olsen entschlossen. „Wir haben die Spur. Wir wissen, dass er in Kolumbien seine Machtbasis hat. Wenn wir ihn nicht direkt dort treffen, werden wir ihn nie endgültig stoppen."

Olsen saß in seinem Büro und starrte auf die Pläne für die bevorstehende Razzia im Hamburger Hafen. Seine Gedanken schweiften immer wieder ab. El Fantasma hatte ihn in die Enge getrieben, und obwohl die Operation im Hafen gut vorbereitet war, fühlte es sich nicht richtig an. Etwas stimmte nicht. Irgendetwas an der ganzen Situation nagte an ihm.

Dann vibrierte sein Handy auf dem Tisch. Er nahm es in die Hand und blickte auf die Nachricht, die von einer unbekannten Nummer stammte, doch der Inhalt ließ keinen Zweifel offen, wer der Absender war.

„El Fantasma bereitet sich auf einen großen Zug in Kolumbien vor. Wenn du ihn wirklich stoppen willst, musst du hierherkommen."

Olsens Herz setzte für einen Moment aus. Die Nachricht kam von einem alten Informanten, jemandem, dem er in der Vergangenheit vertraut hatte. Sie war kurz, prägnant – und änderte alles. El Fantasma war dabei, in Kolumbien den nächsten großen Schritt vorzubereiten. Es war der Beweis, den Olsen brauchte: Die Operation im Hafen war eine Ablenkung, eine Fassade. Der wahre Schlag würde in Kolumbien stattfinden.

Olsen lehnte sich in seinem Stuhl zurück, die Nachricht noch immer in der Hand. Er spürte, wie der Druck auf ihm wuchs. Alles, was sie in den letzten Wochen geplant hatten, drehte sich um diese eine Operation im Hafen – der große Schlag gegen das Kartell in Hamburg. Aber jetzt wurde ihm klar, dass sie hier nur gegen Schatten kämpften. El Fantasma wollte sie hier binden, während er in Kolumbien sein wahres Netzwerk ausbaute.

In dem Moment betrat Maren Starke das Büro, ihre Stirn in Falten gelegt. „Bernd, wir sind bereit für die Razzia. Die Teams stehen, die Überwachung ist aktiv. Was fehlt, ist dein letztes Okay."

Olsen hob den Kopf und sah sie an, während die Worte schwer auf seiner Zunge lagen. „Maren, ich habe gerade Informationen erhalten, die alles ändern."

„Was ist passiert?" fragte sie, besorgt.

Olsen hielt ihr das Handy hin, die Nachricht auf dem Display sichtbar. „Das kam gerade rein. El Fantasma bereitet einen großen Schlag in Kolumbien vor. Wir sind hier nur in eine Falle getappt. Die Operation im Hafen ist wichtig, aber sie wird uns nicht ans Ziel führen. El Fantasma selbst ist dort, in Kolumbien."

Maren trat einen Schritt zurück und starrte ihn an, als sie die Schwere seiner Worte erkannte. „Also was jetzt? Wir können die Razzia nicht einfach abbrechen."

„Wir brechen sie nicht ab", sagte Olsen fest. „Aber ich werde nicht hierbleiben. Du übernimmst das Kommando über die Operation im Hafen. Europol ist bereit, und du hast das Team, dem ich vertraue. Aber ich muss nach Kolumbien. Wenn wir El Fantasma nicht dort erwischen, wo er sich aufhält, wird das alles hier nichts bringen."

Maren schwieg einen Moment, während sie die Worte verdauen musste. „Du willst wirklich nach Kolumbien, Bernd? Allein?"

Olsen nickte. „Ich habe keine Wahl. Das Kartell hat in Kolumbien seine Machtbasis. El Fantasma wird uns hier immer entwischen, wenn wir nur in Hamburg operieren. Aber in Kolumbien hat er seine Wurzeln, seine Verbindungen, seine Sicherheit. Wenn wir ihn wirklich stoppen wollen, müssen wir ihn dort treffen."

Maren seufzte und ließ ihre Schultern kurz sacken. Sie wusste, dass er recht hatte, aber sie konnte die Sorge in sich nicht verbergen. „Du wirst dort in seiner Welt sein. Seine Macht ist dort grenzenlos, Bernd."

„Das weiß ich", sagte Olsen ruhig. „Aber es ist unsere einzige Chance. Wir haben es bis hierhergeschafft, und ich bin nicht bereit, jetzt alles aufzugeben. Ich brauche nur deinen Rückhalt hier in Hamburg."

Maren sah ihn lange an, bevor sie schließlich nickte. „Ich werde die Operation hier leiten. Ich verspreche dir, dass wir den Hafen dicht machen und jeden erwischen, der auch nur in der Nähe dieses Drogenhandels kommt."

„Ich vertraue dir", sagte Olsen und spürte die Erleichterung, die seine Schultern lockerte. „Aber du weißt, dass El Fantasma alles tun wird, um uns aufzuhalten. Die Operation in Hamburg ist wichtig, aber der wahre Kampf ist in Kolumbien."

„Wann willst du fliegen?" fragte Maren.

„Sobald die Operation hier läuft", sagte Olsen und griff nach seiner Jacke. „Ich werde mich jetzt mit meinen Kontakten in Kolumbien in Verbindung setzen. Wir müssen diesen Mann ein für alle Mal ausschalten. Egal, wie hoch der Preis ist."

Maren nickte erneut, doch ihre Augen spiegelten die Sorge wider, die sie für ihn empfand. „Pass auf dich auf, Bernd. El

Fantasma ist ein gefährlicher Mann. Er wird wissen, dass du kommst."

„Er hat keine Ahnung", sagte Olsen mit einem Hauch von Entschlossenheit. „Ich werde ihn genau dort treffen, wo er am verletzlichsten ist."

Die Uhr tickte unerbittlich. Über dem Hamburger Hafen senkte sich die Nacht, und die Lichter der Stadt warfen lange Schatten über die stillen Wasser und die gewaltigen Container, die in endlosen Reihen aufgereiht waren. Es war ruhig, zu ruhig. Doch in dieser scheinbaren Stille lag eine explosive Spannung. Maren Starke wusste, dass der entscheidende Moment bald kommen würde.

Von der Kommandozentrale aus konnte sie den gesamten Hafen über die Kameras und Drohnen überwachen. Die Spezialteams hatten ihre Positionen bezogen – verborgen hinter den Lagerhäusern, Containern und auf den Dächern der Hallen. Jeder war angespannt, jede Bewegung war kalkuliert. Der Zugriff musste präzise und koordiniert erfolgen.

Maren stand mit verschränkten Armen vor den Monitoren, ihre Augen fokussiert auf die Bilder der Kameras, die jedes Detail einfingen. Europol und das LKA hatten keine Mühen gescheut, um diese Operation perfekt vorzubereiten.

Die Informationen waren klar: Ein großer Container, beladen mit Waffen und Kokain, würde in den nächsten Stunden eintreffen. Das Kartell hatte alles dafür getan, diesen Transport unauffällig durch den Zoll zu schleusen, aber diesmal waren sie gewarnt.

El Fantasma war weit weg in Kolumbien, aber seine Tentakel griffen tief nach Europa. Diese Nacht würde darüber entscheiden, ob Hamburg zum Zentrum seines Imperiums werden würde – oder ob sie ihn endlich zurückdrängen konnten.

„Alle Einheiten in Bereitschaft", befahl Maren, ihre Stimme ruhig und entschlossen. „Der Container wird in den nächsten Minuten eintreffen. Keine Fehler bitte, kein Zögern."

Die Teams antworteten knapp, jeder war bereit. Sie hatten seit Wochen auf diesen Moment hingearbeitet, und obwohl der Druck enorm war, war die Vorbereitung gründlich gewesen.

Die Drohnenüberwachung zeigte das Bild eines herannahenden Trucks, der sich langsam durch die dunklen Gassen des Hafens bewegte.

Der große Container, der auf dem Truck befestigt war, war das Ziel. Darin befanden sich tonnenweise Kokain, versteckt zwischen Waffen und anderem Schmuggelgut. Maren konnte fühlen, wie die Anspannung im Raum stieg, als das Fahrzeug an den Sicherheitskontrollen des Hafens vorbeirollte.

„Das ist er", murmelte einer der Techniker neben ihr, während er auf die Monitore starrte.

Maren nickte, griff zum Funkgerät und gab den Befehl durch. „Alle Teams, Position halten. Auf mein Kommando bereit zum Zugriff."

Der Truck hielt vor der Lagerhalle 23, genau wie erwartet. Zwei Männer stiegen aus, beide in unscheinbaren Arbeitsklamotten, doch Maren wusste genau, dass dies keine gewöhnlichen Hafenarbeiter waren. Sie gehörten zum Netzwerk des Kartells, bestens ausgebildet und skrupellos.

Die Kamera an der Lagerhalle zeigte, wie die Männer die schweren Tore öffneten und den Truck hineinlotsten. Der Plan war einfach: Die Ware sollte abgeladen und von kleineren Lieferfahrzeugen an verschiedene Zielorte in der Stadt verteilt werden. Doch diesmal würde es nicht so laufen, wie das Kartell es geplant hatte.

„Los!" befahl Maren, und in Sekundenschnelle gerieten die Ereignisse in Bewegung.

Die Zugriffsteams stürmten aus ihren Verstecken. Die Eliteeinheiten hatten alle wichtigen Ausgänge und Zugänge zur Lagerhalle abgesperrt. Über ihnen kreisten Drohnen, die jede Bewegung aufzeichneten. Niemand würde aus der Halle entkommen, ohne dass sie es wüssten.

„Zugriff!" Die Befehlskette war klar. Die erste Einheit drang in die Lagerhalle ein. Innerhalb von Sekunden wurden die beiden Männer am Truck überwältigt, zu Boden gedrückt und gefesselt, bevor sie überhaupt eine Chance hatten, zu reagieren.

Doch in dem Moment, als die Polizisten die Halle stürmten, ertönte plötzlich ein lautes Krachen. Ein weiterer LKW raste mit hoher Geschwindigkeit auf das Gelände zu. Die Wachen des Kartells hatten den Plan durchschaut.

„Verdammt! Sie haben uns gesehen!" rief einer der Polizisten.

„Verstärkung zum Haupttor!" rief Maren ins Funkgerät, während sie selbst zum Einsatzwagen griff und hinausstürmte. Ihre Herzschläge beschleunigten sich, doch sie blieb konzentriert. Dies war der entscheidende Moment.

Der zweite LKW brach durch das Haupttor des Hafengeländes und raste direkt auf die Polizisten zu. Aus den Fenstern sprangen bewaffnete Männer, die sofort das Feuer eröffneten. Kugeln schlugen in die Container, Funken sprühten, als das metallische Kreischen der Geschosse die nächtliche Stille durchbrach.

„Deckung!" schrie einer der Polizisten, während die Männer sich hinter Containern und LKWs in Sicherheit brachten.

Die Männer des Kartells waren gut ausgerüstet, und sie schossen ohne Rücksicht auf Verluste.

Doch auch das LKA und die Spezialeinheiten waren vorbereitet. Die Antwort kam schnell und präzise: Ein gezielter Gegenangriff, der die Angreifer zurückdrängte.

Maren warf sich hinter ein Containergerüst und zog ihre Waffe.

Der Funkverkehr in ihrem Ohr explodierte förmlich vor Befehlen und Lageberichten. „Team 2, haltet die Flanke! Team 3, sichert den Eingang!"

Sie konnte sehen, wie die Elitepolizisten die Kontrolle zurückerlangten, während die Männer des Kartells versuchten, ihre Positionen zu halten. Doch sie hatten den Überraschungseffekt verloren. Die Teams des LKA agierten präzise, schalteten die Angreifer einen nach dem anderen aus und sicherten die Ware.

Nach Minuten, die sich wie Stunden anfühlten, verebbte das Feuergefecht. Die letzten Angreifer des Kartells wurden überwältigt, einige flohen in die Nacht, doch sie hatten keine Chance, den Hafen zu verlassen.

Die Straßensperren waren dicht, und die wenigen, die entkommen konnten, wurden bald darauf von der Hamburger Polizei gestellt.

Maren stand schwer atmend auf und sah sich um. Überall lagen gefesselte Männer auf dem Boden, die LKWs standen verlassen in der Lagerhalle, und das Gelände war gesichert. Die Spezialeinheiten hatten ihre Arbeit präzise und ohne größere Verluste erledigt.

„Wir haben es geschafft", sagte einer der Polizisten neben ihr, als er auf den großen Container deutete, der nun offenstand. „Die Drogen, die Waffen – alles ist hier."

Maren nickte und spürte, wie die Anspannung langsam von ihr abfiel. „Gute Arbeit", murmelte sie und trat einen Schritt zurück. Der erste große Sieg gegen das Kartell war ihnen gelungen, doch sie wusste, dass dies nur ein kleiner Teil des Gesamtbildes war.

Als die Aufräumarbeiten begannen und die Festnahmen registriert wurden, zog sich Maren für einen Moment zurück. Sie war erleichtert über den Erfolg, doch in ihrem Inneren wusste sie, dass der wahre Feind noch immer draußen war – weit weg, in Kolumbien.

Sie nahm ihr Handy und schickte eine kurze Nachricht an Olsen: „Hafen gesichert. Drogen und Waffen in unserer Hand. Das Kartell ist geschwächt, aber nicht gebrochen. Pass auf dich auf."

Sie steckte das Handy weg und atmete tief durch. Der Kampf war noch lange nicht vorbei.

Showdown in Kolumbien

Der Propeller der kleinen Maschine dröhnte monoton, während sie auf den unbefestigten Streifen inmitten des kolumbianischen Dschungels zur Landung ansetzte. Das satte Grün der endlosen Wälder breitete sich unter ihnen aus, dichte Vegetation soweit das Auge reichte, kaum zu durchdringen. In der Ferne, versteckt im Schatten der Berge, lag das Ziel – das Lager von El Fantasma, dem unantastbaren Anführer des Kartells.

Olsen lehnte sich in seinem Sitz zurück, den Blick starr auf die Landschaft gerichtet, die sich unter ihm entfaltete. Der tropische Regenwald war nicht nur die Heimat von El Fantasma, sondern auch sein Versteck, sein Schutz. Der Mann hatte jahrelang im Schatten operiert, unantastbar in einem Labyrinth aus Macht, Drogen und Korruption.

Neben ihm saß Colonel Alvarez, der erfahrene Anführer der kolumbianischen Drogenpolizei, ein Mann, der den Dschungel kannte wie seine eigene Westentasche. „Wir haben den genauen Standort seines Lagers", sagte Alvarez ruhig und blies Rauch aus seiner Zigarette. „Aber das ist kein Spaziergang. Er hält das Gelände schwer bewacht."

„Es wird schwierig, ihn dort rauszuholen", antwortete Olsen, während er die letzten Informationen durchging, die sie über den Aufenthaltsort von El Fantasma gesammelt hatten. „Aber wir haben keine andere Wahl. Wenn wir ihn hier nicht erwischen, verlieren wir ihn für immer."

Die Maschine setzte hart auf dem improvisierten Rollfeld auf, und die Männer sprangen aus dem Flugzeug. Die schwüle Luft des Dschungels schlug ihnen entgegen, schwer und feucht, gefüllt mit dem Summen der Insekten und dem Rauschen der Blätter. Die Vorbereitung auf die Operation war minutiös geplant worden – Europol hatte gemeinsam mit der kolumbianischen Drogenpolizei alle verfügbaren Ressourcen mobilisiert, um den Kartellboss ein für alle Mal festzunehmen.

Das provisorische Lager der Spezialeinheiten lag tief im Dschungel, versteckt vor neugierigen Blicken. Auf einem großen Kartentisch breiteten die Kommandanten ihre Pläne aus, während die Soldaten in der Umgebung ihre Waffen überprüften und letzte Vorbereitungen trafen. Jeder wusste, dass dies kein normaler Einsatz war – sie jagten den gefährlichsten Mann Kolumbiens.

Alvarez zeigte auf eine Karte des umliegenden Geländes. „Das Lager von El Fantasma befindet sich hier, direkt am Fluss. Es ist gut versteckt, fast uneinnehmbar. Doch wir haben den Überraschungseffekt auf unserer Seite. Wenn wir schnell und präzise zuschlagen, können wir ihn fassen."

Olsen beobachtete die Bewegungen auf der Karte. „Was ist mit Fluchtwegen? Wenn er merkt, dass wir kommen, hat er bestimmt einen Ausweg vorbereitet."

Alvarez nickte. „Er wird versuchen, über den Fluss zu fliehen. Dort haben wir bereits Patrouillen stationiert. Aber wir müssen den ersten Schlag so hart führen, dass er keine Zeit hat, zu reagieren."

Die Anspannung im Lager war fast greifbar. Jeder Mann hier wusste, dass der Dschungel nicht nur ein Versteck war, sondern ein tödlicher Feind. Die Natur war erbarmungslos, und El Fantasma hatte sich diesen Ort mit Bedacht ausgesucht.

Wenn sie heute scheiterten, würden sie vielleicht nie wieder die Chance bekommen, ihn zu fassen.

In den frühen Morgenstunden, noch bevor die Sonne über den Horizont kroch, begannen die Männer der kolumbianischen Spezialeinheiten und Europol ihre Annäherung. Sie glitten auf kleinen Booten den dunklen Fluss entlang, begleitet vom Geräusch der Dschungelnacht – das Zirpen der Insekten, das entfernte Brüllen eines Jaguars, das leise Plätschern des Wassers unter den Booten.

Olsen saß im vorderen Boot, die Augen angespannt auf das Ufer gerichtet, wo das Lager von El Fantasma lag. Er wusste, dass dies ihre letzte Chance war. Der Kartellboss hatte zu viele Gelegenheiten gehabt, ihnen zu entkommen, sich zu verstecken und sein Netzwerk weiter auszubauen. Jetzt mussten sie ihn stellen – koste es, was es wolle.

Die Boote legten leise am Ufer an. Die Männer sprangen ins knietiefe Wasser, die Waffen im Anschlag, und begannen ihren Weg durch das Dickicht. Der Dschungel war dicht, jede Bewegung fühlte sich an, als würde sie zu laut sein, als würde der Wald selbst sie verraten. Doch die Männer blieben fokussiert, bewegten sich taktisch und ohne Geräusche auf das Lager zu.

„Haltet die Positionen", flüsterte Alvarez ins Funkgerät, als sie schließlich das Lager erreichten. Vor ihnen erstreckte sich das Lager von El Fantasma, versteckt in einer Senke, umgeben von schwer bewaffneten Männern. Zelte, improvisierte Bauten und eine Reihe von bewaffneten Wachen markierten die Verteidigungslinie.

Die Luft war stickig, drückend und voller Gefahr. Der Dschungel um Olsen und seine Männer schien den Atem anzuhalten, als sie in Position gingen. Der süße, modrige Geruch der Vegetation vermischte sich mit dem fast metallischen Geschmack des Schweißes, der ihnen über die Stirn lief. Die Stille vor dem Sturm war fast unerträglich.

In der Ferne, nur durch das Dickicht und die Schatten des Waldes verborgen, lag das Lager von El Fantasma. Über den Zelten und den improvisierten Hütten stiegen vereinzelte Rauchfahnen auf. Die Wachen patrouillierten träge, nichts ahnend. Ihre Gewehre hingen locker in den Händen, und ihre Augen waren müde, abgelenkt. Sie waren sich sicher, dass niemand so tief in den Dschungel vordringen würde, schon gar nicht eine gut ausgerüstete, koordinierte Einheit.

Aber sie lagen falsch.

„Jetzt!", befahl Olsen leise, kaum mehr als ein Flüstern, das sich durch die Reihen seiner Männer zog. Innerhalb eines Wimpernschlags löste sich der Befehl in reine, ungebändigte Aktion auf.

Die ersten Explosionen schlugen mit einem ohrenbetäubenden Knall in das Lager ein. Granaten explodierten mit einem gewaltigen Knall, schleuderten Feuer und Rauch in die Luft und zerfetzten die provisorischen Gebäude, als wären sie aus Papier. Ein Zelt flog wie ein brennender Feuerball in die Höhe, die Druckwelle riss die nahestehenden Wachen von den Beinen. Flammen züngelten aus den zerstörten Hütten, grelle Blitze der Detonationen erhellten für einen kurzen Moment den Dschungel.

„Vorwärts!", rief Alvarez und stürzte mit einem Trupp Spezialeinheiten nach vorne. Sie stürmten aus dem Dickicht, ihre Waffen schussbereit. Olsen folgte dicht hinter ihnen, seine Finger fest um den Griff seiner Waffe geklammert. Das Chaos brach in Sekunden aus.

Die Wachen des Kartells, aus ihrem selbstgefälligen Schlaf gerissen, griffen hektisch zu ihren Waffen, aber sie waren zu langsam. Die Schüsse der Spezialeinheiten trafen präzise, die ersten Männer fielen, noch bevor sie wussten, woher der Angriff kam. Kugeln peitschten durch die Luft, zischten an den Köpfen der Angreifer vorbei und gruben sich in den Boden, in Bäume, in die Leiber derer, die zu spät reagierten.

„Deckung!", schrie ein Kartellmitglied, als es verzweifelt hinter einer der zusammengebrochenen Hütten in Deckung sprang. Doch es war zu spät. Eine Granate landete direkt neben ihm, und der Boden schien unter ihm zu explodieren, als er von den Trümmern förmlich zerfetzt wurde. Der Gestank von verbranntem Fleisch mischte sich mit dem dichten, beißenden Rauch, der das Lager nun einhüllte.

Alvarez brüllte Befehle durch den Funk, während die Truppen weiter vorrückten. „Einheit zwei, nehmt die rechte Flanke! Einheit drei, sichert den hinteren Bereich!" Jeder Schritt war kalkuliert, jeder Schuss gezielt. Die Männer arbeiteten sich durch das Lager wie ein unaufhaltsames Sturmgewitter.

Doch El Fantasmas Männer gaben nicht kampflos auf. Sie kannten den Dschungel, sie wussten, wie man in diesen unwirtlichen Bedingungen überlebte – und sie kämpften wie Tiere, die in die Enge getrieben waren. Eine Gruppe schwer bewaffneter Männer zog sich hinter eine Reihe von Containern zurück und eröffnete das Feuer mit Maschinengewehren. Die Kugeln ratterten durch die Luft, zerfetzten Bäume und Metall, während die Spezialeinheiten hinter umgestürzten Fahrzeugen und Fässern in Deckung gingen.

Olsen spürte das Vibrieren der Einschläge durch den Boden, hörte das Kreischen der Kugeln, die über seinen Kopf hinwegschwirrten. Er blickte auf die Funken, die von den Gewehrmündungen der Gegner stoben, und wusste, dass sie einen erbitterten Kampf vor sich hatten. „Greift von links an!" rief er in den Funk, während er in die andere Richtung sprintete und hinter einem umgestürzten Container in Deckung ging.

Eine Granate detonierte nahe der feindlichen Stellung und sprengte den Container in zwei Hälften. Die Druckwelle warf die Kartellkämpfer zu Boden, und für einen Moment erstarrte das Chaos. Dann eröffneten die Einheiten vom linken Flügel das Feuer, erledigten die übrig gebliebenen Männer mit schnellen, präzisen Schüssen.

„Sie haben schwere Verluste", keuchte Alvarez neben Olsen, während er das Funkgerät zur Seite legte. „Sie ziehen sich zurück. Aber El Fantasma ist hier, irgendwo."

„Wir müssen ihn finden", schnappte Olsen und wischte sich den Schweiß von der Stirn. Die Hitze des Gefechts und die feuchte Dschungelluft machten es schwer, klar zu denken. Der Schweiß brannte in seinen Augen, und der Geruch von Blut und brennendem Holz lag in der Luft. Doch er wusste, dass dies der Moment war. Wenn sie El Fantasma jetzt nicht fassen würden, könnten sie ihn für immer verlieren.

Plötzlich, durch den Rauch und das Flammeninferno, sah Olsen ihn: El Fantasma. Der Kartellboss war überraschend ruhig und gelassen, seine Augen fest auf das Chaos um ihn herum gerichtet. Er wusste, dass seine Leute den Kampf verlieren würden, aber er hatte seinen Fluchtweg bereits vorbereitet.

„Er entkommt!" rief Alvarez, als er sah, wie El Fantasma sich in den dichten Dschungel zurückzog. Olsen reagierte sofort, sein Adrenalin peitschte ihn an. Er sprintete hinter ihm her, während die Kämpfe um ihn herumtobten, und versuchte, ihn im Gewirr des Dschungels nicht aus den Augen zu verlieren.

Der Dschungel verschluckte sie beide fast augenblicklich. Die Geräusche des Kampfes verblassten hinter ihnen, während die Natur die Oberhand gewann. Das Dickicht wurde dichter, die Hitze des tropischen Waldes erdrückte sie. Jeder Schritt war ein Kampf gegen die Zweige, die sich wie Klauen an den Beinen festhielten, der Schweiß lief Olsen in die Augen und brannte, doch er musste weiter.

El Fantasma war ein Schatten, der sich geschickt und schnell durch das Labyrinth aus Bäumen und Pflanzen bewegte. Er kannte diesen Dschungel, während Olsen sich durch das feindliche Terrain kämpfen musste.

Der Kartellboss verschwand immer wieder aus dem Sichtfeld, tauchte dann ein paar Meter weiter wieder auf, wie ein Gespenst, das die Natur selbst beschwor, um ihn zu beschützen.

Schließlich, nach Minuten hektischer Verfolgung, blieb Olsen keuchend stehen. Der Dschungel war still, die Geräusche des Kampfes in der Ferne waren verschwunden. Die Vegetation war undurchdringlich und dämpfte alle Geräusche.

El Fantasma war verschwunden.

Als Olsen schließlich ins Lager zurückkehrte, war die Schlacht vorbei. Das Chaos des Angriffs hatte sich gelegt, doch der Dschungel dampfte noch immer von der Hitze des Kampfes. Die Spezialeinheiten hatten die Kontrolle übernommen, und überall lagen die Überlebenden des Kartells, gefesselt und kampfunfähig auf dem Boden. Die Verwüstung war enorm – Zelte und Gebäude brannten, Rauch stieg in dicken schwarzen Wolken in den Himmel, und der Geruch von Schießpulver, Blut und verbranntem Holz füllte die Luft.

„Wir haben sie", sagte Alvarez, als er Olsen entgegenging. „Das Lager gehört uns. Und El Fantasma?"

Olsen schüttelte den Kopf. „Er ist uns wieder entkommen."

Olsen ballte die Fäuste, und ein Anflug von Frustration und Wut schoss durch ihn hindurch. Dies war seine letzte Chance gewesen, ihn zu fassen, und sie hatten es wieder nicht geschafft. Der Mann war wie ein Schatten, der sich durch ihre Finger glitt, egal wie fest sie zudrückten.

Er schaute auf die Ruinen des Lagers. El Fantasma hatte ein Imperium aufgebaut, das weit über den kolumbianischen Dschungel hinausging. Selbst mit diesem Schlag war das Kartell immer noch stark. Viele der hochrangigen Mitglieder des Kartells lagen gefesselt auf dem Boden, aber ihr Anführer war entkommen.

„Verdammt", fluchte Alvarez, der neben ihm stand. „Er war uns wieder einen Schritt voraus."

„Das ist er immer", murmelte Olsen. Die Enttäuschung in seiner Stimme war unüberhörbar. El Fantasma hatte ihnen wieder gezeigt, dass er nicht so leicht zu fassen war. Der Mann hatte Europa im Visier, aber jetzt wusste Olsen, dass er auch hier in Kolumbien mächtige Verbündete und Ressourcen hatte, die ihn schützten.

Als Olsen sich umdrehte, sah er die Zerstörung, die sie angerichtet hatten – doch in seinem Kopf kreiste nur ein Gedanke: El Fantasma war immer noch draußen. Der Rauch hing schwer über dem Lager. Die hektischen Schüsse und Explosionen, die das Gelände noch vor wenigen Minuten erschüttert hatten, waren verklungen. Der Geruch von verbranntem Holz, geschmolzenem Plastik und Schießpulver lag in der Luft. Das Lager von El Fantasma war ein Trümmerfeld, aber der Kampf war vorüber.

Olsen wischte sich den Schweiß von der Stirn und warf einen letzten Blick auf den Eingang des Fluchttunnels, der nun von einigen der kolumbianischen Spezialeinheiten gesichert wurde.

„Bernd!", rief Alvarez und deutete auf die Mitte des Lagers. „Wir haben einige von seinen Top-Leuten erwischt."

Olsen trat näher, seine Schuhe sanken in den matschigen Boden. In der Mitte des Lagers standen mehrere Kartellmitglieder, die Hände hinter dem Kopf gefesselt, umringt von den Spezialeinheiten. Ihre Gesichter waren schmutzig, erschöpft, aber voller Hass. Unter ihnen erkannte Olsen einige bekannte Gesichter – Männer, die in den obersten Rängen des Kartells operierten, Männer, die nicht nur das Drogenimperium in Kolumbien, sondern auch in Europa kontrollierten.

„Das sind keine Fußsoldaten", murmelte Olsen, während er die Gefangenen musterte. „Das sind Führungspersonen. Wir haben sie."

Alvarez nickte. „Genau. Das hier sind El Fantasmas rechte Hände. Einige von ihnen waren für den Export der Drogen nach Europa verantwortlich. Sie waren es, die das Netzwerk auf dem ganzen Kontinent aufgebaut haben."

„Und jetzt werden sie das Kartell nicht mehr weiterführen", sagte Olsen, doch ein Schatten lag über seinen Worten. Sie hatten zwar viele hochrangige Mitglieder festgenommen, aber ohne El Fantasma war das Kartell noch lange nicht besiegt.

Die nächsten Stunden waren ein hektisches Durcheinander. Sicherungsoperationen liefen im gesamten Lager auf Hochtouren. Die kolumbianischen Spezialeinheiten stellten Waffen, Drogen und andere Beweismaterialien sicher, während die gefangenen Kartellmitglieder einer nach dem anderen in provisorische Zellen auf dem Gelände gebracht wurden.

Dutzende von Männern, allesamt Teil des inneren Zirkels von El Fantasma, saßen nun in Handschellen, unfähig, ihren Boss weiter zu unterstützen.

Alvarez koordinierte die Operation mit stoischer Ruhe, während seine Männer alle Verstecke durchkämmten.

„Wir haben noch ein paar von ihnen gefunden, die sich im Unterholz versteckt hatten", sagte er, als er zu Olsen trat. „Aber das Wichtigste ist, dass wir die Kommandeure des Lagers haben."

Olsen nickte langsam. Es war ein Teilerfolg, aber der Dschungel hatte ihnen den wichtigsten Mann genommen. „Gut gemacht", sagte er leise. „Aber was ist mit El Fantasma?"

„Wir werden ihn finden", sagte Alvarez. „Aber das wird Zeit brauchen. Der Dschungel ist sein Territorium. Für heute müssen wir uns darauf konzentrieren, was wir hier haben."

Später, als die Nacht über das Lager fiel, organisierte Alvarez den Rückzug der Truppen nach Villavicencio, einer nahegelegenen Stadt, wo sie sicherer agieren konnten. Es war ein strategisch kluger Schritt – das Lager im Dschungel war zu unsicher, um dort zu bleiben, und sie hatten mehr als genug gefangen genommen, um eine tiefere Untersuchung einzuleiten.

„Wir bringen sie nach Villavicencio", erklärte Alvarez, während er sich mit Olsen am Rand des Lagers unterhielt. „Dort haben wir die nötige Infrastruktur, um die Gefangenen ausgiebig zu verhören und die Beweise zu sichern. Der Einsatz hier ist abgeschlossen."

Olsen, dessen Gedanken immer noch bei El Fantasma waren, nickte langsam. „Gut. Wir müssen so viele Informationen aus ihnen herausholen wie möglich. Jeder von ihnen könnte uns den entscheidenden Hinweis geben, um El Fantasma endgültig zu erwischen."

Die Rückkehr nach Villavicencio war keine einfache Aufgabe. Die kolumbianischen Spezialeinheiten sorgten dafür, dass die Gefangenen sicher in gepanzerten Fahrzeugen abtransportiert wurden. Ein Helikopter, der bereits für den Einsatz bereitstand, hob ab und überflog den Dschungel, um nach möglichen Überbleibseln der Kartellmitglieder zu suchen, die noch entkommen sein könnten. Die verbleibenden Agenten zogen sich systematisch zurück.

Zurück in Villavicencio war die Stimmung angespannter als zuvor. Die Verhöre begannen sofort, als die hochrangigen Kartellmitglieder in die unterirdischen Zellen gebracht wurden. Olsen und Alvarez überwachten die ersten Gespräche, während erfahrene Verhörspezialisten die Kartellmitglieder einen nach dem anderen in die Mangel nahmen. Doch wie zu erwarten, waren diese Männer nicht leicht zu knacken.

„Sie wissen, was auf sie zukommt", sagte Alvarez frustriert, als einer der Gefangenen erneut schwieg. „Aber wir werden sie brechen. Irgendjemand wird sprechen."

Olsen stand abseits, die Arme verschränkt, sein Blick auf den spiegelverglasten Raum gerichtet, in dem die Verhöre stattfanden. Es war ein seltsames Gefühl – sie hatten hier so viele hochrangige Mitglieder des Kartells in Gewahrsam, aber der Kopf der Schlange war entkommen.

Er wusste, dass diese Männer Informationen hatten, die sie weiterbringen könnten, doch ob sie bereit waren, sie preiszugeben, war eine andere Frage.

Am späten Abend saß Olsen in dem kleinen Büro, das man ihm in der Operationsbasis von Villavicencio zugewiesen hatte. Die stickige Luft der tropischen Nacht hing schwer im Raum, während er auf die Karte von Kolumbien starrte, die vor ihm auf dem Tisch lag.

Der Dschungel war riesig, und El Fantasma war darin verschwunden, wie ein Schatten, der sich in der Dunkelheit auflöste.

Sein Handy vibrierte plötzlich auf dem Tisch. Als er den Blick auf das Display warf, erkannte er den Namen sofort: Maren Starke.

„Maren," sagte Olsen und hob das Telefon ans Ohr, seine Stimme müde und erschöpft. „Was gibt's?"

„Bernd, ich wollte dich nur kurz auf dem Laufenden halten", kam ihre klare Stimme durch die Leitung. „Wir haben hier in Hamburg neue Entwicklungen."

Olsen richtete sich auf. „Was für Entwicklungen?"

„Es gibt Bewegung in den Netzwerken des Kartells. Seit du nach Kolumbien aufgebrochen bist, sind einige der lokalen Verbindungen in Hamburg unruhig geworden. Ich glaube, sie spüren, dass wir ihnen näherkommen."

Ihre Stimme hatte einen angespannten Ton, als würde sie die Bedeutung ihrer Worte erst jetzt vollständig begreifen.

„Es sieht so aus, als ob sie versuchen, wichtige Teile ihrer Operationen zu verlagern."

„Wohin?" fragte Olsen scharf, während sein Blick auf der Karte verweilte. Der Gedanke, dass das Kartell sich nicht nur in Kolumbien bewegte, sondern auch in Hamburg, nagte an ihm.

„Das ist das Problem", antwortete Maren. „Wir wissen es nicht genau. Es gibt Gerüchte, dass sie eine größere Lieferung über andere europäische Häfen umleiten wollen. Aber es könnte auch eine Falle sein. Wir haben einige Hinweise, die auf Rotterdam und Antwerpen deuten, aber es bleibt vage."

Olsen massierte sich die Schläfen. „Verdammt. Wir können es uns nicht leisten, den Überblick zu verlieren, während wir hier in Kolumbien versuchen, El Fantasma zu fassen."

„Das weiß ich", sagte Maren, ihre Stimme wurde leiser. „Deshalb rufe ich an. Ich will, dass du weißt, dass es hier immer noch brennt. Ich halte die Augen offen, aber es wird schwieriger, herauszufinden, wer loyal ist und wer nicht."

Olsen lehnte sich in seinem Stuhl zurück und starrte in die Dunkelheit, die sich hinter den Fenstern des Büros ausbreitete. Die Ungewissheit lastete schwer auf ihm. „Hast du noch andere Hinweise?"

„Einige der Verbindungen, die wir in den letzten Wochen verfolgt haben, scheinen ins Stocken geraten zu sein. Es ist, als ob sie sich zurückziehen, aber gleichzeitig neuformieren. Wir müssen aufpassen. Ich habe das Gefühl, dass sie uns etwas verheimlichen."

Olsen schloss kurz die Augen. „Pass auf dich auf, Maren. Wir können nicht riskieren, dass noch jemand in die Schusslinie gerät."

„Ich werde vorsichtig sein", antwortete sie und zögerte dann. „Und Bernd... ich weiß, wie sehr du dich auf El Fantasma konzentrierst, aber... es gibt hier in Hamburg auch noch einiges zu tun. Wir können uns nicht nur auf Kolumbien fokussieren."

„Ich weiß," sagte Olsen leise. „Aber wenn wir El Fantasma nicht erwischen, wird das Kartell immer wieder aufstehen. Egal, was wir hier oder in Hamburg tun. Er ist der Schlüssel."

Maren seufzte, als wolle sie ihm widersprechen, tat es aber nicht. „Ich halte hier die Stellung. Gib mir Bescheid, wenn es Neuigkeiten gibt."

„Mach ich", antwortete Olsen und beendete das Gespräch.

Er legte das Handy auf den Tisch und starrte einen Moment lang ins Leere. Maren hatte recht – die Gefahr war nicht nur in Kolumbien, sondern auch in Hamburg allgegenwärtig.

Doch tief in seinem Inneren wusste Olsen, dass der Kampf gegen El Fantasma der Schlüssel war. Wenn er den Kopf des Kartells nicht fassen konnte, würde alles, was sie bisher erreicht hatten, bedeutungslos sein.

Aber irgendetwas ließ seine Gedanken nicht zur Ruhe kommen. Er hatte das Gefühl, dass er im Lager etwas übersehen haben muss. Die Unruhe wurde so stark, dass er darum bat, man möge ihn noch einmal zum Lager fliegen. Er sprach darüber mit Alvarez.

„Zwei meiner Leute fliegen dich mit dem Helikopter in", sagte Alvarez. „Vielleicht hast du Glück und findest etwas wichtiges."

Sie flogen los und landeten nach 2 Stunden direkt in dem zerstörten Lager. Olsen sah sich noch einmal das Ausmaß der Verwüstung an.

Als Olsen und die zwei Offiziere vom Alvarez Team das Lager noch einmal sorgfältig durchkämmten, fand einer der kolumbianischen Offiziere in einer der verlassenen Hütten eine kleine, schmutzige Notiz.

Der Zettel war mit einem Stück Draht an einer Holzwand befestigt, und die Worte darauf mit zittriger Handschrift geschrieben:

"Du kannst mich nicht aufhalten. Kolumbien gehört mir, und bald gehört auch Europa mir. – El Fantasma."

Olsen starrte auf die Nachricht, sein Kiefer fest zusammengepresst. Es war nicht nur eine Drohung – es war eine Herausforderung. El Fantasma hatte nicht nur überlebt, er hatte bereits den nächsten Schritt geplant.

„Er weiß, dass wir ihm auf den Fersen sind", sagte einer der Offiziere leise neben ihm.

„Und er wird nicht aufhören", murmelte Olsen, während er die Notiz zusammenfaltete und in seine Tasche steckte.

Kolumbien war noch lange nicht sicher, und jetzt wusste er, dass der Kampf gegen El Fantasma erst richtig begonnen hatte.

Der Rückschlag

Der Himmel über Bogotá war klar, als der Flug zurück nach Hamburg startete. Das Flugzeug hob ruhig ab, aber in Bernd Olsens Kopf herrschte Unruhe. Der dumpfe Druck auf seinen Schultern hatte sich während der letzten Tage in Kolumbien nicht gelegt. Er hatte in den Dschungel zurückgeblickt, kurz bevor das Flugzeug abgehoben hatte, und wusste, dass die Gefahr immer noch dort lauerte. El Fantasma war entkommen, und mit ihm auch die Möglichkeit, diesen Drogenkrieg endgültig zu beenden.

Der Abschied von den kolumbianischen Spezialeinheiten war kurz und schweigsam. Alvarez und seine Männer hatten alles gegeben, aber sie waren genauso frustriert wie Olsen. Die hohen Verluste hatten ihre Spuren hinterlassen. Alvarez hatte ihm die Hand gedrückt, sein Gesicht gezeichnet von Erschöpfung und Enttäuschung. „Wir werden ihn weiter jagen," hatte er gesagt. Doch die Worte klangen hohl, wie eine leere Zusicherung.

„Wir bleiben in Kontakt," hatte Olsen gemurmelt, bevor er sich umdrehte und zum Helikopter ging, der ihn zurück nach Bogotá brachte. Der Dschungel verblasste schnell in der Ferne, aber das Gewicht der verpassten Chance blieb bei ihm.

Jetzt, im Flugzeug, während die Nacht über den Wolken hereinbrach, fühlte sich der Erfolg – wenn man es überhaupt so nennen konnte – bitter an. Sie hatten El Fantasma noch immer nicht gefasst, und jeder Tag, den er frei herumstreifte, war ein weiterer Tag, an dem das Kartell seine Macht festigte. Kolumbien gehörte weiterhin dem Kartell, und seine Tentakel reichten bis nach Europa.

Olsen ließ seinen Kopf gegen die harte Lehne des Sitzes sinken, die Augen halb geschlossen, aber der Schlaf kam nicht. Bilder aus dem Dschungel drängten sich immer wieder in sein

Bewusstsein. Explosionen, Schreie, der dichte Rauch – und dann die Notiz, die El Fantasma hinterlassen hatte. „Du kannst mich nicht aufhalten." Die Worte brannten sich in sein Gedächtnis ein, und die Frustration brodelte tief in seinem Inneren.

Als das Flugzeug in Hamburg landete, fühlte sich der Empfang unterkühlt an. Kein Triumph, kein gefeiertes Team. Es gab keine Feier, keinen Moment des Sieges, den er sich hätte gönnen können. Stattdessen war da nur die kalte Realität der Situation, die ihn erwartete.

Maren Starke holte ihn ab, doch ihre Begrüßung war kurz und sachlich. Sie sah die Erschöpfung in seinem Gesicht und sparte sich die Fragen.

„Es gibt Neuigkeiten", sagte sie, während sie die Tür des Wagens öffnete und Olsen im Auto Platz nahm.

„Was für Neuigkeiten?" murmelte er, seine Stimme schwer.

„Wir haben weiter nach El Fantasmas Finanziers gesucht, und es gibt Hinweise, die auf einen russischen Oligarchen hinweisen. Ich habe die Akten im Büro, aber das Bild wird klarer."

Olsen nickte und starrte aus dem Fenster. Die Straßen von Hamburg zogen an ihm vorbei, die Lichter der Stadt spiegelten sich auf der nassen Fahrbahn. Trotz der Gefangenen, die sie in Kolumbien gemacht hatten, wusste er, dass es nur eine Frage der Zeit war, bis das Kartell wieder zuschlagen würde.

El Fantasma mag sich kurz zurückgezogen haben, aber sein Netzwerk arbeitete weiter – und mit Finanziers wie diesem Oligarchen im Rücken war er nahezu unaufhaltsam.

„Wir sollten uns beeilen", fügte Maren hinzu und warf ihm einen Seitenblick zu. „Wenn das stimmt, was wir vermuten, könnte der Oligarch noch gefährlicher sein als El Fantasma selbst."

Olsen schloss kurz die Augen. Es gab immer noch so viele offene Fragen, so viele Bedrohungen, die sie noch nicht einmal erfasst hatten. Der Sieg in Kolumbien fühlte sich hohl an, wie ein Kapitel, das noch lange nicht abgeschlossen war. Der Krieg gegen das Kartell war nicht vorbei – er hatte gerade erst begonnen.

Kaum hatte Olsen seinen Jetlag nach der Rückkehr aus Kolumbien abgeschüttelt, traf er sich mit Maren Starke und dem Rest des Teams im LKA. Der Dschungel lag weit hinter ihm, doch die Bedrohung durch das Kartell schien präsenter denn je. El Fantasma war entkommen, und Hamburg stand nach wie vor im Zentrum des internationalen Drogenkriegs.

Der Schreibtisch vor ihm war mit Akten gefüllt – Berichte, Ermittlungsnotizen, Analysen von Schmugglernetzwerken. Doch eine Akte lag besonders im Fokus.

„Das hier", sagte Maren und legte eine Mappe auf den Tisch, „könnte der Schlüssel sein."

Olsen lehnte sich nach vorn und blätterte durch die Seiten. Die Dokumente waren Aufzeichnungen über internationale Geldflüsse, die bereits vor Monaten bei einer Ermittlung gegen das Kartell aufgefallen waren, doch damals waren die Verbindungen noch unklar gewesen.

El Fantasma hatte ein riesiges Netzwerk, doch die Geldströme, die aus Russland kamen, passten nicht ganz ins Bild. Jetzt war klar, warum.

„Schau dir das an", sagte Maren, als sie ihm ein weiteres Dokument vorlegte. „Der Name Nikolai Sorokin taucht in fast allen Berichten auf, die wir über die Finanzen des Kartells haben."

Olsen ließ die Worte auf sich wirken. „Sorokin", wiederholte er leise, als würde der Name allein schon Bedrohung ausstrahlen. „Wer ist er?"

„Ein russischer Oligarch, der in den 1990er Jahren durch den Zusammenbruch der Sowjetunion zu unfassbarem Reichtum kam", erklärte Maren. „Er hat sein Imperium auf Öl, Gas und Rüstungsdeals aufgebaut. Doch was wirklich beunruhigend ist, sind seine Verbindungen zu internationalen Verbrecher-netzwerken. Es gibt Hinweise, dass er seit Jahren Drogenkar-telle finanziert, um seine eigenen Machtinteressen auszubauen – und das Cartel de la Muerte scheint eines seiner größten Pro-jekte zu sein."

Olsen starrte auf die Berichte, während ihm die Konsequenzen langsam klar wurden. Nikolai Sorokin war kein gewöhnlicher Geschäftsmann. Seine Geschäfte umspannten den ganzen Glo-bus, von Moskau bis nach New York, und jetzt war klar, dass er ein wichtiger Financier des Kartells war. Doch warum?

„Warum unterstützt er das Kartell?" fragte Olsen, mehr zu sich selbst als an die anderen gerichtet. „Was hat ein Oligarch aus Russland mit dem Drogenhandel in Kolumbien zu tun?"

Maren Starke lehnte sich vor und zeigte auf einen Teil der Akte. „Sorokin hat in den letzten Jahren massiv in illegale Schmuggelrouten investiert. Er kontrolliert nicht nur den Schwarzmarkt für Waffen und Menschenhandel, sondern auch einen Großteil des Drogenmarkts. Das Kartell bietet ihm die perfekte Gelegenheit, seine Operationen in Europa zu erwei-tern. Während El Fantasma die Drecksarbeit in Kolumbien macht, sorgt Sorokin dafür, dass die Geschäfte auf globaler Ebene laufen."

„Das ist Wahnsinn", murmelte Olsen. „Das bedeutet, dass das Kartell nicht nur ein Problem für Lateinamerika ist, sondern ein globales Netzwerk hat, das tief in die europäischen Struk-turen eingreift."

Maren nickte ernst. „Und das ist noch nicht alles." Sie griff nach einem Tablet, das auf dem Konferenztisch lag, und zeigte ihm eine Reihe von Berichten, die über die letzten Tage zusam-mengestellt worden waren. „Unsere IT-Abteilung hat weiter an den Cyberangriffen gearbeitet, die wir gegen die Kommunikationsnetzwerke des Kartells gestartet haben. Es sieht so aus, als ob Sorokin nicht nur ein Finanzier ist – er lenkt viele der internationalen Operationen. Einige der größten Waffengeschäfte, die das Kartell in den letzten Jahren getätigt hat, liefen über seine Kontakte in Osteuropa."

Olsen legte die Akten auf den Tisch und stand auf, seine Gedanken rasten. „Das erklärt, warum die Waffenlieferungen so präzise und umfangreich sind", sagte er. „Sorokin versorgt das Kartell mit allem, was sie brauchen, und im Gegenzug expandiert er sein eigenes Reich."

„Er ist nicht nur ein Unterstützer", fügte Maren hinzu. „Er ist ein Architekt dieser internationalen Verbrechensstrukturen. Ohne ihn wäre das Kartell niemals so weit gekommen."

Olsen fühlte, wie die Schwere der neuen Entdeckung auf ihm lastete. El Fantasma war gefährlich genug, aber Sorokin war jemand, der ganze Regierungen unterwandern konnte – ein Mann, der nicht nur in den Drogenkrieg verwickelt war, sondern das gesamte globale Schwarzmarktnetzwerk orchestrierte.

Die nächsten Tage verbrachte das Team damit, die Verbindungen zwischen Sorokin und dem Kartell weiter zu entwirren. Es stellte sich heraus, dass Sorokin durch seinen Einfluss in der russischen Regierung und über korrupte Netzwerke in ganz Europa die internationalen Märkte kontrollierte.

Er nutzte seinen Reichtum, um Drogenkartelle zu finanzieren, die ihm wiederum Zugang zu neuen Schmuggelrouten und illegalen Warenmärkten boten.

„Das bedeutet, dass wir es nicht nur mit einem Kartellboss wie El Fantasma zu tun haben", sagte Olsen in einer der vielen Besprechungen. „Wir kämpfen gegen ein gut organisiertes und finanziertes Netzwerk, das von einem Mann gelenkt wird, der sowohl wirtschaftliche als auch politische Macht besitzt."

„Genau", bestätigte Maren. „Und Sorokin hat Einfluss bis in die höchsten Kreise. Seine Verbindungen zu Oligarchen und Regierungsbeamten bedeuten, dass er uns mit einem Handstreich blockieren kann, wenn wir nicht schnell genug agieren."

Olsen ließ die Worte auf sich einwirken. El Fantasma war ein Problem, aber Sorokin war auf einem anderen Level tätig. Der russische Oligarch hatte nicht nur die finanziellen Mittel, um das Kartell zu unterstützen, sondern auch die Fähigkeit, seine Operationen im Verborgenen zu halten. Sorokin war es, der die Ressourcen bereitstellte, während El Fantasma die Drogenproduktion und den Schmuggel organisierte.

„Also müssen wir Sorokin auf die gleiche Weise jagen, wie wir El Fantasma gejagt haben", sagte Olsen schließlich. „Aber wir müssen vorsichtiger sein. Sorokin hat genug Geld, um ganze Regierungen zu kaufen. Wenn wir ihn angreifen, werden wir auf massiven Widerstand stoßen."

Maren Starke blickte zu ihm auf und zog einen Bericht näher heran.

„Aber es gibt einen Schwachpunkt", sagte sie und zeigte auf eine Seite mit Finanzdaten. „Sorokin betreibt eine Menge seiner illegalen Geschäfte über Tarnfirmen in Europa, insbesondere in Zypern und Luxemburg. Diese Firmen sind für den Geldfluss verantwortlich, der das Kartell am Leben hält. Wenn wir dort angreifen und die Finanzströme unterbrechen, könnten wir seine gesamte Operation ins Wanken bringen."

Olsen nickte langsam und sah die Möglichkeit. „Wenn wir Sorokin dort treffen, wo es ihm wehtut – beim Geld – könnten wir ihn destabilisieren. Das wird El Fantasma nicht gefallen."

„Aber es wird nicht einfach sein", warf Maren ein. „Er hat sich abgesichert, und jede Bewegung gegen seine Finanzen könnte internationale politische Konsequenzen nach sich ziehen."

Olsen lehnte sich zurück und spürte die Last der Verantwortung. „Es gibt keinen anderen Weg. Wir wissen, dass Sorokin derjenige ist, der das Kartell antreibt. Wenn wir ihn schwächen, bricht das Rückgrat der gesamten Operation."

Das Team wusste, dass der Kampf gegen Sorokin und das Kartell noch lange nicht vorbei war, aber sie hatten eine neue Richtung. Sorokin war gefährlich – vielleicht sogar gefährlicher als El Fantasma, weil er nicht im Dschungel operierte, sondern in den höchsten wirtschaftlichen und politischen Kreisen. Doch sie würden nicht aufgeben. Der Drogenkrieg war global, und ihre Feinde waren mächtiger denn je.

Das LKA Hamburg wirkte an diesem Morgen wie ein trügerisch ruhiger Ort. Das Team hatte es geschafft, einige der gefährlichsten Mitglieder des Kartells zu verhaften und gleichzeitig einen bedeutenden Teil ihrer internationalen Drogen- und Waffenlieferungen zu zerschlagen. Doch für Olsen fühlte sich der Erfolg unvollständig an – als würde etwas Grundlegendes fehlen.

Er stand in seinem Büro, den Blick auf die Skyline der Stadt gerichtet, während der Regen die Fenster benetzte. Die letzten Tage hatten ihm gezeigt, dass der Kampf gegen das Kartell nicht mit ein paar Verhaftungen enden würde. Selbst mit den Fortschritten, die sie gemacht hatten, war die kriminelle Maschinerie noch lange nicht gestoppt.

„Es fühlt sich nicht richtig an", murmelte Olsen, mehr zu sich selbst als zu Maren Starke, die gerade hereingekommen war.

Maren trat neben ihn und verschränkte die Arme. „Wir haben einen Schlag gegen das Kartell geführt, Bernd. Das ist ein Erfolg."

„Vielleicht", sagte er leise. „Aber El Fantasma ist noch da draußen. Und jetzt wissen wir, dass er nicht allein handelt. Dieser Oligarch, Sorokin, hält die Fäden in der Hand. Was wir in

Kolumbien erreicht haben, ist nur ein kleiner Teil des gesamten Bildes."

Die Fragen, die ihn verfolgten, hatten sich seit seiner Rückkehr vervielfacht. Wie tief reichten die Verbindungen zwischen Sorokin und dem Kartell wirklich? Wie viele Länder, Institutionen und korrupte Beamte hatten sie bereits in ihrem Netz? Es gab keine klaren Antworten, nur mehr Schatten, die sich in die Ecken seiner Gedanken drängten.

„Wir haben Teile des Netzwerks entblößt", fuhr Maren fort. „Aber diese offenen Stellen werden schnell wieder geschlossen, wenn wir nichts unternehmen. Die Strukturen des Kartells sind flexibel, Bernd. Sie können sich den Angriffen anpassen. Solange Sorokin seine Finger im Spiel hat, wird El Fantasma die Mittel haben, seine Operationen wieder aufzubauen."

Olsen nickte, aber seine Gedanken wanderten bereits weiter. Die Festnahmen in Kolumbien hatten kurzfristig eine Bedrohung gebannt, aber das System war intakt geblieben. Das Kartell würde sich wieder sammeln, neue Wege finden, um ihre kriminellen Geschäfte fortzuführen. Die Drogenströme aus Kolumbien und Mexiko würden weiterhin nach Europa fließen, der Schwarzmarkt für Waffen und Menschenhandel würde weiterleben.

Trotz des scheinbaren Erfolgs nagten die offenen Wunden nicht nur an den Ermittlungen, sondern auch an Olsens Psyche. Der Verlust von Jonas Holst, der durch die Autobombe des Kartells getötet wurde, lastete schwer auf ihm. Der Schmerz über den Tod seines Freundes war noch frisch, und die Schuldgefühle, ihn nicht besser geschützt zu haben, krochen tief in seine Gedanken. Jeder Schritt, den sie machten, schien neue Verluste mit sich zu bringen.

Olsen setzte sich auf seinen Stuhl, starrte auf das Foto von Holst auf seinem Schreibtisch und spürte, wie sich die Dunkelheit in ihm ausbreitete.

Die offene Frage war nicht nur, wie sie das Kartell endgültig zerschlagen konnten, sondern wie viele Menschen sie noch verlieren würden, bevor es vorbei war.

„Jonas hat geglaubt, dass wir sie besiegen können", sagte Olsen leise, fast wie zu sich selbst.

Maren blickte ebenfalls auf das Bild von Holst. „Und er hat nicht umsonst gekämpft, Bernd. Sein Tod muss einen Sinn haben."

„Hat er das?" fragte Olsen, die Bitterkeit in seiner Stimme war unverkennbar. „Oder war er nur ein weiteres Opfer in einem Krieg, den wir nie gewinnen können?"

Das Kartell war wie ein lebendiger Organismus, der sich durch die Länder fraß. Kolumbien, Mexiko, Europa – die Schmuggelrouten veränderten sich, doch das Ziel blieb immer dasselbe: Kontrolle über den globalen Schwarzmarkt. Die internationale Dimension des Kartells machte es schwer, überhaupt eine Front zu definieren. Es war kein gewöhnlicher Feind, sondern ein Netzwerk aus Verbündeten, die ihre Macht über Regierungen und Institutionen ausdehnten.

„Wir haben uns auf El Fantasma konzentriert, weil er der sichtbare Teil des Problems war", fuhr Olsen fort. „Aber Sorokin und seine Leute sind diejenigen, die wirklich den Lauf des Kriegs bestimmen. Wenn wir nicht aufpassen, haben wir bald einen neuen Kriegsschauplatz, den wir nicht kontrollieren können."

„Russland ist ein anderes Spielfeld", stimmte Maren zu. „Dort haben wir weniger Einfluss. Wenn Sorokin sein Netzwerk dort weiter ausbaut, wird es noch schwieriger, ihn zu fassen."

„Das bedeutet, dass wir schneller sein müssen als sie", sagte Olsen und stand auf. „Wir müssen sie in Europa treffen, bevor sie sich noch tiefer eingraben."

Olsen wusste, dass sie mehr Zeit brauchten. Sie mussten sich reorganisieren, Informationen sammeln und ihre Strategien überdenken. Doch die Welt drehte sich schneller, als sie agieren konnten. Während das LKA und Europol versuchten, die Operationen des Kartells zu zerschlagen, liefen im Hintergrund bereits neue Deals, neue Netzwerke wurden geknüpft. Das ständige Gefühl, nur auf die Aktionen der Verbrecher zu reagieren, nagte an ihm. Sie schienen immer einen Schritt hinterher zu sein.

„Was ist mit unseren Informanten?" fragte Olsen und wandte sich zu Moritz Kramer, dem jungen IT-Spezialisten, der erst vor wenigen Wochen das Team verstärkt hatte. Moritz war hochintelligent und spezialisiert auf Cyber-Ermittlungen. Er hatte Jonas Holst ersetzt, und obwohl er noch nicht dieselbe Erfahrung mitbrachte, war sein technisches Know-how beeindruckend.

„Irgendetwas, das wir gegen Sorokin nutzen können?" Olsen sah Moritz direkt an, in der Hoffnung, dass der IT-Spezialist irgendeinen Durchbruch erzielt hatte.

Kramer nickte und beugte sich über seinen Laptop, der vor ihm auf dem Konferenztisch stand. „Wir wühlen uns durch die Daten", sagte er und zeigte auf den Bildschirm, auf dem endlose Zahlenkolonnen und Netzwerkdiagramme aufleuchteten. „Aber Sorokins Netzwerke sind fast undurchdringlich. Er nutzt Offshore-Konten, Scheinfirmen und Mittelsmänner, um seine Spuren zu verwischen. Wir haben einige verdächtige Transaktionen entdeckt, die über Zypern und Luxemburg laufen, aber sie sind extrem gut verschleiert."

„Wie lange wird es dauern, die Strukturen aufzubrechen?" fragte Olsen, seine Stimme schärfer als beabsichtigt.

Kramer zögerte kurz, bevor er antwortete.

„Es wird Zeit brauchen. Diese Leute sind Profis, Bernd. Sie wissen, wie sie ihre Spuren verwischen, und jeder Schritt, den wir tun, wird von Sorokins Leuten überwacht. Wenn wir zu früh zuschlagen, könnten wir alles verlieren."

Olsen ballte die Fäuste. „Zeit ist das, was wir nicht haben", knurrte er, während er auf den Bildschirm starrte. Der Gedanke, dass sie nur wenige Schritte von einem Durchbruch entfernt sein könnten, ließ ihn fast verzweifeln. Doch die Realität war, dass Sorokin im Verborgenen operierte – und sie mussten sich durch ein Labyrinth aus Daten, Transaktionen und falschen Identitäten kämpfen, während ihnen die Zeit davonlief.

Die offene Frage blieb: War es überhaupt möglich, einen Feind zu besiegen, der so tief in die globalen Strukturen verwoben war? Jeder Schritt, den sie machten, schien neue Hindernisse zu schaffen. Sorokin hatte die finanziellen Mittel, das Kartell immer wieder auf die Beine zu bringen, und El Fantasma war der gnadenlose Vollstrecker, der nicht aufgeben würde.

„Wir müssen weiterkämpfen", sagte Maren, als sie sich von Olsens Schreibtisch wegbewegte. „Wenn wir es nicht tun, wer dann?"

Olsen nickte schwach. Es war eine Wahrheit, die er nur allzu gut kannte. Aber die offene Wunde, die dieser Krieg hinterlassen hatte, würde niemals wirklich heilen. Der Kampf war noch lange nicht vorbei. Und die Frage, ob sie jemals gewinnen würden, ließ ihn nicht los.

Er blickte hinaus in den regnerischen Hamburger Vormittag und wusste, dass es nur eine Frage der Zeit war, bis das Kartell zurückschlagen würde.

Die offenen Wunden der Vergangenheit würden bald wieder aufgerissen werden, und er war sich nicht sicher, ob sie noch lange durchhalten konnten.

Neue Verbindungen

Olsen saß an seinem Schreibtisch im LKA, starrte auf den Bericht, den Moritz Kramer ihm gerade vorgelegt hatte. Der junge IT-Spezialist hatte es geschafft, einen Teil von Nikolai Sorokins verschachtelten Finanznetzwerken zu entschlüsseln. Es war eine komplizierte Struktur von Offshore-Konten, Scheinfirmen und verdeckten Operationen – aber das war nicht das Erschreckende. Vielmehr war es die Bandbreite von Sorokins globalen Verbindungen, die Olsen die Augen öffnete.

„Sorokin ist mehr als nur ein Financier des Kartells", sagte Kramer, der nervös mit dem Finger über das Touchpad seines Laptops wischte, während eine Weltkarte mit dutzenden Verbindungen auf dem Bildschirm erschien. „Wir reden hier von einem globalen Netzwerk, das sich nicht nur auf Drogen beschränkt. Er hat Anteile an Waffenhändlern, Menschenhändlern und sogar Cyberkriminalität. Seine Finger stecken überall drin."

Olsen beugte sich vor und versuchte, das Chaos von Verbindungen und Transaktionen zu entwirren. „Das bedeutet, dass Sorokin nicht nur das Geld liefert, sondern auch die gesamte Infrastruktur bereitstellt. Er benutzt das Kartell als seinen Werkzeugkasten, um seine globalen Geschäfte abzusichern."

Maren Starke trat näher und musterte die Daten mit gerunzelter Stirn. „Es sieht so aus, als ob El Fantasma nur der sichtbare Arm des Ganzen ist. Sorokin zieht die Fäden aus dem Hintergrund – aber er spielt ein viel größeres Spiel."

Während die Karte auf dem Bildschirm weitere Details preisgab, wurde klar, dass Sorokin weit über den Drogenhandel hinausging. Er hatte Verbindungen zu Waffenhändlern in Osteuropa, die eng mit paramilitärischen Gruppen zusammenarbeiteten, und sogar zu Menschenhändlern im Nahen Osten. Seine Netzwerke spannten sich über Russland, Südostasien,

Afrika und den mittleren Osten. Diese neuen Informationen ließen Olsen die Dimension des Gegners, dem sie gegenüberstanden, auf eine neue Art verstehen.

„Sorokin ist kein gewöhnlicher Oligarch", sagte Kramer und tippte auf einige Daten auf seinem Bildschirm. „Er hat Verbindungen zu Schmugglerrouten, die sowohl Waffen als auch Menschen betreffen. Einige dieser Routen laufen durch Syrien, Irak und Libyen – Regionen, in denen Chaos herrscht, und genau das nutzt er aus. Er finanziert dort paramilitärische Einheiten, die den Weg für den Schmuggel freimachen."

„Das bedeutet, dass Sorokin eine globale Kriegswirtschaft aufgebaut hat", murmelte Olsen. „Er verdient nicht nur mit Drogen Geld, sondern er steuert auch Waffenverkäufe und Menschenhandel in Kriegsgebieten."

Maren blickte nachdenklich auf die Verbindungen, die sich vor ihnen entfalteten. „Das erklärt, warum El Fantasma so erfolgreich war. Er hatte nicht nur die Unterstützung eines Financiers – er hatte die Unterstützung eines globalen Kriminellen, der in verschiedenen illegalen Märkten operiert."

Olsen fühlte, wie die Last der neuen Informationen auf seinen Schultern schwerer wurde. Der Krieg gegen das Kartell hatte ihn bereits bis an die Grenzen getrieben, aber was sie jetzt entdeckten, deutete darauf hin, dass sie nur an der Oberfläche gekratzt hatten.

„Wenn wir uns nur auf das Kartell konzentrieren, könnten wir das Gesamtbild übersehen", sagte Olsen leise und dachte laut nach. „Sorokin ist der wahre Feind. Wir müssen uns darauf konzentrieren, sein Netzwerk zu durchbrechen."

„Das Problem ist", fügte Kramer hinzu, „dass Sorokin nicht nur in Kolumbien und Russland operiert. Seine Einflusssphäre reicht in fast alle europäischen Hauptstädte. Er nutzt jede Instabilität in den Regionen, um sich weiter auszubreiten.

Seine Netzwerke betreffen sogar internationale Terrororganisationen."

„Das macht ihn nicht nur zu einem Financier von Drogenkartellen", sagte Olsen, „sondern zu einer der größten globalen Bedrohungen unserer Zeit."

Maren nickte. „Wir sprechen hier nicht nur von einem Verbrecherboss. Wir sprechen von jemandem, der die Weltordnung destabilisiert, um sich selbst zu bereichern. Und je mehr wir über ihn herausfinden, desto größer wird das Problem."

Olsen sah die Karten und Diagramme auf dem Bildschirm vor sich und wusste, dass sie vor einer entscheidenden Phase standen. Die Bedrohung durch Sorokin reichte weiter, als sie es je vermutet hätten, und es gab keine Garantie, dass sie ihn überhaupt fassen konnten.

„Wir brauchen mehr Zeit, mehr Ressourcen", sagte Kramer, der sichtlich unter Druck stand. „Wir müssen Interpol, Europol und vielleicht sogar den BND mit ins Boot holen. Das hier ist zu groß für uns allein."

Olsen nickte langsam. „Aber je mehr wir den Kreis erweitern, desto mehr Risiko gehen wir ein. Wenn auch nur eine Information durchsickert, wird Sorokin sich zurückziehen, bevor wir ihn treffen können."

„Das ist die Herausforderung", sagte Maren. „Wir müssen ihn schnell und präzise treffen, bevor er bemerkt, dass wir ihm auf der Spur sind. Wenn er das Kartell auf die gleiche Weise neu aufbaut, wie er seine anderen Netzwerke geführt hat, könnte er jederzeit eine neue Front eröffnen."

Olsen ließ die Worte sacken. Sie hatten es nicht nur mit einem Drogenboss zu tun, sondern mit einem globalen Drahtzieher, der wusste, wie man im Schatten operierte. Der Druck war enorm – die Zeit lief gegen sie, und sie mussten klug agieren, wenn sie das nächste Mal zuschlagen wollten.

Im Konferenzraum des LKA Hamburg war es still, als Moritz Kramer aufstand und an die große Tafel trat, auf der eine detaillierte Karte der Welt abgebildet war. Linien, die Routen und Verbindungen markierten, durchzogen die Karte wie ein chaotisches Netz aus Fäden. Die roten Linien, die er zuletzt hinzugefügt hatte, durchzogen sowohl den Westen als auch den Osten, und Olsen konnte bereits erkennen, dass sie auf etwas Großes gestoßen waren.

„Was du hier siehst", begann Kramer, „ist das Schmuggelnetzwerk, das sich sowohl über den Westen als auch den Osten erstreckt. Es geht weit über den Drogenhandel hinaus. Was wir entdeckt haben, ist ein multinationales Netzwerk, das Waffen, Drogen, Menschen und sogar illegale Technologien über die ganze Welt verteilt."

Olsen trat näher an die Tafel, seine Augen glitten über die Linien, die von Kolumbien bis nach Russland, von Afrika bis in den Nahen Osten reichten.

„Was bedeutet das genau?" fragte Maren Starke, die am Tisch saß, sich vorgebeugt und aufmerksam zuhörte.

Kramer deutete auf einen Knotenpunkt auf der Karte – Venezuela. „Beginnen wir im Westen. Das Kartell nutzt die instabile politische Lage in Venezuela, um Waffen, Drogen und sogar Menschen über den Atlantik nach Europa zu schmuggeln. Von dort aus gehen die Routen weiter nach Afrika und in den Nahen Osten. Aber Venezuela ist nur der Anfang."

„Im Westen", fuhr Kramer fort, „läuft alles über Lateinamerika. Es beginnt in den Dschungeln von Kolumbien, wo das Kartell seinen Ursprung hat. Sie haben alte Verbindungen zu FARC-Gruppen, die ihnen dabei helfen, Kokain in großen Mengen zu produzieren und zu schmuggeln. Diese Drogen gelangen über Venezuela nach Mexiko, wo das Sinaloa-Kartell und andere mexikanische Drogenkartelle involviert sind."

„Das ist nicht neu", warf Olsen ein. „Wir wissen, dass die mexikanischen Kartelle eng mit dem Cartel de la Muerte zusammenarbeiten. Aber was ist neu?"

„Das Schmuggelnetzwerk ist komplexer geworden", erklärte Kramer. „Es gibt mittlerweile eine direkte Verbindung von Kolumbien nach Afrika. Sie umgehen den traditionellen Weg durch Mexiko und die USA, weil die Überwachung dort zu stark geworden ist. Stattdessen nutzen sie die schwachen westafrikanischen Staaten, insbesondere Guinea-Bissau, das als Hauptdrehscheibe für den Kokainschmuggel nach Europa dient."

Olsen runzelte die Stirn. Guinea-Bissau war schon lange als Narco-Staat bekannt, aber jetzt schien es, als hätte das Kartell die Region vollständig übernommen.

Afrikanische Warlords, korrupte Beamte und lokale Milizen arbeiteten mit dem Kartell zusammen, um den Transport und die Verteilung von Kokain in Europa zu gewährleisten.

„Das westliche Netzwerk verbindet Kolumbien, Venezuela und Westafrika", fuhr Kramer fort. „Von dort aus verteilen sie die Drogen nach Europa, hauptsächlich über Portugal, Spanien und Frankreich."

Dann deutete Kramer auf den östlichen Teil der Karte, wo die Linien nach Russland, Osteuropa und in den Nahen Osten verliefen. „Jetzt wird es noch komplizierter. Während der Westen für den Drogenschmuggel genutzt wird, laufen im Osten ganz andere Geschäfte."

„Was für Geschäfte?" fragte Maren.

„Waffen und Menschenhandel", sagte Kramer ernst. „Das Kartell arbeitet mit russischen Syndikaten und paramilitärischen Gruppen in Osteuropa zusammen. Sie nutzen die instabile Lage in Regionen wie Syrien, Ukraine und Libyen, um Waffen zu liefern und Menschen zu schmuggeln."

Olsen spürte, wie sich sein Magen verkrampfte. Sorokin spielte hier eine zentrale Rolle. Er war der Knotenpunkt, über den die Waffen durch Osteuropa nach Russland und in den Nahen Osten gelangten. „Wo genau passt Sorokin in dieses Netzwerk?" fragte Olsen, obwohl er die Antwort schon ahnte.

Kramer tippte auf den Bildschirm. „Er kontrolliert die Schmuggelrouten in Osteuropa. Von Russland aus laufen Waffenlieferungen nach Syrien, Irak und sogar nach Libyen. Die Waffen kommen oft aus ehemaligen Sowjetbeständen, die er über korrupte Generäle und Mittelsmänner kauft."

„Und der Menschenhandel?" fragte Maren.

„Sorokin hat Verbindungen zu Schleppernetzwerken in Libyen und Syrien. Das Kartell nutzt diese Verbindungen, um nicht nur Waffen, sondern auch Menschen durch die Kriegsgebiete zu schmuggeln. Frauen, Kinder, Soldaten – sie alle werden wie Ware verschifft. Von Russland aus koordinieren sie die Verteilung dieser Menschen nach Europa, aber auch in den Nahen Osten."

Olsen trat einen Schritt zurück, als er das gesamte Netzwerk betrachtete. Was sie entdeckt hatten, war nicht nur ein Drogenschmuggelnetzwerk. Es war eine globale Kriminalorganisation, die über die westliche Hemisphäre bis tief in den Osten operierte. Das Cartel de la Muerte war nur ein Zahnrad in einer viel größeren Maschine, die Waffen, Drogen und Menschen weltweit verschob.

„Das erklärt alles", sagte Olsen, während er die Karten betrachtete. „El Fantasma und Sorokin haben ein globales Imperium aufgebaut. Ihre Netzwerke nutzen jede Instabilität, jedes Kriegsgebiet, jede Schwäche in den Regierungen, um Profit zu machen."

„Und wir sehen jetzt nur die Spitze des Eisbergs", sagte Kramer ernst. „Ich vermute, dass es noch mehr gibt, was wir noch nicht entdeckt haben."

Olsen setzte sich an den Tisch und ließ die Informationen sacken. Sie hatten es mit einer internationalen kriminellen Organisation zu tun, deren Ausmaß seine Vorstellungen weit übertraf.

„Das Problem ist, dass wir nur reagieren können", sagte Olsen leise. „Wir wissen, was sie tun, aber solange wir sie nicht direkt treffen, können sie weitermachen. Sie haben genug Geld, um jeden Angriff zu überleben."

„Und sie arbeiten global", fügte Maren hinzu. „Jeder Schlag gegen sie in Europa wird durch ihre Aktivitäten im Nahen Osten oder in Afrika kompensiert."

„Wir brauchen eine neue Strategie", sagte Olsen, während er die Informationen betrachtete. „Wir müssen Sorokin und El Fantasma gleichzeitig treffen. Wenn wir nur einen von ihnen erwischen, wird der andere das Netzwerk neu aufbauen."

Das Team wusste, dass sie vor einer der größten Herausforderungen ihrer Karriere standen. Sie mussten gegen ein Netzwerk kämpfen, das sowohl den Westen als auch den Osten umfasste – und dabei auf Regierungen, militärische Strukturen und paramilitärische Gruppen angewiesen war.

Olsen saß in seinem Büro und betrachtete die Akten, die sich vor ihm auf dem Tisch stapelten. Sorokin und El Fantasma waren mächtige Gegner, aber mit jeder neuen Entdeckung schien das Puzzle noch unvollständiger zu werden. Es gab noch immer Lücken in den Informationen, und je mehr sie herausfanden, desto klarer wurde ihm, dass jemand oder etwas im Hintergrund agierte. Es war, als würde ein unsichtbarer Akteur die Fäden ziehen.

Maren Starke betrat das Büro und schloss die Tür hinter sich. Sie hielt einen Umschlag in der Hand, der mit dem Siegel des BND versehen war. „Das hier ist gerade eingetroffen", sagte sie leise und legte den Umschlag auf den Tisch.

Olsen hob eine Augenbraue. „Was ist das?"

„Es kommt direkt von einem unserer Kontakte bei Interpol", antwortete Maren. „Es gibt Hinweise, dass Sorokin nur die Spitze des Eisbergs ist. Wir haben es möglicherweise mit etwas noch viel Größerem zu tun."

Olsen öffnete den Umschlag vorsichtig, seine Augen verengten sich, als er die ersten Zeilen las. Was dort stand, ließ ihm das Blut in den Adern gefrieren.

„Die Bruderschaft," murmelte Olsen, als er die ersten Dokumente überflog. „Wer zur Hölle ist das?"

Die Berichte im Umschlag beschrieben eine mysteriöse Organisation, die unter dem Namen „Die Bruderschaft" operierte. Sie war nicht einfach nur ein weiteres Kartell oder eine Gruppe von Verbrechern. Es war ein globales Schattennetzwerk, das in politischen, wirtschaftlichen und militärischen Bereichen agierte und seine Wurzeln tief in die weltweiten Machtstrukturen schlug.

„Die Bruderschaft ist kein gewöhnliches Verbrechersyndikat", erklärte Maren, die die Dokumente neben Olsen studierte. „Es scheint, als hätten sie Politiker, Militärs und Finanzeliten auf ihrer Gehaltsliste. Sie nutzen Konflikte, Kriege und wirtschaftliche Krisen, um ihre eigenen Ziele zu verfolgen."

„Aber was ist ihr Ziel?" fragte Olsen, der spürte, wie sich der Knoten in seinem Magen immer fester zog. „Warum tauchen sie erst jetzt auf unserem Radar auf?"

Maren zog ein weiteres Dokument hervor und zeigte auf eine Passage. „Weil sie immer im Schatten agieren. Sie benutzen Gruppen wie das Kartell oder Akteure wie Sorokin, um ihre Ziele zu erreichen, ohne jemals selbst in den Vordergrund zu treten.

Das Kartell ist nur eine ihrer vielen Operationen. Ihre wahre Macht liegt darin, dass sie globale Konflikte und Instabilitäten gezielt ausnutzen, um politischen und wirtschaftlichen Einfluss zu erlangen."

Olsen fühlte sich plötzlich, als wäre er nicht mehr nur ein Ermittler, sondern ein Spieler in einem viel größeren Spiel. Die Bruderschaft operierte auf einer Ebene, die weit über den Drogenhandel hinausging. Sie manipulierten Märkte, fädelten Waffengeschäfte ein und hatten Verbindungen zu Regierungen und multinationalen Konzernen. Jeder Konflikt, jede Krise war eine Gelegenheit für sie, ihre Macht auszubauen.

„Sie kontrollieren die globalen Finanzströme", sagte Maren leise. „Sie sind die unsichtbare Hand, die den Schwarzmarkt, den Waffenhandel und sogar geopolitische Konflikte antreibt. Sorokin war nur eine Figur auf ihrem Schachbrett."

„Und El Fantasma?" fragte Olsen, der die Dimensionen dieser neuen Bedrohung immer mehr verstand.

„Auch er ist nur ein Werkzeug", fuhr Maren fort. „Sie finanzieren Drogenkartelle, paramilitärische Gruppen und sogar Regierungen. Alles, um den internationalen Schwarzmarkt zu beherrschen und sich in die Weltpolitik einzumischen. Ihre Finger reichen bis in die höchsten politischen Kreise. Sorokin hat die Drecksarbeit für sie erledigt – Waffen, Drogen, Menschenhandel –, aber die Bruderschaft ist das eigentliche Gehirn dahinter."

Olsen lehnte sich in seinem Stuhl zurück, als die Informationen auf ihn einwirkten. Wenn das alles wahr war, dann hatte er es mit einem Gegner zu tun, der weitaus gefährlicher war als El Fantasma oder Sorokin. Die Bruderschaft operierte nicht nur im Schatten – sie kontrollierte den Schatten. Ihre Verbindungen reichten über Kriminalität hinaus und durchdrangen die geopolitische Arena.

„Das ändert alles", sagte Olsen leise. „Wir haben uns die ganze Zeit auf das Kartell konzentriert, während das nur eine Schachfigur in einem viel größeren Spiel war."

„Die Frage ist", fügte Maren hinzu, „wie wir gegen eine Organisation vorgehen, die global operiert und in Regierungen und Wirtschaft infiltriert ist."

Olsen wusste, dass sie jetzt vor einer neuen Herausforderung standen. Sie waren nicht mehr nur im Drogenkrieg. Sie kämpften gegen eine unsichtbare Macht, die sowohl El Fantasma als auch Sorokin lenkte – eine Macht, die in der Lage war, Konflikte zu entfachen, Regierungen zu destabilisieren und gleichzeitig aus dem Schatten heraus Milliarden zu verdienen.

Die Jagd auf El Fantasma und Sorokin war noch nicht vorbei, aber jetzt hatten sie einen neuen Feind im Visier: Die Bruderschaft. Olsen und sein Team mussten einen Weg finden, gegen diese mächtige, unsichtbare Organisation vorzugehen. Doch sie wussten, dass dies kein einfacher Kampf werden würde. Die Bruderschaft war tief in den globalen Machtstrukturen verwurzelt und würde nicht so leicht zu fassen sein.

„Wir müssen klug vorgehen", sagte Olsen, als er die Berichte beiseitelegte. „Das hier ist größer, als wir es uns jemals vorgestellt haben. Aber wir werden sie finden."

Maren nickte entschlossen. „Wir wissen jetzt, dass sie existieren. Der nächste Schritt ist, ihre Strukturen aufzudecken und sie zu schwächen. Aber das wird schwierig."

„Das ist kein normaler Feind", murmelte Olsen und stand auf, die Spannung spürte er in jeder Faser seines Körpers. „Es ist ein Gegner, der unsichtbar bleibt und die Fäden zieht. Aber wir werden sie aus dem Schatten zerren."

Der Feind, den sie jagten, war nun klarer – und weitaus gefährlicher, als Olsen jemals gedacht hatte. Die Bruderschaft war kein gewöhnliches Kartell. Es war eine globale Machtstruktur, die die Welt kontrollierte, und nun lag es an Olsen, diese zu entwirren – bevor sie ihre nächste große Bewegung machte.

Der Preis des Sieges

Der Nebel hing schwer über dem Hamburger Hafen, während Bernd Olsen auf das Wasser starrte, das von den Lichtern der Containerterminals in ein leuchtendes Orange getaucht war. Die Operation gegen das Kartell hatte einige bedeutende Erfolge gebracht – die Verhaftung hochrangiger Mitglieder des Kartells und die Zerschlagung eines Großteils ihrer Lieferketten in Europa. Doch es fühlte sich nicht wie ein endgültiger Sieg an.

„Wir haben viel erreicht", sagte Maren Starke, die sich neben ihn stellte und ebenfalls auf den Hafen hinausblickte. „Aber das Kartell ist noch nicht komplett ausgeschaltet."

Olsen nickte. „Wir haben sie in Kolumbien geschwächt und hier in Hamburg eine wichtige Basis zerstört. Aber sie haben überall Fuß gefasst. Solange El Fantasma und Sorokin noch mitspielen, bleibt das Kartell eine Bedrohung."

Der Hafen wirkte friedlich, aber Olsen wusste, dass hinter der scheinbaren Ruhe noch immer Netzwerke aktiv waren, die die Macht des Kartells in Europa aufrechterhielten. Es war nur eine Frage der Zeit, bis sie wieder zuschlugen.

„Die Razzien hier haben viele Nester ausgeräuchert", sagte Maren. „Aber wir wissen beide, dass sie sich neuformieren."

Olsen nickte, zog tief an seiner Zigarette und warf einen letzten Blick über das dunkle Wasser. „Es ist noch nicht vorbei."

Am nächsten Tag traf sich das Team im LKA, um die verbliebenen Fäden des Kartells in Hamburg zu untersuchen. Moritz Kramer hatte neue Daten analysiert, die auf Aktivitäten des Kartells hinwiesen, die im Verborgenen weiterliefen.

„Es gibt noch einige Schmuggelrouten, die sie nicht vollständig aufgegeben haben", sagte Kramer und projizierte eine Karte auf den Bildschirm. „Und einige ihrer Verstecke in der Stadt sind noch nicht identifiziert worden."

Olsen strich sich müde über das Gesicht. Die Niederlage des Kartells in Kolumbien hatte zwar ihre Strukturen geschwächt, aber in Hamburg gab es noch Spuren, die nicht vollständig beseitigt waren.

„Wir müssen aufräumen, bevor sie sich wieder festsetzen", sagte Maren. „Wenn wir sie jetzt nicht zerschlagen, geben wir ihnen Zeit, sich neu zu organisieren."

Olsen nickte. „Fangen wir mit den letzten Verstecken an. Aber wir müssen wachsam bleiben – Sorokin könnte immer noch im Hintergrund agieren."

Die Spannung im Team war spürbar. Jeder wusste, dass der Sieg zwar in Reichweite lag, aber der Schwarze Markt war lebendig – ein ewiger Kampf, der nie vollständig gewonnen werden konnte.

Während das Team sich auf die verbleibenden Schmuggelrouten und Verstecke in Hamburg konzentrierte, erreichten Olsen Nachrichten von internationalen Partnern.

Europol meldete neue Bewegungen im Nahen Osten und Asien, die auf ein Machtvakuum hindeuteten.

Mit der Schwächung des Kartells in Europa und Kolumbien tauchten neue kriminelle Akteure auf. Diese Organisationen waren bereit, das Loch zu füllen, das durch die Rückschläge des Kartells entstanden war. Darunter war ein asiatisches Syndikat, das sich auf Menschenhandel und synthetische Drogen spezialisiert hatte.

„Es scheint, als ob die Schwächung des Kartells andere Gruppen ermutigt hat, auf den Plan zu treten", erklärte Kramer. „Wir sehen vermehrt Aktivitäten in Asien, die darauf hindeuten, dass sie einen Vorstoß nach Europa planen."

„Das bedeutet, wir haben es nicht nur mit dem Kartell zu tun", sagte Maren und runzelte die Stirn. „Wir stehen am Beginn eines neuen internationalen Drogenkriegs."

Olsen merkte, wie seine Anspannung wuchs. Die Bedrohung verschwand nicht, sie wandelte sich nur. Neue Spieler betraten das Spielfeld, und jeder von ihnen schien bereit, die Lücke zu füllen, die das Kartell hinterließ.

Gerade als Olsen und sein Team dachten, sie hätten alle aktuellen Bedrohungen im Blick, erhielt Olsen eine verschlüsselte Nachricht. Sie stammte von einem anonymen Kontakt bei Interpol, der bereits zuvor wertvolle Informationen geliefert hatte.

„Sorokin ist nicht verschwunden", stand in der Nachricht. „Er nutzt die Schwäche des Kartells, um neue Bündnisse zu schmieden – diesmal in Asien und mit terroristischen Netzwerken im Nahen Osten. Europa ist noch immer sein Ziel."

Olsen fühlte, wie sich die Ermüdung in ihm verstärkte. Sorokin hatte die Strukturen des Kartells in Europa genutzt, um seine eigenen kriminellen Geschäfte auszuweiten, aber nun schien er sich auf ein noch gefährlicheres Terrain zu bewegen.

„Wir müssen ihn aufhalten, bevor er neue Allianzen schmiedet", sagte Olsen leise. „Wenn wir ihm jetzt nicht das Handwerk legen, wird er gefährlicher als je zuvor."

Später an diesem Tag, als Olsen in seinem Büro saß und die Razzia-Berichte durchging, erhielt er eine weitere verschlüsselte Nachricht. Diesmal war sie nicht von einem Verbündeten. Die knappen Worte ließen ihm einen Schauer über den Rücken laufen.

„Der Krieg hat gerade erst begonnen. Du kannst mich nicht aufhalten."

Die Nachricht war unterzeichnet mit: El Fantasma.

Olsen starrte auf die Worte, seine Gedanken rasten. El Fantasma war also noch immer im Spiel. Der Dschungel Kolumbiens hatte ihn nicht verschluckt, und es schien, als wäre der Krieg gegen das Kartell weit davon entfernt, beendet zu sein.

Olsen legte das Handy beiseite und lehnte sich zurück. Der vermeintliche Sieg war hohl, und die Reste des Kartells waren immer noch aktiv.

Doch die größere Bedrohung kam jetzt von Sorokin und dem globalen Netzwerk, das weit über die Grenzen des Drogenhandels hinausging. Der internationale Schwarzmarkt war im Wandel, und der nächste Krieg stand unmittelbar bevor.

Olsen wusste, dass dies nicht das Ende war. Es war nur der Beginn eines neuen, noch gefährlicheren Kapitels.

Der Feind war nicht mehr nur sichtbar, er operierte aus dem Schatten heraus – und der nächste Schritt würde über das Schicksal Europas entscheiden.

Epilog

In diesem zweiten Band der Trilogie haben Sie Bernd Olsen auf einem gefährlichen Pfad begleitet, der ihn tiefer als je zuvor in die Schatten der internationalen Kriminalität geführt hat. Die Bedrohung durch das Cartel de la Muerte und die Enthüllung einer weitreichenden kriminellen Machtstruktur zeigen, wie sehr der Kampf gegen das Verbrechen mittlerweile über nationale Grenzen hinausgeht.

Was einst als eine lokale Auseinandersetzung in Hamburg begann, hat sich zu einem globalen Konflikt entwickelt, der die politische und wirtschaftliche Stabilität ganzer Kontinente bedroht.

Die Machenschaften, die Olsen in diesem Buch entlarvt, spiegeln die komplexen Netzwerke wider, die in der Realität existieren. Von Lateinamerika bis nach Europa, von Asien bis in den Nahen Osten – die Macht der Drogenkartelle und ihrer Finanziers hat längst das Niveau gewöhnlicher Kriminalität überschritten. Es geht nicht mehr nur um den illegalen Handel mit Drogen, Waffen oder Menschen.

Diese Organisationen haben gelernt, sich in das Geflecht der globalen Wirtschaft einzufügen, die Finanzströme zu kontrollieren und die Stabilität von Gesellschaften zu unterminieren.

Was Sie in dieser Geschichte gelesen haben, basiert auf realen Bedrohungen, die viele von uns täglich übersehen. Die Verbindung zwischen organisierter Kriminalität, Finanzoligarchen wie Sorokin und den paramilitärischen Gruppen, die das Cartel de la Muerte unterstützten, ist eine Erinnerung daran, wie schwer es ist, diese unsichtbaren Netzwerke zu bekämpfen.

Sie agieren im Verborgenen, manipulieren Regierungen, unterwandern Rechtsstaatlichkeit und nutzen Instabilitäten aus, um ihre Macht auszuweiten.

Doch genauso wie es Kriminelle gibt, die ihre Netzwerke festigen, gibt es auch Menschen wie Bernd Olsen – fiktiv, aber inspiriert von den realen Ermittlern, die täglich ihre Leben riskieren, um gegen diese Übermacht anzutreten.

Der Kampf gegen die Bruderschaft, gegen globale Kartelle und Finanziers mag übermächtig wirken, doch es gibt immer jene, die sich der Herausforderung stellen, im Verborgenen arbeiten und das tun, was richtig ist.

Während Sie die Spannung und Dramatik dieser Geschichte genossen haben, hoffe ich, dass Sie auch die tieferliegenden Themen erkannt haben. Die Verbindungen zwischen Korruption, Machtmissbrauch und kriminellen Netzwerken sind nicht nur Teil dieser fiktiven Welt, sondern auch Teil unserer Realität.

Es ist leicht, diese Bedrohungen zu übersehen, doch sie sind allgegenwärtig – und sie betreffen uns alle.

Mit dem Ende dieses Bandes mag ein weiteres Kapitel in der Geschichte von Bernd Olsen abgeschlossen sein, aber der Krieg gegen die Kriminalität, der sich auf globaler Ebene entfaltet, ist noch lange nicht vorbei.

Es gibt immer neue Gefahren, neue Spieler und neue Mächte, die in den Vordergrund treten. Olsens Kampf, genauso wie der vieler realer Menschen, die sich diesen Strukturen entgegenstellen, ist eine unendliche Aufgabe, die Mut, Ausdauer und Hingabe erfordert.

Ich danke Ihnen, den Leserinnen und Lesern, dass Sie sich erneut auf diese Reise begeben haben. Indem Sie sich mit diesen Themen auseinandersetzen, tragen Sie dazu bei, dass diese verborgenen Realitäten nicht im Dunkeln bleiben.

Denn nur durch Wachsamkeit und Einsatz können wir den Kampf gegen Korruption und Machtmissbrauch führen.

Möge diese Geschichte in Ihnen nachklingen und Sie daran erinnern, dass die Bedrohungen, die auf diesen Seiten beschrieben werden, real sind – aber auch der Wille, für Gerechtigkeit und Freiheit zu kämpfen, ist es.

Der Kampf gegen das Böse in der Welt ist lang und schwierig, doch er ist nicht unmöglich. Lassen Sie uns gemeinsam dafür sorgen, dass die Wahrheit ans Licht kommt und dass die Mächtigen zur Rechenschaft gezogen werden, wo immer sie agieren.

In Verbundenheit,

Peter Grosche

Uns so geht es weiter:

Trilogie – Band 3

Die Bruderschaft
· Endspiel im Dunkeln ·

ISBN:
978-3-7693-0123-6

Hochspannend. Unnachgiebig. Explosiv.

Bernd Olsen dachte, er hätte schon alles gesehen - doch das, was ihn im letzten Akt der Jagd auf die Bruderschaft erwartet, sprengt jede Vorstellung. Die Bruderschaft, ein skrupelloses globales Netzwerk aus Politikern, Finanzmogulen und Drogenkartellen, hat sich unbemerkt in den höchsten Machtstrukturen eingenistet.
Nun steht die Welt am Rande eines gigantischen Cyberangriffs, der die internationalen Finanzmärkte ins Chaos stürzen und die globale Wirtschaft destabilisieren soll. Für Olsen und sein Team ist es der letzte Kampf gegen einen Gegner, der brutaler und mächtiger ist als je zuvor.

Von den tödlichen Gassen Moskaus über die verborgenen Waffenlager in Osteuropa bis zu den funkelnden, aber gefährlichen Straßen Dubais - Olsen jagt die Drahtzieher der Bruderschaft, immer einen Schritt hinter ihnen, während die Zeit gegen ihn läuft. Doch selbst, als er die letzten Rückzugsorte des Netzwerks aufspürt, stellt er fest, dass das Spiel noch nicht vorbei ist. Ein geheimer Anführer, bekannt als Der Schatten, zieht weiterhin die Fäden und plant den alles entscheidenden Schlag.

Mit explosiver Action, weltumspannenden Intrigen und einem packenden Showdown im Herzen des organisierten Verbrechens ist **Die Bruderschaft - Endspiel im Dunkeln** - der atemberaubende Abschluss der Olsen-Trilogie. Wird es ihm gelingen, das tödliche Spiel der Bruderschaft zu beenden, bevor es zu spät ist?
Dieser Thriller zeigt die dunklen Verbindungen zwischen Macht, Geld und Kriminalität, die die Welt ins Wanken bringen können.

Mehr vom Autor:

Zwischen Himmel und Hölle
· Der bittere Preis der Freiheit ·

Eine Familie zwischen Leben und Tod

ISBN:
978-3-7597-7999-1

In den Slums von Lagos, wo Gewalt und Hoffnungslosigkeit das Leben bestimmen, steht die Familie Ajayi vor einer letzten, verzweifelten Entscheidung: Flucht oder Untergang. Ohne Aussicht auf ein besseres Leben wagen sie eine der gefährlichsten Reisen ihres Lebens - den Weg nach Europa. Was als Flucht vor Armut und Unterdrückung beginnt, entwickelt sich schnell zu einem erbarmungslosen Überlebenskampf.
Die Familie durchquert die gnadenlosen Weiten der Sahara, gerät in die Fänge skrupelloser Schlepper und muss das Chaos und die Brutalität der Kriegszonen Libyens überstehen, um ihre Kinder zu retten.

Auf der verzweifelten Überfahrt nach Lampedusa werden sie Zeugen des Grauens, als andere Flüchtlinge im Mittelmeer ertrinken. Doch auch nach dieser Hölle sind die Herausforderungen nicht vorbei: Die Flucht durch Italien und über die gefährlichen Schweizer Alpen bringt sie an die äußersten Grenzen ihrer Kräfte. In Deutschland angekommen, erwartet sie keine Erlösung, sondern neue Bedrohungen, endlose Bürokratie und die ständige Konfrontation mit Fremdenhass.

Zwischen Himmel und Hölle - Der bittere Preis der Freiheit - offenbart die schonungslose Realität, der sich Millionen von Flüchtlingen weltweit stellen müssen.
Dieser Roman fesselt bis zur letzten Seite und zeigt die dunklen Abgründe, die auf dem Weg in die Freiheit lauern - und dass Hoffnung manchmal der einzige Anker ist, der einen davon abhält, in die Dunkelheit zu stürzen.